Pleasures and Days
and "Memory"
Short Stories by
Marcel Proust

A DUAL-LANGUAGE BOOK

Les Plaisirs et les Jours
et "Souvenir"
Nouvelles par Marcel Proust

Pleasures and Days and "Memory" Short Stories by Marcel Proust

A DUAL-LANGUAGE BOOK

Les Plaisirs et les Jours et "Souvenir" Nouvelles par Marcel Proust

MARCEL PROUST

Translated and Annotated by
EDWARD OUSSELIN

DOVER PUBLICATIONS, INC.
Mineola, New York

Bibliographical Note

Pleasures and Days and "Memory": Short Stories by Marcel Proust / *Les Plaisirs et les Jours* et "Souvenir": Nouvelles par Marcel Proust : A Dual-Language Book, first published by Dover Publications, Inc., in 2014, is a new selection of stories from standard French editions, accompanied by new English translations prepared for the Dover edition by Edward Ousselin, PhD, who also made the selection and wrote the Introduction and footnotes.

Library of Congress Cataloging-in-Publication Data

Proust, Marcel, 1871–1922.
    [Short stories. English]
    Pleasures and Days and "Memory" = les Plaisirs et les Jours et "Souvenir": short stories by Marcel Proust: a dual language book / Marcel Proust; translated and annotated by Edward Ousselin.
        p. cm. — (Dover dual language French)
    ISBN-13: 978-0-486-49702-0
    ISBN-10: 0-486-49702-X (pbk.)
    1. Proust, Marcel, 1871–1922—Translations into English. 2. Paris (France)—Fiction. I. Ousselin, Edward, editor of compilation, translator. II. Title.

PQ2631.R63A2 2014
843'.912—dc23

                                                                    2014007019

Manufactured in the United States by LSC Communications
49702X03   2020
www.doverpublications.com

CONTENTS

iii

iv   Contents

INTRODUCTION

Marcel Proust is, of course, best known for his seven-volume novel *À la recherche du temps perdu*, which was published from 1913 to 1927 (the last three volumes were published after his death). The lasting critical success of this intricately constructed novelistic reflection on time, memory, and literature has confirmed Proust's status as one of the most influential novelists of the twentieth century.

His first book, *Les Plaisirs et les Jours*, was published in 1896. This collection of short stories, prose poems, and verse provides an introduction to Proust's work.

ABOUT PROUST

Marcel Proust's life (1871–1922) spans two traumatic periods in French history. In institutional terms, the Franco-Prussian War (1870–1871)—and the ensuing undeclared civil war, known as *La Commune* (1871), which pitted an insurgent Paris against most of the rest of the country—marked the end of the Second Empire and the beginning of the Third Republic (which would last until 1940). Proust outlived by a few years the long and very bloody First World War (1914–1918). Between these two outbreaks of warfare, Western Europe enjoyed a relatively rare and prolonged period (encompassing most of Proust's life) of peace, the latter part of which is usually referred to as the *Belle Époque*. An era of rapid technological progress, of colonial conquests in Africa and Asia, of

rising prosperity (especially for some), and of artistic innovation, the *Belle Époque* is also the historical period that produced many of the cultural monuments, events, and movements (the Eiffel Tower, Impressionism, "les intellectuels," etc.) that are commonly associated with the image of France around the world.

Much of Proust's fictional work is set in what was then called "le monde"[1] (sometimes also referred to as "la bonne société"), the upper socioeconomic strata of French society at the end of the nineteenth century that, especially in Paris, included *la haute bourgeoisie* and what was left of the aristocracy, and around which gravitated much of the world of art and literature. Due to his family background and to his own tastes and achievements, Proust became part of that social milieu, although he was also marginalized to a certain extent.

While not extremely rich, Proust's family was certainly well-off (his father, Adrien, was a very successful medical doctor and professor). Marcel received an excellent education and quickly acquired a reputation as a promising young writer. However, as a gay man who was also partly of Jewish origin (his mother, Jeanne, who was Jewish, accepted upon marrying Adrien that their children would be baptized and raised as Catholics), Proust was not always fully accepted in "le monde," the exclusive social milieu to which he initially aspired but which he later described so minutely and so critically. Proust's homosexuality and Jewish family background would, of course, become important thematic threads within his fictional works.[2]

Among the more notable social and political events that occurred in France during the *Belle Époque*, readers of Proust's work should be aware of *l'Affaire Dreyfus* (1894–1906),[3] which sharply divided public opinion between the *Dreyfusards* (those who, like Proust, believed that Dreyfus was innocent) and the *Antidreyfusards* (who believed Dreyfus was guilty of treason). Soon referred to as simply *l'Affaire*, this notorious miscarriage of justice also divided "le monde" and the Parisian world of arts and letters,[4] within which Proust was

already known (though he was nowhere near as famous as he would become after the publication of the *Recherche*). *L'Affaire* is reflected in Proust's fictional work, as are many of the important cultural events and movements of his lifetime. *Les Plaisirs et les Jours* contains short texts that were written before the Dreyfus Affair permeated French intellectual life. In that sense, this early collection of Proust's fictional shorter works provides a glimpse into the first efforts, or the apprenticeship (and, often, successes), of a future master of his art.

ABOUT THIS EDITION

This dual-language edition includes the entire text of *Les Plaisirs et les Jours*,[5] except for the brief rhymed section entitled "Portraits de peintres et de musiciens." It also includes the first (uncharacteristically short) work of fiction published by Proust in 1891, "Souvenir," which prefigures some of the thematic elements of *Les plaisirs et les jours* (and, indeed, of *À la recherche du temps perdu*).

Reading Proust can be challenging even for a native speaker. He favored long sentences with multiple subordinate clauses. His style tends to be allusive, leading readers to infer and draw conclusions. His texts are full of references, not only to other writers, but also to music, theater, philosophy, and historical events. And, of course, the social milieu in which most of his fiction is set has largely disappeared. However, as readers around the world have discovered, reading Proust is well worth the effort.

The purpose of this bilingual edition is to help learners of French transition to reading and appreciating Proust's original prose. Wherever possible, therefore, the English translation remains "literal": it generally follows the structures of Proust's complex sentences and makes use of cognates (while steering clear of *faux amis*). As an example of the recurring French constructions to be mindful of, while enjoying Proust's elegant style, readers should explore the multiple meanings, contexts, and uses of the pronoun "on," which can be translated, for

instance, as "one," "we," the generic "you," or the passive voice. The use of the pronoun "soi" adds another level to the challenge of translation. Consider the following example: "En entrant, *on voyait en face de soi la mer*" (from "La mort de Baldassare Silvande"). Possible translations include:
There was a view of the sea ahead.
Ahead, the sea was visible.
The sea could be seen straight ahead.
You could look directly out at the sea.
We had a view of the sea right in front of us.
And, of course, a strictly literal, if infelicitous, rendering would be: "One could see the sea in front of oneself." In this edition, the goal is not to attempt to reproduce the brilliance of Proust's style, but to provide language learners (and, hopefully, lovers of literature) with an English equivalent that is as close to a linguistic mirror image as possible, thereby facilitating the reading of the original French text.

SUGGESTIONS FOR FURTHER READING, LISTENING, AND VIEWING

The best follow-up reading to *Les Plaisirs et les Jours* is the second part of the first volume of Proust's *Recherche*, a self-contained narrative entitled *Un amour de Swann* (*Swann in Love*). Readers will then probably be interested in reading the entire first volume, *Du côté de chez Swann* (1913). After that, it will be difficult to resist the temptation of reading the rest of the *Recherche*. Along with the text, readers should think about the possibility of listening to high-quality recordings of many of Proust's works that can be downloaded (at no cost) from various websites.[6] Readers should also consider, as a means of facilitating the reading of Proust's texts, a more visual medium that is particularly popular in France: *les bandes dessinées*. Part of *À la recherche du temps perdu* has been adapted into graphic novels by Stéphane Heuet (Éditions Delcourt). Some film adaptations are also available: *Un amour de Swann* (Volker Schlöndorff, 1984) and *Le temps retrouvé* (Raoul Ruiz, 1999).

Reading through Proust's *Recherche* is an experience similar in some respects to reading Shakespeare's thirty-seven plays. *On pénètre peu à peu dans un monde différent,* / You progressively go deeper into a different world, / *et quand on en resort,* / and when you come back out of it, / *on découvre qu'on a quelque peu changé.* / you discover that you have slightly changed. *Bonne lecture!* Enjoy your reading!

Pleasures and Days
and "Memory"

Les Plaisirs et les Jours
et "Souvenir"

A DUAL-LANGUAGE BOOK

À MON AMI WILLIE HEATH
MORT À PARIS
LE 3 OCTOBRE 1893

« Du sein de Dieu où tu reposes . . .
révèle-moi ces vérités qui dominent la mort,
empêchent de la craindre et la font presque
aimer. »

RENAN

Les anciens Grecs apportaient à leurs morts des gâteaux, du lait et du vin. Séduits par une illusion plus raffinée, sinon plus sage, nous leur offrons des fleurs et des livres. Si je vous donne celui-ci, c'est d'abord parce que c'est un livre d'images. Malgré les « légendes », il sera, sinon lu, au moins regardé par tous les admirateurs de la grande artiste qui m'a fait avec simplicité ce cadeau magnifique, celle dont on pourrait dire, selon le mot de Dumas, « que c'est elle qui a créé le plus de roses après Dieu ». M. Robert de Montesquiou aussi l'a célébrée, dans des vers inédits encore, avec cette ingénieuse gravité, cette éloquence sentencieuse et subtile, cet ordre rigoureux qui parfois chez lui rappellent le XVIIe siècle. Il lui dit, en parlant des fleurs :

« Poser pour vos pinceaux les engage à fleurir.

Vous êtes leur Vigée et vous êtes la Flore
Qui les immortalise, où l'autre fait mourir ! »

TO MY FRIEND WILLIE HEATH[1]
WHO DIED IN PARIS
ON OCTOBER 3, 1893

From the bosom of God where you rest . . .
reveal to me those truths that prevail over
death, prevent us from fearing it, and almost
make us love it.

(Ernest Renan, *The Life of Jesus*)[2]

The ancient Greeks brought cakes, milk, and wine to their dead.[3] Seduced by a more refined, if not wiser, illusion, we give them flowers and books. If I am giving you this one it is because it is, first of all, a picture book. In spite of the "captions," it will be, if not read, at least looked at by all the admirers of the great artist[4] who has, in all simplicity, given me this magnificent gift. Of this artist, one could say, to quote Alexandre Dumas, "that it is she who has created the most roses, after God." In a poem yet to be published, Monsieur Robert de Montesquiou[5] has also sung her praises, with that clever solemnity, that sententious and subtle eloquence, that rigorous order, which in his verse sometimes recalls the seventeenth century. Referring to flowers, he told her:

Posing for your paintbrushes commits them to bloom.

You are their Vigée and you are the Flora[6]
Who immortalizes them, while the other one kills!

3

Ses admirateurs sont une élite, et ils sont une foule. J'ai voulu qu'ils voient à la première page le nom de celui qu'ils n'ont pas eu le temps de connaître et qu'ils auraient admiré. Moi-même, cher ami, je vous ai connu bien peu de temps. C'est au Bois que je vous retrouvais souvent le matin, m'ayant aperçu et m'attendant sous les arbres, debout, mais reposé, semblable à un de ces seigneurs qu'a peints Van Dyck et dont vous aviez l'élégance pensive. Leur élégance, en effet, comme la vôtre, réside moins dans les vêtements que dans le corps, et leur corps lui-même semble l'avoir reçue et continuer sans cesse à la recevoir de leur âme : c'est une élégance morale. Tout d'ailleurs contribuait à accentuer cette mélancolique ressemblance, jusqu'à ce fond de feuillages à l'ombre desquels Van Dyck a souvent arrêté la promenade d'un roi ; comme tant d'entre ceux qui furent ses modèles, vous deviez bientôt mourir, et dans vos yeux comme dans les leurs, on voyait alterner les ombres du pressentiment et la douce lumière de la résignation. Mais si la grâce de votre fierté appartenait de droit à l'art d'un Van Dyck, vous releviez plutôt du Vinci par la mystérieuse intensité de votre vie spirituelle. Souvent le doigt levé, les yeux impénétrables et souriants en face de l'énigme que vous taisiez, vous m'êtes apparu comme le saint Jean-Baptiste de Léonard. Nous formions alors le rêve, presque le projet, de vivre de plus en plus l'un avec l'autre, dans un cercle de femmes et d'hommes magnanimes et choisis, assez loin de la bêtise, du vice et de la méchanceté pour nous sentir à l'abri de leurs flèches vulgaires.

Votre vie, telle que vous la vouliez, serait une de ces œuvres à qui il faut une haute inspiration. Comme de la foi et du génie, nous pouvons la recevoir de l'amour. Mais c'était la mort qui devait vous la donner. En elle aussi et même en ses approches résident des forces cachées, des aides secrètes, une « grâce » qui n'est pas dans la vie. Comme les amants quand ils commencent à aimer, comme les poètes dans le temps où ils chantent, les malades se sentent plus près de leur âme. La vie est chose dure qui serre de trop près, perpétuellement nous fait mal à l'âme. À sentir ses liens un moment se relâcher, on peut éprouver de clairvoyantes douceurs. Quand j'étais

Her admirers are an elite, and they are a legion. I wanted them to see on the first page the name of the man whom they did not have the time to get to know and whom they would have admired. I myself, dear friend, knew you for a very short time. It was at the Bois de Boulogne that I would often meet you in the morning; you had seen me and were waiting for me under the trees, standing, but rested, similar to one of those lords who were painted by Van Dyck,[7] and whose pensive elegance you shared. Indeed, their elegance, like yours, lies less in clothing than in the body, and their body itself seems to have received it—and ceaselessly to continue to receive it—from their soul: it is a moral elegance. Moreover, everything contributed to accentuating that melancholic resemblance, including the leafy background in the shade of which Van Dyck often interrupted a king's stroll; like so many of those who were his models, you would soon have to die, and in your eyes as in theirs, one could see the shadows of premonition alternating with the soft light of resignation. But if the gracefulness of your pride belonged by rights to Van Dyck's art, you were in fact closer to Da Vinci through the mysterious intensity of your spiritual life. Often, with your finger raised, your eyes, impenetrable and smiling, in front of the enigma you kept silent, you appeared to me to be Leonardo's St. John the Baptist.[8] At the time, we shared the dream, almost the project, of living together more and more, within a social circle of magnanimous and select women and men, sufficiently far away from stupidity, vice, and malice to feel sheltered from their vulgar barbs.

Your life, the way you wanted it, would be one of those works that requires an elevated inspiration. As from faith and genius, we can receive it from love. But it was death that would give it to you. In death also, and even in its approach, there reside hidden forces, secret aids, a "grace" that is not found in life. Like lovers when they start to love, like poets at the time they sing, those who are sick feel closer to their soul. Life is a hard thing that squeezes too tightly, that perpetually wounds our soul. Upon feeling those bonds loosen for a moment, one can experience clear-sighted sweetness. When I was

tout enfant, le sort d'aucun personnage de l'histoire sainte ne me semblait aussi misérable que celui de Noé, à cause du déluge qui le tint enfermé dans l'arche pendant quarante jours. Plus tard, je fus souvent malade, et pendant de longs jours je dus rester aussi dans l'« arche ». Je compris alors que jamais Noé ne put si bien voir le monde que de l'arche, malgré qu'elle fût close et qu'il fît nuit sur la terre. Quand commença ma convalescence, ma mère, qui ne m'avait pas quitté, et, la nuit même restait auprès de moi, « ouvrit la porte de l'arche » et sortit. Pourtant comme la colombe « elle revint encore ce soir-là ». Puis je fus tout à fait guéri, et comme la colombe « elle ne revint plus ». Il fallut recommencer à vivre, à se détourner de soi, à entendre des paroles plus dures que celles de ma mère ; bien plus, les siennes, si perpétuellement douces jusque-là, n'étaient plus les mêmes, mais empreintes de la sévérité de la vie et du devoir qu'elle devait m'apprendre. Douce colombe du déluge, en vous voyant partir comment penser que le patriarche n'ait pas senti quelque tristesse se mêler à la joie du monde renaissant ? Douceur de la suspension de vivre, de la vraie « Trêve de Dieu » qui interrompt les travaux, les désirs mauvais, « Grâce » de la maladie qui nous rapproche des réalités d'au-delà de la mort et ses grâces aussi, grâces de « ces vains ornements et ces voiles qui pèsent », des cheveux qu'une importune main « a pris soin d'assembler », suaves fidélités d'une mère et d'un ami qui si souvent nous sont apparus comme le visage même de notre tristesse ou comme le geste de la protection implorée par notre faiblesse, et qui s'arrêteront au seuil de la convalescence, souvent j'ai souffert de vous sentir si loin de moi, vous toutes, descendance exilée de la colombe de l'arche. Et qui même n'a connu de ces moments, cher Willie, où il voudrait être où vous êtes. On prend tant d'engagements envers la vie qu'il vient une heure où, découragé de pouvoir jamais les tenir tous, on se tourne vers les tombes, on appelle la mort, « la mort qui vient en aide aux destinées qui ont peine à s'accomplir ». Mais si elle nous délie des engagements que nous avons pris envers la vie, elle ne peut nous délier de ceux que nous avons pris envers nous-même, et du premier surtout, qui est de vivre pour valoir et mériter.

a small child, no other Biblical character's fate seemed to me as miserable as Noah's, because of the Flood that kept him cooped up in the ark for forty days. Later, I was often sick, and I, too, had to spend long days in the "ark." I then understood that Noah never could see the world as well as from the ark, even though it was enclosed and night had fallen over the earth. When my convalescence started, my mother, who had not left me, and who even stayed by my bedside at night, "opened the door of the ark" and left. However, like the dove, "she came back that evening." Then I was fully cured, and like the dove "she did not come back again."[9] I had to start living again, to turn away from myself, to hear harsher words than those of my mother; furthermore, her words, so perpetually gentle up to that point, were no longer the same; they were marked with the severity of life and of duty, which she had to teach me. Gentle dove of the Flood, upon seeing you leave, how could one not think that the patriarch Noah felt some sadness blend with the joy of a world being reborn? Sweetness of the suspension of life, of the real "Truce of God" that interrupts work and evil desires; "Grace" of sickness that brings us closer to the realities beyond death—and its graces, too, graces of "those vain ornaments and those heavy veils," of the hair that an intrusive hand "has taken care to gather";[10] gentle faithfulness of a mother and a friend who so often appeared to us as the very face of our sadness, or like the protective gesture implored by our weakness, and which will end at the threshold of our convalescence, I have often suffered from feeling you to be so far away from me, all of you exiled descendants of the dove of the ark. And truly, who has not known such moments, dear Willie, when he wanted to be where you are? We make so many commitments toward life that there comes a time when, despairing of ever being able to fulfill them all, we turn toward the grave, we call for death, "death that comes to the aid of the destinies that must struggle to be fulfilled." But while death may release us from the commitments we made toward life, it cannot release us from those we have made toward ourselves, and especially not from the first commitment, which is to live in order to be worthy and deserving.

Plus grave qu'aucun de nous, vous étiez aussi plus enfant qu'aucun, non pas seulement par la pureté du cœur, mais par une gaieté candide et délicieuse. Charles de Grancey avait le don que je lui enviais de pouvoir, avec des souvenirs de collège, réveiller brusquement ce rire qui ne s'endormait jamais bien longtemps, et que nous n'entendrons plus.

Si quelques-unes de ces pages ont été écrites à vingt-trois ans, bien d'autres (Violante, presque tous les Fragments de Comédie italienne, etc.) datent de ma vingtième année. Toutes ne sont que la vaine écume d'une vie agitée, mais qui maintenant se calme. Puisse-t-elle être un jour assez limpide pour que les Muses daignent s'y mirer et qu'on voie courir à la surface le reflet de leurs sourires et de leurs danses.

Je vous donne ce livre. Vous êtes, hélas ! le seul de mes amis dont il n'ait pas à redouter les critiques. J'ai au moins la confiance que nulle part la liberté du ton ne vous y eût choqué. Je n'ai jamais peint l'immoralité que chez des êtres d'une conscience délicate. Aussi, trop faibles pour vouloir le bien, trop nobles pour jouir pleinement dans le mal, ne connaissant que la souffrance, je n'ai pu parler d'eux qu'avec une pitié trop sincère pour qu'elle ne purifiât pas ces petits essais. Que l'ami véritable, le Maître illustre et bien-aimé qui leur ont ajouté, l'un la poésie de sa musique, l'autre la musique de son incomparable poésie, que M. Darlu aussi, le grand philosophe dont la parole inspirée, plus sûre de durer qu'un écrit, a, en moi comme en tant d'autres, engendré la pensée, me pardonnent d'avoir réservé pour vous ce gage dernier d'affection, se souvenant qu'aucun vivant, si grand soit-il ou si cher, ne doit être honoré qu'après un mort.

Juillet 1894.

More serious than any of us, you were also the most child-like, not only through purity of heart, but through a candid and delightful cheerfulness. Charles de Grancey had a gift I envied him; with anecdotes from our school days, he could suddenly awaken that laughter, which was never asleep for very long, and which we will never hear again.

While some of these pages were written at the age of twenty-three, several others ("Violante," almost all the "Fragments of Italian Comedy," etc.) are from my twentieth year. They are all merely the vain foam of a restless life, which is now calming down. May it one day be clear enough that the Muses will deign to gaze into it and that the reflections of their smiles and dances will be visible on its surface.

I give you this book. You are, alas, the only one of my friends whose criticism it need not fear. At least, I am confident that nowhere in it would you have been shocked by the liberty of its tone. I have only depicted immorality among people with a delicate conscience. I have therefore been able to speak about them only with a pity too sincere not to purify these little essays, as they are too weak to want goodness, too noble to find full enjoyment in evil, knowing only suffering. May the true friend, may the illustrious and beloved Master,[11] who gave them, respectively, the poetry of his music and the music of his incomparable poetry, may also Monsieur Darlu,[12] the great philosopher whose inspired words, more assured of lasting than a text, have stimulated my mind and so many others, may they forgive me for having reserved for you this last token of affection, and may they remember that any living person, no matter how great or how dear, should only be honored after the dead.

July 1894

LA MORT DE BALDASSARE SILVANDE
VICOMTE DE SYLVANIE

I

« Apollon gardait les troupeaux d'Admète,
disent les poètes ; chaque homme aussi est
un dieu déguisé qui contrefait le fou. »

EMERSON

« Monsieur Alexis, ne pleurez pas comme cela, M. le vicomte de Sylvanie va peut-être vous donner un cheval.

— Un grand cheval, Beppo, ou un poney ?

— Peut-être un grand cheval comme celui de M. Cardenio. Mais ne pleurez donc pas comme cela . . . le jour de vos treize ans ! »

L'espoir de recevoir un cheval et le souvenir qu'il avait treize ans firent briller, à travers les larmes, les yeux d'Alexis. Mais il n'était pas consolé puisqu'il fallait aller voir son oncle Baldassare Silvande, vicomte de Sylvanie. Certes, depuis le jour où il avait entendu dire que la maladie de son oncle était inguérissable, Alexis l'avait vu plusieurs fois. Mais depuis, tout avait bien changé. Baldassare s'était rendu compte de son mal et savait maintenant qu'il avait au plus trois ans à vivre. Alexis, sans comprendre d'ailleurs comment cette certitude n'avait pas tué de chagrin ou rendu fou son oncle, se sentait incapable de supporter la douleur de le voir. Persuadé qu'il allait lui parler de sa fin prochaine, il ne se croyait pas la force, non seulement de le consoler, mais même de retenir ses sanglots. Il avait toujours adoré son oncle, le plus grand, le plus beau,

THE DEATH OF BALDASSARE SILVANDE, VISCOUNT OF SYLVANIA

I

*The poets say that Apollo tended the flocks
of Admetus; so too each man is a God in
disguise who plays the fool.*
(Ralph Waldo Emerson, *Essays*, I. "History")[1]

"Monsieur Alexis,[2] don't cry like that. Perhaps the Viscount of Sylvania will give you a horse."
"A big horse, Beppo, or a little pony?"
"Perhaps a big horse, like Monsieur Cardenio's. But please don't cry like that . . . not on your thirteenth birthday!"

The hope of getting a horse and the reminder that he was now thirteen years old made Alexis's eyes shine, through his tears. However, he did not feel consoled, since he would have to go visit his uncle Baldassare Silvande, Viscount of Sylvania.[3] Of course, since the day he had heard that his uncle's illness was incurable, Alexis had seen him several times. Since then, however, everything had changed. Baldassare had realized how sick he was and now knew he had at most three years left to live. Alexis, who moreover could not understand how that certainty had not driven his uncle to madness or death from excess of grief, felt incapable of bearing the pain of seeing him. Convinced his uncle would speak to him of his impending death, Alexis thought he lacked the strength, not only to console Baldassare, but even to hold back his own sobs. He had always idolized his uncle, the tallest,[4] handsomest,

11

le plus jeune, le plus vif, le plus doux de ses parents. Il aimait ses yeux gris, ses moustaches blondes, ses genoux, lieu profond et doux de plaisir et de refuge quand il était plus petit, et qui lui semblaient alors inaccessibles comme une citadelle, amusants comme des chevaux de bois et plus inviolables qu'un temple. Alexis, qui désapprouvait hautement la mise sombre et sévère de son père et rêvait à un avenir où, toujours à cheval, il serait élégant comme une dame et splendide comme un roi, reconnaissait en Baldassare l'idéal le plus élevé qu'il se formait d'un homme ; il savait que son oncle était beau, qu'il lui ressemblait, il savait aussi qu'il était intelligent, généreux, qu'il avait une puissance égale à celle d'un évêque ou d'un général. À la vérité, les critiques de ses parents lui avaient appris que le vicomte avait des défauts. Il se rappelait même la violence de sa colère le jour où son cousin Jean Galeas s'était moqué de lui, combien l'éclat de ses yeux avait trahi les jouissances de sa vanité quand le duc de Parme lui avait fait offrir la main de sa sœur (il avait alors, en essayant de dissimuler son plaisir, serré les dents et fait une grimace qui lui était habituelle et qui déplaisait à Alexis) et le ton méprisant dont il parlait à Lucretia qui faisait profession de ne pas aimer sa musique.

Souvent, ses parents faisaient allusion à d'autres actes de son oncle qu'Alexis ignorait, mais qu'il entendait vivement blâmer.

Mais tous les défauts de Baldassare, sa grimace vulgaire, avaient certainement disparu. Quand son oncle avait su que dans deux ans peut-être il serait mort, combien les moqueries de Jean Galeas, l'amitié du duc de Parme et sa propre musique avaient dû lui devenir indifférentes. Alexis se le représentait aussi beau, mais solennel et plus parfait encore qu'il ne l'était auparavant. Oui, solennel et déjà plus tout à fait de ce monde. Aussi à son désespoir se mêlait un peu d'inquiétude et d'effroi.

Les chevaux étaient attelés depuis longtemps, il fallait partir ; il monta dans la voiture, puis redescendit pour aller demander un dernier conseil à son précepteur. Au moment de parler, il devint très rouge :

« Monsieur Legrand, vaut-il mieux que mon oncle croie ou ne croie pas que je sais qu'il sait qu'il doit mourir ?

youngest, liveliest, and gentlest[5] of his relatives. He loved his
uncle's gray eyes, his blond mustache, and his lap,[6] a deep and
soft place of pleasure and refuge when he was a small boy, and
which then seemed to be as inaccessible as a citadel, as much fun
as wooden horses,[7] and more inviolable than a temple. Alexis,
who highly disapproved of his father's somber and severe way
of dressing, and who dreamed of a future life during which,
always on horseback, he would be as elegant as a lady and as
splendid as a king, discerned in Baldassare the noblest form of
manhood. He knew his uncle was handsome, knew that he re-
sembled him; he also knew his uncle to be intelligent, generous,
and as powerful as a bishop or a general. In truth, his parents'
criticisms had taught him that the Viscount had his flaws. He
even remembered the intensity of his uncle's anger on the day
his cousin Jean[8] Galeas had mocked him, how the gleam in his
eyes had revealed him to be reveling in vanity when the Duke
of Parma had offered him his sister's hand in marriage (he had
then, while attempting to conceal his delight, clenched his teeth
and made a familiar grimace that Alexis disliked), and how
he had used a condescending tone when speaking to Lucretia,
who made it a point to show she disliked his music.

Frequently, his parents alluded to other things his uncle did,
things Alexis knew nothing about, but which he heard being
sharply condemned.

However, all of Baldassare's shortcomings, his vulgar grimace,
had certainly disappeared. When his uncle learned that he might
be dead within two years, how Jean Galeas's mocking, the Duke
of Parma's friendship, and his own music must have become of
little importance to him. Alexis still perceived him as handsome,
but solemn and even more perfect than he had previously been.
Yes, solemn and already no longer fully of this world. Thus, to
his despair was added a degree of apprehension and dread.

The horses had long been harnessed; it was time to leave.
He climbed into the carriage, then came back out to ask his
tutor for one last piece of advice. As he was about to speak,
he blushed deeply:

"Monsieur Legrand, is it preferable that my uncle believe
or not believe that I know that he must die?"

— Qu'il ne le croie pas, Alexis !

— Mais, s'il m'en parle ?

— Il ne vous en parlera pas.

— Il ne m'en parlera pas ? » dit Alexis étonné, car c'était la seule alternative qu'il n'eût pas prévue : chaque fois qu'il commençait à imaginer sa visite à son oncle, il l'entendait lui parler de la mort avec la douceur d'un prêtre.

« Mais, enfin, s'il m'en parle ?

— Vous direz qu'il se trompe.

— Et si je pleure ?

— Vous avez trop pleuré ce matin, vous ne pleurerez pas chez lui.

— Je ne pleurerai pas ! s'écria Alexis avec désespoir, mais il croira que je n'ai pas de chagrin, que je ne l'aime pas . . . mon petit oncle !»

Et il se mit à fondre en larmes. Sa mère, impatientée d'attendre, vint le chercher ; ils partirent.

Quand Alexis eut donné son petit paletot à un valet en livrée verte et blanche, aux armes de Sylvanie, qui se tenait dans le vestibule, il s'arrêta un moment avec sa mère à écouter un air de violon qui venait d'une chambre voisine. Puis, on les conduisit dans une immense pièce ronde entièrement vitrée où le vicomte se tenait souvent. En entrant, on voyait en face de soi la mer, et, en tournant la tête, des pelouses, des pâturages et des bois ; au fond de la pièce, il y avait deux chats, des roses, des pavots et beaucoup d'instruments de musique. Ils attendirent un instant.

Alexis se jeta sur sa mère, elle crut qu'il voulait l'embrasser, mais il lui demanda tout bas, sa bouche collée à son oreille :

« Quel âge a mon oncle ?

— Il aura trente-six ans au mois de juin. »

Il voulut demander : « Crois-tu qu'il aura jamais trente-six ans ? » mais il n'osa pas.

Une porte s'ouvrit, Alexis trembla, un domestique dit :

« Monsieur le vicomte vient à l'instant. »

Bientôt le domestique revint faisant entrer deux paons et un chevreau que le vicomte emmenait partout avec lui. Puis on entendit de nouveaux pas et la porte s'ouvrit encore.

"He must not believe it, Alexis!"

"But what if he talks to me about it?"

"He will not talk to you about it."

"He will not talk to me about it?" said Alexis, astonished, for it was the only alternative he had not foreseen: each time he started to imagine his visit with his uncle, he could hear him speak of death with the gentleness of a priest.

"But what if he really does talk to me about it?"

"Just say he's mistaken."

"And what if I cry?"

"You cried too much this morning. You won't cry when you're in his home."

"I won't cry!" exclaimed Alexis in despair. "But he'll think that I'm not at all sad, that I don't love him . . . my dear uncle!"

And he burst into tears. His mother, tired of waiting, came to fetch him. They left.

When Alexis had given his little coat to a valet dressed in green and white livery, bearing the Sylvanian coat of arms, who was standing in the entrance hall, he stopped for a moment with his mother to listen to a tune played on a violin that was coming from a nearby room. Then they were led into a huge circular room, with windows all around, in which the viscount spent much of his time. Upon entering, one looked out directly at the sea, and, upon turning one's head, lawns, pastureland, and woods were visible. At the back of the room, there were two cats, roses, poppies, and many musical instruments. They waited for a moment.

Alexis rushed to his mother. She thought he wanted to kiss her, but he asked in a hushed tone, his mouth directly at her ear:

"How old is my uncle?"

"He'll be thirty-six in June."

He wanted to ask: "Do you think he ever will be thirty-six?" But he didn't dare.

A door was opened; Alexis trembled; a servant said: "The Viscount will be here momentarily."

Soon the servant came back and brought in two peacocks and a young goat that the Viscount took everywhere with him. Then other footsteps were heard and the door was again opened.

« Ce n'est rien, se dit Alexis dont le cœur battait chaque fois qu'il entendait du bruit, c'est sans doute un domestique, oui, bien probablement un domestique.» Mais en même temps, il entendait une voix douce :

« Bonjour, mon petit Alexis, je te souhaite une bonne fête.» Et son oncle en l'embrassant lui fit peur. Il s'en aperçut sans doute et sans plus s'occuper de lui, pour lui laisser le temps de se remettre, il se mit à causer gaiement avec la mère d'Alexis, sa belle-sœur, qui, depuis la mort de sa mère, était l'être qu'il aimait le plus au monde.

Maintenant, Alexis, rassuré, n'éprouvait plus qu'une immense tendresse pour ce jeune homme encore si charmant, à peine plus pâle, héroïque au point de jouer la gaieté dans ces minutes tragiques. Il aurait voulu se jeter à son cou et n'osait pas, craignant de briser l'énergie de son oncle qui ne pourrait plus rester maître de lui. Le regard triste et doux du vicomte lui donnait surtout envie de pleurer. Alexis savait que toujours ses yeux avaient été tristes et même, dans les moments les plus heureux, semblaient implorer une consolation pour des maux qu'il ne paraissait pas ressentir. Mais, à ce moment, il crut que la tristesse de son oncle, courageusement bannie de sa conversation, s'était réfugiée dans ses yeux qui, seuls, dans toute sa personne, étaient alors sincères avec ses joues maigries.

« Je sais que tu aimerais conduire une voiture à deux chevaux, mon petit Alexis, dit Baldassare, on t'amènera demain un cheval. L'année prochaine, je compléterai la paire et, dans deux ans, je te donnerai la voiture. Mais, peut-être, cette année, pourras-tu toujours monter le cheval, nous l'essayerons à mon retour. Car je pars décidément demain, ajouta-t-il, mais pas pour longtemps. Avant un mois je serai revenu et nous irons ensemble en matinée, tu sais, voir la comédie où je t'ai promis de te conduire.» Alexis savait que son oncle allait passer quelques semaines chez un de ses amis, il savait aussi qu'on permettait encore à son oncle d'aller au théâtre ; mais tout pénétré qu'il était de cette idée de la mort qui l'avait profondément bouleversé avant d'aller chez son oncle, ses paroles lui causèrent un étonnement douloureux et profond.

"It's nothing," Alexis told himself, his heartbeat accelerating every time he heard a noise. "It must be a servant, yes, most likely a servant." But at the same time, he heard a gentle voice: "Hello, my dear little Alexis, happy birthday." And he was scared when his uncle kissed him. No doubt noticing this and paying no further attention to him, in order to give him time to calm down, Baldassare started chatting cheerfully with Alexis's mother, his sister-in-law, who, since the death of his mother, was the person he loved most in the world.

Presently, Alexis, reassured, felt nothing but boundless tenderness for this young man who was still so charming, only slightly paler, so heroic as to feign cheerfulness during these tragic moments. He would have liked to hug him but didn't dare, out of fear of shattering his uncle's willpower, of making him lose his self-control. The Viscount's sad and gentle gaze especially made him want to cry. Alexis knew his eyes had always been sad, and even in the happiest moments seemed to call out for consolation for sorrows that he did not appear to feel. But at that moment, he thought the sadness of his uncle, which was courageously banished from his conversation, had found refuge in his eyes, the only part of his body, along with his sunken cheeks, that seemed sincere.

"I know you'd like to drive a two-horse carriage, young Alexis," said Baldassare. "Tomorrow you'll get one horse. Next year you'll have a second one, and in two years I'll give you a carriage. For this year, perhaps you'll be able to ride the horse; we'll try that when I return. For I'm definitely leaving tomorrow, he added, but not for long. Within a month I'll be back and we'll go together to a matinee showing of that comedy, you know, the one I promised to take you to."

Alexis knew that his uncle was going to spend a few weeks at the home of one of his friends, he also knew that his uncle was still allowed to go see a play; but obsessed as he was with the idea of death that had so deeply upset him before going to see his uncle, Alexis was painfully, profoundly stunned by these words.

« Je n'irai pas, se dit-il. Comme il souffrirait d'entendre les bouffonneries des acteurs et le rire du public ! »

« Quel est ce joli air de violon que nous avons entendu en entrant ? demanda la mère d'Alexis.

— Ah ! vous l'avez trouvé joli ? dit vivement Baldassare d'un air joyeux. C'est la romance dont je vous avais parlé. »

« Joue-t-il la comédie ? se demanda Alexis. Comment le succès de sa musique peut-il encore lui faire plaisir ? »

À ce moment, la figure du vicomte prit une expression de douleur profonde ; ses joues avaient pâli, il fronça les lèvres et les sourcils, ses yeux s'emplirent de larmes.

« Mon Dieu ! s'écria intérieurement Alexis, ce rôle est au-dessus de ses forces. Mon pauvre oncle ! Mais aussi pourquoi craint-il tant de nous faire de la peine ? Pourquoi prendre à ce point sur lui ? »

Mais les douleurs de la paralysie générale qui serraient parfois Baldassare comme dans un corset de fer jusqu'à lui laisser sur le corps des marques de coups, et dont l'acuité venait de contracter malgré lui son visage, s'étaient dissipées.

Il se remit à causer avec bonne humeur, après s'être essuyé les yeux.

« Il me semble que le duc de Parme est moins aimable pour toi depuis quelque temps ? demanda maladroitement la mère d'Alexis.

— Le duc de Parme ! s'écria Baldassare furieux, le duc de Parme moins aimable ! mais à quoi pensez-vous, ma chère ? Il m'a encore écrit ce matin pour mettre son château d'Illyrie à ma disposition si l'air des montagnes pouvait me faire du bien. »

Il se leva vivement, mais réveilla en même temps sa douleur atroce, il dut s'arrêter un moment ; à peine elle fut calmée, il appela :

« Donnez-moi la lettre qui est près de mon lit. »

Et il lut vivement :

« Mon cher Baldassare,

« Combien je m'ennuie de ne pas vous voir, etc., etc. »

"I won't go!" he told himself. "How he would suffer if he heard the actors' clowning and the audience's laughter!"

"What is that pretty violin tune we heard when we came in?" Alexis's mother asked.

"So, you found it pretty?" Baldassare quickly answered in a joyful tone. "It's the love song I told you about."

"Is he play-acting?" Alexis wondered. "How can the success of his music still bring him pleasure?"

At that moment, the Viscount's face took on a deeply pained expression; his cheeks had become pale; he pinched his lips as well as his eyebrows together; his eyes filled with tears.

"My God!" Alexis cried out mentally. "He's not strong enough to keep up the pretense. My poor uncle! But then why is he so afraid of saddening us? Why is he holding back his feelings so much?"

However, the pain from the general paralysis that sometimes tightened around Baldassare with an iron grip, to the point of leaving bruises on his skin, the pain whose sudden intensity had forced him to contort his face, had dissipated.

He went back to chatting cheerfully, after wiping his eyes.

"I have the impression the Duke of Parma has been less friendly toward you recently?" Alexis's mother asked awkwardly.

"The Duke of Parma!" Baldassare blurted out furiously. "The Duke of Parma, less friendly! What gave you that impression, my dear? He wrote me again this morning to put his castle in Illyria at my disposal, if the mountain air could do me good."

He stood up briskly, but at the same time reawakened his horrible pain. He had to pause a moment. No sooner had the pain died out, he called to a servant: "Bring me the letter that is on my bedside table."

And he keenly read:

"My Dear Baldassare,

How sorry I am not to see you, etc., etc."

Au fur et à mesure que se développait l'amabilité du prince, la figure de Baldassare s'adoucissait, brillait d'une confiance heureuse. Tout à coup, voulant sans doute dissimuler une joie qu'il ne jugeait pas très élevée, il serra les dents et fit la jolie petite grimace vulgaire qu'Alexis avait crue à jamais bannie de sa face pacifiée par la mort.

En plissant comme autrefois la bouche de Baldassare, cette petite grimace dessilla les yeux d'Alexis qui depuis qu'il était près de son oncle avait cru, avait voulu contempler le visage d'un mourant à jamais détaché des réalités vulgaires et où ne pouvait plus flotter qu'un sourire héroïquement contraint, tristement tendre, céleste et désenchanté. Maintenant il ne douta plus que Jean Galeas, en taquinant son oncle, l'aurait mis, comme auparavant, en colère, que dans la gaieté du malade, dans son désir d'aller au théâtre il n'entrait ni dissimulation ni courage, et qu'arrivé si près de la mort, Baldassare continuait à ne penser qu'à la vie.

En rentrant chez lui, Alexis fut vivement frappé par cette pensée que lui aussi mourrait un jour, et que s'il avait encore devant lui beaucoup plus de temps que son oncle, le vieux jardinier de Baldassare et sa cousine, la duchesse d'Alériouvres, ne lui survivraient certainement pas longtemps. Pourtant, assez riche pour se retirer, Rocco continuait à travailler sans cesse pour gagner plus d'argent encore, et tâchait d'obtenir un prix pour ses roses. La duchesse, malgré ses soixante-dix ans, prenait grand soin de se teindre, et, dans les journaux, payait des articles où l'on célébrait la jeunesse de sa démarche, l'élégance de ses réceptions, les raffinements de sa table et de son esprit.

Ces exemples ne diminuèrent pas l'étonnement où l'attitude de son oncle avait plongé Alexis, mais lui en inspiraient un pareil qui, gagnant de proche en proche, s'étendit comme une stupéfaction immense sur le scandale universel de ces existences dont il n'exceptait pas la sienne propre, marchant à la mort à reculons, en regardant la vie.

Résolu à ne pas imiter une aberration si choquante, il décida, à l'imitation des anciens prophètes dont on lui avait enseigné

As the Duke's friendliness progressed and developed, Baldassare's face softened, shone with happiness and confidence. All of a sudden, no doubt wishing to conceal a form of joyfulness he found less than elevated, he clenched his teeth and made the pretty little vulgar grimace that Alexis had thought forever banished from his face, pacified as it should be by death. By pursing Baldassare's mouth, as it had been earlier, the little grimace opened Alexis's eyes, dispelling his illusions. Since the beginning of his meeting with his uncle, he had hoped, had desired to gaze upon the face of a dying man who was forever distanced from vulgar reality, whose only expression could be a vague, heroically forced smile, sadly tender, heavenly and disenchanted. Now he no longer doubted that Jean Galeas, by teasing his uncle, would have angered him, as in the past, that in the joyfulness of the sick man, in his wish to see a play, there was neither concealment nor courage, and that, having come so close to death, Baldassare continued to think only of life.

As he went back home, Alexis was suddenly struck by the thought that he too would die one day, and that while he still had much more time ahead of him than his uncle, by contrast, Baldassare's old gardener, as well as his cousin, the Duchess d'Alériouvres, would most likely not outlive him for very long. Nevertheless, although he had the means to retire, Rocco continued to work ceaselessly to earn still more money, and strove to win a prize for his roses. The Duchess, though she was past seventy, took great care to dye her hair, and paid for newspaper announcements that celebrated the youthfulness of her bearing, the elegance of her receptions, the refinements of her dinner table and of her witty conversation.

These examples did not diminish Alexis's surprise over his uncle's attitude. Rather, they inspired more surprise that, one example leading to another, spread like an immense wonderment over the universal scandal of these lives, among which he counted his own, that were walking backward toward death, while still gazing at life.

Determined not to imitate such a shocking aberration, he decided, emulating the ancient prophets he had been taught

la gloire, de se retirer dans le désert avec quelques-uns de ses petits amis et en fit part à ses parents.

Heureusement, plus puissante que leurs moqueries, la vie dont il n'avait pas encore épuisé le lait fortifiant et doux tendit son sein pour le dissuader. Et il se remit à y boire avec une avidité joyeuse dont son imagination crédule et riche écoutait naïvement les doléances et réparait magnifiquement les déboires.

II

« La chair est triste, hélas . . . »

STÉPHANE MALLARMÉ

Le lendemain de la visite d'Alexis, le vicomte de Sylvanie était parti pour le château voisin où il devait passer trois ou quatre semaines et où la présence de nombreux invités pouvait distraire la tristesse qui suivait souvent ses crises.

Bientôt tous les plaisirs s'y résumèrent pour lui dans la compagnie d'une jeune femme qui les lui doublait en les partageant. Il crut sentir qu'elle l'aimait, mais garda pourtant quelque réserve avec elle : il la savait absolument pure, attendant impatiemment d'ailleurs l'arrivée de son mari ; puis il n'était pas sûr de l'aimer véritablement et sentait vaguement quel péché ce serait de l'entraîner à mal faire. À quel moment leurs rapports avaient-ils été dénaturés, il ne put jamais se le rappeler. Maintenant, comme en vertu d'une entente tacite, et dont il ne pouvait déterminer l'époque, il lui baisait les poignets et lui passait la main autour du cou. Elle paraissait si heureuse qu'un soir il fit plus : il commença par l'embrasser ; puis il la caressa longuement et de nouveau l'embrassa sur les yeux, sur la joue, sur la lèvre, dans le cou, aux coins du nez. La bouche de la jeune femme allait en souriant au-devant des caresses, et ses regards brillaient dans leurs profondeurs comme une eau tiède de soleil. Les caresses de Baldassare cependant étaient devenues plus hardies ; à un moment il la regarda ; il fut frappé de sa pâleur, du désespoir infini qu'exprimaient son front mort, ses yeux navrés et las qui pleuraient, en regards

to glorify, to retire to a desert with some of his young friends, and he communicated his decision to his parents.

Happily, life, which was more powerful than his parents' teasing, and whose sweet, strengthening milk he had not yet fully drunk, offered its breast to dissuade him. And he started drinking again with a joyful eagerness, whose grievances were naively heard, and whose disappointments were magnificently healed, by his credulous and rich imagination.

II

The flesh is sad, alas . . . [9]

(Stéphane Mallarmé)

The day after Alexis's visit, the Viscount of Sylvania left for a nearby castle where he was supposed to spend three or four weeks and where the presence of numerous guests could take his mind off the sadness that often followed his attacks.

Soon all forms of pleasure were summed up for him in the company of a young woman who doubled them for him by sharing them. He seemed to feel that she loved him, but still remained reserved with her: he knew her to be absolutely pure, impatiently awaiting the arrival of her husband; also he was not sure of being truly in love with her and vaguely felt what a sin it would be to lead her to act badly. At what point had their relationship become perverted? He never could remember. Now, as if by a tacit understanding, whose originating point he could not determine, he would kiss her wrists and stroke her neck. She looked so happy that one evening he did more: he started by kissing her; then he caressed her at length and once again kissed her eyes, her cheek, her lip, her neck, the sides of her nose. The young woman's mouth, with a smile, sought out his caresses, and her gaze shone in its depth like sun-warmed water. Baldassare's caresses had meanwhile grown bolder; at one point he looked at her; he was struck by her paleness, by the infinite despair expressed by her deadened brow, by the wretchedness and weariness in her crying eyes, whose gaze was sadder than tears, like the

plus tristes que des larmes, comme la torture endurée pendant une mise en croix ou après la perte irréparable d'un être adoré. Il la considéra un instant ; et alors dans un effort suprême elle leva vers lui ses yeux suppliants qui demandaient grâce, en même temps que sa bouche avide, d'un mouvement inconscient et convulsif, redemandait des baisers.

Repris tous deux par le plaisir qui flottait autour d'eux dans le parfum de leurs baisers et le souvenir de leurs caresses, ils se jetèrent l'un sur l'autre en fermant désormais les yeux, ces yeux cruels qui leur montraient la détresse de leurs âmes, ils ne voulaient pas la voir et lui surtout fermait les yeux de toutes ses forces comme un bourreau pris de remords et qui sent que son bras tremblerait au moment de frapper sa victime, si au lieu de l'imaginer encore excitante pour sa rage et le forçant à l'assouvir, il pouvait la regarder en face et ressentir un moment sa douleur.

La nuit était venue et elle était encore dans sa chambre, les yeux vagues et sans larmes. Elle partit sans lui dire un mot, en baisant sa main avec une tristesse passionnée.

Lui pourtant ne pouvait dormir et s'il s'assoupissait un moment, frissonnait en sentant levés sur lui les yeux suppliants et désespérés de la douce victime. Tout à coup, il se la représenta telle qu'elle devait être maintenant, ne pouvant dormir non plus et se sentant si seule. Il s'habilla, marcha doucement jusqu'à sa chambre, n'osant pas faire de bruit pour ne pas la réveiller si elle dormait, n'osant pas non plus rentrer dans sa chambre à lui où le ciel et la terre et son âme l'étouffaient de leur poids. Il resta là, au seuil de la chambre de la jeune femme, croyant à tout moment qu'il ne pourrait se contenir un instant de plus et qu'il allait entrer ; puis, épouvanté à la pensée de rompre ce doux oubli qu'elle dormait d'une haleine dont il percevait la douceur égale, pour la livrer cruellement au remords et au désespoir, hors des prises de qui elle trouvait un moment le repos, il resta là au seuil, tantôt assis, tantôt à genoux, tantôt couché. Au matin, il rentra dans sa chambre, frileux et calmé, dormit longtemps et se réveilla plein de bien-être.

torture endured on the cross or after the irreparable loss of a loved one. He contemplated her for a moment; and then, in a supreme effort, she raised toward him her eyes that begged for mercy, at the same time as her mouth, unconsciously and convulsively, sought out more kisses from him.

Once again caught up in the pleasure that floated around them, in the perfume of their kisses and the memory of their caresses, they threw themselves in each other's arms, their eyes now closed. Those cruel eyes showed their souls' anguish, which they did not want to see. He especially kept his eyes tightly shut, like an executioner struck with remorse, and who feels that his arm might tremble when delivering the fatal blow, if instead of imagining his victim as stimulating his rage and forcing him to satisfy it, he could look directly at her and for a moment feel her pain.

Night had fallen and she was still in his room, her eyes vacant and without tears. She left without saying a word, kissing his hand with a passionate sadness.

And yet he was unable to sleep. If for a moment he felt drowsy, he suddenly shivered as he felt the pleading, desperate eyes of the sweet victim raised toward him. All of a sudden, he pictured her as she probably was then, also unable to sleep and feeling so alone. He dressed, walked softly to her room, not daring to make noise that might wake her, if she slept, not daring either to return to his own room where heaven and earth and his soul smothered him under their weight. He remained there, at the door of the young woman's room, continuously thinking that he would be unable to restrain himself a moment longer and that he would go inside; then, terrified at the thought of interrupting the sweet forgetfulness in which she slept, as he pictured her breathing softly and regularly, terrified that he would cruelly awaken her remorse and despair, out of whose reaches she now briefly found respite, he remained there at her door, alternately seated, kneeling, or lying down. In the morning, he went back to his room, chilly and calmed. He slept for a long time and awoke with contentment.

Ils s'ingénièrent réciproquement à rassurer leurs consciences, ils s'habituèrent aux remords qui diminuèrent, au plaisir qui devint aussi moins vif, et, quand il retourna en Sylvanie, il ne garda comme elle qu'un souvenir doux et un peu froid de ces minutes enflammées et cruelles.

III

« Sa jeunesse lui fait du bruit, il
n'entend pas. »
MME DE SÉVIGNÉ

Quand Alexis, le jour de ses quatorze ans, alla voir son oncle Baldassare, il ne sentit pas se renouveler, comme il s'y était attendu, les violentes émotions de l'année précédente. Les courses incessantes sur le cheval que son oncle lui avait donné, en développant ses forces, avaient lassé tout son énervement et avivaient en lui ce sentiment continu de la bonne santé, qui s'ajoute alors à la jeunesse, comme la conscience obscure de la profondeur de ses ressources et de la puissance de son allégresse. À sentir, sous la brise éveillée par son galop, sa poitrine gonflée comme une voile, son corps brûlant comme un feu d'hiver et son front aussi frais que les feuillages fugitifs qui le ceignaient au passage, à raidir en rentrant son corps sous l'eau froide ou à le délasser longuement pendant les digestions savoureuses, il exaltait en lui ces puissances de la vie qui, après avoir été l'orgueil tumultueux de Baldassare, s'étaient à jamais retirées de lui pour aller réjouir des âmes plus jeunes, qu'un jour pourtant elles déserteraient aussi.

Rien en Alexis ne pouvait plus défaillir de la faiblesse de son oncle, mourir à sa fin prochaine. Le bourdonnement joyeux de son sang dans ses veines et de ses désirs dans sa tête l'empêchait d'entendre les plaintes exténuées du malade. Alexis était entré dans cette période ardente où le corps travaille si robustement à élever ses palais entre lui et l'âme qu'elle semble bientôt avoir disparu jusqu'au jour où la maladie ou le chagrin ont lentement miné la douloureuse fissure au bout de

They strove to calm each other's conscience; they became accustomed to the remorse that diminished, to the pleasure that also became less keen, and when he returned to Sylvania, he kept only, as did she, a sweet and somewhat cold memory of their burning and cruel moments together.

III

The noise of his youth keeps him
from hearing.

(Madame de Sévigné)[10]

When Alexis, on his fourteenth birthday, went to see his uncle Baldassare, he did not feel the renewal, as he had expected, of the previous year's violent emotions. The constant riding on the horse his uncle had given him, by increasing his strength, had worn out his overexcited nerves and had vivified in him that continuous feeling of good health, which accompanies youth, like the obscure consciousness of the depth of its resources and the power of its joy. As he felt, under the breeze stirred up by his gallop, his chest swelling like a sail, his body burning like a winter fire, and his brow as cool as the fleeting leaves that encircled it as he rode, as he stiffened and tightened his body in cold water or as he relaxed it during long, delicious periods of digestion, he exalted within himself the powerful forces of life that, after having provided boisterous pride to Baldassare, had forever left him to go bring joy to younger souls, whom one day they would nevertheless also leave.

Nothing in Alexis could now falter at his uncle's weakness, could die of his imminent demise. The joyful humming of his blood in his veins and of his desires in his mind kept him from hearing the exhausted moans of the ailing man. Alexis had entered into that ardent period of life during which the body works so vigorously to raise its palaces between itself and the soul that the latter soon seems to disappear, until the day when illness or grief have slowly carved out the painful cleft, at the end of

laquelle *elle* réapparaît. Il s'était habitué à la maladie mortelle de son oncle comme à tout ce qui dure autour de nous, et bien qu'il vécût encore, parce qu'il lui avait fait pleurer une fois ce que nous font pleurer les morts, il avait agi avec lui comme avec un mort, il avait commencé à oublier.

Quand son oncle lui dit ce jour-là : « Mon petit Alexis, je te donne la voiture en même temps que le second cheval », il avait compris que son oncle pensait : « parce que sans cela tu risquerais de ne jamais avoir la voiture », et il savait que c'était une pensée extrêmement triste. Mais il ne la sentait pas comme telle, parce que actuellement il n'y avait plus de place en lui pour la tristesse profonde.

Quelques jours après, il fut frappé dans une lecture par le portrait d'un scélérat que les plus touchantes tendresses d'un mourant qui l'adorait n'avaient pas ému.

Le soir venu, la crainte d'être le scélérat dans lequel il avait cru se reconnaître l'empêcha de s'endormir. Mais le lendemain, il fit une si belle promenade à cheval, travailla si bien, se sentit d'ailleurs tant de tendresse pour ses parents vivants qu'il recommença à jouir sans scrupules et à dormir sans remords.

Cependant le vicomte de Sylvanie, qui commençait à ne plus pouvoir marcher, ne sortait plus guère du château. Ses amis et ses parents passaient toute la journée avec lui, et il pouvait avouer la folie la plus blâmable, la dépense la plus absurde, faire montre du paradoxe ou laisser entrevoir le défaut le plus choquant sans que ses parents lui fissent des reproches, que ses amis se permissent une plaisanterie ou une contradiction. Il semblait que tacitement on lui eût ôté la responsabilité de ses actes et de ses paroles. Il semblait surtout qu'on voulût l'empêcher d'entendre à force de les ouater de douceur, sinon de les vaincre par des caresses, les derniers grincements de son corps que quittait la vie.

Il passait de longues et charmantes heures couché en tête à tête avec soi-même, le seul convive qu'il eût négligé d'inviter à souper pendant sa vie. Il éprouvait à parer son corps dolent, à accouder sa résignation à la fenêtre en regardant la mer, une joie mélancolique. Il environnait des images de ce monde dont

which the *soul* reappears. He had become accustomed to his
uncle's fatal illness, as to all lasting things around us, and even
though he was still alive, because Baldassare had made him
once cry in the way the dead make us cry, he had considered
him to be dead; he had started to forget.

When his uncle told him that day, "My dear Alexis, I am
giving you the carriage at the same time as the second horse,"
he understood that his uncle thought, "because if I didn't, you
might never get the carriage," and he knew that it was an extremely sad thought. However, he did not feel it in that way,
because there was no longer any room inside him for profound
sadness.

A few days later, while reading, he was struck by the portrait of a fiend who had not been moved by the most touching
expressions of tenderness of a dying man who idolized him.
That evening, the fear of being the fiend in whom he thought
he could recognize himself prevented him from falling asleep.
But the next day, he had such a lovely ride on his horse, worked
so well, and happened to feel so much tenderness for his parents, who were alive, that he started once again to enjoy life,
with no scruples, and to sleep, with no remorse.

Meanwhile, the Viscount of Sylvania, who was no longer able
to walk, seldom left his castle. His friends and family would
spend all day with him, and he could confess to the most blame-
worthy folly, to the most absurd expense, he could exhibit the
most shocking paradox or allude to the most shocking character flaw, without incurring reproach from his relatives, with no
derision or contradiction from his friends. It seemed that any
responsibility for his actions and speech had been tacitly lifted
from him. It especially seemed that those around him wanted
to prevent him from hearing, by softly and repeatedly muffling
them, if not by vanquishing them through their caresses, the last
rasping noises of his body that life was abandoning.

He spent long, charming hours in bed, face to face with
himself, the only guest he had ever neglected to invite for supper in his life. He experienced a melancholy joy by adorning
his suffering body, by leaning resignedly at the window and
looking out at the sea. With ardent sadness, he surrounded

il était encore tout plein, mais que l'éloignement, en l'en détachant déjà, lui rendait vagues et belles, la scène de sa mort, depuis longtemps préméditée mais sans cesse retouchée, ainsi qu'une œuvre d'art, avec une tristesse ardente. Déjà s'esquissaient dans son imagination ses adieux à la duchesse Oliviane, sa grande amie platonique, sur le salon de laquelle il régnait, malgré que tous les plus grands seigneurs, les plus glorieux artistes et les plus gens d'esprit d'Europe y fussent réunis. Il lui semblait déjà lire le récit de leur dernier entretien :

« . . . Le soleil était couché, et la mer qu'on apercevait à travers les pommiers était mauve. Légers comme de claires couronnes flétries et persistants comme des regrets, de petits nuages bleus et roses flottaient à l'horizon. Une file mélancolique de peupliers plongeait dans l'ombre, la tête résignée dans un rose d'église ; les derniers rayons, sans toucher leurs troncs, teignaient leurs branches, accrochant à ces balustrades d'ombre des guirlandes de lumière. La brise mêlait les trois odeurs de la mer, des feuilles humides et du lait. Jamais la campagne de Sylvanie n'avait adouci de plus de volupté la mélancolie du soir.

« " Je vous ai beaucoup aimé, mais je vous ai peu donné, mon pauvre ami, lui dit-elle.

« — Que dites-vous, Oliviane ? Comment, vous m'avez peu donné ? Vous m'avez d'autant plus donné que je vous demandais moins et bien plus en vérité que si les sens avaient eu quelque part dans notre tendresse. Surnaturelle comme une madone, douce comme une nourrice, je vous ai adorée et vous m'avez bercé. Je vous aimais d'une affection dont aucune espérance de plaisir charnel ne venait déconcerter la sagacité sensible. Ne m'apportiez-vous pas en échange une amitié incomparable, un thé exquis, une conversation naturellement ornée, et combien de touffes de roses fraîches. Vous seule avez su de vos mains maternelles et expressives rafraîchir mon front brûlant de fièvre, couler du miel entre mes lèvres flétries, mettre dans ma vie de nobles images.

« " Chère amie, donnez-moi vos mains que je les baise . . . " »

Seule l'indifférence de Pia, petite princesse syracusaine, qu'il aimait encore avec tous ses sens et avec son cœur et qui s'était

the scene of his death, which he had long foreseen but often modified, much like a work of art, with images of the world that still remained within him, faraway images that were already separating him from the world, and thus appeared as indistinct and beautiful to him. His imagination was already outlining his final farewell to Duchess Oliviane, his great platonic friend, in whose salon he reigned supreme, even though the greatest lords, the most illustrious artists, and the best minds of Europe were gathered there. He felt as though he could already read an account of their last conversation:

"The sun had set, and the sea, visible beyond the apple trees, was mauve. As lightly as pale, withered wreaths, as persistently as regrets, small blue and pink clouds were floating on the horizon. A melancholy row of poplar trees was thrust into the shadows, their tops resignedly swathed in the pink hues of a church. The last rays of light, without touching the tree trunks, colored their branches, hanging from those shadowy railings garlands of light. The breeze mingled the aromas of the sea, of damp leaves, and of milk. Never had the Sylvanian countryside sweetened so voluptuously the melancholy of the evening."

"I have loved you very much, but I have given you very little, my poor dear friend," she told him.

"How can you say that, Oliviane? You gave me very little? In fact, you gave me all the more because I was asking for less; even more, in truth, than if sensuality had taken part in our shared tenderness. You were as supernatural as a Madonna, as gentle as a wet-nurse; I adored you and you cradled me. I loved you with a fondness whose sensitive wisdom no hope of carnal pleasure could perturb. Did you not bring me in exchange your incomparable friendship, your exquisite tea, your naturally adorned conversation, and countless bouquets of fresh roses? You alone knew how to cool my brow, burning from fever, with your maternal, expressive hands, how to make honey flow between my blistered lips, how to bring noble images into my life."

"My dearest friend, give me your hands that I may kiss them."

Only the indifference of Pia, a minor princess from Syracuse, whom he still loved with all his sensuality and all his heart,

éprise pour Castruccio d'un amour invincible et furieux, le rappelait de temps en temps à une réalité plus cruelle, mais qu'il s'efforçait d'oublier. Jusqu'aux derniers jours, il avait encore été quelquefois dans des fêtes où, en se promenant à son bras, il croyait humilier son rival ; mais là même, pendant qu'il marchait à côté d'elle, il sentait ses yeux profonds distraits d'un autre amour que seule sa pitié pour le malade lui faisait essayer de dissimuler. Et maintenant, cela même il ne le pouvait plus. L'incohérence des mouvements de ses jambes était devenue telle qu'il ne pouvait plus sortir. Mais elle venait souvent le voir, et comme si elle était entrée dans la grande conspiration de douceur des autres, elle lui parlait sans cesse avec une tendresse ingénieuse que ne démentait plus jamais comme autrefois le cri de son indifférence ou l'aveu de sa colère. Et plus que de toutes les autres, il sentait l'apaisement de cette douceur s'étendre sur lui et le ravir.

Mais voici qu'un jour, comme il se levait de sa chaise pour aller à table, son domestique étonné le vit marcher beaucoup mieux. Il fit demander le médecin qui attendit pour se prononcer. Le lendemain il marchait bien. Au bout de huit jours, on lui permit de sortir. Ses parents et ses amis conçurent alors un immense espoir. Le médecin crut que peut-être une simple maladie nerveuse guérissable avait affecté d'abord les symptômes de la paralysie générale, qui maintenant, en effet, commençaient à disparaître. Il présenta ses doutes à Baldassare comme une certitude et lui dit :

« Vous êtes sauvé ! »

Le condamné à mort laissa paraître une joie émue en apprenant sa grâce. Mais, au bout de quelque temps, le mieux s'étant accentué, une inquiétude aiguë commença à percer sous sa joie qu'avait déjà affaiblie une si courte habitude. À l'abri des intempéries de la vie, dans cette propice atmosphère de douceur ambiante, de calme forcé et de libre méditation, avait obscurément commencé de germer en lui le désir de la mort. Il était loin de s'en douter encore et sentit seulement un vague effroi à la pensée de recommencer à vivre, à essuyer les coups dont il avait perdu l'habitude et de perdre les caresses dont on l'avait entouré. Il sentit aussi

and who had invincibly and furiously fallen in love with Castruccio, reminded him from time to time of a more cruel reality, which he strove to forget. Until the last few days, he sometimes attended parties where, walking arm-in-arm with her, he thought he could humiliate his rival; but even there, he felt her deep eyes were distracted by another love that only her pity for the sick man made her try to conceal. And now, he could no longer even manage to do that. He had lost control of the movements of his legs to such an extent that he could no longer go outside. However, she often came to see him, and as if she had joined his other friends' conspiracy of kindness, she ceaselessly spoke to him with an ingenious tenderness that, unlike in the past, was never negated by her professed indifference or her streak of anger. And more so than from all the others, he felt the calming sensation of her gentleness spread over him and delight him.

However, one day as he was rising from his chair to go sit at the dinner table, his servant was stunned to see him walking much better. The doctor was called in; he decided to wait and see. The next day, Baldassare was walking normally. A week later, he was allowed to go outside. An immense hope then arose among his relatives and friends. The doctor thought that perhaps a simple nervous and curable ailment had first caused the symptoms of general paralysis, which did indeed now seem to be disappearing. He presented his doubts to Baldassare as a certainty and told him:

"You're cured!"

The condemned man, upon hearing of his reprieve, allowed his joyful emotion to show. But some time later, his health markedly better, sharp anxiety began to emerge from under his joy, which, though he had only been accustomed to it for such a short period, had already been weakened. Sheltered from the vicissitudes of life, in that propitious atmosphere of gentleness that surrounded him, of enforced calm and wide-ranging meditation, there obscurely began to emerge within him a desire for death. He was still far from suspecting such a thing and felt only a vague dread at the thought of starting to live again, of suffering the blows he had lost the habit of enduring, and of losing the loving caresses he had been showered with. He also

confusément qu'il serait mal de s'oublier dans le plaisir ou dans l'action, maintenant qu'il avait fait connaissance avec lui-même, avec le fraternel étranger qui, tandis qu'il regardait les barques sillonner la mer, avait conversé avec lui pendant des heures, et si loin, et si près, en lui-même. Comme si maintenant il sentait un nouvel amour natal encore inconnu s'éveiller en lui, ainsi qu'en un jeune homme qui aurait été trompé sur le lieu de sa patrie première, il éprouvait la nostalgie de la mort, où c'était d'abord comme pour un éternel exil qu'il s'était senti partir.

Il émit une idée, et Jean Galeas, qui le savait guéri, le contredit violemment et le plaisanta. Sa belle-sœur, qui depuis deux mois venait le matin et le soir resta deux jours sans venir le voir. C'en était trop ! Il y avait trop longtemps qu'il s'était déshabitué du bât de la vie, il ne voulait plus le reprendre. C'est qu'elle ne l'avait pas ressaisi par ses charmes. Ses forces revinrent et avec elles tous ses désirs de vivre ; il sortit, recommença à vivre et mourut une deuxième fois à lui-même. Au bout d'un mois, les symptômes de la paralysie générale reparurent. Peu à peu, comme autrefois, la marche lui devint difficile, impossible, assez progressivement pour qu'il pût s'habituer à son retour vers la mort et avoir le temps de détourner la tête. La rechute n'eut même pas la vertu qu'avait eue la première attaque vers la fin de laquelle il avait commencé à se détacher de la vie, non pour la voir encore dans sa réalité, mais pour la regarder, comme un tableau. Maintenant, au contraire, il était de plus en plus vaniteux, irascible, brûlé du regret des plaisirs qu'il ne pouvait plus goûter.

Sa belle-sœur, qu'il aimait tendrement, mettait seule un peu de douceur dans sa fin en venant plusieurs fois par jour avec Alexis.

Une après-midi qu'elle allait voir le vicomte, presque au moment d'arriver chez lui, ses chevaux prirent peur ; elle fut projetée violemment à terre, foulée par un cavalier, qui passait au galop, et emportée chez Baldassare sans connaissance, le crâne ouvert.

confusedly felt that it would be wrong to lose himself in pleasures or in activities, now that he had come to know himself, to know this stranger who was his twin and who, while he watched the ships sailing across the water, had entered into conversations with him for hours at a time, at once so near and so far from himself. As if now he felt a newly-born love, as yet unrecognized, awaken within him, much like a young man who might have been misled about where his native land was, he experienced the nostalgia of death, in the direction of which, as though for eternal exile, he had felt himself going.

He hinted at his thoughts, and Jean Galeas, who knew him to be cured, violently contradicted him and made fun of him. His sister-in-law, who for two months had been coming to see him every morning and evening, did not visit him for two days. It was too much! For too long he had grown unaccustomed to the yoke of living; he no longer wanted to bear it. For it had not retaken hold of him through its charms. His strength came back and with it all his desire for life; he went out, began living again and died a second time to himself. A month later, the symptoms of general paralysis reappeared. Little by little, as in the past, walking became difficult, impossible, progressively enough that he could become accustomed to his return toward death and to have the time to turn his head away. His relapse did not even have the virtue that the first attack had had, the attack at the end of which he had started to detach himself from life, not to see it again in its reality, but to look at it, as at a painting. Now, by contrast, he was increasingly vain, irritable, burning with nostalgia for the pleasures he could no longer enjoy.

Only his sister-in-law, whom he tenderly loved, could bring some sweetness to his end by coming to see him several times a day, with Alexis.

One afternoon, as she was going to see the Viscount, almost as she arrived at his home, the horses were suddenly frightened; she was violently thrown to the ground, stomped on by a horseman who was galloping by, and carried to Baldassare, unconscious, with her skull split open.

Le cocher, qui n'avait pas été blessé, vint tout de suite annoncer l'accident au vicomte, dont la figure jaunit. Ses dents s'étaient serrées, ses yeux luisaient débordant de l'orbite, et, dans un accès de colère terrible, il invectiva longtemps le cocher ; mais il semblait que les éclats de sa violence essayaient de dissimuler un appel douloureux qui, dans leurs intervalles, se laissait doucement entendre. On eût dit qu'un malade se plaignait à côté du vicomte furieux. Bientôt cette plainte, faible d'abord, étouffa les cris de sa colère, et il tomba en sanglotant sur une chaise.

Puis il voulut se faire laver la figure pour que sa belle-sœur ne fût pas inquiétée par les traces de son chagrin. Le domestique secoua tristement la tête, la malade n'avait pas repris connaissance. Le vicomte passa deux jours et deux nuits désespérés auprès de sa belle-sœur. À chaque instant, elle pouvait mourir. La seconde nuit, on tenta une opération hasardeuse. Le matin du troisième jour, la fièvre était tombée, et la malade regardait en souriant Baldassare qui, ne pouvant plus contenir ses larmes, pleurait de joie sans s'arrêter. Quand la mort était venue à lui peu à peu il n'avait pas voulu la voir ; maintenant il s'était trouvé subitement en sa présence. Elle l'avait épouvanté en menaçant ce qu'il avait de plus cher ; il l'avait suppliée, il l'avait fléchie.

Il se sentait fort et libre, fier de sentir que sa propre vie ne lui était pas précieuse autant que celle de sa belle-sœur, et qu'il éprouvait autant de mépris pour elle que l'autre lui avait inspiré de pitié. C'était la mort maintenant qu'il regardait en face, et non les scènes qui entoureraient sa mort. Il voulait rester tel jusqu'à la fin, ne plus être repris par le mensonge, qui, en voulant lui faire une belle et célèbre agonie, aurait mis le comble à ses profanations en souillant les mystères de sa mort comme il lui avait dérobé les mystères de sa vie.

The coachman, who had not been hurt, immediately came to announce the accident to the Viscount, whose face turned sickly yellow. His teeth were clenched, his eyes glowed beyond their sockets, and, in a burst of terrible fury, he hurled abuse at the coachman; but it seemed that the flashes of his violence were attempts at concealing a painful call for help, which was faintly heard during the pauses. It seemed as though an ailing man were complaining next to the furious Viscount. Soon that complaint, feeble at first, smothered the cries of his anger, and he collapsed into tears on a chair.

Then he wanted to have his face washed so that his sister-in-law would not be worried by the traces of his grief. The servant sadly shook his head; the injured lady had not yet regained consciousness. The Viscount spent two desperate days and nights at his sister-in-law's bedside. She might have died at any moment. The second night, a risky operation was attempted. On the morning of the third day, the fever had gone down, and the patient looked smilingly upon Baldassare, who, unable to hold back his tears any longer, cried endlessly out of joy. When death had gradually come to him, he did not want to see it; now he suddenly found himself in its presence. Death had terrified him by threatening the person who was dearest to him; he had begged for mercy; death had relented.

He felt strong and free, proud of feeling that his own life was not as precious to him as his sister-in-law's, and proud that he felt contempt for his own life as much as hers had inspired his pity. It was now death that he stared at directly, and not the scenes which would surround his death. He wanted to remain as he was until the end, without giving in to the lies that, by providing him with a beautiful and public deathbed agony, would have led to the ultimate debasement, by defiling the mysteries of his death, just as they had stolen the mysteries of his life.

IV

« Demain, puis demain, puis demain glisse
ainsi à petits pas jusqu'à la dernière syllabe
que le temps écrit dans son livre. Et tous nos
hiers ont éclairé pour quelques fous le chemin
de la mort poudreuse. Éteins-toi ! Éteins-toi,
court flambeau ! La vie n'est qu'une ombre
errante, un pauvre comédien qui se pavane et
se lamente pendant son heure sur le théâtre et
qu'après on n'entend plus. C'est un conte, dit
par un idiot, plein de fracas et de furie, et qui
ne signifie rien. »
SHAKESPEARE, *Macbeth*

Les émotions, les fatigues de Baldassare pendant la maladie
de sa belle-sœur avaient précipité la marche de la sienne. Il
venait d'apprendre de son confesseur qu'il n'avait plus un
mois à vivre ; il était dix heures du matin, il pleuvait à verse.
Une voiture s'arrêta devant le château. C'était la duchesse
Oliviane. Il s'était dit alors qu'il ornait harmonieusement les
scènes de sa mort :
« ... Ce sera par une claire soirée. Le soleil sera couché, et
la mer qu'on apercevra entre les pommiers sera mauve. Légers
comme de claires couronnes flétries et persistants comme des regrets, de petits nuages bleus et roses flotteront à l'horizon ... »
Ce fut à dix heures du matin, sous un ciel bas et sale, par
une pluie battante, que vint la duchesse Oliviane ; et fatigué
par son mal, tout entier à des intérêts plus élevés, et ne sentant
plus la grâce des choses qui jadis lui avaient paru le prix, le
charme et la gloire raffinée de la vie, il demanda qu'on dît à
la duchesse qu'il était trop faible. Elle fit insister, mais il ne
voulut pas la recevoir. Ce ne fut même pas par devoir : elle
ne lui était plus rien. La mort avait vite fait de rompre ces
liens dont il redoutait tant depuis quelques semaines l'escla-
vage. En essayant de penser à elle, il ne vit rien apparaître aux

IV

Tomorrow, and tomorrow, and tomorrow,
creeps in this petty pace from day to day, to
the last syllable of recorded time. And all
our yesterdays have lighted fools the way to
dusty death. Out, out, brief candle! Life's but
a walking shadow, a poor player that struts
and frets his hour upon the stage, and then
is heard no more. It is a tale told by an idiot,
full of sound and fury, signifying nothing.

(William Shakespeare, *Macbeth*, V, 5)

The emotions and the exhaustion experienced by Baldassare during his sister-in-law's illness had precipitated the intensification of his own. He had just learned from his confessor that he had only a month left to live; it was ten in the morning; the rain was pouring down. A carriage stopped in front of the castle. It was the Duchess Oliviane. He had told himself, when he was harmoniously adorning the scenes of his death:

"It will occur on a clear evening. The sun will have set, and the sea, visible beyond the apple trees, will be mauve. As lightly as pale, withered wreaths, as persistently as regrets, small blue and pink clouds will float on the horizon."

It was at ten in the morning, under a low, gray sky, with rain pouring down, that the Duchess Oliviane arrived. Exhausted from his illness, entirely devoted to higher interests, and no longer feeling the grace of things that earlier had seemed to constitute the value, the charm, and the refined glory of life, he asked that the Duchess be told that he was too weak. She insisted, but he refused to see her. It was not even out of a sense of duty: she no longer meant anything to him. Death had quickly severed the ties that, as he had so feared for several weeks, might enslave him. When he tried to think of her,

yeux de son esprit : ceux de son imagination et de sa vanité s'étaient clos.

Pourtant, une semaine à peu près avant sa mort, l'annonce d'un bal chez la duchesse de Bohême où Pia devait conduire le cotillon avec Castruccio qui partait le lendemain pour le Danemark, réveilla furieusement sa jalousie. Il demanda qu'on fît venir Pia ; sa belle-sœur résista un peu ; il crut qu'on l'empêchait de la voir, qu'on le persécutait, se mit en colère, et pour ne pas le tourmenter, on la fit chercher aussitôt.

Quand elle arriva, il était tout à fait calme, mais d'une tristesse profonde. Il l'attira près de son lit et lui parla tout de suite du bal de la duchesse de Bohême. Il lui dit :

« Nous n'étions pas parents, vous ne porterez pas mon deuil, mais je veux vous adresser une prière : N'allez pas à ce bal, promettez-le-moi. »

Ils se regardaient dans les yeux, se montrant au bord des prunelles leurs âmes, leurs âmes mélancoliques et passionnées que la mort n'avait pu réunir.

Il comprit son hésitation, contracta douloureusement ses lèvres et doucement lui dit :

« Oh ! ne promettez plutôt pas ! ne manquez pas a une promesse faite à un mourant. Si vous n'êtes pas sûre de vous, ne promettez pas.

— Je ne peux pas vous le promettre, je ne l'ai pas vu depuis deux mois et ne le reverrai peut-être jamais ; je resterais inconsolable pour l'éternité de n'avoir pas été à ce bal.

— Vous avez raison, puisque vous l'aimez, qu'on peut mourir . . . et que vous vivez encore de toutes vos forces . . . Mais vous ferez un peu pour moi ; sur le temps que vous passerez à ce bal, prélevez celui que, pour dérouter les soupçons, vous auriez été obligée de passer avec moi. Invitez mon âme à se souvenir quelques instants avec vous, ayez quelque pensée pour moi.

— J'ose à peine vous le promettre, le bal durera si peu. En ne le quittant pas, j'aurai à peine le temps de le voir. Je vous donnerai un moment tous les jours qui suivront.

— Vous ne le pourrez pas, vous m'oublierez ; mais si, après un an, hélas ! plus peut-être, une lecture triste, une mort, une

he saw nothing appear in his mind's eye. As for the eyes of his imagination and his vanity, they were closed.

Nevertheless, approximately a week before his death, the announcement of a ball at the home of the Duchess of Bohemia, where Pia would lead the cotillion with Castruccio (who was to leave for Denmark the next day), awoke his furious jealousy. He asked that Pia be brought to him; his sister-in-law resisted a little; he thought that she was being prevented from seeing him, that he was being persecuted; he became angry and, to spare him more torment, she was immediately sent for.

When she arrived, he was quite calm, but profoundly sad. He drew her close to his bed and immediately spoke to her about the Duchess of Bohemia's ball. He said:

"We were not relatives, you will not be in mourning for me, but there is one thing I beg of you: do not go to that ball, promise me you won't."

They looked into each other's eyes, showing their souls at the edges of their pupils, their melancholy and passionate souls that death had been unable to unite.

He understood her hesitation, painfully tightened his lips and softly said to her:

"Oh, instead, do not promise! Do not break a promise to a dying man. If you are unsure of yourself, do not promise."

"I cannot promise you that, I have not seen him for two months and might never see him again; I will remain inconsolable for all eternity at not having gone to that ball."

"You're right, since you love him, since one can die . . . and since you are still very strongly alive . . . But do a little something for me; out of the time you will spend at that ball, remove the amount that, to ward off suspicions, you would have been forced to spend with me. Invite my soul to spend a few moments with you, spare a thought for me."

"I hardly dare promise you that, the ball will last so little time. Even if I do not leave early, I will barely have time to see him. I will devote a moment to you on all the days that follow."

"You won't be able to, you'll forget me; but if, after one year—alas! perhaps more—a sad book, a death, or a rainy

soirée pluvieuse vous font penser à moi, quelle charité vous me ferez ! Je ne pourrai plus jamais, jamais vous voir . . . qu'en âme, et pour cela il faudrait que nous pensions l'un à l'autre ensemble. Moi je penserai à vous toujours pour que mon âme vous soit sans cesse ouverte s'il vous plaisait d'y entrer. Mais que l'invitée se fera longtemps attendre ! Les pluies de novembre auront pourri les fleurs de ma tombe, juin les aura brûlées et mon âme pleurera toujours d'impatience. Ah ! j'espère qu'un jour la vue d'un souvenir, le retour d'un anniversaire, la pente de vos pensées mènera votre mémoire aux alentours de ma tendresse ; alors ce sera comme si je vous avais entendue, aperçue, un enchantement aura tout fleuri pour votre venue. Pensez au mort. Mais, hélas ! puis-je espérer que la mort et votre gravité accompliront ce que la vie avec ses ardeurs, et nos larmes, et nos gaietés, et nos lèvres n'avaient pu faire.»

V

« Voilà un noble cœur qui se brise.
« Bonne nuit, aimable prince, et que des
essaims d'anges bercent en chantant ton
sommeil.»
SHAKESPEARE, *Hamlet*

Cependant une fièvre violente accompagnée de délire ne quittait plus le vicomte ; on avait dressé son lit dans la vaste rotonde où Alexis l'avait vu le jour de ses treize ans, l'avait vu si joyeux encore, et d'où le malade pouvait regarder à la fois la mer, la jetée du port et de l'autre côté les pâturages et les bois. De temps en temps, il se mettait à parler ; mais ses paroles ne portaient plus la trace des pensées d'en haut qui, pendant les dernières semaines, l'avaient purifié de leur visite. Dans des imprécations violentes contre une personne invisible qui le plaisantait, il répétait sans cesse qu'il était le

evening makes you think of me, what an act of charity you will do me! I will never, never be able to see you again . . . except as a soul, and for that to happen, we would have to think of each other at the same time. For my part, I will always think of you so that my soul will continuously be open for you, if it would please you to enter it. But the guest will make me wait for a long time! The rains of November will make the flowers of my grave rot, the June sun will burn them, and my soul will still sob impatiently. Oh! I hope that one day, the sight of a keepsake, the renewal of a birthday, the direction of your thoughts will lead your memory somewhere near my tenderness; then it will be as if I had heard you, glimpsed you, as if an enchantment will have laid out flowers everywhere for your arrival. Keep the departed in your thoughts. But alas! How can I hope that death and your own solemnity will accomplish what ardent life, and our tears, and our joys, and our lips could not do."

V

Now cracks a noble heart. Good-night, sweet prince;
And flights of angels sing thee to thy rest.
(William Shakespeare, *Hamlet*, V, 2)

Meanwhile, a violent fever accompanied by delirium never left the Viscount; his bed was installed in the vast rotunda where Alexis had seen him on his thirteenth birthday, had seen him still so joyful, and from where the sick man could look out at once at the sea, the dock of the port, and on the other side the pastureland and the woods. From time to time, he would start to talk; but his words no longer carried the trace of thoughts from on high, thoughts that, during the past weeks, had purified him through their visit. Among his violent insults aimed at an invisible person who was mocking him, he endlessly repeated that he was the greatest musician

premier musicien du siècle et le plus grand seigneur de l'univers. Puis, soudain calmé, il disait à son cocher de le mener dans un bouge, de faire seller les chevaux pour la chasse. Il demandait du papier à lettres pour convier à dîner tous les souverains d'Europe à l'occasion de son mariage avec la sœur du duc de Parme ; effrayé de ne pouvoir payer une dette de jeu, il prenait le couteau à papier placé près de son lit et le braquait devant lui comme un revolver. Il envoyait des messagers s'informer si l'homme de police qu'il avait rossé la nuit dernière n'était pas mort et il disait en riant, à une personne dont il croyait tenir la main, des mots obscènes. Ces anges exterminateurs qu'on appelle Volonté, Pensée, n'étaient plus là pour faire rentrer dans l'ombre les mauvais esprits de ses sens et les basses émanations de sa mémoire. Au bout de trois jours, vers cinq heures, il se réveilla comme d'un mauvais rêve dont on n'est pas responsable, mais dont on se souvient vaguement. Il demanda si des amis ou des parents avaient été près de lui pendant ces heures où il n'avait donné l'image que de la partie infime, la plus ancienne et la plus morte de lui-même, et il pria, s'il était repris par le délire, qu'on les fît immédiatement sortir et qu'on ne les laissât rentrer que quand il aurait repris connaissance.

Il leva les yeux autour de lui dans la chambre, et regarda en souriant son chat noir qui, monté sur un vase de Chine, jouait avec un chrysanthème et respirait la fleur avec un geste de mime. Il fit sortir tout le monde et s'entretint longuement avec le prêtre qui le veillait. Pourtant, il refusa de communier et demanda au médecin de dire que l'estomac n'était plus en état de supporter l'hostie. Au bout d'une heure il fit dire à sa belle-sœur et à Jean Galeas de rentrer. Il dit :

« Je suis résigné, je suis heureux de mourir et d'aller devant Dieu. »

L'air était si doux qu'on ouvrit les fenêtres qui regardaient la mer sans la voir, et à cause du vent trop vif on laissa fermées celles d'en face, devant qui s'étendaient les pâturages et les bois.

Baldassare fit traîner son lit près des fenêtres ouvertes. Un bateau, mené à la mer par des marins qui sur la jetée tiraient la corde, partait. Un beau mousse d'une quinzaine d'années se

of the century and the greatest lord of the universe. Then, suddenly calm, he told his coachman to take him to some dive, to have the horses saddled for hunting. He asked for stationary to invite for dinner all the crowned heads of Europe, in celebration of his marriage with the sister of the Duke of Parma; afraid of being unable to pay a gambling debt, he took the paper cutter that was next to his bed and held it out like a revolver. He sent messengers to inquire if the policeman he had beaten the night before had not died; and he laughed and said obscene words to a person whose hand he thought he was holding. The exterminating angels known as Willpower and Thought were no longer there to push back into the shadows the evil spirits of his senses and the low evocations of his memory. Three days later, around five o'clock, he awoke as if from a bad dream that he was not responsible for, but that he remembered vaguely. He asked if friends or relatives had been near him during that time, when he had only provided the image of the smallest, oldest, and deadest part of himself, and he requested that, if he were to be taken with delirium again, they be immediately led outside and not allowed to return until he had regained consciousness.

He raised his eyes and looked around the room, and smiled as he saw his black cat that, on top of a Chinese vase, was playing with a chrysanthemum, sniffing it with the gesture of a mime. He told everyone to leave and had a long conversation with the priest who watched over him. However, he refused to take communion and asked the doctor to say his stomach was no longer capable of enduring the Host. An hour later, he had his sister-in-law and Jean Galeas brought in. He said:

"I'm resigned, I am happy to die and to go before God."

The air was so mild that the windows looking out at the sea, without seeing it, were opened, and because of the sharp wind the windows on the other side, in front of which stretched out the pastureland and the woods, were kept closed.

Baldassare had his bed dragged next to the open windows. A ship, led out to sea by sailors on the dock who were pulling on a rope, was leaving. A handsome young cabin boy of about fifteen was leaning over the bow, very near the edge; with each

penchait à l'avant, tout au bord ; à chaque vague, on croyait qu'il allait tomber dans l'eau, mais il se tenait ferme sur ses jambes solides. Il tendait le filet pour ramener le poisson et tenait une pipe chaude entre ses lèvres salées par le vent. Et le même vent qui enflait la voile venait rafraîchir les joues de Baldassare et fit voler un papier dans la chambre. Il détourna la tête pour ne plus voir cette image heureuse des plaisirs qu'il avait passionnément aimés et qu'il ne goûterait plus. Il regarda le port : un trois-mâts appareillait.

« C'est le bateau qui part pour les Indes », dit Jean Galeas.

Baldassare ne distinguait pas les gens debout sur le pont qui levaient des mouchoirs, mais il devinait la soif d'inconnu qui altérait leurs yeux ; ceux-là avaient encore beaucoup à vivre, à connaître, à sentir. On leva l'ancre, un cri s'éleva, et le bateau s'ébranla sur la mer sombre vers l'Occident où, dans une brume dorée, la lumière mêlait les petits bateaux et les nuages et murmurait aux voyageurs des promesses irrésistibles et vagues.

Baldassare fit fermer les fenêtres de ce côté de la rotonde et ouvrir celles qui donnaient sur les pâturages et les bois. Il regarda les champs, mais il entendait encore le cri d'adieu poussé sur le trois-mâts, et il voyait le mousse, la pipe entre les dents, qui tendait ses filets.

La main de Baldassare remuait fiévreusement. Tout à coup il entendit un petit bruit argentin, imperceptible et profond comme un battement de cœur. C'était le son des cloches d'un village extrêmement éloigné, qui, par la grâce de l'air si limpide ce soir-là et de la brise propice, avait traversé bien des lieues de plaines et de rivières avant d'arriver jusqu'à lui pour être recueilli par son oreille fidèle. C'était une voix présente et bien ancienne ; maintenant il entendait son cœur battre avec leur vol harmonieux, suspendu au moment où elles semblent aspirer le son, et s'exhalant après longuement et faiblement avec elles. À toutes les époques de sa vie, dès qu'il entendait le son lointain des cloches, il se rappelait malgré lui leur douceur dans l'air du soir, quand, petit enfant encore, il rentrait au château, par les champs.

À ce moment, le médecin fit approcher tout le monde, ayant dit :

wave, it seemed he would fall overboard, but he held fast with his sturdy legs. He held out the net to bring in fish and he kept a lit pipe between his lips that were salty from the wind. And the same wind that swelled the sail came to cool the cheeks of Baldassare and sent a sheet of paper flying through the room. He turned his head away to avoid seeing this happy picture of pleasures that he had passionately loved and that he would no longer enjoy. He looked out at the port: a three-master was setting sail.

"That ship is bound for India," said Jean Galeas.

Baldassare could not make out the people standing on the bridge who were waving handkerchiefs, but he guessed at the thirst for the unknown that altered their eyes; those people still much to experience, to know, to feel. The anchor was weighed, a yell rose up, and the ship set out on the dark sea, toward the West, where, in a golden mist, the light mixed the small boats together with the clouds and murmured vague and irresistible promises to the travelers.

Baldassare had the windows closed on that side of the rotunda and had those facing the pastureland and woods opened. He looked out at the fields, but he could still hear the farewell yelled out from the three-master, and he could see the cabin boy, his pipe between his teeth, who was holding out his nets.

Baldassare's hand was fidgeting feverishly. All of a sudden, he heard a faint silvery sound, as imperceptible and profound as a heartbeat. It was the sound of church bells from a village very far away, which, thanks to the air that was so clear that evening and to the propitious breeze, had traveled for many leagues, across plains and rivers, before finally reaching him and being gathered in by his precise ears. It was a current and quite old voice; now he heard his heart beat with the harmonious flight of the sounds, and then letting out a long, weak breath along with them. At every stage of his life, as soon as he heard the distant sound of bells, he remembered in spite of himself their gentleness in the evening air when, still a little boy, he crossed the fields to return to the castle.

At that moment, the doctor told everyone to come near, saying:

« C'est la fin ! »

Baldassare reposait, les yeux fermés, et son cœur écoutait les cloches que son oreille paralysée par la mort voisine n'entendait plus. Il revit sa mère quand elle l'embrassait en rentrant, puis quand elle le couchait le soir et réchauffait ses pieds dans ses mains, restant près de lui s'il ne pouvait pas s'endormir ; il se rappela son *Robinson Crusoé* et les soirées au jardin quand sa sœur chantait, les paroles de son précepteur qui prédisait qu'il serait un jour un grand musicien, et l'émotion de sa mère alors, qu'elle s'efforçait en vain de cacher. Maintenant il n'était plus temps de réaliser l'attente passionnée de sa mère et de sa sœur qu'il avait si cruellement trompée. Il revit le grand tilleul sous lequel il s'était fiancé et le jour de la rupture de ses fiançailles, où sa mère seule avait su le consoler. Il crut embrasser sa vieille bonne et tenir son premier violon. Il revit tout cela dans un lointain lumineux doux et triste comme celui que les fenêtres du côté des champs regardaient sans le voir.

Il revit tout cela, et pourtant deux secondes ne s'étaient pas écoulées depuis que le docteur écoutant son cœur avait dit :

« C'est la fin ! »

Il se releva en disant :

« C'est fini ! »

Alexis, sa mère et Jean Galeas se mirent à genoux avec le duc de Parme qui venait d'arriver. Les domestiques pleuraient devant la porte ouverte.

Octobre 1894.

"It's the end!"

Baldassare was resting, his eyes closed, and his heart listened to the bells that his ears, paralyzed by the nearness of death, could no longer hear. He could see his mother again, when she would kiss him as he came home; then, when she put him to bed in the evening and warmed up his feet in her hands, staying near him if he could not fall asleep; he remembered his *Robinson Crusoe* and the evenings spent in the garden when his sister was singing, the words of his tutor who predicted he would be a great musician one day, and his mother's delight at the time, that she attempted in vain to conceal. Now there was no time left to fulfill the passionate expectations of his mother and sister whom he had so cruelly disappointed. He could see the tall lime tree under which he had been engaged, and on the day the engagement was broken when only his mother had been able to console him. He imagined he was kissing his old nanny and holding his first violin. All this he saw again, in the luminous distance, as sweet and sad as the distant view that the windows facing the fields looked out upon, without seeing it.

All this he saw again, and yet two seconds had not gone by since the doctor, listening for his heartbeat, had said:

"It's the end!"

He stood up and said:

"It's over!"

Alexis, his mother, and Jean Galeas kneeled, along with the Duke of Parma who had just arrived. The servants were crying in front of the open door.

October 1894

VIOLANTE
OU
LA MONDANITÉ

« Ayez peu de commerce avec les jeunes gens
et les personnes du monde ... Ne désirez
point de paraître devant les grands. »
Imitation de Jésus-Christ, LIV. I, CH. VIII

CHAPITRE I

Enfance méditative de Violante

La vicomtesse de Styrie était généreuse et tendre et toute
pénétrée d'une grâce qui charmait. L'esprit du vicomte son
mari était extrêmement vif, et les traits de sa figure d'une
régularité admirable. Mais le premier grenadier venu était
plus sensible et moins vulgaire. Ils élevèrent loin du monde,
dans le rustique domaine de Styrie, leur fille Violante, qui,
belle et vive comme son père, charitable et mystérieusement
séduisante autant que sa mère, semblait unir les qualités de
ses parents dans une proportion parfaitement harmonieuse.
Mais les aspirations changeantes de son cœur et de sa pensée
ne rencontraient pas en elle une volonté qui, sans les limiter,
les dirigeât, l'empêchât de devenir leur jouet charmant et fragile. Ce manque de volonté inspirait à la mère de Violante
des inquiétudes qui eussent pu, avec le temps, être fécondes,
si dans un accident de chasse, la vicomtesse n'avait péri violemment avec son mari, laissant Violante orpheline à l'âge de
quinze ans. Vivant presque seule, sous la garde vigilante mais

VIOLANTE,
OR
HIGH SOCIETY

CHAPTER 1

Violante's Meditative Childhood

*Be seldom with the young and with strang-
ers. Be not a flatterer of the rich; nor willingly seek the society of the great.*
(*The Imitation of Christ*, Book 1, Ch. 8)[1]

The Viscountess of Styria was generous and kindhearted and
fully imbued with a charming grace. The mind of the Viscount,
her husband, was extremely sharp, and the lines of his face
were of an admirable regularity. However, any common soldier
was more sensitive and less vulgar. They raised, far from the
world, in the rustic domain of Styria, their daughter Violante,
who, beautiful and sharp-witted like her father, as generous
and mysteriously seductive as her mother, seemed to unite her
parents' qualities in a perfectly harmonious proportion. However, the changeable yearnings of her heart and of her thoughts
did not encounter in her a willpower that, without limiting
them, could guide them, and could prevent her from becoming
their charming and fragile toy. This lack of willpower created,
for Violante's mother, concerns which might have, with time,
been fruitful, if the Viscountess and her husband had not died
violently in a hunting accident, leaving Violante orphaned at
the age of fifteen. Living almost alone, under the watchful but

maladroite du vieil Augustin, son précepteur et l'intendant du château de Styrie, Violante, à défaut d'amis, se fit de ses rêves des compagnons charmants et à qui elle promettait alors de rester fidèle toute sa vie. Elle les promenait dans les allées du parc, par la campagne, les accoudait à la terrasse qui, fermant le domaine de Styrie, regarde la mer. Élevée par eux comme au-dessus d'elle-même, initiée par eux, Violante sentait tout le visible et pressentait un peu de l'invisible. Sa joie était infinie, interrompue de tristesses qui passaient encore la joie en douceur.

CHAPITRE II

Sensualité

« Ne vous appuyez point sur un roseau
qu'agite le vent et n'y mettez pas votre
confiance, car toute chair est comme l'herbe et
sa gloire passe comme la fleur des champs. »
Imitation de Jésus-Christ

Sauf Augustin et quelques enfants du pays, Violante ne voyait personne. Seule une sœur puînée de sa mère, qui habitait Julianges, château situé à quelques heures de distance, visitait quelquefois Violante. Un jour qu'elle allait ainsi voir sa nièce, un de ses amis l'accompagna. Il s'appelait Honoré et avait seize ans. Il ne plut pas à Violante, mais revint. En se promenant dans une allée du parc, il lui apprit des choses fort inconvenantes dont elle ne se doutait pas. Elle en éprouva un plaisir très doux, mais dont elle eut honte aussitôt. Puis, comme le soleil s'était couché et qu'ils avaient marché longtemps, ils s'assirent sur un banc, sans doute pour regarder les reflets dont le ciel rose adoucissait la mer. Honoré se rapprocha de Violante pour qu'elle n'eût froid, agrafa sa fourrure sur son cou avec une ingénieuse lenteur et lui proposa d'essayer de mettre en pratique avec son aide les théories qu'il venait de lui enseigner dans le parc.

clumsy tutelage of old Augustin, her tutor and the overseer of the Styrian castle, Violante, lacking friends, created in her dreams charming companions to whom she then promised to remain faithful throughout her life. She took them for walks down the pathways of the park and through the countryside; she stood[2] with them at the terrace that, enclosing the Styrian domain, overlooks the sea. Raised by them as if above herself, initiated by them, Violante felt all that was visible and had premonitions of some of what was invisible. Her joy was infinite, interrupted by periods of sadness that were even sweeter than joy.

CHAPTER 2

Sensuality

Trust not nor lean upon a reed shaken by the wind, for all flesh is grass, and its glory will pass, like the flower of the field.
(*The Imitation of Christ*, Book 2, Ch. 7)

Aside from Augustin and some of the local children, Violante saw no one. Only a younger sister of her mother, who lived in Julianges, a castle situated a few hours away, sometimes visited Violante. One day, as she was on her way to visit her niece, one of her friends accompanied her. His name was Honoré and he was sixteen years old. Violante did not like him, yet he came back. While walking down one of the pathways of the park, he taught her highly inappropriate things, of which she was unaware. This made her feel very sweet pleasure, of which she was immediately ashamed. Then, since the sun had set and they had been walking for a long time, they sat down on a bench, no doubt to gaze at the reflections of the rosy sky, sweetly mellowing the sea. Honoré came closer to Violante so that she would not feel cold, fastened his fur coat around her neck with clever slowness, and offered to attempt to put into practice the theories he had just taught her in the park.

Il voulut lui parler tout bas, approcha ses lèvres de l'oreille de Violante qui ne la retira pas ; mais ils entendirent du bruit dans la feuillée. « Ce n'est rien, dit tendrement Honoré. — C'est ma tante », dit Violante. C'était le vent. Mais Violante qui s'était levée, rafraîchie fort à propos par ce vent, ne voulut point se rasseoir et prit congé d'Honoré, malgré ses prières. Elle eut des remords, une crise de nerfs, et deux jours de suite fut très longue à s'endormir. Son souvenir lui était un oreiller brûlant qu'elle retournait sans cesse. Le surlendemain, Honoré demanda à la voir. Elle fit répondre qu'elle était partie en promenade. Honoré n'en crut rien et n'osa plus revenir. L'été suivant, elle repensa à Honoré avec tendresse, avec chagrin aussi, parce qu'elle le savait parti sur un navire comme matelot. Quand le soleil s'était couché dans la mer, assise sur le banc où il l'avait, il y a un an, conduite, elle s'efforçait à se rappeler les lèvres tendues d'Honoré, ses yeux verts à demi fermés, ses regards voyageurs comme des rayons et qui venaient poser sur elle un peu de chaude lumière vivante. Et par les nuits douces, par les nuits vastes et secrètes, quand la certitude que personne ne pouvait la voir exaltait son désir, elle entendait la voix d'Honoré lui dire à l'oreille les choses défendues. Elle l'évoquait tout entier, obsédant et offert comme une tentation. Un soir à dîner, elle regarda en soupirant l'intendant qui était assis en face d'elle.

« Je suis bien triste, mon Augustin, dit Violante. Personne ne m'aime, dit-elle encore.

— Pourtant, repartit Augustin, quand, il y a huit jours, j'étais allé à Julianges ranger la bibliothèque, j'ai entendu dire de vous : « Qu'elle est belle ! »

— Par qui ? » dit tristement Violante.

Un faible sourire relevait à peine et bien mollement un coin de sa bouche comme on essaye de relever un rideau pour laisser entrer la gaieté du jour.

« Par ce jeune homme de l'an dernier, M. Honoré . . .

— Je le croyais sur mer, dit Violante.

— Il est revenu », dit Augustin.

Violante se leva aussitôt, alla presque chancelante jusqu'à sa chambre écrire à Honoré qu'il vînt la voir. En prenant la

He wanted to speak very softly to her, brought his lips close to Violante's ear, which she did not withdraw; but they heard a noise in the foliage. "It's nothing," said Honoré tenderly. "It's my aunt," said Violante. It was the wind. But Violante, who had stood up and had been cooled down just in time by the wind, did not want to sit back down; she took leave of Honoré, in spite of his pleading. She felt remorse, had a hysterical fit, and for two long days had trouble falling asleep. Her memory was like a burning pillow that she kept turning over. Two days later, Honoré asked to see her. She had a servant reply that she was out for a walk. Honoré believed nothing of it and dared not come back. The following summer, she thought anew of Honoré, tenderly but also distressedly, because she knew he had left on a boat as a sailor. When the sun had set into the ocean, seated on the bench where he had, a year ago, led her, she strove to recall Honoré's lips held out to her, his green eyes half-closed, his gaze sweeping over her like rays, touching her with warm, vibrant light. And on tender nights, on vast and secret nights, when the certainty that no one could see her exalted her desire, she heard the voice of Honoré at her ear, speaking of forbidden things. She evoked all of him, obsessive and offered up like a temptation. One evening, during dinner, she looked and sighed at the overseer who was seated across the table from her.

"I am very sad, dear Augustin," said Violante. "No one loves me," she added.

"And yet," replied Augustin, "when a week ago I was at Julianges organizing the library, I heard someone saying of you: 'She is so beautiful!'"

"Who said it?" Violante asked sadly.

A weak smile barely and halfheartedly raised a corner of her mouth, as one might try to lift a curtain to let in joyful daylight.

"That young man from last year, Monsieur Honoré . . . "

"I thought he was away at sea," said Violante.

"He has returned," said Augustin.

Violante instantly stood up; she walked almost unsteadily to her room in order to write to Honoré, asking him to come

plume, elle eut un sentiment de bonheur, de puissance encore inconnu, le sentiment qu'elle arrangeait un peu sa vie selon son caprice et pour sa volupté, qu'aux rouages de leurs deux destinées qui semblaient les emprisonner mécaniquement loin l'un de l'autre, elle pouvait tout de même donner un petit coup de pouce, qu'il apparaîtrait la nuit, sur la terrasse, autrement que dans la cruelle extase de son désir inassouvi, que ses tendresses inentendues — son perpétuel roman intérieur et les choses avaient vraiment des avenues qui communiquaient et où elle allait s'élancer vers l'impossible qu'elle allait rendre viable en le créant. Le lendemain elle reçut la réponse d'Honoré, qu'elle alla lire en tremblant sur le banc où il l'avait embrassée.

« Mademoiselle,

« Je reçois votre lettre une heure avant le départ de mon navire. Nous n'avions relâché que pour huit jours, et je ne reviendrai que dans quatre ans. Daignez garder le souvenir de
« Votre respectueux et tendre

« HONORÉ. »

Alors, contemplant cette terrasse où il ne viendrait plus, où personne ne pourrait combler son désir, cette mer aussi qui l'enlevait à elle et lui donnait en échange, dans l'imagination de la jeune fille, un peu de son grand charme mystérieux et triste, charme des choses qui ne sont pas à nous, qui reflètent trop de cieux et baignent trop de rivages, Violante fondit en larmes.

« Mon pauvre Augustin, dit-elle le soir, il m'est arrivé un grand malheur. »

Le premier besoin des confidences naissait pour elle des premières déceptions de sa sensualité, aussi naturellement qu'il naît d'ordinaire des premières satisfactions de l'amour. Elle ne connaissait pas encore l'amour. Peu de temps après, elle en souffrit, qui est la seule manière dont on apprenne à le connaître.

and see her. As she picked up her pen, she experienced a feeling of happiness, of power as yet unknown, the feeling that she was to some extent organizing her life according to her whim and for her pleasure, that she could manage to adjust the mechanical apparatus of their two destinies that seemed to keep them imprisoned far apart, that he would appear one night on the terrace, rather than in the cruel ecstasy of her unfulfilled desire, that between reality and her unheard terms of endearment—her ceaseless inner novel—there really were connecting avenues through which she would soar toward the impossible, making it viable by creating it. The next day she received Honoré's reply, which she went to read, tremblingly, on the bench where he had kissed her.

"Dear Miss Violante,

I have received your letter one hour before my ship is to sail. We were only in port for a week, and I will not return for another four years. Please be so kind as to keep the memory of Your respectful and affectionate,

Honoré"

Then, gazing at that terrace where he would no longer come, where no one would be able to fulfill her desire, gazing also at the sea that was taking him away from her and gave her in exchange, in the young girl's imagination, some of its vast charm, mysterious and sad, the charm of things that are beyond us, that reflect too many skies and lap too many shores, Violante burst into tears.

"My poor Augustin," she said that evening, "something terrible has happened to me."

The first need to confide in someone was born in her from the first disappointments of her sensuality, as naturally as it is usually born from the first pleasures of love. She did not yet know love. Shortly thereafter, she suffered from it, which is the only way one can learn to know it.

CHAPITRE III

Peines d'amour

Violante fut amoureuse, c'est-à-dire qu'un jeune Anglais qui s'appelait Laurence fut pendant plusieurs mois l'objet de ses pensées les plus insignifiantes, le but de ses plus importantes actions. Elle avait chassé une fois avec lui et ne comprenait pas pourquoi le désir de le revoir assujettissait sa pensée, la poussait sur les chemins à sa rencontre, éloignait d'elle le sommeil, détruisait son repos et son bonheur. Violante était éprise, elle fut dédaignée. Laurence aimait le monde, elle l'aima pour le suivre. Mais Laurence n'y avait pas de regards pour cette campagnarde de vingt ans. Elle tomba malade de chagrin et de jalousie, alla oublier Laurence aux Eaux de . . . , mais elle demeurait blessée dans son amour-propre de s'être vu préférer tant de femmes qui ne la valaient pas, et, décidée à conquérir, pour triompher d'elles, tous leurs avantages.

« Je te quitte, mon bon Augustin, dit-elle, pour aller près de la cour d'Autriche.

— Dieu nous en préserve, dit Augustin. Les pauvres du pays ne seront plus consolés par vos charités quand vous serez au milieu de tant de personnes méchantes. Vous ne jouerez plus avec nos enfants dans les bois. Qui tiendra l'orgue à l'église ? Nous ne vous verrons plus peindre dans la campagne, vous ne nous composerez plus de chansons.

— Ne t'inquiète pas, Augustin, dit Violante, garde-moi seulement beaux et fidèles mon château, mes paysans de Styrie. Le monde ne m'est qu'un moyen. Il donne des armes vulgaires, mais invincibles, et si quelque jour je veux être aimée, il me faut les posséder. Une curiosité m'y pousse aussi et comme un besoin de mener une vie un peu plus matérielle et moins réfléchie que celle-ci. C'est à la fois un repos et une école que je veux. Dès que ma situation sera faite et mes vacances finies, je quitterai le monde pour la campagne, nos bonnes gens simples et ce que je préfère à tout, mes chansons. À un moment précis et prochain, je m'arrêterai sur cette pente et je reviendrai dans notre Styrie, vivre auprès de toi, mon cher.

CHAPTER 3

Love's Heartaches

Violante fell in love; that is, a young Englishman named Laurence was for several months the object of her most insignificant thoughts, the goal of her most important actions. She had gone hunting with him once and did not understand why the desire to see him again dominated her thoughts, drove her to roads where she would meet him, kept her from sleeping, destroyed her restfulness and her happiness. Violante was enamored; she was disdained. Laurence loved high society; she loved it in order to follow him. But Laurence had no eyes for this twenty-year-old country girl. She fell sick from grief and jealousy, left for a spa to forget him, but she remained wounded in her self-esteem because he had preferred other women over her, women who were beneath her. So, in order to triumph over them, she resolved to acquire what made them attractive.

"I am leaving you, my good Augustin," she said. "I am going to the court of Austria."

"God forbid," said Augustin. "The poor of our country will no longer be consoled by your charity while you are among so many wicked people. You will no longer play with our children in the woods. Who will play the organ in church? We will no longer see you painting in the countryside; you will no longer write songs for us."

"Don't worry, Augustin," said Violante. "Just watch over my castle and my Styrian peasants for me, keep them beautiful and faithful. For me, high society is only a means. It provides weapons, vulgar but invincible, and if I wish to be loved someday, I must possess them. Curiosity is also driving me, as well as a certain need to lead a life that is more tangible and less contemplative than this one. What I want is both a rest and an education. As soon as I am established and my vacation is over, I will leave high society for the countryside, for our good, simple people, and for what I prefer above all, my songs. At a precise and not too distant moment, I will stop on that slope and I will return to our Styria, to live close to you, my dear Augustin."

— Le pourrez-vous ? dit Augustin.

— On peut ce qu'on veut, dit Violante.

— Mais vous ne voudrez peut-être plus la même chose, dit Augustin.

— Pourquoi ? demanda Violante.

— Parce que vous aurez changé », dit Augustin.

CHAPITRE IV

La Mondanité

Les personnes du monde sont si médiocres, que Violante n'eut qu'à daigner se mêler à elles pour les éclipser presque toutes. Les seigneurs les plus inaccessibles, les artistes les plus sauvages allèrent au-devant d'elle et la courtisèrent. Elle seule avait de l'esprit, du goût, une démarche qui éveillait l'idée de toutes les perfections. Elle lança des comédies, des parfums et des robes. Les couturières, les écrivains, les coiffeurs mendièrent sa protection. La plus célèbre modiste d'Autriche lui demanda la permission de s'intituler sa faiseuse, le plus illustre prince d'Europe lui demanda la permission de s'intituler son amant. Elle crut devoir leur refuser à tous deux cette marque d'estime qui eût consacré définitivement leur élégance. Parmi les jeunes gens qui demandèrent à être reçus chez Violante, Laurence se fit remarquer par son insistance. Après lui avoir causé tant de chagrin, il lui inspira par là quelque dégoût. Et sa bassesse l'éloigna d'elle plus que n'avaient fait tous ses mépris. « Je n'ai pas le droit de m'indigner, se disait-elle. Je ne l'avais pas aimé en considération de sa grandeur d'âme et je sentais très bien, sans oser me l'avouer, qu'il était vil. Cela ne m'empêchait pas de l'aimer, mais seulement d'aimer autant la grandeur d'âme. Je pensais qu'on pouvait être vil et tout à la fois aimable. Mais dès qu'on n'aime plus, on en revient à préférer les gens de cœur. Que cette passion pour ce méchant était étrange puisqu'elle était toute de tête, et n'avait pas l'excuse d'être égarée par les sens. L'amour platonique est peu de chose. » Nous verrons qu'elle put considérer un peu plus tard que l'amour sensuel était moins encore.

"Will you be able to?" said Augustin.

"One can if one so wants," said Violante.

"But you may no longer want the same thing," said Augustin.

"Why?" asked Violante.

"Because you will have changed," said Augustin.

CHAPTER 4

High Society

High society is so mediocre that Violante had only to stoop to mingle with its members to outshine them all. The most inaccessible lords, the wildest of artists sought her out and wooed her. She alone had wit, taste, a bearing that stimulated the idea of all that was perfect. She launched plays, perfumes, and gowns. Dressmakers, writers, hairdressers begged for her patronage. The most famous milliner of Austria asked for her permission to call herself her supplier of hats; the most illustrious prince of Europe asked for her permission to call himself her lover. She thought it necessary to refuse to both of them these marks of esteem that would have definitely established their elegance. Among the young men who asked to be received by Violante, Laurence made himself noticeable by his insistence. After having brought her so much grief, he now caused her to feel disgust for him. His baseness drove her further away from him than all the contempt he had shown her. "I no longer have the right to be indignant," she told herself. "I did not love him out of consideration for the greatness of his soul and I could quite well feel, without daring to admit it to myself, that he was vile. That did not prevent me from loving him; it only kept me from loving greatness of soul as much. I thought it was possible to be both vile and lovable. But as soon as love ends, kind-hearted people are once again preferable. How strange was this passion for that villain, since it all came from my mind, without the excuse of being led astray by my sensuality! Platonic love is not much to speak of." As we shall see a bit later, she would come to think even less of sensual love.

Augustin vint la voir, voulut la ramener en Styrie.
« Vous avez conquis une véritable royauté, lui dit-il. Cela
ne vous suffit-il pas ? Que ne redevenez-vous la Violante
d'autrefois.

— Je viens précisément de la conquérir, Augustin, repartit
Violante, laisse-moi au moins l'exercer quelques mois. »
Un événement qu'Augustin n'avait pas prévu dispensa pour
un temps Violante de songer à la retraite. Après avoir repoussé
vingt altesses sérénissimes, autant de princes souverains et un
homme de génie qui demandaient sa main, elle épousa le duc
de Bohême qui avait des agréments extrêmes et cinq millions
de ducats. L'annonce du retour d'Honoré faillit rompre le mariage à la veille qu'il fût célébré. Mais un mal dont il était
atteint le défigurait et rendit ses familiarités odieuses à Violante. Elle pleura sur la vanité de ses désirs qui volaient jadis si
ardents vers la chair alors en fleur et qui maintenant était déjà
pour jamais flétrie. La duchesse de Bohême continua de charmer comme avait fait Violante de Styrie, et l'immense fortune
du duc ne servit qu'à donner un cadre digne d'elle à l'objet
d'art qu'elle était. D'objet d'art elle devint objet de luxe par
cette naturelle inclinaison des choses d'ici-bas à descendre au
pire quand un noble effort ne maintient pas leur centre de
gravité comme au-dessus d'elles-mêmes. Augustin s'étonnait
de tout ce qu'il apprenait d'elle. « Pourquoi la duchesse, lui
écrivait-il, parle-t-elle sans cesse de choses que Violante mé-
prisait tant ? »

« Parce que je plairais moins avec des préoccupations qui,
par leur supériorité même, sont antipathiques et incompré-
hensibles aux personnes qui vivent dans le monde, répondit
Violante. Mais je m'ennuie, mon bon Augustin. »

Il vint la voir, lui expliqua pourquoi elle s'ennuyait :

« Votre goût pour la musique, pour la réflexion, pour la
charité, pour la solitude, pour la campagne, ne s'exerce plus.
Le succès vous occupe, le plaisir vous retient. Mais on ne
trouve le bonheur qu'à faire ce qu'on aime avec les tendances
profondes de son âme.

— Comment le sais-tu, toi qui n'as pas vécu ? dit Violante.

Augustin came to see her, wanted to bring her back to Styria. "You have conquered a veritable kingdom," he told her. "Is that not enough for you? Can you not go back to being your former self?"

"I have only just now conquered it, Augustin," replied Violante. "At least allow me to wield power for a few months."

An event that Augustin had not foreseen exempted Violante, for some time, from thinking about retirement. After having turned down twenty serene highnesses, as many sovereign princes, and one genius who had asked for her hand, she married the Duke of Bohemia, who had tremendous charm and five million ducats. The announcement of Honoré's return almost broke off the wedding on the day before it was to be celebrated. But he was afflicted with an illness that disfigured him and made his attempts at familiarity odious to Violante. She cried over the vanity of her desires, which in the past had flown so ardently toward the flesh then in bloom and that was now forever withered. The Duchess of Bohemia continued to charm, as had Violante of Styria, and the immense fortune of the Duke served only to provide a frame worthy of her, for the work of art that she was. From a work of art she became a luxury article, through that natural inclination of earthly things to slide down to their worst if a noble effort does not maintain their center of gravity seemingly above them. Augustin was surprised by all that he heard from her. "Why does the Duchess," he wrote to her, "constantly speak of things that Violante held in such contempt?"

"Because I would not be liked as much if I were preoccupied with things that, precisely due to their elevated nature, are displeasing and incomprehensible to those who live in high society," answered Violante. "But I am bored, my good Augustin."

He came to see her, explained to her why she was bored: "Your taste for music, for reflection, for charity, for solitude, for the countryside no longer has an outlet. Success keeps you busy, pleasure holds you back. But happiness is only found by doing what one loves in accordance with the soul's deepest inclinations."

"How do you know, you who have never lived?" said Violante.

— J'ai pensé et c'est tout vivre, dit Augustin. Mais j'espère que bientôt vous serez prise du dégoût de cette vie insipide. » Violante s'ennuya de plus en plus, elle n'était plus jamais gaie. Alors, l'immoralité du monde, qui jusque-là l'avait laissée indifférente, eut prise sur elle et la blessa cruellement, comme la dureté des saisons terrasse les corps que la maladie rend incapables de lutter. Un jour qu'elle se promenait seule dans une avenue presque déserte, d'une voiture qu'elle n'avait pas aperçue tout d'abord une femme descendit qui alla droit à elle. Elle l'aborda, et lui ayant demandé si elle était bien Violante de Bohême, elle lui raconta qu'elle avait été l'amie de sa mère et avait eu le désir de revoir la petite Violante qu'elle avait tenue sur ses genoux. Elle l'embrassa avec émotion, lui prit la taille et se mit à l'embrasser si souvent que Violante, sans lui dire adieu, se sauva à toutes jambes. Le lendemain soir, Violante se rendit à une fête donnée en l'honneur de la princesse de Misène, qu'elle ne connaissait pas. Elle reconnut dans la princesse la dame abominable de la veille. Et une douairière, que jusque-là Violante avait estimée, lui dit :

« Voulez-vous que je vous présente à la princesse de Misène ?

— Non ! dit Violante.

— Ne soyez pas timide, dit la douairière. Je suis sûre que vous lui plairez. Elle aime beaucoup les jolies femmes. »

Violante eut à partir de ce jour deux mortelles ennemies, la princesse de Misène et la douairière, qui la représentèrent partout comme un monstre d'orgueil et de perversité. Violante l'apprit, pleura sur elle-même et sur la méchanceté des femmes. Elle avait depuis longtemps pris son parti de celle des hommes. Bientôt elle dit chaque soir à son mari :

« Nous partirons après-demain pour ma Styrie et nous ne la quitterons plus. »

Puis il y avait une fête qui lui plairait peut-être plus que les autres, une robe plus jolie à montrer. Les besoins profonds d'imaginer, de créer, de vivre seule et par la pensée, et aussi de se dévouer, tout en la faisant souffrir de ce qu'ils n'étaient pas contentés, tout en l'empêchant de trouver dans le monde l'ombre même d'une joie s'étaient trop émoussés, n'étaient

"I have thought, and life is all about that," said Augustin. "But I hope that soon you will be overcome with disgust for this bland life."

Violante was increasingly bored; she was never cheerful any more. Then the immorality of high society, which had until then left her unconcerned, took hold of her and cruelly wounded her, as the harshness of the seasons strikes down the bodies that illness renders incapable of struggling. One day, as she was walking alone down a nearly deserted avenue, from a carriage she had not at first noticed, out stepped a woman who went straight to her. Accosting her, and asking if she was Violante of Bohemia, the woman told her she had been a friend of her mother and had the desire to see once again the little Violante whom she had held in her lap. The woman kissed her with intense emotion, put her arms around Violante's waist, and started to kiss her so often that Violante, without saying goodbye, ran away as fast as her legs could carry her. The following evening, Violante attended a party given in honor of the Princess of Miseno, whom she did not know. She recognized in the Princess the abominable lady from the previous day. And a dowager, whom until then Violante had esteemed, told her: "Would you like me to introduce you to the Princess of Miseno?"

"No!" said Violante.

"Don't be shy," said the dowager. "I'm sure she'll like you. She's quite fond of pretty women."

From that day forward, Violante had two mortal enemies, the Princess of Miseno and the dowager, who everywhere portrayed her as a monster of arrogance and perversity. Violante heard of it, and cried over herself and over the malice of women. She had long since made up her mind as to the malice of men. She was soon telling her husband each evening: "The day after tomorrow, we shall leave for my Styria, and we won't leave it again."

But then there was a party that might please her more than the others, a dress that might be prettier to show off. Her deep-seated needs—to imagine, to create, to live alone and through her mind, and also to sacrifice herself—while they made her suffer because they were not met, while they prevented her from finding in high society even a hint of joy, those needs had become

plus assez impérieux pour la faire changer de vie, pour la forcer à renoncer au monde et à réaliser sa véritable destinée.

Elle continuait à offrir le spectacle somptueux et désolé d'une existence faite pour l'infini et peu à peu restreinte au presque néant, avec seulement sur elle les ombres mélancoliques de la noble destinée qu'elle eût pu remplir et dont elle s'éloignait chaque jour davantage. Un grand mouvement de pleine charité qui aurait lavé son cœur comme une marée, nivelé toutes les inégalités humaines qui obstruent un cœur mondain, était arrêté par les mille digues de l'égoïsme, de la coquetterie et de l'ambition. La bonté ne lui plaisait plus que comme une élégance. Elle ferait bien encore des charités d'argent, des charités de sa peine même et de son temps, mais toute une partie d'elle-même était réservée, ne lui appartenait plus. Elle lisait ou rêvait encore le matin dans son lit, mais avec un esprit faussé, qui s'arrêtait maintenant au-dehors des choses et se considérait lui-même, non pour s'approfondir, mais pour s'admirer voluptueusement et coquettement comme en face d'un miroir. Et si alors on lui avait annoncé une visite, elle n'aurait pas eu la volonté de la renvoyer pour continuer à rêver ou à lire. Elle en était arrivée à ne plus goûter la nature qu'avec des sens pervertis, et le charme des saisons n'existait plus pour elle que pour parfumer ses élégances et leur donner leur tonalité. Les charmes de l'hiver devinrent le plaisir d'être frileuse, et la gaieté de la chasse ferma son cœur aux tristesses de l'automne. Parfois elle voulait essayer de retrouver, en marchant seule dans une forêt, la source naturelle des vraies joies. Mais, sous les feuillées ténébreuses, elle promenait des robes éclatantes. Et le plaisir d'être élégante corrompait pour elle la joie d'être seule et de rêver.

« Partons-nous demain ? demandait le duc.

— Après-demain », répondait Violante.

Puis le duc cessa de l'interroger. À Augustin qui se lamentait, Violante écrivit : « Je reviendrai quand je serai un peu plus vieille. » — « Ah ! répondit Augustin, vous leur donnez délibérément votre jeunesse ; vous ne reviendrez jamais dans votre Styrie. » Elle n'y revint jamais. Jeune, elle était restée dans le monde pour exercer la royauté d'élégance que presque

too blunted, were no longer sharp enough to make her change her life, to force her to give up on high society and to achieve her true destiny. She continued to offer the sumptuous and desolate spectacle of an existence suited for the infinite and gradually reduced to near-nothingness, bearing only the melancholy shadows of the noble destiny she could have fulfilled and from which she distanced herself further every day. A great movement of full charity that would have cleansed her heart like a tide, leveled all the human inequalities that obstruct a worldly heart, was halted by the thousand dams of selfishness, vanity, and ambition. Kindness now pleased her only as a sign of elegance. She could still be charitable, with her money, with her grief itself and with her time, but a whole part of herself was reserved, no longer belonged to her. She still read or dreamed in bed in the morning, but with a distorted outlook, which now stopped outside of things and contemplated itself, not to achieve profundity, but to consider itself voluptuously and coquettishly, as if in front of a mirror. And if visitors had then been announced, she would not have had the willpower to send them away in order to continue to dream or to read. She had reached the point where she could only enjoy nature with perverted senses, and the charm of the seasons existed for her only to bring flavor to her elegance and give it its tonality. The charms of winter became the pleasure of feeling cold, and the playfulness of hunting closed her heart to the sorrows of autumn. Sometimes she sought to rediscover, by walking alone in a forest, the natural source of true joy. However, while walking among the dark foliage, she wore radiant dresses. And the pleasure of being elegant corrupted her joy of being alone and dreaming.

"Shall we leave tomorrow?" the Duke would ask.

"The day after tomorrow," Violante would answer.

Then the Duke stopped asking. To Augustin, who was sorrowful, Violante wrote: "I shall return when I am somewhat older."

"Ah!" answered Augustin. "You are deliberately giving them your youth; you will never come back to your Styria." She never did come back. While young, she had remained in high society to reign over the kingdom of elegance that she had

encore enfant elle avait conquise. Vieille, elle y resta pour la défendre. Ce fut en vain. Elle la perdit. Et quand elle mourut, elle était encore en train d'essayer de la reconquérir. Augustin avait compté sur le dégoût. Mais il avait compté sans une force qui, si elle est nourrie d'abord par la vanité, vainc le dégoût, le mépris, l'ennui même : c'est l'habitude.

Août 1892.

conquered when she was still almost a child. Having grown old, she remained to defend it. It was in vain. She lost it. And when she died, she was still attempting to reconquer it. Augustin had counted on disgust. But he had not taken into account a force that, if it is first nourished by vanity, can vanquish disgust, contempt, even boredom: the force of habit.

August 1892

FRAGMENTS
DE
COMÉDIE ITALIENNE

« De même que l'écrevisse, le bélier, le scorpion, la balance et le verseau perdent toute bassesse quand ils apparaissent comme signes du zodiaque, ainsi on peut voir sans colère ses propres vices dans des personnages éloignés . . . »
EMERSON

I

Les Maîtresses de Fabrice

La maîtresse de Fabrice était intelligente et belle; il ne pouvait s'en consoler. « Elle ne devrait pas se comprendre ! s'écriait-il en gémissant, sa beauté m'est gâtée par son intelligence ; m'éprendrais-je encore de la Joconde chaque fois que je la regarde, si je devais dans le même temps entendre la dissertation d'un critique, même exquis ? » Il la quitta, prit une autre maîtresse qui était belle et sans esprit. Mais elle l'empêchait continuellement de jouir de son charme par un manque de tact impitoyable. Puis elle prétendit à l'intelligence, lut beaucoup, devint pédante et fut aussi intellectuelle que la première avec moins d'aisance et des maladresses ridicules. Il la pria de garder le silence : même quand elle ne parlait pas, sa beauté

FRAGMENTS
OF
ITALIAN COMEDY

As crabs, goats, scorpions, the balance, and
the waterpot lose their meanness when hung
as signs in the zodiac, so I can see my own
vices without heat in distant persons.
(Ralph Waldo Emerson, *Essays*, I. "History")

I

Fabrice's Mistresses

Fabrice's mistress was intelligent and beautiful: he could not get over it. "She should not be able to understand herself!" he exclaimed with a groan. "Her beauty is spoiled for me by her intelligence. Could I still fall in love with the Mona Lisa each time I look at her, if I had to listen at the same time to a critic's analysis, even a brilliant one?" He left her, took another mistress who was beautiful and mindless.[1] However, she continuously prevented him from enjoying her charm, due to her pitiless tactlessness. Then she aspired to intelligence, read a lot, became pedantic, and was as intellectual as the first mistress, with less ease and with ridiculous clumsiness. He asked her to remain silent: even when she did not speak, her beauty cruelly

reflétait cruellement sa stupidité. Enfin, il fit la connaissance d'une femme chez qui l'intelligence ne se trahissait que par une grâce plus subtile, qui se contentait de vivre et ne dissipait pas dans des conversations trop précises le mystère charmant de sa nature. Elle était douce comme les bêtes gracieuses et agiles aux yeux profonds, et troublait comme, au matin, le souvenir poignant et vague de nos rêves. Mais elle ne prit point la peine de faire pour lui ce qu'avaient fait les deux autres : l'aimer.

II

Les Amies de la Comtesse Myrto

Myrto, spirituelle, bonne et jolie, mais qui donne dans le chic, préfère à ses autres amies Parthénis, qui est duchesse et plus brillante qu'elle ; pourtant elle se plaît avec Lalagé, dont l'élégance égale exactement la sienne, et n'est pas indifférente aux agréments de Cléanthis, qui est obscure et ne prétend pas à un rang éclatant. Mais qui Myrto ne peut souffrir, c'est Doris ; la situation mondaine de Doris est un peu moindre que celle de Myrto, et elle recherche Myrto, comme Myrto fait de Parthénis, pour sa plus grande élégance.

Si nous remarquons chez Myrto ces préférences et cette antipathie, c'est que la duchesse Parthénis non seulement procure un avantage à Myrto, mais encore ne peut l'aimer que pour elle-même ; que Lalagé peut l'aimer pour elle-même et qu'en tout cas étant collègues et de même grade, elles ont besoin l'une de l'autre ; c'est enfin qu'à chérir Cléanthis, Myrto sent avec orgueil qu'elle est capable de se désintéresser, d'avoir un goût sincère, de comprendre et d'aimer, qu'elle est assez élégante pour se passer au besoin de l'élégance. Tandis que Doris ne s'adresse qu'à ses désirs de chic, sans être en mesure de les satisfaire ; qu'elle vient chez Myrto, comme un roquet près d'un mâtin dont les os sont comptés, pour tâter de ses duchesses, et si elle peut, en enlever une ; que, déplaisant comme Myrto par une disproportion fâcheuse entre son rang et celui où elle aspire, elle lui présente enfin l'image de

reflected her stupidity. Finally, he met a woman in whom intelligence was revealed only by a more subtle grace, who was content with just living, and who did not dissipate in excessively precise conversations the charming mystery of her nature. She was gentle, like graceful and agile animals with deep eyes, and disconcerting, like the poignant and vague remembrance, in the morning, of our dreams. However, she did not take the trouble to do for him what the two other mistresses had done: she did not love him.

II

Countess Myrto's Friends

Myrto, witty, kind, and pretty, but who seeks out sophistication, prefers above all her friends Parthénis, who is a Duchess and more glamorous than her. Yet Myrto enjoys the company of Lalagé, whose elegance is exactly equal to hers, and who is not indifferent to the charm of Cléanthis, who for her part is unknown and does not aspire to a brilliant social ranking. But the person Myrto cannot stand is Doris; her social position is slightly lower than Myrto's, and she seeks out Myrto, as Myrto does Parthénis, for her higher level of elegance.

If we point out in Myrto these preferences and this antipathy, it is because the Duchess Parthénis not only provides an advantage to Myrto, but also can only love her for herself; because Lalagé can love her for herself, and in any case, being colleagues and at the same level, they need each other; and finally because, by cherishing Cléanthis, Myrto can feel with pride that she is capable of being unselfish, of having sincere taste, of understanding and loving, of being elegant enough to do without elegance, if necessary. Whereas Doris is only attuned to her wish to be sophisticated, without being able to satisfy it. She visits Myrto like a yappy little dog coming near a watchdog that keeps track of its hoard of bones. She approaches Myrto's Duchesses; if she can, she steals one of them away. Since she is disagreeable, like Myrto, due to the unfortunate disproportion between her rank and the one to which she aspires, she ends up giving Myrto a reflected image of her

son vice. L'amitié que Myrto porte à Parthénis, Myrto la reconnaît avec déplaisir dans les égards que lui marque Doris.
Lalagé, Cléanthis même lui rappelaient ses rêves ambitieux,
et Parthénis au moins commençait de les réaliser : Doris ne
lui parle que de sa petitesse. Aussi, trop irritée pour jouer le
rôle amusant de protectrice, elle éprouve à l'endroit de Doris
les sentiments qu'elle, Myrto, inspirerait précisément à Parthénis, si Parthénis n'était pas au-dessus du snobisme : elle
la hait.

III

Heldémone, Adelgise,
Ercole

Témoin d'une scène un peu légère, Ercole n'ose la raconter à
la duchesse Adelgise, mais n'a pas même scrupule devant la
courtisane Heldémone.

« Ercole, s'écrie Adelgise, vous ne croyez pas que je puisse
entendre cette histoire ? Ah ! je suis bien sûre que vous agiriez
autrement avec la courtisane Heldémone ; vous me respectez :
vous ne m'aimez pas. »

« Ercole, s'écrie Heldémone, vous n'avez pas la pudeur de
me taire cette histoire ? Je vous en fais juge ; en useriez-vous
ainsi avec la duchesse Adelgise ? Vous ne me respectez pas :
vous ne pouvez donc m'aimer. »

IV

L'Inconstant

Fabrice qui veut, qui croit aimer Béatrice à jamais, songe qu'il
a voulu, qu'il a cru de même quand il aimait, pour six mois,
Hippolyta, Barbara ou Clélie. Alors il essaye de trouver dans
les qualités réelles de Béatrice une raison de croire que, sa passion finie, il continuera à fréquenter chez elle, la pensée qu'un
jour il vivrait sans la voir étant incompatible avec un sentiment

flaws. The friendship that Myrto shows for Parthénis, Myrto recognizes it, with displeasure, in Doris's attentiveness toward her. Lalagé and even Cléanthis reminded Myrto of her ambitious dreams, and Parthénis at least was starting to achieve them: Doris reflected only Myrto's pettiness. Thus, too irritated to play the amusing role of protector, she feels toward Doris the sentiments that she, Myrto, would precisely inspire in Parthénis, if Parthénis were not above snobbery: Myrto despises Doris.

III

Heldémone, Adelgise, Ercole

Having witnessed a somewhat ribald scene, Ercole does not dare recount it to the Duchess Adelgise, but has no such scruples with the courtesan Heldémone.

"Ercole," exclaims Adelgise, "you do not think I can hear that story? Ah! I am quite sure you would behave differently with the courtesan Heldémone. You respect me: you do not love me."

"Ercole," exclaims Heldémone, "you do not have the decency to keep silent about that story with me? You be the judge: would you act in the same way with the Duchess Adelgise? You do not respect me: therefore you cannot love me."

IV

The Fickle Man

Fabrice, who wants to love, who believes he will love Beatrice forever, remembers that he wanted, that he believed in the same way when he loved, for six months, Hippolyta, Barbara, or Clelia. So he attempts to find in the real qualities of Beatrice a reason to believe that, once his passion is over, he will continue to see her socially, since the thought that one day he could live without seeing her is incompatible with a sentiment that

qui a l'illusion de son éternité. Puis, égoïste avisé, il ne voudrait pas se dévouer ainsi, tout entier, avec ses pensées, ses actions, ses intentions de chaque minute, et ses projets pour tous les avenirs, à la compagne de quelques-unes seulement de ses heures. Béatrice a beaucoup d'esprit et juge bien : « Quel plaisir, quand j'aurai cessé de l'aimer, j'éprouverai à causer avec elle des autres, d'elle-même, de mon défunt amour pour elle . . . » (qui revivrait ainsi, converti en amitié plus durable, il espère). Mais, sa passion pour Béatrice finie, il reste deux ans sans aller chez elle, sans en avoir envie, sans souffrir de ne pas en avoir envie. Un jour qu'il est forcé d'aller la voir, il maugrée, reste dix minutes. C'est qu'il rêve nuit et jour à Giulia, qui est singulièrement dépourvue d'esprit, mais dont les cheveux pâles sentent bon comme une herbe fine, et dont les yeux sont innocents comme deux fleurs.

V

La vie est étrangement facile et douce avec certaines personnes d'une grande distinction naturelle, spirituelles, affectueuses, mais qui sont capables de tous les vices, encore qu'elles n'en exercent aucun publiquement et qu'on n'en puisse affirmer d'elles un seul. Elles ont quelque chose de souple et de secret. Puis, leur perversité donne du piquant aux occupations les plus innocentes, comme se promener la nuit, dans des jardins.

VI

Cires Perdues

I

Je vous vis tout à l'heure pour la première fois, Cydalise, et j'admirai d'abord vos cheveux blonds, qui mettaient comme un petit casque d'or sur votre tête enfantine, mélancolique et pure. Une robe d'un velours rouge un peu pâle adoucissait encore cette tête singulière dont les paupières baissées paraissaient

includes the illusion of its own eternity. Also, being shrewdly selfish, he would not want to devote himself so entirely, with his thoughts, his actions, his intentions at each minute, and his projects for all possible futures, to the companion of only a few of his hours. Beatrice has a sound mind and good judgment: "What pleasure, when I shall have ceased to love her, I will feel in speaking with her about the others, about herself, about my deceased love for her . . . " (which will thus live again, transformed into a more durable friendship, or so he hopes). However, once his passion for Beatrice is over, he remains two years without visiting her, without having the desire to see her, without suffering for not having that desire. One day, being forced to see her, he grumbles, stays only ten minutes. For he dreams every night and day of Giulia, who is exceptionally mindless, but whose fair hair smells as good as a delicate herb, and whose eyes are as innocent as two flowers.

V

Life is strangely easy and gentle with certain persons of great natural distinction, who are witty, affectionate, but who are capable of committing all the vices, even though they never openly practice any, nor can anyone positively accuse them of any. There is something flexible and secretive about them. Also, their perversity provides an added spiciness to their most innocent pursuits, such as going for a walk at night, in parks.[2]

VI

Lost Waxes

1

I saw you a little while ago for the first time, Cydalise, and I first admired your blonde hair, which put a sort of small golden helmet on your melancholy and pure childlike head. A dress made of slightly pale red velvet further softened that unusual head, whose lowered eyelids seemed compelled to seal

devoir sceller à jamais le mystère. Mais vous élevâtes vos regards ; ils s'arrêtèrent sur moi, Cydalise, et dans les yeux que je
vis alors semblait avoir passé la fraîche pureté des matins, des
eaux courantes aux premiers beaux jours. C'étaient comme
des yeux qui n'auraient jamais rien regardé de ce que tous les
yeux humains ont accoutumé à refléter, des yeux vierges encore d'expérience terrestre. Mais à vous mieux regarder, vous
exprimiez surtout quelque chose d'aimant et de souffrant,
comme d'une à qui ce qu'elle aurait voulu eût été refusé, dès
avant sa naissance, par les fées. Les étoffes mêmes prenaient
sur vous une grâce douloureuse, s'attristaient sur vos bras
surtout, vos bras juste assez découragés pour rester simples et
charmants. Puis j'imaginais de vous comme d'une princesse
venue de très loin, à travers les siècles, qui s'ennuyait ici pour
toujours avec une langueur résignée, princesse aux vêtements
d'une harmonie ancienne et rare et dont la contemplation
serait vite devenue pour les yeux une douce et enivrante habitude. J'aurais voulu vous faire raconter vos rêves, vos ennuis.
J'aurais voulu vous voir tenir dans la main quelque hanap, ou
plutôt une de ces buires d'une forme si fière et si triste et qui,
vides aujourd'hui dans nos musées, élevant avec une grâce
inutile une coupe épuisée, furent autrefois, comme vous, la
fraîche volupté des tables de Venise dont un peu des dernières
violettes et des dernières roses semble flotter encore dans le
courant limpide du verre écumeux et troublé.

II

« Comment pouvez-vous préférer Hippolyta aux cinq autres
que je viens de dire et qui sont les plus incontestables beautés
de Vérone ? D'abord, elle a le nez trop long et trop busqué. » —
Ajoutez qu'elle a la peau trop fine, et la lèvre supérieure trop
mince, ce qui tire trop sa bouche par le haut quand elle rit,
en fait un angle très aigu. Pourtant son rire m'impressionne
infiniment, et les profils les plus purs me laissent froid auprès
de la ligne de son nez trop busquée à votre avis, pour moi si
émouvante et qui rappelle l'oiseau. Sa tête aussi est un peu
d'un oiseau, si longue du front à la nuque blonde, plus encore ses yeux perçants et doux. Souvent, au théâtre, elle est

its mystery forever. But you raised your gaze; it settled upon me, Cydalise, and in the eyes that I then saw, there seemed to be the fresh purity of mornings, of running water on the first beautiful spring days. They were like eyes that had never looked upon what all human eyes are accustomed to reflecting, like eyes still virgin of any earthly experience. But when I looked at you more closely, you mainly expressed an air of loving and of suffering, like someone whose desires had been refused, even before her birth, by the fairies. Even the fabrics upon you took on a sorrowful grace, became saddened especially on your arms, which were discouraged just enough to remain simple and charming. Then I imagined you as a princess, having come from very far away, across the centuries, who was here forever bored, with a resigned languor, a princess with clothing of an ancient and rare harmony, the contemplation of which would have quickly become a sweet and intoxicating habit for the eyes. I would have wanted you to tell me your dreams, your worries. I would have wanted to see you hold in your hand some goblet, or rather one of those ewers of a shape so proud and so sad, ewers that, now empty in our museums, raising with useless grace a drained cup, were in the past, like you, the fresh voluptuousness of Venetian tables, a little of whose final violets and final roses still seems to float in the clear current of the foamy and cloudy glass.

2

"How can you prefer Hippolyta to the five others I have just named, and who are incontestably the most beautiful women of Verona? First, her nose is too long and too hooked." In addition, her skin is too delicate, and her upper lip too thin, which pulls up her mouth too much when she laughs, creating a very sharp angle. Nevertheless, her laughter affects me immensely, and the purest profiles leave me cold, compared with the line of her nose, too hooked according to you, but which I find so stirring and reminiscent of a bird. Her long head, stretching from her forehead to the blond nape of her neck, is also somewhat birdlike, and even more so are her piercing and soft eyes.

accoudée à l'appui de sa loge ; son bras ganté de blanc jaillit
tout droit, jusqu'au menton, appuyé sur les phalanges de la
main. Son corps parfait enfle ses coutumières gazes blanches
comme des ailes reployées. On pense à un oiseau qui rêve sur
une patte élégante et grêle. Il est charmant aussi de voir son
éventail de plume palpiter près d'elle et battre de son aile
blanche. Je n'ai jamais pu rencontrer ses fils ou ses neveux,
qui tous ont comme elle le nez busqué, les lèvres minces, les
yeux perçants, la peau trop fine, sans être troublé en reconnaissant sa race sans doute issue d'une déesse et d'un oiseau.
À travers la métamorphose qui enchaîne aujourd'hui quelque
désir ailé à cette forme de femme, je reconnais la petite tête
royale du paon, derrière qui ne ruisselle plus le flot bleu de
mer, vert de mer, ou l'écume de son plumage mythologique.
Elle donne l'idée du fabuleux avec le frisson de la beauté.

VII

Snobs

I

Une femme ne se cache pas d'aimer le bal, les courses, le
jeu même. Elle le dit, ou l'avoue simplement, ou s'en vante.
Mais n'essayez pas de lui faire dire qu'elle aime le chic, elle
se récrierait, se fâcherait tout de bon. C'est la seule faiblesse
qu'elle cache soigneusement, sans doute parce que seule elle
humilie la vanité. Elle veut bien dépendre des cartes, non des
ducs. Parce qu'elle fait une folie, elle ne se croit inférieure à
personne ; son snobisme implique au contraire qu'il y a des
gens à qui elle est inférieure, ou le peut devenir, en se relâ-
chant. Aussi l'on voit telle femme qui proclame le chic une
chose tout à fait stupide, y employer une finesse, un esprit,
une intelligence, dont elle eût pu écrire un joli conte ou varier
ingénieusement les plaisirs et les peines de son amant.

Often, at the theater, she is leaning over the railing of her box, her white-gloved arm rising straight up to her chin, which rests on her closed hand. Her perfect body makes her customary white gauzes swell like folded wings. One is reminded of a bird, dreaming while standing on one elegant and thin leg. It is also charming to watch her feathery fan palpitating near her and beating its white wing. I have never been able to meet her sons or her nephews, all of whom have like her a hooked nose, thin lips, piercing eyes, and excessively delicate skin, without being uneasy when recognizing her race, which is no doubt born of a goddess and a bird. Through the metamorphosis that now attaches some winged desire to this womanly shape, I recognize the small royal head of the peacock, behind which no longer flows the ocean-blue, ocean-green wave, nor the foam of her mythological plumage. She provides the idea of myth along with the thrill of beauty.

VII

Snobs

1

A woman does not conceal her love of ballroom dancing, horse races, or even gambling. She states it, or simply admits it, or boasts of it. But do not attempt to make her say she loves high society; she would loudly deny it and really become angry. It is the only weakness she carefully conceals, no doubt because it is the only one that humiliates her vanity. She is willing to depend on playing cards, but not on dukes. She does not feel inferior to anyone just because she does something foolish. It is quite the opposite: her snobbery implies that there are people to whom she feels inferior, or could become inferior, if she let herself go. One can thus see such a woman proclaim high society to be something quite stupid, while devoting to it such finesse, such wit, such intelligence, which she could have used to write a beautiful tale, or to vary ingeniously the pleasures and pains of a lover.

II

Les femmes d'esprit ont si peur qu'on puisse les accuser d'aimer le chic qu'elles ne le nomment jamais ; pressées dans la conversation, elles s'engagent dans une périphrase pour éviter le nom de cet amant qui les compromettrait. Elles se jettent au besoin sur le nom d'Élégance, qui détourne les soupçons et qui semble attribuer au moins â l'arrangement de leur vie une raison d'art plutôt que de vanité. Seules, celles qui n'ont pas encore le chic ou qui l'ont perdu, le nomment dans leur ardeur d'amantes inassouvies ou délaissées. C'est ainsi que certaines jeunes femmes qui se lancent ou certaines vieilles femmes qui retombent parlent volontiers du chic que les autres ont, ou, encore mieux, qu'ils n'ont pas. À vrai dire, si parler du chic que les autres n'ont pas les réjouit plus, parler du chic que les autres ont les nourrit davantage, et fournit à leur imagination affamée comme un aliment plus réel. J'en ai vu, à qui la pensée des alliances d'une duchesse donnait des frissons de plaisir avant que d'envie. Il y a, paraît-il, dans la province, des boutiquières dont la cervelle enferme comme une cage étroite des désirs de chic ardents comme des fauves. Le facteur leur apporte le *Gaulois*. Les nouvelles élégantes sont dévorées en un instant. Les inquiètes provinciales sont repues. Et pour une heure des regards rassérénés vont briller dans leurs prunelles élargies par la jouissance et l'admiration.

III

Contre une Snob

Si vous n'étiez pas du monde et si l'on vous disait qu'Élianthe, jeune, belle, riche, aimée d'amis et d'amoureux comme elle est, rompt avec eux tout d'un coup, implore sans relâche les faveurs et souffre sans impatience les rebuffades d'hommes, parfois laids, vieux et stupides, qu'elle connaît à peine, travaille pour leur plaire comme au bagne, en est folle, en devient

2

Intelligent women are so scared of being accused of loving high society that they never mention its name; if pressed during a conversation, they resort to circumlocution to avoid the name of this lover that would compromise them. If necessary, they seize upon the word Elegance, which deflects suspicion and which at least seems to designate art rather than vanity as the organizing principle of their lives. Only those women who have not yet gained access to high society, or who have lost it, mention its name, with the ardor of unfulfilled or jilted lovers. Thus, some young women who are starting out and some old women who are in decline speak willingly of the social status that others have or, even better, do not have. In fact, while they take greater pleasure in talking about the social status that others do not have, they obtain more nourishment from talking about the status that others do have, thus providing more tangible food to their starved imagination. I have met women to whom the thought of a duchess's family connections gave thrills of pleasure rather than of envy. Rumor has it that, in the provinces, there are female shopkeepers in whose brains are locked up, as in a narrow cage, desires for social status that are as fierce as wild beasts. The postman brings them *Le Gaulois*.[3] News of high society are instantly devoured. Stressful provincial women are thus sated. And for an hour, fulfilled gazes shine from their eyes, widened by bliss and admiration.

3

Against a Snob

If you did not belong to high society, and if you were told that Élianthe, young, beautiful, rich, adored as she is by friends and lovers, has broken off with them all of a sudden, and that she is constantly beseeching the favors, and enduring, without impatience, the rebuffs of men who are often ugly, old, and stupid, and whom she hardly knows, that she is working like a slave to please them, that she is crazy about them, that she

sage, se rend à force de soins leur amie, s'ils sont pauvres leur soutien, sensuels leur maîtresse, vous penseriez : quel crime a donc commis Élianthe et qui sont ces magistrats redoutables qu'il lui faut à tout prix acheter, à qui elle sacrifie ses amitiés, ses amours, la liberté de sa pensée, la dignité de sa vie, sa fortune, son temps, ses plus intimes répugnances de femme ? Pourtant Élianthe n'a commis aucun crime. Les juges qu'elle s'obstine à corrompre ne songeaient guère à elle et l'auraient laissée couler tranquillement sa vie riante et pure. Mais une terrible malédiction est sur elle : elle est snob.

IV

À une Snob

Votre âme est bien, comme parle Tolstoï, une forêt obscure. Mais les arbres en sont d'une espèce particulière, ce sont des arbres généalogiques. On vous dit vaine ? Mais l'univers n'est pas vide pour vous, il est plein d'armoiries. C'est une conception du monde assez éclatante et symbolique. N'avez-vous pas aussi vos chimères qui ont la forme et la couleur de celles qu'on voit peintes sur les blasons ? N'êtes-vous pas instruite ? Le *Tout-Paris*, le *Gotha*, le *High Life* vous ont appris le *Bouillet*. En lisant le récit des batailles que les ancêtres avaient gagnées, vous avez retrouvé le nom des descendants que vous invitez à dîner et par cette mnémotechnie vous avez retenu toute l'histoire de France. De là une certaine grandeur dans votre rêve ambitieux auquel vous avez sacrifié votre liberté, vos heures de plaisir ou de réflexion, vos devoirs, vos amitiés, l'amour même. Car la figure de vos nouveaux amis s'accompagne dans votre imagination d'une longue suite de portraits d'aïeux. Les arbres généalogiques que vous cultivez avec tant de soin, dont vous cueillez chaque année les fruits avec tant de joie, plongent leurs racines dans la plus antique terre française. Votre rêve solidarise le présent au passé. L'âme des croisades anime pour vous de banales figures contemporaines et si vous relisez

is becoming wise because of them, that through her incessant efforts she is becoming their friend, supporting them if they are poor, becoming their mistress if they are sensual, you would then wonder: what crime could Élianthe have committed, and who are these formidable magistrates whose approval she must purchase at all costs, to whom she sacrifices her friendships, her love, her freedom of thought, her life's dignity, her fortune, her time, her most intimate feminine revulsions? And yet, Élianthe has committed no crime. The judges she obstinately attempts to bribe hardly thought of her at all, and would have let her peacefully lead her cheerful and pure life. But a terrible curse is upon her: she is a snob.

4

To a Snob

Your soul is truly, as Tolstoy put it, a dark forest. But the trees are of a particular species; they are family trees. People call you vain? But the universe is not empty for you; it is full of coats of arms. It is quite a dazzling and symbolic vision of the world. Have you not also your own chimeras, which have the shape and the color of those that can be seen, painted on heraldic blazons? Are you not educated? The *Tout-Paris*, the *Gotha*, the *High Life* have taught you the *Bouillet*.[4] By reading the accounts of the battles that the ancestors had won, you found the names of the descendants, whom you invite to dinner, and through this mnemonic device you remember all of French history. Hence a certain grandeur is found in your ambitious dream, to which you sacrificed your freedom, your hours of pleasure or reflection, your duties, your friendships, and even love. For the faces of your new friends are, in your imagination, accompanied by a long series of portraits of ancestors. The family trees that you cultivate with such care, whose fruits you pick each year with such joy, are deeply rooted in the most ancient French land. Your dream unites the present with the past. For you, the spirit of the Crusades enlivens trivial contemporary faces, and if you reread

si fiévreusement vos carnets de visite, n'est-ce pas qu'à chaque nom vous sentez s'éveiller, frémir et presque chanter, comme une morte levée de sa dalle blasonnée, la fastueuse vieille France ?

VIII

Oranthe

Vous ne vous êtes pas couché cette nuit et ne vous êtes pas encore lavé ce matin ? Pourquoi le proclamer, Oranthe ?

Brillamment doué comme vous l'êtes, pensez-vous n'être pas assez distingué par là du reste du monde et qu'il vous faille jouer encore un aussi triste personnage ?

Vos créanciers vous harcèlent, vos infidélités poussent votre femme au désespoir, revêtir un habit serait pour vous endosser une livrée, et personne ne saurait vous contraindre à paraître dans le monde autrement qu'échevelé. Assis à dîner vous n'ôtez pas vos gants pour montrer que vous ne mangez pas, et la nuit si vous avez la fièvre, vous faites atteler votre victoria pour aller au bois de Boulogne.

Vous ne pouvez lire Lamartine que par une nuit de neige et écouter Wagner qu'en faisant brûler du cinname.

Pourtant vous êtes honnête homme, assez riche pour ne pas faire de dettes si vous ne les croyiez nécessaires à votre génie, assez tendre pour souffrir de causer à votre femme un chagrin que vous trouveriez bourgeois de lui épargner, vous ne fuyez pas les compagnies, vous savez y plaire, et votre esprit, sans que vos longues boucles fussent nécessaires, vous y ferait assez remarquer. Vous avez bon appétit, mangez bien avant d'aller dîner en ville, et enragez pourtant d'y rester à jeun. Vous prenez la nuit, dans les promenades où votre originalité vous oblige, les seules maladies dont vous souffriez. Vous avez assez d'imagination pour faire tomber de la neige ou brûler du cinname sans le secours de l'hiver ou d'un brûle-parfum, assez lettré et assez musicien pour aimer Lamartine et Wagner en esprit

so feverishly your guest books, is it not because each name allows you to feel the old, sumptuous France awake, quiver, and almost sing, like a dead woman rising from her emblazoned gravestone?

VIII

Oranthe

You didn't go to bed last night and you haven't yet washed this morning?

Why announce it, Oranthe?

Do you think, as brilliantly gifted as you are, that this does not sufficiently distinguish you from all others, or that you have to keep pretending to be such a pathetic character?

Your creditors are harassing you, your unfaithfulness is driving your wife to despair; for you, wearing formal attire would be like putting on a servant's livery, and no one would be able to prevent you from appearing disheveled in society. Seated at the dinner table, you do not remove your gloves to show that you are not eating, and if at night you feel feverish, you have your Victoria carriage hitched up to go to the Bois de Boulogne.

You can only read Lamartine on a snowy night and only listen to Wagner while burning cinnamon.

And yet, you are an honorable man, rich enough to avoid incurring debts, if you did not believe them to be necessary for your genius, affectionate enough to suffer from causing your wife a grief that you would consider it bourgeois to spare her; you do not flee social gatherings, at which you know how to be liked, and at which your wit, without your long curls being necessary, would be sufficient to make yourself noticed. You have a good appetite; you eat well before going out for dinner, and yet you are furious about having an empty stomach. You catch at night, during the strolls that your originality forces you to take, the only illnesses from which you suffer. You have enough imagination to make snow fall or burn cinnamon without the help of winter or an incense-burner; you know enough about literature and music to love Lamartine and Wagner in mind and

et en vérité. Mais quoi ! à l'âme d'un artiste vous joignez tous les préjugés bourgeois dont, sans réussir à nous donner le change, vous ne nous montrez que l'envers.

IX

Contre la Franchise

Il est sage de redouter également Percy, Laurence et Augustin. Laurence récite des vers, Percy fait des conférences, Augustin dit des vérités. Personne franche, voilà le titre de ce dernier, et sa profession, c'est ami véritable.

Augustin entre dans un salon ; je vous le dis en vérité, tenez-vous sur vos gardes et n'allez pas oublier qu'il est votre ami véritable. Songez qu'à l'instar de Percy et de Laurence, il ne vient jamais impunément, et qu'il n'attendra pas plus pour vous les dire que vous lui demandiez quelques-unes de vos vérités, que ne faisait Laurence pour vous dire un monologue ou Percy ce qu'il pense de Verlaine. Il ne se laisse ni attendre ni interrompre, parce qu'il est franc comme Laurence est conférencier, non dans votre intérêt, mais pour son plaisir. Certes votre déplaisir avive son plaisir, comme votre attention celui de Laurence. Mais ils s'en passeraient au besoin. Voilà donc trois impudents coquins à qui l'on devrait refuser tout encouragement, régal, sinon aliment de leur vice. Bien au contraire, ils ont leur public spécial qui les fait vivre. Celui d'Augustin le diseur de vérités est même très étendu. Ce public, égaré par la psychologie conventionnelle du théâtre et l'absurde maxime : « Qui aime bien châtie bien », se refuse à reconnaître que la flatterie n'est parfois que l'épanchement de la tendresse et la franchise la bave de la mauvaise humeur. Augustin exerce-t-il sa méchanceté sur un ami ? ce public-là oppose vaguement dans son esprit la rudesse romaine à l'hypocrisie byzantine et s'écrie avec un geste fier, les yeux allumés par l'allégresse de se sentir meilleur, plus fruste, plus indélicat : « Ce n'est pas lui qui vous parlerait tendrement . . . Honorons-le : Quel ami véritable ! . . . »

in truth. And yet, your artist's soul is accompanied by all the bourgeois prejudices, of which you merely show us the flip side, without managing to fool us.

IX

Against Frankness

It is wise to fear Percy, Laurence, and Augustin equally. Laurence recites poems, Percy gives lectures, Augustin tells truths. Frank person: such is Augustin's title; and his profession is: true friend.

Augustin steps into a salon; truly, I say to you: be on your guard, and do not ever forget that he is your true friend. Remember that, much like Percy and Laurence, his arrival is never without consequences, and that he will not wait to be asked before telling you some of the truths you must hear, any more than Laurence will wait before delivering a monologue or Percy before telling you what he thinks of Verlaine. He allows neither delay nor interruption, for he is frank in the same way that Laurence is a lecturer, not for your benefit, but for his own pleasure. Of course, your displeasure intensifies his pleasure, just as your attention heightens Laurence's pleasure. But they could do without either reaction, if necessary. Here are thus three impudent scoundrels, who should be denied any form of encouragement, which is the delight, if not the nourishment, of their vice. Quite to the contrary, they have their special audience, which keeps them going. Augustin the truth-teller even has a very large following. This audience, led astray by the conventional psychology of the theater and by the absurd maxim, "Spare the rod and spoil the child," refuses to recognize that flattery is sometimes merely the outpouring of affection and frankness the slimy result of a bad mood. Does Augustin practice his meanness on a friend? In their minds, the members of that audience vaguely contrast Roman harshness with Byzantine hypocrisy, and exclaim, gesturing proudly, their eyes lit up with the joy of feeling superior, coarser, and more inconsiderate: "He certainly would not speak gently to you . . . Let us praise him: what a true friend!"

X

Un milieu élégant est celui où l'opinion de chacun est faite de l'opinion des autres. Est-elle faite du contre-pied de l'opinion des autres ? c'est un milieu littéraire.

*

L'exigence du libertin qui veut une virginité est encore une forme de l'éternel hommage que rend l'amour à l'innocence.

*

En quittant les **, vous allez voir les ***, et la bêtise, la méchanceté, la misérable situation des ** est mise à nu. Pénétré d'admiration pour la clairvoyance des * * *, vous rougissez d'avoir d'abord eu quelque considération pour les * * . Mais quand vous retournez chez eux, ils percent de part en part les * * * et à peu près avec les mêmes procédés. Aller de l'un chez l'autre, c'est visiter les deux camps ennemis. Seulement comme l'un n'entend jamais la fusillade de l'autre, il se croit le seul armé. Quand on s'est aperçu que l'armement est le même et que les forces ou plutôt la faiblesse, sont à peu près pareilles, on cesse alors d'admirer celui qui tire et de mépriser celui qui est visé. C'est le commencement de la sagesse. La sagesse même serait de rompre avec tous les deux.

XI

Scénario

Honoré est assis dans sa chambre. Il se lève et se regarde dans la glace :

SA CRAVATE. — Voici bien des fois que tu charges de langueur et que tu amollis rêveusement mon nœud expressif et un peu défait. Tu es donc amoureux, cher ami ; mais pourquoi es-tu triste ? . . .

SA PLUME. — Oui, pourquoi es-tu triste ? Depuis une semaine tu me surmènes, mon maître, et pourtant j'ai bien changé de

X

An elegant milieu is one in which each person's opinion is made up of everyone else's. Is each opinion made up of the opposite of the others? Then it is a literary milieu.

*

The libertine's demand for virginity is yet another form of the eternal homage that love pays to innocence.

*

Upon leaving the Xs, you go see the Ys, and the idiocy, the meanness, the miserable situation of the Xs is laid bare. Filled with admiration for the perceptiveness of the Ys, you blush at having initially had some consideration for the Xs. But when you go back to see the Xs, they tear the Ys to shreds, using more or less the same arguments. Going from one home to the other is like visiting two enemy camps. However, since neither adversary hears the other's gunshots, he believes he alone is armed. When you have noticed that the weaponry is the same, and that the forces, or rather the weaknesses, are roughly equal, you then cease to admire those who shoot and to feel contempt for those who are targeted. This is the beginning of wisdom. Wisdom itself would be to break off with both of them.

XI

Script

Honoré is seated in his room. He stands up and looks at himself in the mirror:

HIS TIE: Over and over again, you have been charged up with languor, and you have pensively softened my expressive and slightly undone knot. You must be in love, my friend; but why are you so sad?

HIS PEN: Yes, why are you so sad? You have been overworking me for a week, my master, and yet I have thoroughly

genre de vie ! Moi qui semblais promise à des tâches plus glo-
rieuses, je crois que je n'écrirai plus que des billets doux, si j'en
juge par ce papier à lettres que tu viens de faire faire. Mais ces
billets doux seront tristes, comme me le présagent les déses-
poirs nerveux dans lesquels tu me saisis et me reposes tout à
coup. Tu es amoureux, cher ami, mais pourquoi es-tu triste ?

DES ROSES, DES ORCHIDÉES, DES HORTENSIAS, DES CHEVEUX
DE VENUS, DES ANCOLIES, *qui remplissent la chambre.* — Tu
nous as toujours aimées, mais jamais tu ne nous appelas autant à la fois à te charmer par nos poses fières et mièvres, notre
geste éloquent et la voix touchante de nos parfums. Certes,
nous te présentons les grâces fraîches de la bien-aimée. Tu es
amoureux, mais pourquoi es-tu triste ? . . .

DES LIVRES. — Nous fûmes toujours tes prudents conseil-
lers, toujours interrogés, toujours inécoutés. Mais si nous
ne t'avons pas fait agir, nous t'avons fait comprendre, tu as
couru tout de même à la défaite ; mais au moins tu ne t'es
pas battu dans l'ombre et comme dans un cauchemar : ne
nous relègue pas à l'écart comme de vieux précepteurs dont
on ne veut plus. Tu nous as tenus dans tes mains enfantines.
Tes yeux encore purs s'étonnèrent en nous contemplant. Si tu
ne nous aimes pas pour nous-mêmes, aime-nous pour tout ce
que nous te rappelons de toi, de tout ce que tu as été, de tout
ce que tu aurais pu être, et avoir pu l'être n'est-ce pas un peu,
tandis que tu y songeais, l'avoir été ?

Viens écouter notre voix familière et sermonneuse ; nous ne
te dirons pas pourquoi tu es amoureux, mais nous te dirons
pourquoi tu es triste, et si notre enfant se désespère et pleure,
nous lui raconterons des histoires, nous le bercerons comme
autrefois quand la voix de sa mère prêtait à nos paroles sa
douce autorité, devant le feu qui flambait de toutes ses étin-
celles, de tous tes espoirs et de tous tes rêves.

HONORÉ. — Je suis amoureux d'elle et je crois que je serai
aimé. Mais mon cœur me dit que moi qui fus si changeant,
je serai toujours amoureux d'elle, et ma bonne fée sait que je
n'en serai aimé qu'un mois. Voilà pourquoi, avant d'entrer
dans le paradis de ces joies brèves, je m'arrête sur le seuil pour
essuyer mes yeux.

changed my lifestyle! I, who seemed destined for more glorious tasks, I believe that I will only henceforth write love letters, if I am to judge by the stationery you have just ordered. But these love letters will be sad, as is presaged by the nervous despair with which you grasp me and put me down all of a sudden. You are in love, my friend; but why are you so sad?

ROSES, ORCHIDS, HYDRANGEAS, MAIDENHAIR FERNS, COLUMBINES (which fill up the room): You have always loved us, but never have you so often called upon us to charm you with our proud and vapid poses, our eloquent gesture, and the touching voice of our scents. Of course, we offer up to you the fresh charms of your beloved. You are in love; but why are you so sad?

BOOKS: We were always your prudent advisors, always questioned, always unheeded. But if we did not spur you to action, we did make you understand; nevertheless, you rushed toward defeat; but at least you did not struggle in the dark and as if in a nightmare. Do not cast us aside like old tutors who are no longer needed. As a child, you held us in your hands. Your eyes, then still pure, were surprised when gazing upon us. If you no longer love us for ourselves, love us for what we remind you of yourself, of all you once were, of all you might have been; indeed, the possibility of being, is that not close to, for as long as you mused, actually being?

Come listen to our familiar and preachy voice; we will not tell you why you are in love, but we will tell you why you are sad, and if our child despairs and cries, we will tell him stories, we will lull him as in the past when his mother's voice lent our words its gentle authority, in front of the fire that burned with all its sparks, with all your hopes and all your dreams.

HONORÉ: I am in love with her and I believe I will be loved. But my heart tells me that I, who was once so fickle, will always be in love with her, and my good fairy knows that I will be loved by her for only one month. That is why, before I enter the paradise of these fleeting joys, I pause at the threshold to wipe my eyes.

SA BONNE FÉE. — Cher ami, je viens du ciel t'apporter ta grâce, et ton bonheur dépendra de toi. Si, pendant un mois, au risque de gâter par tant d'artifices les joies que tu te promettais des débuts de cet amour, tu dédaignes celle que tu aimes, si tu sais pratiquer la coquetterie et affecter l'indifférence, ne pas venir au rendez-vous que vous prendrez et détourner tes lèvres de sa poitrine qu'elle te tendra comme une gerbe de roses, votre amour fidèle et partagé s'édifiera pour l'éternité sur l'incorruptible base de ta patience.

HONORÉ, *sautant de joie.* — Ma bonne fée, je t'adore et je t'obéirai.

LA PETITE PENDULE DE SAXE. — Ton amie est inexacte, mon aiguille a déjà dépassé la minute où tu la rêvais depuis si longtemps et où la bien-aimée devait venir. Je crains bien de rythmer encore longtemps de mon tictac monotone ta mélancolique et voluptueuse attente ; tout en sachant le temps, je ne comprends rien à la vie, les heures tristes prennent la place des minutes joyeuses, se confondent en moi comme des abeilles dans une ruche...

La sonnette retentit ; un domestique va ouvrir la porte.

LA BONNE FÉE. — Songe à m'obéir et que l'éternité de ton amour en dépend.

La pendule bat fiévreusement, les parfums des roses s'inquiètent et les orchidées tourmentées se penchent anxieusement vers Honoré ; une a l'air méchant. Sa plume inerte le considère avec la tristesse de ne pouvoir bouger. Les livres n'interrompent point leur grave murmure. Tout lui dit : Obéis à la fée et songe que l'éternité de ton amour en dépend...

HONORÉ, *sans hésiter.* — Mais j'obéirai, comment pouvez-vous douter de moi ?

La bien-aimée entre ; les roses, les orchidées, les cheveux de Vénus, la plume et le papier, la pendule de Saxe, Honoré haletant vibrent comme une harmonie d'elle.

Honoré se précipite sur sa bouche en s'écriant : « Je t'aime !... »

HIS GOOD FAIRY: Dear friend, I have come from the sky to bring you your pardon, and your happiness will depend on you. If, during one month, at the risk of spoiling through such trickery the joys you longed to obtain from the beginning of this love affair, you show disdain for the woman you love, if you know how to be flirtatious and to feign indifference, if you do not show up for a date you made with her, and if you turn your lips away from her bosom, which she will offer up to you like a bouquet of roses, then your faithful and shared love will be built for eternity on the indestructible foundation of your patience.

HONORÉ (jumping for joy): My good fairy I adore you and I will obey you.

THE LITTLE CLOCK FROM SAXONY: Your friend is late, my hand has already passed the minute that you had been dreaming of for so long, the minute at which your beloved was to arrive. I fear my monotonous tick-tock will long continue to provide the rhythm of your melancholy and voluptuous waiting; while I know the time, I understand nothing about life, the sad hours follow upon the joyful minutes, merge within me like bees in a hive . . .

The doorbell rings; a servant goes to open the door.

HIS GOOD FAIRY: Remember you must obey me; the eternity of your love depends on it.

The clocks ticks feverishly, the scents of the roses become worried, and the tormented orchids lean anxiously toward Honoré; one orchid looks mean. His inert pen, sad at being unable to move, looks at him. The books do not interrupt their grave murmuring. Everything tells him: "Obey the fairy and remember that the eternity of your love depends on it . . . "

HONORÉ (unhesitatingly): Of course I will obey. How can you doubt me?

His beloved enters; the roses, the orchids, the maidenhair ferns, the pen and the paper, the clock from Saxony, and Honoré, panting, all vibrate as if in harmony with her.

Honoré throws himself upon her lips, exclaiming: "I love you!"

ÉPILOGUE. — Ce fut comme s'il avait soufflé sur la flamme du désir de la bien-aimée. Feignant d'être choquée de l'inconvenance de ce procédé, elle s'enfuit et il ne la revit jamais que le torturant d'un regard indifférent et sévère ...

XII

Éventail

Madame, j'ai peint pour vous cet éventail.

Puisse-t-il selon votre désir évoquer dans votre retraite les formes vaines et charmantes qui peuplèrent votre salon, si riche alors de vie gracieuse, à jamais fermé maintenant.

Les lustres, dont toutes les branches portent de grandes fleurs pâles, éclairent des objets d'art de tous les temps et de tous les pays. Je pensais à l'esprit de notre temps en promenant avec mon pinceau les regards curieux de ces lustres sur la diversité de vos bibelots. Comme eux, il a contemplé les exemplaires de la pensée ou de la vie des siècles à travers le monde. Il a démesurément étendu le cercle de ses excursions. Par plaisir, par ennui, il les a variées comme des promenades, et maintenant, découragé de trouver, non pas même le but, mais le bon chemin, sentant ses forces défaillir, et que son courage l'abandonne, il se couche la face contre terre pour ne plus rien voir, comme une brute. Je les ai pourtant peints avec tendresse, les rayons de vos lustres ; ils ont caressé avec une amoureuse mélancolie tant de choses et tant d'êtres, et maintenant ils se sont éteints à jamais. Malgré les petites dimensions du cadre, vous reconnaîtrez peut-être les personnes du premier plan, et que le peintre impartial a mis en même valeur, comme votre sympathie égale, les grands seigneurs, les femmes belles et les hommes de talent. Conciliation téméraire aux yeux du monde, insuffisante au contraire, et injuste selon la raison, mais qui fit de votre société un petit univers moins divisé, plus harmonieux que l'autre, vivant pourtant, et qu'on ne verra plus.

EPILOGUE: It was as though he had blown out the flame of his beloved's desire. Pretending to be shocked by the inappropriateness of his conduct, she ran away, and, whenever he would see her after that, she would torture him with an indifferent and severe gaze . . .

XII

A Fan

Madam, I have painted this fan for you.

May it, as is your wish, evoke during your retirement the vain and charming figures that peopled your salon, then so rich with graceful life, but now forever closed.

The chandeliers, all of whose branches bear large, pale flowers, light up art objects from all periods and all countries. I was thinking of the spirit of our times while leading with my brush the curious gazes of those chandeliers over the diversity of your ornaments. Like them, the spirit of our times has contemplated the samples of thought and life over the centuries and throughout the world. It has excessively enlarged the circle of its excursions. Out of pleasure, out of boredom, it has varied them like pathways, and now, despairing of finding, not even the destination, but even the right direction, feeling its strength fading, and being abandoned by its courage, it lies down with its face against the ground to avoid seeing anything more, like a dumb brute. And yet, it was with tenderness that I painted the rays of your chandeliers; those rays caressed, with amorous melancholy, so many things and so many people, and now they are forever darkened. In spite of the small size of the frame, you will perhaps recognize the people in the foreground, whom the impartial painter has represented with equal importance, in accordance with your equal sympathies for great lords, beautiful women, and talented men. An audacious reconciliation in the eyes of the world, but insufficient and unjust according to reason, a reconciliation that nevertheless shaped your social circle into a small world that was less divided and more harmonious than the other; that small world, once full of life, will never be seen again.

Aussi je ne voudrais pas que mon éventail fût regardé par un indifférent, qui n'aurait pas fréquenté dans des salons comme le vôtre et qui s'étonnerait de voir « la politesse » réunir des ducs sans morgue et des romanciers sans prétention. Mais peut-être ne comprendrait-il pas non plus, cet étranger, les vices de ce rapprochement dont l'excès ne facilite bientôt qu'un échange, celui des ridicules. Sans doute, il trouverait d'un réalisme pessimiste le spectacle que donne la bergère de droite où un grand écrivain, avec les apparences d'un snob, écoute un grand seigneur qui semble pérorer sur le poème qu'il feuillette et auquel l'expression de son regard, si j'ai su la faire assez niaise, montre assez qu'il ne comprend rien.

Près de la cheminée vous reconnaîtrez C...

Il débouche un flacon et explique à sa voisine qu'il y a fait concentrer les parfums les plus violents et les plus étranges.

B..., désespéré de ne pouvoir renchérir sur lui, et pensant que la plus sûre manière de devancer la mode, c'est d'être démodé avec éclat, respire deux sous de violettes et considère C... avec mépris.

Vous-même n'eûtes-vous pas de ces retours artificiels à la nature ? J'aurais voulu, si ces détails n'eussent été trop minuscules pour rester distincts, figurer dans un coin retiré de votre bibliothèque musicale d'alors, vos opéras de Wagner, vos symphonies de Franck et de d'Indy mises au rancart, et sur votre piano quelques cahiers encore ouverts de Haydn, de Haendel ou de Palestrina.

Je n'ai pas craint de vous figurer sur le canapé rose. T... y est assis auprès de vous. Il vous décrit sa nouvelle chambre savamment goudronnée pour lui suggérer les sensations d'un voyage en mer, vous dévoile toutes les quintessences de sa toilette et de son ameublement.

Votre sourire dédaigneux témoigne que vous prisez peu cette imagination infirme à qui une chambre nue ne suffit pas pour y faire passer toutes les visions de l'univers, et qui conçoit l'art et la beauté d'une façon si pitoyablement matérielle.

Vos plus délicieuses amies sont là. Me le pardonneraient-elles si vous leur montriez l'éventail ? Je ne sais. La plus étrangement belle, qui dessinait devant nos yeux émerveillés

Therefore, I would not like my fan to be seen by someone who is uninterested, who did not frequent salons like yours, and who would be surprised see "politesse" bring together unassuming dukes and unpretentious novelists. However, neither might that stranger understand the vices of such a coming together, whose excess soon facilitates only one form of exchange: being ridiculous. No doubt, he would find pessimistic realism in the spectacle provided by the bergère armchair on the right, where a great writer, by all appearances a snob, is listening to a great lord who seems to be perorating on the poem he is leafing through and about which the expression of his gaze, if I managed to make it appropriately vacuous, clearly shows he understands nothing.

Near the fireplace, you will recognize C.

He is opening a flask and explaining to the woman next to him that, inside it, he has concentrated the most violent and unusual fragrances.

B., who is despair at being unable to add something to what C. is saying, and, thinking that the safest way to be ahead of fashion is to be spectacularly out of fashion, is sniffing some cheap violets and viewing C. with contempt.

Did you yourself not have such artificial returns to nature? I would have liked, if those details had not been too tiny to remain visible, to depict, in a secluded corner of what was then your musical library, your Wagner operas, the symphonies by Franck and by d'Indy that you had set aside, and, on your piano, a few scores, still open, by Haydn, Handel, or Palestrina.

I was not afraid of depicting you on the pink sofa. T is seated next to you. He is describing his new bedroom, the walls of which are skillfully tarred, to inspire the sensations of an ocean voyage; he is disclosing all the quintessential elements of his wardrobe and of his furnishings.

Your disdainful smile signifies that you have little regard for this crippled imagination, for which a bare room is insufficient to allow in all the visions of the universe, and which conceives of art and beauty in such pitifully material terms.

Your most delightful friends are there. Would they forgive me if you showed them the fan? I do not know. The most strangely beautiful woman, who to our spellbound eyes was

comme un Whistler vivant, ne se serait reconnue et admirée que portraiturée par Bouguereau. Les femmes réalisent la beauté sans la comprendre.

Elles diront peut-être : Nous aimons simplement une beauté qui n'est pas la vôtre. Pourquoi serait-elle, moins que la vôtre, la beauté.

Qu'elles me laissent dire au moins : combien peu de femmes comprennent l'esthétique dont elles relèvent. Telle vierge de Botticelli, n'était la mode, trouverait ce peintre gauche et sans art.

Acceptez cet éventail avec indulgence. Si quelqu'une des ombres qui s'y sont posées après avoir voltigé dans mon souvenir, jadis, ayant sa part de la vie, vous a fait pleurer, reconnaissez-la sans amertume en considérant que c'est une ombre et que vous n'en souffrirez plus.

J'ai pu les porter innocemment, ces ombres, sur ce frêle papier auquel votre geste donnera des ailes, parce qu'elles sont, pour pouvoir faire du mal, trop irréelles et trop falotes . . .

Pas plus peut-être qu'au temps où vous les conviiez à venir pendant quelques heures anticiper sur la mort et vivre de la vie vaine des fantômes, dans la joie factice de votre salon, sous les lustres dont les branches s'étaient couvertes de grandes fleurs pâles.

XIII

Olivian

Pourquoi vous voit-on chaque soir, Olivian, vous rendre à la Comédie ? Vos amis n'ont-ils pas plus d'esprit que Pantalon, Scaramouche ou Pasquarello ? et ne serait-il pas plus aimable de souper avec eux ? Mais vous pourriez faire mieux. Si le théâtre est la ressource des causeurs dont l'ami est muet ou la maîtresse insipide, la conversation, même exquise, est le plaisir des hommes sans imagination. Ce qu'on n'a pas besoin de montrer aux chandelles à l'homme d'esprit, parce qu'il le voit en causant, on perd son temps à essayer de vous le dire, Olivian. La voix de l'imagination et de l'âme est la seule qui

the living incarnation of a Whistler painting, would only have recognized and admired herself in a portrait by Bouguereau.[5] Women achieve beauty without understanding it. They will perhaps tell you: we simply love a form of beauty than is different from yours. Why should that beauty be any lower than yours? Let them at least allow me to say: how few women understand the aesthetics that apply to them. One of Botticelli's madonnas, if he were not fashionable, would find this painter clumsy and artless.

Please accept this fan with indulgence. If one of the shadows that alighted there after having fluttered within my memory made you cry long ago, while it was still among the living, then recognize it without bitterness, taking into consideration that it is a shadow, and it will no longer make you suffer.

I was able to transfer these shadows innocently to this fragile paper, to which your gesture will give flight, because they are too unreal and too insignificant to be able to cause any harm . . .

No more so, perhaps, than in days gone by, when you would invite them to come foresee death for a few hours, to live the vain life of ghosts, in the artificial joy of your salon, under the chandeliers whose branches were covered with large, pale flowers.

XIII

Olivian

Why are you seen every evening, Olivian, on your way to attend a comedic play? Do your friends have any less wit than Pantalone, Scaramouche, or Pasquarello? Would it not be more agreeable to have dinner with your friends? But you could do better. If the theater is the recourse of conversationalists whose friend is mute or whose mistress is bland, conversation, even when exquisite, is the pleasure of men without imagination. It is a waste of time to try to tell you, Olivian, what it is not necessary to show by candlelight to an intelligent man, because he sees it while chatting. The voice of the imagination and of

fasse retentir heureusement l'imagination et l'âme tout entière, et un peu du temps que vous avez tué à plaire, si vous l'aviez fait vivre, si vous l'aviez nourri d'une lecture ou d'une songerie, au coin de votre feu l'hiver ou l'été dans votre parc, vous garderiez le riche souvenir d'heures plus profondes et plus pleines. Ayez le courage de prendre la pioche et le râteau. Un jour, vous aurez plaisir à sentir un parfum doux s'élever de votre mémoire, comme d'une brouette jardinière remplie jusqu'aux bords.

Pourquoi voyagez-vous si souvent ? Les carrosses de voiture vous emmènent bien lentement où votre rêve vous conduirait si vite. Pour être au bord de la mer, vous n'avez qu'à fermer les yeux. Laissez ceux qui n'ont que les yeux du corps déplacer toute leur suite et s'installer avec elle à Pouzzoles ou à Naples. Vous voulez, dites-vous, y terminer un livre ? Où travaillerez-vous mieux qu'à la ville ? Entre ses murs, vous pouvez faire passer les plus vastes décors qu'il vous plaira ; vous y éviterez plus facilement qu'à Pouzzoles les déjeuners de la princesse de Bergame et vous serez moins souvent tenté de vous promener sans rien faire. Pourquoi surtout vous acharner à vouloir jouir du présent, pleurer de n'y pas réussir ? Homme d'imagination, vous ne pouvez jouir que par le regret ou dans l'attente, c'est-à-dire du passé ou de l'avenir.

Voilà pourquoi, Olivian, vous êtes mécontent de votre maîtresse, de vos villégiatures et de vous-même. La raison de ces maux, vous l'avez peut-être déjà remarquée ; mais alors pourquoi vous y complaire au lieu de chercher à les guérir ? C'est que vous êtes bien misérable, Olivian. Vous n'étiez pas encore un homme, et déjà vous êtes un homme de lettres.

XIV

Personnages
de la comédie mondaine

De même que dans les comédies Scaramouche est toujours vantard et Arlequin toujours balourd, que la conduite de Pasquino n'est qu'intrigue, celle de Pantalon qu'avarice et que

the soul is the only one that makes the imagination and the soul resound happily and wholly; and some of the time you wasted trying to make others like you, if you had given life to that time, if you had nourished it by reading or reflecting, by the fireside during the winter or in your garden during the summer, you would keep the rich memory of deeper and fuller hours. Have the courage to pick up the pickax and the rake. One day, you will take pleasure in feeling a sweet fragrance rising from your memory, as if from a gardener's wheelbarrow, filled to the brim.

Why do you travel so often? The stagecoaches take you quite slowly where your dream would lead you so quickly. To be at the seashore, you need only close your eyes. Let those who have only the eyes of their body move their entire household and settle with it in Pozzuoli or Naples. You say you want to finish a book there? Where will you work better than in the city? Inside its walls, you can evoke the grandest decors you like; there you will avoid, more easily than in Pozzuoli, the Princess of Bergamo's luncheons, and you will be less often tempted to go for a stroll and do nothing. Why especially are you so desperately attempting to enjoy the present and weeping because you fail to do so? As an imaginative man, you can find enjoyment only in regret or in expectation, that is, in the past or in the future.

That is why, Olivian, you are dissatisfied with your mistress, with your vacations, and with yourself. Perhaps you have already noticed the reason for those ills; but then why wallow in them instead of seeking to cure them? You truly are quite miserable, Olivian. You were not yet a man, and already you are a man of letters.

XIV

Characters
of High Society Comedy

Just as, in the Commedia dell'Arte, Scaramouche is always boastful and Harlequin always blundering, Pasquino's behavior is merely based on scheming and Pantalone's on avarice

crédulité ; de même la société a décrété que Guido est spirituel mais perfide, et n'hésiterait pas pour faire un bon mot à sacrifier un ami ; que Girolamo capitalise, sous les dehors d'une rude franchise, des trésors de sensibilité ; que Castruccio, dont on peut flétrir les vices, est l'ami le plus sûr et le fils le plus délicat ; qu'Iago, malgré dix beaux livres, n'est qu'un amateur, tandis que quelques mauvais articles de journaux ont aussitôt sacré Ercole un écrivain ; que Cesare doit tenir à la police, être reporter ou espion. Cardenio est snob et Pippo n'est qu'un faux bonhomme, malgré ses protestations d'amitié. Quant à Fortunata, c'est chose à jamais convenue, elle est bonne. La rondeur de son embonpoint garantit assez la bienveillance de son caractère : comment une si grosse dame serait-elle une méchante personne ?

Chacun d'ailleurs, déjà très différent par nature du caractère que la société a été chercher dans le magasin général de ses costumes et caractères, et lui a prêté une fois pour toutes, s'en écarte d'autant plus que la conception *a priori* de ses qualités, en lui ouvrant un large crédit de défauts inverses, crée à son profit une sorte d'impunité. Son personnage immuable d'ami sûr en général permet à Castruccio de trahir chacun de ses amis en particulier. L'ami seul en souffre : « Quel scélérat devait-il être pour être lâché par Castruccio, cet ami si fidèle ! » Fortunata peut répandre à longs flots les médisances. Qui serait assez fou pour en chercher la source jusque sous les plis de son corsage, dont l'ampleur vague sert à tout dissimuler. Girolamo peut pratiquer sans crainte la flatterie à qui sa franchise habituelle donne un imprévu plus charmant. Il peut pousser avec un ami sa rudesse jusqu'à la férocité, puisqu'il est entendu que c'est dans son intérêt qu'il le brutalise. Cesare me demande des nouvelles de ma santé, c'est pour en faire un rapport au doge. Il ne m'en a pas demandé : comme il sait cacher son jeu ! Guido m'aborde, il me complimente sur ma bonne mine. « Personne n'est aussi spirituel que lui, mais il est vraiment trop méchant », s'écrient en chœur les personnes présentes. Cette divergence entre le caractère véritable

and credulity; so too has society decreed that Guido is witty but treacherous, and would not hesitate to sacrifice a friend for the sake of a successful witticism; that Girolamo has accumulated, behind a mask of harsh frankness, a treasure trove of sensitivity; that Castruccio, whose vices should be stigmatized, is the most dependable of friends and the most attentive of sons; that Iago, though he wrote ten worthy books, is but an amateur, whereas a few mediocre newspaper articles immediately consecrated Ercole as a writer; that Cesare must be linked to the police, as a reporter or a spy. Cardenio is a snob and Pippo's outward good-nature is but counterfeit, in spite of his protestations of friendship. As for Fortunata, the issue is forever agreed upon: she is a good person. The roundness of her stout figure provides sufficient guarantee of the benevolence of her character: how could such a plump lady be a mean person?

Furthermore, each one of them, already so different by nature from the personality that society has once and for all chosen for him or her from its storehouse of costumes and personalities, can deviate from that personality to such an extent that the *a priori* conception of his or her qualities, by opening an ample credit line of opposite defects, creates a profitable sort of impunity. His immutable character trait—a loyal friend to all—allows Castruccio to betray each of his friends individually. Only the friend is blamed: "How villainous he must have been for Castruccio, that most loyal of friends, to cut off ties with him!" Fortunata can produce torrents of malicious gossip. Who would be so crazy as to look for their source behind the folds of her blouse, whose indefinite size can hide anything? Girolamo can confidently resort to flattery, to which his usual frankness lends a more charming level of surprise. With a friend, he can push his harshness to a point of ferocity, since it is understood that Girolamo brutalizes his friends for their own good. Cesare asks me about my health—in order to send a report to the authorities.[6] He did not ask me anything: how cleverly he conceals his motives! Guido comes up to me; he compliments me on how well I look. "No one is as witty as Guido, but he is really too mean," exclaim in unison all those who are present. This divergence between the true

de Castruccio, de Guido, de Cardenio, d'Ercole, de Pippo, de
Cesare et de Fortunata et le type qu'ils incarnent irrévocable-
ment aux yeux sagaces de la société, est sans danger pour eux,
puisque cette divergence, la société ne veut pas la voir. Mais
elle n'est pas sans terme. Quoi que fasse Girolamo, c'est un
bourru bienfaisant. Quoi que dise Fortunata, elle est bonne.
La persistance absurde, écrasante, immuable du type dont ils
peuvent s'écarter sans cesse sans en déranger la sereine fixité
s'impose à la longue avec une force attractive croissante à
ces personnes d'une originalité faible, et d'une conduite peu
cohérente que finit par fasciner ce point de mire seul iden-
tique au milieu de leurs universelles variations. Girolamo, en
disant à un ami « ses vérités », lui sait gré de lui servir ainsi
de comparse et de lui permettre de jouer, en le « gourmandant
pour son bien », un rôle honorable, presque éclatant, et maintenant bien près d'être sincère. Il mêle à la violence de ses
diatribes une pitié indulgente bien naturelle envers un infé-
rieur qui fait ressortir sa gloire ; il éprouve pour lui une reconnaissance véritable, et finalement la cordialité que le monde
lui a si longtemps prêtée qu'il a fini par la garder. Fortunata,
que son embonpoint croissant, sans flétrir son esprit ni altérer sa beauté, désintéresse pourtant un peu plus des autres en
étendant la sphère de sa propre personnalité, sent s'adoucir
en elle l'acrimonie qui seule l'empêchait de remplir digne-
ment les fonctions vénérables et charmantes que le monde lui
avait déléguées. L'esprit des mots « bienveillance », « bonté »,
« rondeur », sans cesse prononcés devant elle, derrière elle, a
lentement imbibé ses paroles, habituellement élogieuses maintenant et auxquelles sa vaste tournure confère comme une
plus flatteuse autorité. Elle a le sentiment vague et profond
d'exercer une magistrature considérable et pacifique. Parfois
elle semble déborder sa propre individualité et apparaît alors
comme l'assemblée plénière, houleuse et pourtant molle, des
juges bienveillants qu'elle préside et dont l'assentiment l'agite
au loin . . . Et quand, dans les soirées où l'on cause, chacun,

personalities of Castruccio, Guido, Cardenio, Ercole, Pippo, Cesare, and Fortunata and the character types they irrevocably embody in the perceptive eyes of society, this divergence holds no danger for them, since society does not want to see it. But it is not endless. Whatever Girolamo does, he is a benevolent grouch. Whatever Fortunata says, she is a good person. The absurd, crushing, and immutable persistence of their character type, from which they can incessantly deviate without disturbing its serene fixity, imposes itself over time, with an increasingly attractive force, to these people of little originality, whose behavior is of a low level of coherence, and who end up being fascinated by such a focal point, which alone remains identical amid all their universal variations. Girolamo, by telling "hard truths" to a friend, is thankful to him for being his sidekick, and for allowing Girolamo to play, by "scolding him for his own good," an honorable, almost dazzling, role, which is now quite close to being a sincere one. He mixes into the violence of his diatribes an indulgent pity that is quite naturally directed at an inferior who, by contrast, highlights his glory; Girolamo feels toward him genuine gratitude and, in the end, the friendliness that high society attributed to him for so long that he finally adopted it. Fortunata, whose growing plumpness, while it neither corrupts her mind nor alters her beauty, nevertheless further diminishes her interest in others by expanding the sphere of her own personality, feels within herself a mellowing of the acrimony that alone prevented her from fulfilling in a dignified manner the venerable and charming functions delegated to her by high society. The spirit of the words "benevolence," "goodness, and "roundness," ceaselessly uttered in front of her, behind her, has slowly saturated her speech, which is now usually full of praise, and to which her vast shape confers something of a more flattering authority. She has the vague and profound feeling of exercising a considerable and peaceful magisterial function. At times, she seems to overflow her own individuality and then appears to be a plenary assembly, stormy yet flabby, of benevolent judges, which she presides and whose approval rouses her from afar . . . And when, during conversations at receptions, each person,

sans s'embarrasser des contradictions de la conduite de ces personnages, sans remarquer leur lente adaptation au type imposé, range avec ordre leurs actions dans le tiroir bien à sa place et soigneusement défini de leur caractère idéal, chacun sent avec une satisfaction émue qu'incontestablement le niveau de la conversation s'élève. Certes, on interrompt bientôt ce travail pour ne pas appesantir jusqu'au sommeil des têtes peu habituées à l'abstraction (on est homme du monde). Alors, après avoir flétri le snobisme de l'un, la malveillance de l'autre, le libertinage ou la dureté d'un troisième, on se sépare, et chacun, certain d'avoir payé largement son tribut à la bienveillance, à la pudeur, et à la charité, va se livrer sans remords, dans la paix d'une conscience qui vient de donner ses preuves, aux vices élégants qu'il cumule.

Ces réflexions, inspirées par la société de Bergame, appliquées à une autre, perdraient leur part de vérité. Quand Arlequin quitta la scène bergamasque pour la française, de balourd il devint bel esprit. C'est ainsi que dans certaines sociétés Liduvina passe pour une femme supérieure et Girolamo pour un homme d'esprit. Il faut ajouter aussi que parfois un homme se présente pour qui la société ne possède pas de caractère tout fait ou au moins de caractère disponible, un autre tenant l'emploi. Elle lui en donne d'abord qui ne lui vont pas. Si c'est vraiment un homme original et qu'aucun ne soit à sa taille, incapable de se résigner à essayer de le comprendre et faute de caractère à sa mesure, elle l'exclut ; à moins qu'il puisse jouer avec grâce les jeunes premiers, dont on manque toujours.

unconcerned over the contradictions of these characters' behavior, unaware of their slow adaptation to the imposed types, categorizes in an orderly fashion their actions in the very tidy and well-defined compartment of their ideal personality, each person feels, with deeply emotional satisfaction, that the level of the conversation is incontestably rising. Of course, this work is soon interrupted, so that minds little accustomed to abstract thought (such are men of the world) are not overburdened to the point of dozing off. Then, after having stigmatized one man's snobbery, another's malevolence, and a third's debauchery or severity, the guests depart, and each person, certain of having paid generous tribute to benevolence, modesty, and charity, then indulges, with no remorse, with the peacefulness of a conscience that has just proven itself, in the elegant vices he has accumulated.

If these reflections, inspired by Bergamo's high society, were applied to another, they would lose their level of veracity. When Harlequin left Bergamo for the French stage, the oaf became a brilliant wit. Thus, in some societies, Liduvina is reputed to be a superior woman and Girolamo is considered intelligent. It should be added that, at times, a man appears for whom society possesses no ready-made personality, or at least no available personality, since it is being used by someone else. At first, society gives him personalities that do not suit him. If he is truly an original man and there is no personality of his size, since society is incapable of resigning itself to understanding him, and since no personality fits him, society will exclude him; unless he is capable of gracefully playing the role of young leading man—such men are always in short supply.

MONDANITÉ ET MÉLOMANIE
DE BOUVARD ET PÉCUCHET*

I

Mondanité

« Maintenant que nous avons une situation, dit Bouvard, pourquoi ne mènerions-nous pas la vie du monde ? »

C'était assez l'avis de Pécuchet, mais il fallait pouvoir y briller et pour cela étudier les sujets qu'on y traite.

La littérature contemporaine est de première importance.

Ils s'abonnèrent aux diverses revues qui la répandent, les lisaient à haute voix, s'efforçaient à écrire des critiques, recherchant surtout l'aisance et la légèreté du style, en considération du but qu'ils se proposaient.

Bouvard objecta que le style de la critique, écrite même en badinant, ne convient pas dans le monde. Et ils instituèrent des conversations sur ce qu'ils avaient lu, dans la manière des gens du monde.

Bouvard s'accoudait à la cheminée, taquinait avec précaution, pour ne pas les salir, des gants clairs sortis tout exprès, appelant Pécuchet « Madame » ou « Général », pour compléter l'illusion.

Mais souvent ils en restaient là ; ou l'un d'eux s'emballant sur un auteur, l'autre essayait en vain de l'arrêter. Au reste, ils dénigraient tout. Leconte de Lisle était trop impassible,

---

* Bien entendu les opinions prêtées ici aux deux célèbres personnages de Flaubert ne sont nullement celles de l'auteur.

THE SOCIAL AND MUSICAL LIVES OF BOUVARD AND PÉCUCHET*[1]

I

Social Life

"Now that we have the means," said Bouvard, "why shouldn't we lead high society lives?"

Pécuchet was of a similar opinion, but they would have to be able to shine within high society, and therefore would need to study the relevant topics of conversation.

Contemporary literature is of the highest importance.

They subscribed to the various journals that disseminate it; they read them aloud and endeavored to write reviews, seeking especially to achieve stylistic ease and lightness, in view of the goal they had set for themselves.

Bouvard objected that the style of reviewers, even when written in jest, is not appropriate in high society. And they established regular conversations on what they had read, in the manner of men of the world.

Bouvard would rest his elbow on the mantelpiece, would handle[2] cautiously, to avoid dirtying them, light-colored gloves that had been brought out specifically for the occasion, would address Pécuchet as "Madam" or "General" to make the illusion complete.

But often they would stop there; or if one of them became excited about an author, the other would vainly attempt to stop him. Besides, they disparaged everything. Leconte de Lisle was

Verlaine trop sensitif. Ils rêvaient, sans le rencontrer, d'un juste milieu.

« Pourquoi Loti rend-il toujours le même son ?

— Ses romans sont tous écrits sur la même note.

— Sa lyre n'a qu'une corde, concluait Bouvard.

— Mais André Laurie n'est pas plus satisfaisant, car il nous promène chaque année ailleurs et confond la littérature avec la géographie. Son style seul vaut quelque chose. Quant à Henri de Régnier, c'est un fumiste ou un fou, nulle autre alternative.

— Tire-toi de là, mon bonhomme, disait Bouvard, et tu fais sortir la littérature contemporaine d'une rude impasse.

— Pourquoi les forcer ? disait Pécuchet en roi débonnaire ; ils ont peut-être du sang, ces poulains-là. Laissons-leur la bride sur le cou : la seule crainte, c'est qu'ainsi emballés, ils ne dépassent le but ; mais l'extravagance même est la preuve d'une nature riche.

— Pendant ce temps, les barrières seront brisées, criait Pécuchet ; — et, remplissant de ses dénégations la chambre solitaire, il s'échauffait : — Du reste, dites tant que vous voudrez que ces lignes inégales sont des vers, je me refuse à y voir autre chose que de la prose, et sans signification, encore ! »

Mallarmé n'a pas plus de talent, mais c'est un brillant causeur. Quel malheur qu'un homme aussi doué devienne fou chaque fois qu'il prend la plume. Singulière maladie et qui leur paraissait inexplicable. Maeterlinck effraye, mais par des moyens matériels et indignes du théâtre ; l'art émeut à la façon d'un crime, c'est horrible ! D'ailleurs, sa syntaxe est misérable.

Ils en firent spirituellement la critique en parodiant dans la forme d'une conjugaison son dialogue : « J'ai dit que la femme était entrée. — Tu as dit que la femme était entrée. — Vous avez dit que la femme était entrée. — Pourquoi a-t-on dit que la femme était entrée ? »

Pécuchet voulait envoyer ce petit morceau à la *Revue des Deux Mondes*, mais il était plus avisé, selon Bouvard, de le réserver pour le débiter dans un salon à la mode. Ils seraient classés du premier coup selon leur mérite. Ils pourraient très bien le donner plus tard à une revue. Et les premiers confidents

too impassive, Verlaine too sensitive. They dreamed, without finding it, of an appropriate middle ground.

"Why does Pierre Loti always produce the same sound?"

"His novels are all written in the same key."

"His lyre has only one string," Bouvard concluded.

"However, André Laurie is no more satisfying, for he takes us elsewhere each year and confuses literature with geography. Only his style is worth something. As for Henri de Régnier, he is either phony or crazy; there is no other alternative.

"Find a way out of that, old boy," Bouvard would say, "and you'll get contemporary literature out of a serious dead end."

"Why force them?" Pécuchet would say, much like a good-natured king. "Those colts may be hot-blooded. Let's give them free rein: the only thing to fear is that once they have bolted, they might go beyond the goal; but extravagance itself is proof of a rich nature."

"Meanwhile, the barriers will be smashed," Pécuchet would yell; and, filling the lonely room with his denials, he would get worked up: "In any case, you can say as much as you like that these uneven lines are poetry; I refuse to see in them anything but prose, and, furthermore, meaningless!"

Mallarmé has no more talent than him, but he is a brilliant conversationalist. What a pity that such a gifted man becomes insane each time he picks up a pen. This peculiar illness seemed incomprehensible to them. Maeterlinck is frightening, but through material means that are unworthy of the theater; art moves us in the same way as a crime—how horrible! Besides, his syntax is pitiful.

They wittily critiqued it, through a parody of his dialogue, in the form of a conjugation: "I said the woman had come in.—You said the woman had come in.[3]—Why did someone say the woman had come in?"

Pécuchet wanted to send this little piece to the *Revue des Deux Mondes*,[4] but it was wiser, according to Bouvard, to save it in order to recite it in a fashionable salon. They would be ranked from the start in accordance with their merit. They could easily send the piece to a journal later on. And when those who had the privilege of initially hearing this witticism

de ce trait d'esprit, le lisant ensuite, seraient flattés rétrospectivement d'en avoir eu la primeur.

Lemaitre, malgré tout son esprit, leur semblait inconséquent, irrévérencieux, tantôt pédant et tantôt bourgeois ; il exécutait trop souvent la palinodie. Son style surtout était lâché, mais la difficulté d'improviser à dates fixes et si rapprochées doit l'absoudre. Quant à France, il écrit bien, mais pense mal, au contraire de Bourget, qui est profond, mais possède une forme affligeante. La rareté d'un talent complet les désolait.

Cela ne doit pourtant pas être bien difficile, songeait Bouvard, d'exprimer ses idées clairement. Mais la clarté ne suffit pas, il faut la grâce (unie à la force), la vivacité, l'élévation, la logique. Bouvard ajoutait l'ironie. Selon Pécuchet, elle n'est pas indispensable, fatigue souvent et déroute sans profit pour le lecteur. Bref, tout le monde écrit mal. Il fallait, selon Bouvard, en accuser la recherche excessive de l'originalité ; selon Pécuchet, la décadence des mœurs.

« Ayons le courage de cacher nos conclusions dans le monde, dit Bouvard ; nous passerions pour des détracteurs, et, effrayant chacun, nous déplairions à tout le monde. Rassurons au lieu d'inquiéter. Notre originalité nous nuira déjà assez. Même tâchons de la dissimuler. On peut ne pas y parler littérature. »

Mais d'autres choses y sont importantes.

« Comment faut-il saluer ? Avec tout le corps ou de la tête seulement, lentement ou vite, comme on est placé ou en réunissant les talons, en s'approchant ou de sa place, en rentrant le bas du dos ou en le transformant en pivot ? Les mains doivent-elles tomber le long du corps, garder le chapeau, être gantées ? La figure doit-elle rester sérieuse ou sourire pendant la durée du salut ? Mais comment reprendre immédiatement sa gravité le salut fini ? »

Présenter aussi est difficile.

Par le nom de qui faut-il commencer ? Faut-il désigner de la main la personne qu'on nomme, ou d'un signe de tête, ou garder l'immobilité avec un air indifférent ? Faut-il saluer de la même manière un vieillard et un jeune homme, un serrurier

would later read it, they would be retrospectively flattered to have been the first to hear it.

Jules Lemaitre, in spite of all his intellect, seemed inconsequential, irreverent, at times pedantic, at others bourgeois; he produced palinodes[5] too often. His style, especially, was loose; however, due to the difficulty of having to improvise at regular and frequent intervals, he must be forgiven. As for Anatole France, he writes well, but thinks badly—the opposite of Paul Bourget, who is profound, but whose style is appalling. They bemoaned the scarcity of all-inclusive literary talent.

And yet it cannot be too difficult, thought Bouvard, to express ideas clearly. However, clarity is insufficient, what is needed is grace (united with strength), vivaciousness, loftiness, logic. To which Bouvard added irony. According to Pécuchet, it is not indispensable; it is often tiresome and baffling, with no advantage for the reader. To summarize, everyone writes badly. The fault, according to Bouvard, lay with the excessive pursuit of originality, according to Pécuchet, with decadent behavior.

"Let's have the courage to hide our conclusions from high society," said Bouvard. "We would be seen as naysayers, frightening to each person, and displeasing to all. Let's be reassuring instead of threatening. Our originality will already do us enough harm. In fact, let's try to hide it. In high society, one can avoid talking about literature."

But other things are important there.

"How should we greet people? With a deep bow or only a nod, slowly or quickly, as we stand or by bringing our heels together, by coming closer or staying put, by pushing in the small of the back or by turning it into a pivot? Should the hands drop alongside the body, should they hold the hat, should they be gloved? Should the face remain serious or smiling for the duration of the greeting? But how can one reassume an attitude of solemnity once the greeting is over?"

It is also difficult to introduce someone.

By whose name should we start? Should we designate through a gesture the person we are naming, should we nod at him, should we remain motionless and apparently indifferent? Should we greet in the same way an old and a young man, a locksmith

et un prince, un acteur et un académicien ? L'affirmative satis-
faisait aux idées égalitaires de Pécuchet, mais choquait le bon
sens de Bouvard.

Comment donner son titre à chacun ?

On dit monsieur à un baron, à un vicomte, à un comte ;
mais « bonjour, monsieur le marquis », leur semblait plat,
et « bonjour, marquis », trop cavalier, étant donné leur âge.
Ils se résigneraient à dire « prince » et « monsieur le duc »
bien que ce dernier usage leur parût révoltant. Quand ils arri-
vaient aux Altesses, ils se troublaient ; Bouvard, flatté de ses
relations futures, imaginait mille phrases où cette appellation
apparaissait sous toutes ses formes ; il l'accompagnait d'un
petit sourire rougissant, en inclinant un peu la tête, et en sau-
tillant sur ses jambes. Mais Pécuchet déclarait qu'il s'y per-
drait, s'embrouillerait toujours, ou éclaterait de rire au nez
du prince. Bref, pour moins de gêne, ils n'iraient pas dans le
faubourg Saint-Germain. Mais il entre partout, de loin seulement semble un tout compact et isolé ! . . . D'ailleurs, on
respecte encore plus les titres dans la haute banque, et quant
à ceux des rastaquouères, ils sont innombrables. Mais, selon
Pécuchet, on devait être intransigeant avec les faux nobles et
affecter de ne point leur donner de particules même sur les
enveloppes des lettres ou en parlant à leurs domestiques. Bouvard, plus sceptique, n'y voyait qu'une manie plus récente, mais
aussi respectable que celle des anciens seigneurs. D'ailleurs, la
noblesse, d'après eux, n'existait plus depuis qu'elle avait perdu
ses privilèges. Elle est cléricale, arriérée, ne lit pas, ne fait rien,
s'amuse autant que la bourgeoisie; ils trouvaient absurde de
la respecter. Sa fréquentation seule était possible, parce qu'elle
n'excluait pas le mépris. Bouvard déclara que pour savoir où
ils fréquenteraient, vers quelles banlieues ils se hasarderaient
une fois l'an, où seraient leurs habitudes, leurs vices, il fallait d'abord dresser un plan exact de la société parisienne.

and a prince, an actor and an academician? An affirmative answer satisfied Pécuchet's egalitarian ideas, but shocked Bouvard's common sense. How should one address each person with the proper title? One says "monsieur" to a baron, a viscount, a count; however, "bonjour, monsieur le marquis" seemed subservient to Bouvard and Pécuchet, and "bonjour, marquis" too flippant, given their age. They resigned themselves to saying "prince" and "monsieur le duc," even though the latter usage seemed revolting to them. When they reached the highnesses, they were troubled; Bouvard, flattered by the idea of his future social connections, imagined a thousand sentences in which this title appeared in all its variants; he accompanied it with a blushing little smile, while bowing his head slightly, and hopping from one foot to the other. However, Pécuchet stated that he would be confused, would always get his words mixed up, or would burst out laughing in the prince's face. In short, to minimize embarrassment, they would not go to the Faubourg Saint-Germain.[6] But its inhabitants are received everywhere; only from a distance does it seem to be a compact and isolated whole! Besides, titles are even more respected in the world of high finance; as for the rich and vulgar foreigners,[7] their titles are innumerable. But according to Pécuchet, one should be uncompromising with fake noblemen and make it a point to avoid putting the aristocratic "de" before their last names, even on envelopes or when speaking to their servants. Bouvard, who was more skeptical, saw this as merely a more recent obsession, which was nevertheless as respectable as those of the ancient lords. Besides, nobility, according to them, no longer existed, ever since it had lost its privileges. Aristocrats support the power of the church, they are backward, they do not read, do not do anything, they amuse themselves as much as the bourgeoisie; Bouvard and Pécuchet thought it absurd to respect them. Only social contact with them was possible, because it did not exclude contempt. Bouvard stated that in order to know where they would socialize, toward which suburbs they would venture out once a year, where their habits and their vices would be found, it was first necessary to draw up a precise map of Parisian high society.

Elle comprenait, suivant lui, le faubourg Saint-Germain, la finance, les rastaquouères, la société protestante, le monde des arts et des théâtres, le monde officiel et savant. Le Faubourg, à l'avis de Pécuchet, cachait sous des dehors rigides le libertinage de l'Ancien Régime. Tout noble a des maîtresses, une sœur religieuse, conspire avec le clergé. Ils sont braves, s'endettent, ruinent et flagellent les usuriers, sont inévitablement les champions de l'honneur. Ils règnent par l'élégance, inventent des modes extravagantes, sont des fils exemplaires, affectueux avec le peuple et durs aux banquiers. Toujours l'épée à la main ou une femme en croupe, ils rêvent au retour de la monarchie, sont terriblement oisifs, mais pas fiers avec les bonnes gens, faisant fuir les traîtres et insultant les poltrons, méritent par un certain air chevaleresque notre inébranlable sympathie.

Au contraire, la finance considérable et renfrognée inspire le respect mais l'aversion. Le financier est soucieux dans le bal le plus fou. Un de ses innombrables commis vient toujours lui donner les dernières nouvelles de la Bourse, même à quatre heures du matin ; il cache à sa femme ses coups les plus heureux, ses pires désastres. On ne sait jamais si c'est un potentat ou un escroc ; il est tour à tour l'un et l'autre sans prévenir, et, malgré son immense fortune, déloge impitoyablement le petit locataire en retard sans lui faire l'avance d'un terme, à moins qu'il ne veuille en faire un espion ou coucher avec sa fille. D'ailleurs, il est toujours en voiture, s'habille sans grâce, porte habituellement un lorgnon.

Ils ne se sentaient pas un plus vif amour de la société protestante ; elle est froide, guindée, ne donne qu'à ses pauvres, se compose exclusivement de pasteurs. Le temple ressemble trop à la maison, et la maison est triste comme le temple. On y a toujours un pasteur à déjeuner ; les domestiques font des remontrances aux maîtres en citant des versets de la Bible ; ils redoutent trop la gaieté pour ne rien avoir à cacher et font sentir dans la conversation avec les catholiques une rancune perpétuelle de la révocation de l'édit de Nantes et de la Saint-Barthélemy.

The map included, according to him, the Faubourg Saint-Germain, the world of high finance, the rich and vulgar foreigners, the Protestant society, the artistic and theatrical world, the world of government and of science. In Pécuchet's opinion, the Faubourg kept concealed, behind its severe demeanor, the libertine behavior of the former aristocratic society.[8] Every nobleman has mistresses, a sister who is a nun, and he conspires with the clergy. Aristocrats are brave, they go into debt, they ruin and whip usurers, they are inevitably the champions of honor. They reign through elegance, invent extravagant fashions, are exemplary sons, affectionate with the people and hard on bankers. Always with a sword in their hand or riding with a woman,[9] they dream of restoring the monarchy, are dreadfully idle, but not arrogant with good people; they chase traitors away and insult cowards; they deserve, due to a certain aura of chivalry, our unshakeable affection.

By contrast, the imposing and sullen world of high finance inspires respect but also aversion. A financier is worried at the wildest social event. One of his innumerable clerks is always bringing him the latest news of the stock market, even at four in the morning; he conceals from his wife his most successful deals, his worst disasters. One never knows if he is a magnate or a crook; he can switch from one to the other without warning and, in spite of his immense fortune, he can pitilessly evict a poor tenant for being late with the rent and will refuse to grant him an extension, unless he wants to use the tenant as a spy or to sleep with his daughter. Besides, the financier is always in his carriage, he dresses without taste, and usually wears spectacles.

Bouvard et Pécuchet did not feel a stronger love for the Protestant society; it is cold, stuffy, gives only to its own poor, is composed exclusively of pastors. A temple looks too much like a house, and a house is as sad as a temple. A pastor is always invited for lunch; the servants admonish the masters, quoting Biblical verses; Protestants are too fearful of joyfulness to have anything to hide; and during conversations with Catholics, they make known their everlasting grudge over the revocation of the Edict of Nantes and over the massacre of Saint-Bartholomew's Day.[10]

Le monde des arts, aussi homogène, est bien différent ; tout artiste est farceur, brouillé avec sa famille, ne porte jamais de chapeau haute forme, parle une langue spéciale. Leur vie se passe à jouer des tours aux huissiers qui viennent pour les saisir et à trouver des déguisements grotesques pour des bals masqués. Néanmoins, ils produisent constamment des chefs-d'œuvre, et chez la plupart l'abus du vin et des femmes est la condition même de l'inspiration, sinon du génie ; ils dorment le jour, se promènent la nuit, travaillent on ne sait quand, et la tête toujours en arrière, laissant flotter au vent une cravate molle, roulent perpétuellement des cigarettes.

Le monde des théâtres est à peine distinct de ce dernier ; on n'y pratique à aucun degré la vie de famille, on y est fantasque et inépuisablement généreux. Les artistes, quoique vaniteux et jaloux, rendent sans cesse service à leurs camarades, applaudissent à leurs succès, adoptent les enfants des actrices poitrinaires ou malheureuses, sont précieux dans le monde, bien que, n'ayant pas reçu d'instruction, ils soient souvent dévots et toujours superstitieux. Ceux des théâtres subventionnés sont à part, entièrement dignes de notre admiration, mériteraient d'être placés à table avant un général ou un prince, ont dans l'âme les sentiments exprimés dans les chefs-d'œuvre qu'ils représentent sur nos grandes scènes. Leur mémoire est prodigieuse et leur tenue parfaite.

Quant aux juifs, Bouvard et Pécuchet, sans les proscrire (car il faut être libéral), avouaient détester se trouver avec eux ; ils avaient tous vendu des lorgnettes en Allemagne dans leur jeune âge, gardaient exactement à Paris et avec une piété à laquelle en gens impartiaux ils rendaient d'ailleurs justice — des pratiques spéciales, un vocabulaire inintelligible, des bouchers de leur race. Tous ont le nez crochu, l'intelligence exceptionnelle, l'âme vile et seulement tournée vers l'intérêt ; leurs femmes, au contraire, sont belles, un peu molles, mais capables des plus grands sentiments. Combien de catholiques devraient les imiter ! Mais pourquoi leur fortune était-elle toujours incalculable et cachée ? D'ailleurs, ils formaient une sorte de vaste société secrète, comme les jésuites et la franc-maçonnerie. Ils avaient, on ne savait où, des trésors

The artistic world, while equally homogeneous, is quite different; every artist is a joker, quarrels with his family, never wears a top hat, and speaks a special language. He spends his life outwitting repossession agents and finding grotesque disguises for masked balls. Nevertheless, artists constantly produce masterpieces, and for most of them, their overindulgence in wine and women is required for their inspiration, if not their genius; they sleep by day, go out at night, and who knows when they work? With their heads always flung back, and their limp ties fluttering in the wind, they are perpetually rolling cigarettes.

The theatrical world is barely different from the artistic world; there is no trace of any family life, people are fanciful and unfailingly generous. Artists, while vain and jealous, ceaselessly assist their fellow actors, applaud their successes, adopt the children of consumptive or unhappy actresses, and are precious in high society, even though, being uneducated, they are often sanctimonious and always superstitious. Those who act in subsidized theaters are in a separate category; entirely worthy of our admiration, they would deserve a higher-ranking seat at the dinner table than a general or a prince; in their souls are found the sentiments expressed in the masterpieces they perform on our great stages. Their memory is prodigious and their attire[11] impeccable.

As for the Jews, Bouvard and Pécuchet, while not banishing them (for one must be liberal), confessed that they despised being in contact with them; all Jews had sold opera glasses during their younger days in Germany; in Paris, they rigorously maintained—with a piety that Bouvard and Pécuchet, who remained impartial, also acknowledged—special practices, an incomprehensible vocabulary, and butchers of their own race. They all have a hooked nose, exceptional intelligence, a vile soul concerned only with self-interest; their women, by contrast, are beautiful, somewhat listless, but able to show the highest sentiments. There are so many Catholics who should emulate them! But why was their wealth always incalculable and hidden? Moreover, they made up a sort of vast secret society, like the Jesuits and the Freemasons. They had, in places

inépuisables, au service d'ennemis vagues, dans un but épouvantable et mystérieux.

II

Mélomanie

Déjà dégoûtés de la bicyclette et de la peinture, Bouvard et Pécuchet se mirent sérieusement à la musique. Mais tandis qu'éternellement ami de la tradition et de l'ordre, Pécuchet laissait saluer en lui le dernier partisan des chansons grivoises et du *Domino noir,* révolutionnaire s'il en fut, Bouvard, faut-il le dire, « se montra résolument wagnérien ». À vrai dire, il ne connaissait pas une partition du « braillard de Berlin » (comme le dénommait cruellement Pécuchet, toujours patriote et mal informé), car on ne peut les entendre en France, où le Conservatoire crève dans la routine, entre Colonne qui bafouille et Lamoureux qui épelle, ni à Munich, où la tradition ne s'est pas conservée, ni à Bayreuth que les snobs ont insupportablement infecté. C'est un non-sens que de les essayer au piano : l'illusion de la scène est nécessaire, ainsi que l'enfouissement de l'orchestre, et, dans la salle, l'obscurité. Pourtant, prêt à foudroyer les visiteurs, le prélude de *Parsifal* était perpétuellement ouvert sur le pupitre de son piano, entre les photographies du porte-plume de César Franck et du *Printemps* de Botticelli.

De la partition de la *Walkyrie,* soigneusement le « Chant du Printemps » avait été arraché. Dans la table des opéras de Wagner, à la première page, *Lohengrin, Tannhäuser* avaient été biffés, d'un trait indigné, au crayon rouge. *Rienzi* seul subsistait des premiers opéras. Le renier est devenu banal, l'heure est venue, flairait subtilement Bouvard, d'inaugurer l'opinion contraire. Gounod le faisait rire, et Verdi crier. Moindre assurément qu'Erik Satie, qui peut aller là contre ? Beethoven, pourtant, lui semblait considérable à la façon d'un Messie. Bouvard lui-même pouvait, sans s'humilier, saluer en Bach un précurseur. Saint-Saëns manque de fond et Massenet de forme, répétait-il sans cesse à Pécuchet, aux yeux de qui

unknown, inexhaustible treasuries that were at the service of unspecified enemies, for ghastly and mysterious purposes.

II

Musical Life

Already disgusted with cycling and painting, Bouvard and Pécuchet now seriously took up music. But whereas Pécuchet, that eternal friend of tradition and order, cast himself as the last enthusiast of bawdy songs and of *Le Domino noir*,[12] Bouvard, a revolutionary if there ever was one, showed himself to be, needless to say, "resolutely Wagnerian." To tell the truth, he did not know a single score by the "bellowing Berliner" (as Pécuchet, always patriotic and uninformed, cruelly referred to him), for his music cannot be heard in France, where the conservatory is stuck in a deadly routine, between Colonne who stammers and Lamoureux who spells out, nor in Munich, where tradition has not been preserved, nor in Bayreuth, which is insufferably contaminated by snobs. It is senseless to try to play a score by Wagner on the piano: the illusion of the stage is necessary, along with the orchestra pit and the darkened theater. And yet, the *Parsifal* Prelude, ready to hurl thunderbolts at guests, was perpetually open on Bouvard's piano, between the photographs of César Franck's penholder and of Botticelli's *Primavera*.

From the score of the *Valkyrie*, the "Song of Spring" had been carefully torn out. On the first page of the table of operas by Wagner, *Lohengrin* and *Tannhäuser* had been indignantly crossed out, with a red pen. Of the earlier operas, only *Rienzi* remained. While it had become banal to dismiss this opera, Bouvard cleverly sensed that it was time to introduce the opposite opinion. Gounod made him laugh, and Verdi yell. Less so, assuredly, than Erik Satie—who could disagree? However, to Bouvard, Beethoven seemed imposing, much like a Messiah. Bouvard himself, with no sense of humiliation, could hail Bach as a precursor. Saint-Saëns lacks substance and Massenet shape, he ceaselessly repeated to Pécuchet, in

Saint-Saëns, au contraire, n'avait que du fond et Massenet que de la forme.

« C'est pour cela que l'un nous instruit et que l'autre nous charme, mais sans nous élever, insistait Pécuchet. »

Pour Bouvard, tous deux étaient également méprisables. Massenet trouvait quelques idées, mais vulgaires, d'ailleurs les idées ont fait leur temps. Saint-Saëns possédait quelque facture, mais démodée. Peu renseignés sur Gaston Lemaire, mais jouant du contraste à leurs heures, ils opposaient éloquemment Chausson et Chaminade. Pécuchet, d'ailleurs, et malgré les répugnances de son esthétique, Bouvard lui-même, car tout Français est chevaleresque et fait passer les femmes avant tout, cédaient galamment à cette dernière la première place parmi les compositeurs du jour.

C'était en Bouvard le démocrate encore plus que le musicien qui proscrivait la musique de Charles Levadé ; n'est-ce pas s'opposer au progrès que s'attarder encore aux vers de Mme de Girardin dans le siècle de la vapeur, du suffrage universel et de la bicyclette ? D'ailleurs, tenant pour la théorie de l'art pour l'art, pour le jeu sans nuances et le chant sans inflexions, Bouvard déclarait ne pouvoir l'entendre chanter. Il lui trouvait le type mousquetaire, les façons goguenardes, les faciles élégances d'un sentimentalisme suranné.

Mais l'objet de leurs plus vifs débats était Reynaldo Hahn. Tandis que son intimité avec Massenet, lui attirant sans cesse les cruels sarcasmes de Bouvard, le désignait impitoyablement comme victime aux prédilections passionnées de Pécuchet, il avait le don d'exaspérer ce dernier par son admiration pour Verlaine, partagée d'ailleurs par Bouvard. « Travaillez sur Jacques Normand, Sully Prudhomme, le vicomte de Borrelli. Dieu merci, dans le pays des trouvères, les poètes ne manquent pas », ajoutait-il patriotiquement. Et, partagé entre les sonorités tudesques du nom de Hahn et la désinence méridionale de son prénom Reynaldo, préférant l'exécuter en haine de Wagner plutôt que l'absoudre en faveur de Verdi, il concluait rigoureusement en se tournant vers Bouvard :

whose eyes Saint-Saëns, quite to the contrary, had only substance and Massenet only shape.

"That is why one of them educates us and the other charms us, but without uplifting us," Pécuchet insisted.

For Bouvard, both composers were equally contemptible. Massenet came up with a few ideas, but they were vulgar, besides, the ideas have had their day. Saint-Saëns had some level of craftsmanship, but it was so outdated. Knowing little about Gaston Lemaire, but occasionally playing with contrasts, they eloquently set Chausson and Chaminade against each other. Moreover, Pécuchet and, even though it was repugnant to his aesthetics, Bouvard himself (for every Frenchman is chivalrous and puts women above all), both gallantly conceded to Madame Chaminade the first place among the composers of their day.

It was the democrat in Bouvard, even more than the musician, who banned the music of Charles Levadé; by still dwelling on the poetry of Madame de Girardin,[13] does not one stand in the way of progress, during the century of steam engines, of universal suffrage, and of bicycles? Besides, as an advocate of the theory of art for art's sake, of playing without nuances, of singing without inflections, Bouvard stated he could not bear to hear Levadé sing. He found in Levadé the musketeer type, the mocking attitude, the superficial elegance of a quaintly outdated sentimentality.

But the object of their most heated debates was Reynaldo Hahn. Whereas his intimacy with Massenet, which ceaselessly brought upon him Bouvard's cruel sarcasm, pitilessly designated him as the victim of Pécuchet's passionate predilections, Hahn had a gift for exasperating Pécuchet due to his admiration for Verlaine, an admiration that Bouvard happened to share. "Work with the poetry of Jacques Normand, Sully Prudhomme, the Viscount of Borelli. Thank God, in the country of trouveres, there is no shortage of poets," Pécuchet added patriotically. And, hesitating between the Teutonic sonority of Hahn's last name and the southern ending of his first name, Reynaldo, preferring to execute him out of hatred for Wagner rather than absolve him due to his preference for Verdi, he rigorously concluded, turning toward Bouvard:

« Malgré l'effort de tous vos beaux messieurs, notre beau pays de France est un pays de clarté, et la musique française sera claire ou ne sera pas, énonçait-il en frappant sur la table pour plus de force.

« Foin de vos excentricités d'au-delà de la Manche et de vos brouillards d'outre-Rhin, ne regardez donc pas toujours de l'autre côté des Vosges ! — ajoutait-il en regardant Bouvard avec une fixité sévère et pleine de sous-entendus, — excepté pour la défense de la patrie. Que la *Walkyrie* puisse plaire même en Allemagne, j'en doute . . . Mais, pour des oreilles françaises, elle sera toujours le plus infernal des supplices — et le plus cacophonique ! ajoutez le plus humiliant pour notre fierté nationale. D'ailleurs cet opéra n'unit-il pas à ce que la dissonance a de plus atroce ce que l'inceste a de plus révoltant ! Votre musique, monsieur, est pleine de monstres, et on ne sait plus qu'inventer ! Dans la nature même, — mère pourtant de la simplicité, — l'horrible seul vous plaît. M. Delafosse n'écrit-il pas des mélodies sur les chauves-souris, où l'extravagance du compositeur compromettra la vieille réputation du pianiste ? que ne choisissait-il quelque gentil oiseau ? Des mélodies sur les moineaux seraient au moins bien parisiennes ; l'hirondelle a de la légèreté et de la grâce, et l'alouette est si éminemment française que César, dit-on, en faisait piquer de toutes rôties sur le casque de ses soldats. Mais des chauves-souris ! ! ! Le Français, toujours altéré de franchise et de clarté, toujours exécrera ce ténébreux animal. Dans les vers de M. de Montesquiou, passe encore, fantaisie de grand seigneur blasé, qu'à la rigueur on peut lui permettre, mais en musique ! à quand le *Requiem des Kangourous ?* . . . — Cette bonne plaisanterie déridait Bouvard. — Avouez que je vous ai fait rire, disait Pécuchet (sans fatuité répréhensible, car la conscience de leur mérite est tolérable chez les gens d'esprit), topons-là, vous êtes désarmé ! »

"Despite the efforts of all your fine gentlemen, our beautiful France is a country of clarity, and French music will be clear, or it will not exist," he expounded, while pounding the table for emphasis.

"To hell with your eccentricities from across the Channel and your fog from across the Rhine, don't always look toward the other side of the Vosges Mountains!"[14]—he added, gazing at Bouvard with a severe fixity that was full of dark hints— "except in order to defend our country. I doubt the *Valkyrie* can be found enjoyable, even in Germany . . . In any case, to French ears, it will always be the most hellish of tortures—and the most cacophonous! In addition, it is the most humiliating to our national pride. Besides, doesn't this opera combine what is most atrocious about dissonance with what is most revolting about incest? This music of yours, sir, is full of monsters, and there is nothing left to invent! In nature itself—even though it is the mother of simplicity—only what is horrible pleases you. Doesn't Monsieur Delafosse write melodies about bats, through which his extravagance as a composer will compromise his former reputation as a pianist? Why could he choose some cute bird? Melodies about sparrows would at least be quite Parisian; swallows have lightness and grace, and larks are so eminently French that Julius Caesar, so they say, had roasted larks stuck on the helmets of his soldiers. But bats!!! Frenchmen, always thirsting for frankness and clarity, will always loathe that sinister animal. In the poetry of Monsieur de Montesquiou,[15] we can let it pass, as the whim of a blasé aristocrat, which we can allow him, if necessary. But in music! What's next? The *Requiem for Kangaroos*? . . . " This clever joke made Bouvard cheerful. "Admit it, I made you laugh," said Pécuchet (without any reprehensible smugness, for the knowledge of their own merit is tolerable among intelligent people). "Let's shake hands; you're disarmed!"

MÉLANCOLIQUE VILLÉGIATURE DE MADAME DE BREYVES

« Ariane, ma sœur, de quelle amour blessée
Vous mourûtes aux bords où vous fûtes
laissée ! »

I

Françoise de Breyves hésita longtemps, ce soir-là, pour savoir si elle irait à la soirée de la princesse Élisabeth d'A . . . , à l'Opéra, ou à la comédie des Livray.

Chez les amis où elle venait de dîner, on était sorti de table depuis plus d'une heure. Il fallait prendre un parti.

Son amie Geneviève, qui devait revenir avec elle, tenait à la soirée de Mme d'A . . . , tandis que, sans bien savoir pourquoi, Mme de Breyves aurait préféré faire une des deux autres choses, ou même une troisième, rentrer se coucher. On annonça sa voiture. Elle n'était toujours pas décidée.

« Vraiment, dit Geneviève, tu n'es pas gentille, puisque je crois que Rezké chantera et que cela m'amuse. On dirait que cela peut avoir de graves conséquences pour toi d'aller chez Élisabeth. D'abord, je te dirai que tu n'es pas allée cette année à une seule de ses grandes soirées, et liée avec elle comme tu l'es, ce n'est pas très gentil. »

THE MELANCHOLY VACATION OF
MADAME DE BREYVES

Ariadne, my sister, wounded by love
You died on the shores where you had been
abandoned!
(Jean Racine, *Phaedra*, I, 3)[1]

I

Françoise de Breyves hesitated for a long time, that evening, to decide if she would go to the evening party held by the Princess Élisabeth d'A., to the Opera, or to the Livrays' play. At the home of the friends where she had just dined, they had left the table over an hour earlier. She had to make a decision.

Her friend Geneviève, who was supposed to come back with her, was strongly in favor of Madame d'A.'s evening party, whereas, without really knowing why, Madame de Breyves would have preferred one of the two other choices, or even a third: going home to bed. Her carriage was announced. She still had not made up her mind.

"Really," said Geneviève, "you're not being very nice, since I think Rezké will sing and since I enjoy that. One would think that it might lead to grave consequences for you to go to Élisabeth's home. In any case, I'll point out that you didn't go to a single one of her grand evening parties this year, and since you are a close friend of hers, that isn't very nice."

Françoise, depuis la mort de son mari, qui l'avait laissée veuve à vingt ans — il y avait quatre ans de cela — ne faisait presque rien sans Geneviève et aimait à lui faire plaisir. Elle ne résista pas plus longtemps à sa prière, et, après avoir dit adieu aux maîtres de la maison et aux invités désolés d'avoir si peu joui d'une des femmes les plus recherchées de Paris, dit au valet de pied

« Chez la princesse d'A . . . »

II

La soirée de la princesse fut très ennuyeuse. À un moment Mme de Breyves demanda à Geneviève :

« Qui est donc ce jeune homme qui t'a menée au buffet ?

— C'est M. de Laléande que je ne connais d'ailleurs pas du tout. Veux-tu que je te le présente ? il me l'avait demandé, j'ai répondu dans le vague, parce qu'il est très insignifiant et ennuyeux, et comme il te trouve très jolie il ne te lâcherait plus.

— Oh alors ! non, dit Françoise, il est un peu laid du reste et vulgaire, malgré d'assez beaux yeux.

— Tu as raison, dit Geneviève. Et puis tu le rencontreras souvent, cela pourrait te gêner si tu le connaissais. »

Elle ajouta en plaisantant :

« Maintenant si tu désires être intime avec lui, tu perds une bien belle occasion.

— Oui, une bien belle occasion, dit Françoise, et elle pensait déjà à autre chose.

— Après tout, dit Geneviève, prise sans doute du remords d'avoir été un si infidèle mandataire et d'avoir gratuitement privé ce jeune homme d'un plaisir, c'est une des dernières soirées de la saison, cela n'aurait rien de bien grave et ce serait peut-être plus gentil.

— Eh bien soit, s'il revient par ici. »

Il ne revint pas. Il était à l'autre bout du salon, en face d'elles.

« Il faut nous en aller, dit bientôt Geneviève.

— Encore un instant, dit Françoise. »

Françoise, since the death of her husband, who had left her a widow at the age of twenty—four years earlier—did almost nothing without Geneviève and enjoyed pleasing her. She did not resist her request any longer, and, after saying farewell to her hosts and to the guests who were sorry to have had so little time to enjoy the company of one of the most sought-after women of Paris, told the footman:

"To Princess d'A.'s home."

II

The princess's evening party was very boring. At one point, Madame de Breyves asked Geneviève:

"Who is that young man who accompanied you to the buffet?"

"That's Monsieur de Laléande, whom I don't happen to know at all. Would you like me to introduce him to you? He asked me to do so, but I answered evasively, because he's quite insignificant and boring, and since he finds you very pretty, he'll cling to you all evening."

"In that case, no!" said Françoise. "He's somewhat unattractive anyway, and vulgar, in spite of his rather beautiful eyes."

"You're right," said Geneviève. "Also, you'll often run into him; it could be awkward for you if you knew him."

She added facetiously:

"Now if you wish to be intimately acquainted with him, you're passing up an ideal opportunity."

"Yes, an ideal opportunity," said Françoise—who was already thinking of something else.

"After all," said Geneviève, no doubt filled with remorse for having been such an unfaithful messenger and for having needlessly deprived that young man of such a pleasure, "it's one of the last evening parties of the season, it would be of little consequence and it might be nicer."

"Well then, all right, if he comes back this way."

He did not come back. He was at the other end of the reception hall, across from them.

"We should leave," Geneviève soon said.

"One more minute," Françoise said.

Et par caprice, surtout de coquetterie envers ce jeune homme qui devait en effet la trouver bien jolie, elle se mit à le regarder un peu longtemps, puis détournait les yeux et les fixait de nouveau sur lui. En le regardant, elle s'efforçait d'être caressante, elle ne savait pourquoi, pour rien, pour le plaisir, le plaisir de la charité, et de l'orgueil un peu, et aussi de l'inutile, le plaisir de ceux qui écrivent un nom sur un arbre pour un passant qu'ils ne verront jamais, de ceux qui jettent une bouteille à la mer. Le temps passait, il était déjà tard ; M. de Laléande se dirigea vers la porte, qui resta ouverte après qu'il fut sorti, et Mme de Breyves l'apercevait au fond du vestibule qui tendait son numéro au vestiaire.

« Il est temps de partir, tu as raison », dit-elle à Geneviève.

Elles se levèrent. Mais le hasard d'un mot qu'un ami de Geneviève avait à lui dire laissa Françoise seule au vestiaire. Il n'y avait là à ce moment que M. de Laléande qui ne pouvait trouver sa canne. Françoise s'amusa une dernière fois à le regarder. Il passa près d'elle, remua légèrement le coude de Françoise avec le sien, et, les yeux brillants, dit, au moment où il était contre elle, ayant toujours l'air de chercher :

« Venez chez moi, 5, rue Royale. »

Elle avait si peu prévu cela et maintenant M. de Laléande continuait si bien à chercher sa canne, qu'elle ne sut jamais très exactement dans la suite si ce n'avait pas été une hallucination. Elle avait surtout très peur, et le prince d'A . . . passant à ce moment elle l'appela, voulait prendre rendez-vous avec lui pour faire le lendemain une promenade, parlait avec volubilité. Pendant cette conversation M. de Laléande s'en était allé. Geneviève arriva au bout d'un instant et les deux femmes partirent. Mme de Breyves ne raconta rien et resta choquée et flattée, au fond très indifférente. Au bout de deux jours, y ayant repensé par hasard, elle commença de douter de la réalité des paroles de M. de Laléande. Essayant de se rappeler, elle ne le put pas complètement, crut les avoir entendues comme dans un rêve et se dit que le mouvement du coude était une maladresse fortuite. Puis elle ne pensa plus spontanément

And on a whim, especially one of flirtatiousness toward this young man who must indeed have found her quite attractive, she started to look at him more intently, then looked away, then fixed her gaze upon him again. While watching him, she tried to seem affectionate, without knowing why, for no reason, just out of pleasure, the pleasure of charity, and a little of pride, and also of doing something unnecessary, the pleasure of those who carve a name on a tree trunk for a passerby whom they will never see, the pleasure of those who throw a bottle into the ocean. Time was going by; it was already late; Monsieur de Laléande made his way toward the door, which stayed open after he had gone out, and Madame de Breyves caught sight of him at the far end of the entrance hall, as he handed his ticket to the cloakroom attendant.

"It's time to leave; you're right," she said to Geneviève.

They stood up. But as it happened, one of Geneviève's friends wanted to tell her something, so that Françoise was left by herself at the cloakroom. At that moment, only Monsieur de Laléande was there, unable to find his cane. Amused, Françoise looked at him one last time. He came near her, lightly touching her elbow with his, and, his eyes shining, he said, just when he was standing right next to her, still appearing to be looking around:

"Come to my home, 5 Royale Street."

She had so little anticipated this, and Monsieur de Laléande was now so intently continuing to look for his cane, that she never precisely knew later on whether or not it had been a hallucination. Above all, she was quite frightened, and since the Prince d'A. was passing by at that moment, she called out to him, wanted to make an appointment with him for a stroll the next day, spoke at length. During this conversation, Monsieur de Laléande had left. Geneviève came back shortly thereafter, and the two women left. Madame de Breyves told her nothing and remained shocked and flattered, yet deep down quite indifferent. Two days having gone by, she happened to recall the incident, began to doubt the reality of Monsieur de Laléande's words. Though she tried to remember, she could not completely do so; she thought she had heard his words as if in a dream, and she told herself that touching her elbow had been accidental awkwardness on his part. Then she no longer spontaneously thought

à M. de Laléande et quand par hasard elle entendait prononcer son nom, elle se rappelait rapidement sa figure et avait tout à fait oublié la presque hallucination au vestiaire.

Elle le revit à la dernière soirée qui fut donnée cette année-là (juin finissait), n'osa pas demander qu'on le lui présentât, et pourtant, malgré qu'elle le trouvât presque laid, le sût pas intelligent, elle aurait bien aimé le connaître. Elle s'approcha de Geneviève et lui dit

« Présente-moi tout de même M. de Laléande. Je n'aime pas à être impolie. Mais ne dis pas que c'est moi qui le demande. Cela m'engagerait trop.

— Tout à l'heure si nous le voyons, il n'est pas là pour le moment.

— Eh bien, cherche-le.

— Il est peut-être parti.

— Mais non, dit très vite Françoise, il ne peut pas être parti, il est trop tôt. Oh ! déjà minuit. Voyons, ma petite Geneviève, ça n'est pourtant pas bien difficile. L'autre soir, c'était toi qui voulais. Je t'en prie, cela a un intérêt pour moi. »

Geneviève la regarda un peu étonnée et alla à la recherche de M. de Laléande ; il était parti.

« Tu vois que j'avais raison, dit Geneviève, en revenant auprès de Françoise.

— Je m'assomme ici, dit Françoise, j'ai mal à la tête, je t'en prie, partons tout de suite. »

III

Françoise ne manqua plus une fois l'Opéra, accepta avec un espoir vague tous les dîners où elle fut encore invitée. Quinze jours se passèrent, elle n'avait pas revu M. de Laléande et souvent s'éveillait la nuit en pensant aux moyens de le revoir. Tout en se répétant qu'il était ennuyeux et pas beau, elle était plus préoccupée par lui que par tous les hommes les plus spirituels et les plus charmants. La saison finie, il ne se présenterait plus d'occasion de le revoir, elle était résolue à en créer et cherchait.

Un soir, elle dit à Geneviève :

of Monsieur de Laléande, and when by chance² she heard his name mentioned, she quickly remembered his face and had completely forgotten the near hallucination at the cloakroom.

She saw him again at the last evening party to be given that year (June was almost over), did not dare to ask that he be introduced to her; and yet, in spite of the fact that she found him almost ugly, knew him to be unintelligent, she would have very much liked to know him. She came near Geneviève and told her: "All things considered, you should introduce Monsieur de Laléande to me. I don't like to be impolite. But don't say I'm the one who's asking. That would involve me too much."

"Later, if we see him; he's not here at the moment."

"Well then, look for him."

"He may have left."

"Of course not," Françoise very quickly replied, "he can't have left; it's too early. Oh! It's already midnight. Come on, my dear Geneviève, it can't be too difficult. The other evening, it was you who wanted it. Please, this is of some importance to me."

Geneviève looked at her with some surprise and went to look for Monsieur de Laléande; he had left.

"As you can see, I was right," said Geneviève, as she came back to Françoise.

"I'm bored stiff," said Françoise. "I have a headache; please, let's leave right away."

III

Françoise did not miss a single performance at the Opera again, accepted out of some vague hope every dinner invitation she received. Two weeks went by; she had not seen Monsieur de Laléande again and she often awoke at night, thinking of ways to see him again. While she kept repeating to herself that he was boring and not handsome, she was more preoccupied with him than with all the wittiest and most charming men. Once the season was over, there would be no more opportunities to see him again; she was determined to create such opportunities and remained watchful.

One evening, she said to Geneviève:

« Ne m'as-tu pas dit que tu connaissais un M. de Laléande ?
— Jacques de Laléande ? Oui et non, il m'a été présenté,
mais il ne m'a jamais laissé de cartes, je ne suis pas du tout en
relation avec lui.

— C'est que je te dirai, j'ai un petit intérêt, même assez grand,
pour des choses qui ne me concernent pas et qu'on ne me per-
mettra sans doute pas de te dire avant un mois (d'ici là elle aurait
convenu avec lui d'un mensonge pour n'être pas découverte, et
cette pensée d'un secret où seuls ils seraient tous les deux lui
était douce), à faire sa connaissance et à me trouver avec lui.
Je t'en prie, tâche de me trouver un moyen parce que la saison
est finie, il n'y aura plus rien et je ne pourrai plus me le faire
présenter. »

Les étroites pratiques de l'amitié, si purifiantes quand elles
sont sincères, abritaient Geneviève aussi bien que Françoise
des curiosités stupides qui sont l'infâme volupté de la plupart
des gens du monde. Aussi de tout son cœur, sans avoir eu
un instant l'intention ni le désir, pas même l'idée d'interroger
son amie, Geneviève cherchait, se fâchait seulement de ne pas
trouver.

« C'est malheureux que Mme d'A . . . soit partie. Il y a bien
M. de Grumello, mais après tout, cela n'avance à rien, quoi lui
dire ? Oh ! j'ai une idée. M. de Laléande joue du violoncelle
assez mal, mais cela ne fait rien. M. de Grumello l'admire, et
puis il est si bête et sera si content de te faire plaisir. Seulement
toi qui l'avais toujours tenu à l'écart et qui n'aimes pas lâcher
les gens après t'en être servie, tu ne vas pas vouloir être obligée de l'inviter l'année prochaine. »

Mais déjà Françoise, rouge de joie, s'écriait :

« Mais cela m'est bien égal, j'inviterai tous les rastaquouères
de Paris s'il le faut. Oh ! fais-le vite, ma petite Geneviève, que
tu es gentille ! »

Et Geneviève écrivit :

« Monsieur, vous savez comme je cherche toutes les occa-
sions de faire plaisir à mon amie, Mme de Breyves, que vous
avez sans doute déjà rencontrée. Elle a exprimé devant moi, à

"Didn't you once tell me you knew a certain Monsieur de Laléande?"

"Jacques de Laléande? Yes and no; he was introduced to me, but he never gave me his card; I'm not in any contact with him."

"To tell you the truth, I have a slight interest, actually a great one, for reasons that don't concern me and that I no doubt won't be allowed to tell you for a month (by then, she would have agreed on some kind of lie with him, in order to avoid being discovered, and that thought of a secret only the two of them would know was sweet for her), to make his acquaintance and to meet with him. Please try to find a way, because the season is over; there won't be any other events, and I won't be able to have him introduced to me."

The strict practices of friendship, so purifying when they are sincere, shielded Geneviève as well as Françoise from the stupid form of curiosity that brings dishonorable delight to most members of high society. Thus, with all her heart, without having had for a moment any intention nor desire, not even the idea of questioning her friend, Geneviève was looking for a way, and was angered only because she found none.

"Unfortunately, Madame d'A. has left town. There is of course Monsieur de Grumello, but after all, that won't get us anywhere—what is there to say to him? Oh! I have an idea. Monsieur de Laléande plays the cello, rather badly, but that doesn't matter. Monsieur de Grumello admires him, and furthermore, he's so dumb and will be so happy to please you. Only, you who always kept him at a distance, you who doesn't like to drop people after having made use of them, you won't want to be forced to invite him next year."

But already Françoise, turning red with joy, exclaimed:

"But I don't care about that; I'll invite all the vulgar foreigners of Paris if I have to. Oh! Do it quickly, my dear Geneviève; how nice you are!"

And Geneviève wrote:

Monsieur, you know how I look for every opportunity to please my friend, Madame de Breyves, whom you have no doubt already met. She has expressed in my presence,

plusieurs reprises, comme nous parlions violoncelle, le regret de n'avoir jamais entendu M. de Laléande qui est un si bon ami à vous. Voudriez-vous le faire jouer pour elle et pour moi ? Maintenant qu'on est si libre, cela ne vous dérangera pas trop et ce serait tout ce qu'il y a de plus aimable. Je vous envoie tous mes meilleurs souvenirs,

« ALÉRIOUVRE BUIVRES. »

« Portez ce mot tout de suite chez M. de Grumello, dit Françoise à un domestique ; n'attendez pas de réponse, mais faites-le remettre devant vous.

Le lendemain, Geneviève faisait porter à Mme de Breyves la réponse suivante de M. de Grumello :

« Madame,

« J'aurais été plus charmé que vous ne pouvez le penser de satisfaire votre désir et celui de Mme de Breyves, que je connais un peu et pour qui j'éprouve la sympathie la plus respectueuse et la plus vive. Aussi je suis désespéré qu'un bien malheureux hasard ait fait partir M. de Laléande il y a juste deux jours pour Biarritz où il va, hélas ! passer plusieurs mois.

« Daignez accepter, Madame, etc.

« GRUMELLO. »

Françoise se précipita toute blanche vers sa porte pour la fermer à clef, elle en eut à peine le temps. Déjà des sanglots venaient se briser à ses lèvres, ses larmes coulaient. Jusque-là tout occupée à imaginer des romans pour le voir et le connaître, certaine de les réaliser dès qu'elle le voudrait, elle avait vécu de ce désir et de cet espoir sans peut-être s'en rendre bien compte. Mais par mille imperceptibles racines qui avaient plongé dans toutes ses plus inconscientes minutes de bonheur ou de mélancolie, y faisant circuler une sève nouvelle, sans qu'elle sût d'où elle venait, ce désir s'était implanté en elle. Voici qu'on l'arrachait pour le rejeter dans l'impossible.

several times, as we were discussing the cello, her regret at never having heard Monsieur de Laléande, who is such a good friend of yours. Could you have him play for her and for me? Now that we have so much free time, it won't be too much trouble for you and it would be ever so kind.

With all my best wishes,

Alériouvre Buivres

"Take this letter immediately to Monsieur de Grumello's home," Françoise said to a servant. "Don't wait for an answer, but make sure it is handed to him in front of you."

The next day, Geneviève sent to Madame de Breyves the following reply from Monsieur de Grumello:

Madame,

I would have been more charmed than you can imagine to comply with your wishes and those of Madame de Breyves, whom I know slightly and for whom I feel the keenest and most respectful esteem. I am thus most distressed to inform you that, by sad happenstance, Monsieur de Laléande left only two days ago for Biarritz,[3] where he will, alas, reside for several months.

With my most respectful, etc.

Grumello

Françoise, very pale, rushed toward the door of her room to lock herself in; she barely had the time. Already waves of sobbing were breaking at her lips, her tears were flowing. Up to that point, fully occupied with romantic fantasies of seeing him and getting to know him, certain that she could turn those fantasies into reality whenever she so wished, she had lived on that desire and on that hope, perhaps without fully realizing it. But through a thousand imperceptible roots that had plunged into all her most unconscious minutes of happiness or melancholy, filling them with new sap, without her knowing where it came from, that new desire had implanted itself into her. And now it had been torn out and thrown back into the realm of impossibility.

Elle se sentit déchirée, dans une horrible souffrance de tout cet elle-même déraciné tout d'un coup, et à travers les mensonges subitement éclaircis de son espoir, dans la profondeur de son chagrin, elle vit la réalité de son amour.

IV

Françoise se retira davantage chaque jour de toutes les joies. Aux plus intenses, à celles mêmes qu'elle goûtait dans son intimité avec sa mère ou avec Geneviève, dans ses heures de musique, de lecture ou de promenade, elle ne prêtait plus qu'un cœur possédé par un chagrin jaloux et qui ne le quittait pas un instant. La peine était infinie que lui causaient et l'impossibilité d'aller à Biarritz, et, cela eût-il été possible, sa détermination absolue de n'y point aller compromettre par une démarche insensée tout le prestige qu'elle pouvait avoir aux yeux de M. de Laléande. Pauvre petite victime a la torture sans qu'elle sût pourquoi, elle s'effrayait à la pensée que ce mal allait peut-être ainsi durer des mois avant que le remède vînt, sans la laisser dormir calme, rêver libre. Elle s'inquiétait aussi de ne pas savoir s'il ne repasserait pas par Paris, bientôt peut-être, sans qu'elle le sût. Et la peur de laisser passer une seconde fois le bonheur si près l'enhardit, elle envoya un domestique s'informer chez le concierge de M. de Laléande. Il ne savait rien. Alors, comprenant que plus une voile d'espoir n'apparaîtrait au ras de cette mer de chagrin qui s'élargissait à l'infini, après l'horizon de laquelle il semblait qu'il n'y eût plus rien et que le monde finissait, elle sentit qu'elle allait faire des choses folles, elle ne savait quoi, lui écrire peut-être, et devenue son propre médecin, pour se calmer un peu, elle se permit à soi-même de tâcher de lui faire apprendre qu'elle avait voulu le voir et écrivit ceci à M. de Grumello :

« Monsieur,

« Mme de Buivres me dit votre aimable pensée. Comme je vous remercie et suis touchée ! Mais une chose m'inquiète.

She felt torn apart, suffering horribly in all this part of herself that had been suddenly uprooted, and through the lies, now abruptly exposed, created by her hope, in the depth of her sorrow, she saw the reality of her love.

IV

Françoise withdrew further each day from all forms of joy. To the most intense, to those she savored even in her closeness with her mother or with Geneviève, or during the time she devoted to music, reading, or strolling, she could only lend a heart possessed by jealous sadness, which never left her, even for an instant. Her grief was infinite, due to the impossibility of going to Biarritz and, even if it had been possible, to her absolute determination to avoid going there and thereby damaging, through such a senseless course of action, all the prestige she might have in the eyes of Monsieur de Laléande. Poor little victim, tortured as she was, without knowing why, she was frightened at the thought that this illness was perhaps going to last for months, until the arrival of a remedy, without allowing her to sleep calmly or to dream freely. She also worried about not knowing if he would not stop by in Paris again, soon perhaps, without her finding out. And the fear of letting happiness pass by her so closely for a second time emboldened her; she sent a servant to obtain news from Monsieur de Laléande's concierge. He knew nothing. Then, understanding that no other sail of hope would appear, low upon this sea of grief that stretched out to infinity, and beyond whose horizon it seemed that there was nothing left and that the world ended, she felt she was going to do something insane, she did not know what it would be, perhaps write to him; and having become her own doctor, in order to calm herself a little, she allowed herself to try to inform him indirectly that she had wanted to see him; and so she wrote the following to Monsieur de Grumello:

Monsieur,

Madame de Buivres has told me of your kind thought. I am most grateful and touched! However, one thing worries me.

M. de Laléande ne m'a-t-il pas trouvée indiscrète ! Si vous ne le savez pas, demandez-le-lui et répondez-moi, quand vous la saurez, toute la vérité. Cela me rend très curieuse et vous me ferez plaisir. Merci encore, Monsieur.

« Croyez à mes meilleurs sentiments,

« VORAGYNES BREYVES. »

Une heure après, un domestique lui portait cette lettre :

« Ne vous inquiétez pas, Madame, M. de Laléande n'a pas su que vous vouliez l'entendre. Je lui avais demandé les jours où il pourrait venir jouer chez moi sans dire pour qui. Il m'a répondu de Biarritz qu'il ne reviendrait pas avant le mois de janvier. Ne me remerciez pas non plus. Mon plus grand plaisir serait de vous en faire un peu, etc.

« GRUMELLO. »

Il n'y avait plus rien à faire. Elle ne fit plus rien, s'attrista de plus en plus, eut des remords de s'attrister ainsi, d'attrister sa mère. Elle alla passer quelques jours à la campagne, puis partit pour Trouville. Elle y entendit parler des ambitions mondaines de M. de Laléande, et quand un prince s'ingéniant lui disait : « Que pourrais-je pour vous faire plaisir? » elle s'égayait presque à imaginer combien il serait étonné si elle lui avait répondu sincèrement, et concentrait pour la savourer toute l'enivrante amertume qu'il y avait dans l'ironie de ce contraste entre toutes les grandes choses difficiles qu'on avait toujours faites pour lui plaire, et la petite chose si facile et si impossible qui lui aurait rendu le calme, la santé, le bonheur et le bonheur des siens. Elle ne se plaisait un peu qu'au milieu de ses domestiques, qui avaient une immense admiration pour elle et qui la servaient sans oser lui parler, la sentant si triste. Leur silence respectueux et chagrin lui parlait de M. de Laléande. Elle l'écoutait avec volupté et les faisait servir très lentement le déjeuner pour retarder le moment où ses amies viendraient, où il faudrait se

Has Monsieur de Laléande not found me indiscreet? If you don't know, please ask him and send me an answer, when you know the whole truth. I am curious to know, and you would make me happy. Thank you again, Monsieur. With my best wishes,

Voragynes Breyves

An hour later, a servant brought her this letter:

Do not worry, Madame. Monsieur de Laléande did not learn that you wished to hear him play. I had asked him which days he could come to play at my home, without telling him for whom. He replied from Biarritz that he would not come back before the month of January. No need to thank me. My greatest pleasure would be to bring you some, etc.

Grumello

Nothing more could be done. She did nothing more, became sadder and sadder, felt remorse at being so sad, at saddening her mother. She went to spend a few days in the countryside, then left for Trouville. There she heard about Monsieur de Laléande's social ambitions, and when a prince eagerly asked her: "What can I do to please you?", she was almost cheered up by imagining how surprised he would be if she had answered sincerely, and she concentrated, in order to savor it, all the intoxicating bitterness there was in the irony of this contrast between all the great and difficult things people had always done to please her and the little thing, so easy yet so impossible, that would have brought back to her calm, health, happiness, and happiness for her loved ones. She only enjoyed herself a little among her servants, who had immense admiration for her and who served her without daring to speak to her, feeling how sad she was. Their respectful and sorrowful silence spoke to her of Monsieur de Laléande. She listened to it with delight and she had them serve lunch very slowly, to delay the moment when her friends would come, when she would be forced to control

contraindre. Elle voulait garder longtemps dans la bouche ce goût amer et doux de toute cette tristesse autour d'elle à cause de lui. Elle aurait aimé que plus d'êtres encore fussent dominés par lui, se soulageant à sentir ce qui tenait tant de place dans son cœur en prendre un peu autour d'elle, elle aurait voulu avoir à soi des bêtes énergiques qui auraient langui de son mal. Par moments, désespérée, elle voulait lui écrire, ou lui faire écrire, se déshonorer, « rien ne lui était plus ». Mais il lui valait mieux, dans l'intérêt même de son amour, garder sa situation mondaine, qui pourrait lui donner plus d'autorité sur lui, un jour, si ce jour venait. Et si une courte intimité avec lui rompait le charme qu'il avait jeté sur elle (elle ne voulait pas, ne pouvait pas le croire, même l'imaginer un instant ; mais son esprit plus perspicace apercevait cette fatalité cruelle à travers les aveuglements de son cœur), elle resterait sans un seul appui au monde, après. Et si quelque autre amour survenait, elle n'aurait plus les ressources qui au moins lui demeuraient maintenant, cette puissance qui à leur retour à Paris, lui rendrait si facile l'intimité de M. de Laléande. Essayant de séparer d'elle ses propres sentiments et de les regarder comme un objet qu'on examine, elle se disait : « Je le sais médiocre et l'ai toujours trouvé tel. C'est bien mon jugement sur lui, il n'a pas varié. Le trouble s'est glissé depuis mais n'a pu altérer ce jugement. C'est si peu que cela, et c'est pour ce peu-là que je vis. Je vis pour Jacques de Laléande ! » Mais aussitôt, ayant prononcé son nom, par une association involontaire cette fois et sans analyse, elle le revoyait et elle éprouvait tant de bien-être et tant de peine, qu'elle sentait que ce peu de chose qu'il était importait peu, puisqu'il lui faisait éprouver des souffrances et des joies auprès desquelles les autres n'étaient rien. Et bien qu'elle pensât qu'à le connaître mieux tout cela se dissiperait, elle donnait à ce mirage toute la réalité de sa douleur et de sa volupté. Une phrase des *Maîtres chanteurs* entendue à la soirée de la princesse d'A . . . avait le don de lui évoquer M. de Laléande avec le plus de précision (*Dem Vogel der heut sang dem war der Schnabel hold gewachsen*). Elle en avait fait sans le vouloir

herself. She wanted to keep for a long time in her mouth the bittersweet taste of all the sadness that was around her, because of him. She would have liked it if still more people were dominated by him; she was relieved by feeling that what held so much space in her heart was taking up a little space around her; she would have wanted to have for herself energetic beasts that would have languished from her illness. At times, out of despair, she wanted to write to him, or to have someone else write to him, to bring dishonor upon herself, "nothing mattered to her anymore." But it was preferable, precisely for the sake of her love, to keep her place in high society, which could give her more authority over him, one day, if that day came. And if a brief period of intimacy with him were to break the charm he had cast over her (she did not want, she was unable to believe it, or even to imagine it for an instant; but her more discerning mind perceived that cruel destiny, through the blindness of her heart), she would afterward remain without any support in the world. And if some other love were to come her way, she would no longer have the resources that at least now remained to her, this power that, upon their return to Paris, would make it so easy for her to be close to Monsieur de Laléande. Attempting to separate from herself her own feelings and to consider them as an object to be examined, she told herself: "I know him to be mediocre and I've always found him to be so. That is truly my opinion of him; it hasn't varied. Turmoil has seeped in since then, but it has been unable to alter my opinion. This is so petty, and this pettiness is what I live for. I live for Jacques de Laléande!" But immediately, having said his name, this time through an involuntary and unanalyzed association, she could see him again and she experienced such well-being and such grief that she felt that his pettiness was of little importance, since he made her experience suffering and joy, compared to which all others were nothing. And though she thought that knowing him better would make all this fade away, she gave this mirage all the reality of her pain and of her bliss. A phrase from *Die Meistersinger*, which she had heard at the Princess d'A.'s evening party, had the gift of evoking to her Monsieur de Laléande with the most precision (*Dem Vogel der heut sang dem war der Schnabel hold gewachsen*).[4] She had involuntarily

le véritable *leitmotiv* de M. de Laléande, et, l'entendant un
jour à Trouville dans un concert, elle fondit en larmes. De
temps en temps, pas trop souvent pour ne pas se blaser, elle
s'enfermait dans sa chambre, où elle avait fait transporter le
piano et se mettait à la jouer en fermant les yeux pour mieux
le voir, c'était sa seule joie grisante avec des fins désenchan-
tées, l'opium dont elle ne pouvait se passer. S'arrêtant parfois
à écouter couler sa peine comme on se penche pour entendre
la douce plainte incessante d'une source et songeant à l'atroce
alternative entre sa honte future d'où suivrait le désespoir des
siens et (si elle ne cédait pas) sa tristesse éternelle, elle se maudissait d'avoir si savamment dosé dans son amour le plaisir et
la peine qu'elle n'avait su ni le rejeter tout d'abord comme un
insupportable poison, ni s'en guérir ensuite. Elle maudissait
ses yeux d'abord et peut-être avant eux son détestable esprit
de coquetterie et de curiosité qui les avait épanouis comme
des fleurs pour tenter ce jeune homme, puis qui l'avait exposée
aux regards de M. de Laléande, certains comme des traits et
d'une plus invincible douceur que si ç'avaient été des piqûres
de morphine. Elle maudissait son imagination aussi ; elle avait
si tendrement nourri son amour que Françoise se demandait
parfois si seule aussi son imagination ne l'avait pas enfanté,
cet amour qui maintenant maîtrisait sa mère et la torturait.
Elle maudissait sa finesse aussi, qui avait si habilement, si bien
et si mal arrangé tant de romans pour le revoir que leur déce-
vante impossibilité l'avait peut-être attachée davantage encore
à leur héros, — sa bonté et la délicatesse de son cœur qui, si
elle se donnait, empesteraient de remords et de honte la joie de
ces amours coupables, — sa volonté si impétueuse, si cabrée,
si hardie à sauter les obstacles quand ses désirs la menaient à
l'impossible, si faible, si molle, si brisée, non seulement quand
il fallait leur désobéir, mais quand c'était par quelque autre
sentiment qu'elle était conduite. Elle maudissait enfin sa pensée sous ses plus divines espèces, le don suprême qu'elle avait
reçu et à qui l'on a, sans avoir su lui trouver son nom véritable,
donné tous les noms, — intuition du poète, extase du croyant,

made it into Monsieur de Laléande's true *leitmotiv* and, hearing it one day at a concert in Trouville, she burst into tears. From time to time, not so often as to make herself become indifferent, she would lock herself in her bedroom, where she had had the piano moved, and would start to play the phrase, while closing her eyes in order to see him better; it was her only exhilarating joy, ending in disenchantment; it was the opium she could not do without. Stopping sometimes to listen to her grief flowing, in the way one leans over to hear the soft, incessant lament of a spring, and thinking of the atrocious alternative between her future shame, leading to the despair of her loved ones, and (if she did not give in) her everlasting sadness, she cursed herself for having so skillfully measured out pleasure and pain within her love that she had known neither how to reject it right away as an unbearable poison, nor how to heal from it later. She cursed her eyes first and perhaps before them her detestable mindset of flirtatiousness and curiosity that had made them blossom like flowers to tempt this young man, and had then exposed her to Monsieur de Laléande's glances, which were as sure as arrows and of a more invincible sweetness than if they had been injections of morphine. She also cursed her imagination; she had so tenderly nourished her love that Françoise sometimes wondered if it was not her imagination alone that had given birth to this love, which now controlled its mother and tortured her. She also cursed her own subtlety, which had so skillfully, so well and so badly organized so many fictions to see him again that their disappointing impossibility might have bound her still further to their hero; she cursed her goodness and the delicacy of her heart, which, if she gave herself to him, would bring the stench of remorse and shame to the joy of this guilty love; she cursed her willpower, so impetuous, so ready to pounce,[5] so bold at jumping over obstacles when its desires led her to unattainable goals, but a willpower so weak, so pliable, so easily broken, not only when she had to disobey her desires, but also when she was led by some other emotion. Finally, she cursed her mind, in its most divine incarnations, the supreme gift she had received, the gift that, since its true name has not been found, has been given many names—poet's intuition, believer's ecstasy,

sentiment profond de la nature et de la musique, — qui avait
mis devant son amour des sommets, des horizons infinis, les
avait laissés baigner dans la surnaturelle lumière de son charme
et avait en échange prêté à son amour un peu du sien, qui avait
intéressé à cet amour, solidarisé avec lui et confondu toute sa
plus haute et sa plus intime vie intérieure, avait consacré à lui,
comme le trésor d'une église à la Madone, tous les plus précieux joyaux de son cœur et de sa pensée, de son cœur, qu'elle
écoutait gémir dans les soirées ou sur la mer dont la mélancolie et celle qu'elle avait de ne le point voir étaient maintenant
sœurs : elle maudissait cet inexprimable sentiment du mystère des choses où notre esprit s'abîme dans un rayonnement
de beauté, comme le soleil couchant dans la mer, pour avoir
approfondi son amour, l'avoir immatérialisé, élargi, infinisé
sans l'avoir rendu moins torturant, « car (comme l'a dit Baudelaire, parlant des fins d'après-midi d'automne) il est des
sensations dont le vague n'exclut pas l'intensité et il n'est pas
de pointe plus acérée que celle de l'infini ».

V

αὐτόθ' ἐπ' ἀϊόνος κατετάκετο φυκιοέσσας ἐξ
ἀοῦς, ἔχθιστον ἔχων ὑποκάρδιον ἕλκος, Κύπριδος
ἐκ μεγάλας τό οἱ ἥπατι πᾶξε βέλεμνον.

(et se consumait depuis le jour levant, sur les
algues du rivage, gardant au fond du cœur,
comme une flèche dans le foie la plaie cui-
sante de la grande Kypris.)

THÉOCRITE, « Le Cyclope »

C'est à Trouville que je viens de retrouver Mme de Breyves, que
j'avais connue plus heureuse. Rien ne peut la guérir. Si elle aimait
M. de Laléande pour sa beauté ou pour son esprit, on pourrait chercher pour la distraire un jeune homme plus spirituel ou
plus beau. Si c'était sa bonté ou son amour pour elle qui l'avait

profound feeling for nature and for music—the gift that had put in front of her love infinite peaks and horizons, that had let them bask in the supernatural glow of her love's charm and that had in exchange lent to her love some of its own charm, the gift that had concerned itself with her love, that had bonded with it and merged all its highest and most intimate inner life with it, that had consecrated to it, like the treasure of a church dedicated to the Madonna, all the most precious jewels of her heart and her mind, of her heart, which she listened to as it moaned in the evening or on the sea, whose melancholy was now the sister of the melancholy she felt at not seeing him: she cursed that inexpressible feeling of life's mystery, into which our mind sinks in a radiance of beauty, like the setting sun into the ocean, she cursed it for having deepened her love, for having made it less material, more expansive, for having rendered it infinite without making it less agonizing, "for" (as Baudelaire put it, when speaking about late afternoons in autumn) "there are sensations whose vagueness does not exclude intensity, and there is no sharper point than that of infinity."[6]

V

He often sat alone, awake at dawn among
the piles of seaweed by the shore; melting
with desire he sang to her, wounded deep, the
barb beneath his heart of Aphrodite's arrow.
(Theocritus, Cyclops[7])

It is in Trouville that I have just encountered Madame de Breyves, whom I had known when she was happier. Nothing could cure her. If she loved Monsieur de Laléande for his handsomeness or his mind, it would be possible to look for a more intelligent or handsome young man to entertain her. If it was his goodness or his love for her that had bound her to

attachée à lui, un autre pourrait essayer de l'aimer avec plus de fidélité. Mais M. de Laléande n'est ni beau ni intelligent. Il n'a pas eu l'occasion de lui prouver s'il était tendre ou dur, oublieux ou fidèle. C'est donc bien lui qu'elle aime et non des mérites ou des charmes qu'on pourrait trouver à un aussi haut degré chez d'autres ; c'est bien lui qu'elle aime malgré ses imperfections, malgré sa médiocrité; elle est donc destinée à l'aimer malgré tout. *Lui,* savait-elle ce que c'était ? sinon qu'il en émanait pour elle de tels frissons de désolation ou de béatitude que tout le reste de sa vie et des choses ne comptait plus. La figure la plus belle, la plus originale intelligence n'auraient pas cette essence particulière et mystérieuse, si unique, que jamais une personne humaine n'aura son double exact dans l'infini des mondes ni dans l'éternité du temps. Sans Geneviève de Buivres, qui la conduisit innocemment chez Mme d'A . . ., tout cela n'eût pas été. Mais les circonstances se sont enchaînées et l'ont emprisonnée, victime d'un mal sans remède, parce qu'il est sans raison. Certes, M. de Laléande, qui promène sans doute en ce moment sur la plage de Biarritz une vie médiocre et des rêves chétifs, serait bien étonné s'il savait l'autre existence miraculeusement intense au point de tout se subordonner, d'annihiler tout ce qui n'est pas elle, qu'il a dans l'âme de Mme de Breyves, existence aussi continue que son existence personnelle, se traduisant aussi effectivement par des actes, s'en distinguant seulement par une conscience plus aiguë, moins intermittente, plus riche. Qu'il serait étonné s'il savait que lui, peu recherché d'ordinaire sous ses espèces matérielles, est subitement évoqué où qu'aille Mme de Breyves, au milieu des gens du plus de talent, dans les salons les plus fermés, dans les paysages qui se suffisent le plus à eux-mêmes, et qu'aussitôt cette femme si aimée n'a plus de tendresse, de pensée, d'attention, que pour le souvenir de cet intrus devant qui tout s'efface comme si lui seul avait la réalité d'une personne et si les personnes présentes étaient vaines comme des souvenirs et comme des ombres.

Que Mme de Breyves se promène avec un poète ou déjeune chez une archiduchesse, qu'elle quitte Trouville pour la montagne ou pour les champs, qu'elle soit seule et lise,

him, another man could try to love her more faithfully. But
Monsieur de Laléande is neither handsome nor intelligent.
He has not had the opportunity to prove to her whether he is
tender or tough, forgetful or faithful. It is therefore truly he
whom she loves, and not such merits or charms as could be
found to an equally high degree in others; it is truly he whom
she loves, despite his imperfections, despite his mediocrity; she
is thus destined to love him in spite of everything. As for *him*—
did she know what that was? Only that from him emanated
toward her such shivers of grief and bliss that all the rest of
her life and of other things no longer counted. The most handsome face, the most original intelligence would not have that
particular and mysterious essence, so unique that no other human being, in the infinity of worlds and the eternity of time,
will ever be an exact copy. Without Geneviève de Buivres, who
innocently led her to Madame d'A.'s home, all this would not
have happened. But circumstances linked together and imprisoned her, the victim of an illness with no remedy, because it
has no reason. Of course, Monsieur de Laléande, who at this
moment, with his mediocre life and petty dreams, is no doubt
strolling down the beach of Biarritz, would be quite surprised
if he knew of the other existence he has in the soul of Madame
de Breyves, an existence so miraculously intense as to subordinate, to annihilate all that is not itself, an existence as continuous as his own, expressed just as effectively through actions,
differentiated only through a sharper, less intermittent, richer
consciousness. How surprised he would be if he knew that he,
rarely sought after in his ordinary physical incarnation, is suddenly evoked wherever Madame de Breyves might be, among
people of greater talent, in the most exclusive social gatherings, in the most self-sufficient landscapes, and instantly this
very popular woman has tenderness, thought, attention, only
for the memory of this intruder, in front of whom everything
fades away, as if he alone were a real person, and all those
present were as unreal as memories and shadows.

Whether Madame de Breyves is strolling with a poet or having lunch with an archduchess, whether she is leaving Trouville
to go to the mountains or the countryside, whether she is alone

ou cause avec l'ami le mieux aimé, qu'elle monte à cheval ou qu'elle dorme, le nom, l'image de M. de Laléande est sur elle, délicieusement, cruellement, inévitablement, comme le ciel est sur nos têtes. Elle en est arrivée, elle qui détestait Biarritz, à trouver à tout ce qui touche à cette ville un charme douloureux et troublant. Elle s'inquiète des gens qui y sont, qui le verront peut-être sans le savoir, qui vivront peut-être avec lui sans en jouir. Pour ceux-là elle est sans rancune, et sans oser leur donner de commissions, elle les interroge sans cesse, s'étonnant parfois qu'on l'entende tant parler à l'entour de son secret sans que personne l'ait découvert. Une grande photographie de Biarritz est un des seuls ornements de sa chambre. Elle prête à l'un des promeneurs qu'on y voit sans le distinguer les traits de M. de Laléande. Si elle savait la mauvaise musique qu'il aime et qu'il joue, les romances méprisées prendraient sans doute sur son piano et bientôt dans son cœur la place des symphonies de Beethoven et des drames de Wagner, par un abaissement sentimental de son goût, et par le charme que celui d'où lui vient tout charme et toute peine projetterait sur elles. Parfois l'image de celui qu'elle a vu seulement deux ou trois fois et pendant quelques instants, qui tient une si petite place dans les événements extérieurs de sa vie et qui en a pris une dans sa pensée et dans son cœur absorbante jusqu'à les occuper tout entiers, se trouble devant les yeux fatigués de sa mémoire. Elle ne le voit plus, ne se rappelle plus ses traits, sa silhouette, presque plus ses yeux. Cette image, c'est pourtant tout ce qu'elle a de lui. Elle s'affole à la pensée qu'elle la pourrait perdre, que le désir — qui, certes, la torture, mais qui est tout elle-même maintenant, en lequel elle s'est toute réfugiée, après avoir tout fui, auquel elle tient comme on tient à sa conservation, à la vie, bonne ou mauvaise — pourrait s'évanouir et qu'il ne resterait plus que le sentiment d'un malaise et d'une souffrance de rêve, dont elle ne saurait plus l'objet qui les cause, ne le verrait même plus dans sa pensée et ne l'y pourrait plus chérir. Mais voici que l'image de M. de Laléande est revenue après ce trouble momentané de vision intérieure. Son chagrin peut recommencer et c'est presque une joie.

reading or chatting with her closest friend, whether she is asleep
or riding a horse, the name, the image of Monsieur de Laléande
is upon her, deliciously, cruelly, inevitably, as the sky is over our
heads. She has reached the point, she who always detested Biarritz, of finding in everything that is linked to this city a painful
and troubling charm. She worries about the people who are
there, who will perhaps see him without realizing it, who will
perhaps live with him without enjoying it. Toward them she
has no resentment, and while she does not dare send messages
through them, she questions them ceaselessly, occasionally being surprised that people so often hear her speaking indirectly
about her secret, yet no one has discovered it. A large photo-
graph of Biarritz is one of the only decorations in her bedroom.
She attributes Monsieur de Laléande's features to one of the
strollers who can be seen, but not recognized, in the picture.
If she knew the bad music he likes and plays, the disdained
ballads would no doubt take the place, on her piano and soon
in her heart, of Beethoven's symphonies and Wagner's operas,
through a sentimental lowering of her taste, and through the
charm projected upon them by the man from whom all charm
and all sorrow come to her. Sometimes the image of the man
she has seen only two or three times, and only for a few moments, the man who holds such a small place in the external
events of her life, but who has taken such an absorbing place in
her mind and her heart that he seems to fill them up completely,
that image blurs before the tired eyes of her memory. She no
longer sees him, no longer recalls his features, his figure; she
has almost forgotten his eyes. And yet, this image is all she has
of him. She panics at the thought that she could lose it, that
her desire—which of course torments her, but which is now
all of her, in which she has entirely found refuge, after having
escaped from everything, to which she clings as one clings to
self-preservation or to life, whether it is good or bad—could
vanish, and that there would only remain a feeling of unease,
of dreamed suffering, the cause of which she would no longer
know, would no longer even see in her mind, nor be able to
cherish it there. But now Monsieur de Laléande's image has
returned, after this momentary blurring of her inner vision. Her
grief can now resume, and it is almost a joy.

Comment Mme de Breyves supportera-t-elle ce retour à Paris où lui ne reviendra qu'en janvier ? Que fera-t-elle d'ici là ? Que fera-t-elle, que fera-t-il après ? Vingt fois j'ai voulu partir pour Biarritz, et ramener M. de Laléande. Les conséquences seraient peut-être terribles, mais je n'ai pas à l'examiner, elle ne le permet point. Mais je me désole de voir ces petites tempes battues du dedans jusqu'à en être brisées par les coups sans trêve de cet amour inexplicable. Il rythme toute sa vie sur un mode d'angoisse. Souvent elle imagine qu'il va venir à Trouville, s'approcher d'elle, lui dire qu'il l'aime. Elle le voit, ses yeux brillent. Il lui parle avec cette voix blanche du rêve qui nous défend de croire tout en même temps qu'il nous force à écouter. C'est lui. Il lui dit ces paroles qui nous font délirer, malgré que nous ne les entendions jamais qu'en songe, quand nous y voyons briller, si attendrissant, le divin sourire confiant des destinées qui s'unissent. Aussitôt le sentiment que les deux mondes de la réalité et de son désir sont parallèles, qu'il leur est aussi impossible de se rejoindre qu'à l'ombre le corps qui l'a projetée, la réveille. Alors se souvenant de la minute au vestiaire où son coude frôla son coude, où il lui offrit ce corps qu'elle pourrait maintenant serrer contre le sien si elle avait voulu, si elle avait su, et qui est peut-être à jamais loin d'elle, elle sent des cris de désespoir et de révolte la traverser tout entière comme ceux qu'on entend sur les vaisseaux qui vont sombrer. Si, se promenant sur la plage ou dans les bois elle laisse un plaisir de contemplation ou de rêverie, moins que cela une bonne odeur, un chant que la brise apporte et voile, doucement la gagner, lui faire pendant un instant oublier son mal, elle sent subitement dans un grand coup au cœur une blessure douloureuse et, plus haut que les vagues ou que les feuilles, dans l'incertitude de l'horizon sylvestre ou marin, elle aperçoit l'indécise image de son invisible et présent vainqueur qui, les yeux brillants à travers les nuages comme le jour où il s'offrit à elle, s'enfuit avec le carquois dont il vient encore de lui décocher une flèche.

Juillet 1893.

How will Madame de Breyves cope when she returns to Paris, to which he will not come back until January? What will she do until then? What will she do, and what will he do afterward?

Twenty times I wanted to leave for Biarritz to bring back Monsieur de Laléande. Perhaps the consequences would be terrible, but I do not have to examine them; she will not allow it. However, I am distressed to see those little temples being beaten from within, up to the point of breaking, by the ceaseless blows of this incomprehensible love. Its rhythm regulates her whole life, in a mode of anguish. She often imagines that he is going to come to Trouville, come close to her, tell her he loves her. She sees him; her eyes shine. He speaks to her with that flat voice of dreams that prevents us from believing, while simultaneously forcing us to listen. It's him. He tells her those words that make us delirious, even though we only ever heard them in a dream, when there we see shining, so endearingly, the divine, confident smile of two destinies that are uniting. Immediately she is awakened by the feeling that the two worlds of reality and her desire are parallel, that it is as impossible for them to merge as it is for a body and the shadow it casts. Then, remembering the moment at the cloakroom when his elbow lightly touched hers, when he offered her his body, which she could now press against her own, if she had wanted, if she had known, and which is perhaps forever far from her, she feels cries of despair and revolt crossing entirely through her, like those heard on ships that are about to sink. If, while strolling on the beach or in the woods, she allows a feeling of pleasure—from contemplation or daydreaming, or less than that, a pleasant smell, a birdsong that the breeze carries and muffles—gently overwhelm her, make her for an instant forget her sorrow, then she suddenly feels, in a great blow to her heart, a painful wound; and, higher than the waves or the leaves, in the uncertain horizon of the forest or the sea, she glimpses the indistinct image of her invisible yet present conqueror, his eyes shining through the clouds like the day he offered himself to her, fleeing with his quiver, from which he has just shot another arrow at her.

July 1893

LA CONFESSION
D'UNE JEUNE FILLE

« Les désirs des sens nous entraînent çà et là,
mais l'heure passée, que rapportez-vous ? des
remords de conscience et de la dissipation
d'esprit. On sort dans la joie et souvent on
revient dans la tristesse, et les plaisirs du soir
attristent le matin. Ainsi la joie des sens flatte
d'abord, mais à la fin elle blesse et elle tue. »
Imitation de Jésus-Christ, LIVRE I, CH. X V I I I

I

Parmi l'oubli qu'on cherche aux fausses
    allégresses,
Revient plus virginal à travers les ivresses,
Le doux parfum mélancolique du lilas.
HENRI DE RÉGNIER

Enfin la délivrance approche. Certainement j'ai été maladroite,
j'ai mal tiré, j'ai failli me manquer. Certainement il aurait
mieux valu mourir du premier coup, mais enfin on n'a pas
pu extraire la balle et les accidents au cœur ont commencé.

A YOUNG GIRL'S CONFESSION

Sensual craving sometimes entices you to
wander around, but when the moment is
past, what do you bring back with you save
a disturbed conscience and heavy heart? A
happy going often leads to a sad return, a
merry evening to a mournful dawn. Thus,
all carnal joy begins sweetly but in the end
brings remorse and death.
(*The Imitation of Christ*, Book 1, Ch. 18)[1]

I

Amid the forgetfulness we seek in false delights,
Returns, more virginal, through our
   intoxications,
The sweet, melancholy fragrance of lilacs.
(Henri de Régnier)[2]

Finally my deliverance is approaching. I was certainly clumsy; I
shot badly; I almost missed myself. It certainly would have been
better to die from the first shot, but in the end the bullet could
not be extracted, and the complications with my heart began.

157

Cela ne peut plus être bien long. Huit jours pourtant ! cela peut encore durer huit jours ! pendant lesquels je ne pourrai faire autre chose que m'efforcer de ressaisir l'horrible enchaînement. Si je n'étais pas si faible, si j'avais assez de volonté pour me lever, pour partir, je voudrais aller mourir aux Oublis, dans le parc où j'ai passé tous mes étés jusqu'à quinze ans. Nul lieu n'est plus plein de ma mère, tant sa présence, et son absence plus encore, l'imprégnèrent de sa personne. L'absence n'est-elle pas pour qui aime la plus certaine, la plus efficace, la plus vivace, la plus indestructible, la plus fidèle des présences ?

Ma mère m'amenait aux Oublis à la fin d'avril, repartait au bout de deux jours, passait deux jours encore au milieu de mai, puis revenait me chercher dans la dernière semaine de juin. Ses venues si courtes étaient la chose la plus douce et la plus cruelle. Pendant ces deux jours elle me prodiguait des tendresses dont habituellement, pour m'endurcir et calmer ma sensibilité maladive, elle était très avare. Les deux soirs qu'elle passait aux Oublis, elle venait me dire bonsoir dans mon lit, ancienne habitude qu'elle avait perdue, parce que j'y trouvais trop de plaisir et trop de peine, que je ne m'endormais plus à force de la rappeler pour me dire bonsoir encore, n'osant plus à la fin, n'en ressentant que davantage le besoin passionné, inventant toujours de nouveaux prétextes, mon oreiller brûlant à retourner, mes pieds gelés qu'elle seule pourrait réchauffer dans ses mains . . . Tant de doux moments recevaient une douceur de plus de ce que je sentais que c'étaient ceux-là où ma mère était véritablement elle-même et que son habituelle froideur devait lui coûter beaucoup. Le jour où elle repartait, jour de désespoir où je m'accrochais à sa robe jusqu'au wagon, la suppliant de m'emmener à Paris avec elle, je démêlais très bien le sincère au milieu du feint, sa tristesse qui perçait sous ses reproches gais et fâchés par ma tristesse « bête, ridicule » qu'elle voulait m'apprendre à dominer, mais qu'elle partageait. Je ressens encore mon émotion d'un de ces jours de départ (juste cette émotion intacte, pas altérée par le douloureux retour d'aujourd'hui)

It can't take much longer. And yet, one week![3] It can still last one week! During those days, I will be unable to do anything other than strive to recapture the horrible chain of events. If I were not so weak, if I had enough willpower to get up, to leave, I would like to go die at Les Oublis,[4] in the park where I spent all my summers until I was fifteen. No other place is more filled with my mother, since her presence, and even more so her absence, have so thoroughly permeated it with her personality. To those who love, is not absence the most certain, the most efficient, the most enduring, the most indestructible, the most faithful form of presence?

My mother would bring me to Les Oublis at the end of April, would leave two days later, would come by for two more days in the middle of May, then would come back to take me home during the last week of June. Her so brief visits were the sweetest and cruelest things. During those two days, she lavished upon me those marks of tenderness that she normally showed only sparingly, in order to toughen me and to calm my sickly sensitivity. The two evenings she spent at Les Oublis, she would come to my bedside to say goodnight, an old habit she had lost, because it gave me too much pleasure and too much sorrow, because I wouldn't fall asleep due to calling her back so often to say goodnight to me again, finally no longer daring to, but only feeling all the more the passionate need, always inventing new pretexts, my burning-hot pillow to turn over, my frozen feet that only she could warm up in her hands . . . So many sweet moments received even more sweetness because I felt that those were the ones when my mother was truly herself, and that her usual coldness must have cost her very much. The day she would leave, day of despair when I would clutch at her dress until we reached the railway car, begging her to take me to Paris with her, I could easily sort out the sincerity from amid her pretense, the sadness that emerged from under her reproaches, at once lighthearted and angered at my "silly, ridiculous" sadness, which she wanted me to learn to overcome, but which she shared. I can still feel my emotion during one of those days of departure (only that intact emotion, unaltered by today's painful recollection),

d'un de ces jours de départ où je fis la douce découverte de sa tendresse si pareille et si supérieure à la mienne. Comme toutes les découvertes, elle avait été pressentie, devinée, mais les faits semblaient si souvent y contredire ! Mes plus douces impressions sont celles des années où elle revint aux Oublis, rappelée parce que j'étais malade. Non seulement elle me faisait une visite de plus sur laquelle je n'avais pas compté, mais surtout elle n'était plus alors que douceur et tendresse longuement épanchées sans dissimulation ni contrainte. Même dans ce temps-là où elles n'étaient pas encore adoucies, attendries par la pensée qu'un jour elles viendraient à me manquer, cette douceur, cette tendresse étaient tant pour moi que le charme des convalescences me fut toujours mortellement triste : le jour approchait où je serais assez guérie pour que ma mère pût repartir, et jusque-là je n'étais plus assez souffrante pour qu'elle ne reprît pas les sévérités, la justice sans indulgence d'avant.

Un jour, les oncles chez qui j'habitais aux Oublis m'avaient caché que ma mère devait arriver, parce qu'un petit cousin était venu passer quelques heures avec moi, et que je ne me serais pas assez occupée de lui dans l'angoisse joyeuse de cette attente. Cette cachotterie fut peut-être la première des circonstances indépendantes de ma volonté qui furent les complices de toutes les dispositions pour le mal que, comme tous les enfants de mon âge, et pas plus qu'eux alors, je portais en moi. Ce petit cousin qui avait quinze ans — j'en avais quatorze — était déjà très vicieux et m'apprit des choses qui me firent frissonner aussitôt de remords et de volupté. Je goûtais à l'écouter, à laisser ses mains caresser les miennes, une joie empoisonnée à sa source même ; bientôt j'eus la force de le quitter et je me sauvai dans le parc avec un besoin fou de ma mère que je savais, hélas ! être à Paris, l'appelant partout malgré moi par les allées. Tout à coup, passant devant une charmille, je l'aperçus sur un banc, souriante et m'ouvrant les bras. Elle releva son voile pour m'embrasser, je me précipitai contre ses joues en fondant en larmes ; je pleurai longtemps en lui racontant toutes ces vilaines choses qu'il fallait l'ignorance de mon âge pour lui dire et qu'elle sut écouter divinement, sans les comprendre, diminuant leur importance avec

when I made the sweet discovery of her tenderness, so similar
and so superior to mine. As for all discoveries, it had been
sensed, surmised, but the facts so often seemed to contradict
it! My sweetest impressions were those of the years when she
came back to Les Oublis, called back because I was sick. Not
only was she paying me an extra visit I had not counted on,
but above all she was then only sweetness and tenderness,
poured out at length, with no dissimulation or restraint. Even
in those days when they were not yet sweetened, softened by
the thought that one day I would come to miss them, this
sweetness, this tenderness meant so much to me that the charm
of convalescence was always deathly sad for me: the day was
drawing near when I would be sufficiently recovered, so that
my mother could leave again, and until then I was no longer
sick enough to prevent her from reverting to her previous severity, her justice with no leniency.

One day, the uncles I stayed with at Les Oublis did not tell
me that my mother was coming, because one of my young
cousins had come to spend a few hours with me, and because
I would have neglected him in the joyful anguish of expectation. This little secret was perhaps the first of the circumstances beyond my control that were the accomplices of all
the tendencies toward evil that, like all children my age, and
at that time no more than them, I had in me. This young
cousin, who was fifteen—I was fourteen—was already quite
perverted and taught me things that made me instantly shiver
with shame and bliss. I tasted, in listening to him, in letting his
hands caress mine, a joy that was poisoned at its very source;
I soon had the strength to leave him and I ran away into the
park with a mad need for my mother who, so I knew, alas, was
in Paris, as I called out to her everywhere, in spite of myself, in
the pathways. All of a sudden, as I was passing by an arbor, I
saw her sitting on a bench, smiling and holding out her arms
to me. She lifted her veil to kiss me, I threw myself against her
cheeks and burst into tears; I cried for a long time, while telling her all those ugly things, which required the ignorance of
youth to tell her, and which she knew how to listen to divinely,
without understanding them, reducing their importance with

une bonté qui allégeait le poids de ma conscience. Ce poids s'allégeait, s'allégeait ; mon âme écrasée, humiliée montait de plus en plus légère et puissante, débordait, j'étais tout âme. Une divine douceur émanait de ma mère et de mon innocence revenue. Je sentis bientôt sous mes narines une odeur aussi pure et aussi fraîche. C'était un lilas dont une branche cachée par l'ombrelle de ma mère était déjà fleurie et qui, invisible, embaumait. Tout en haut des arbres, les oiseaux chantaient de toutes leurs forces. Plus haut, entre les cimes vertes, le ciel était d'un bleu si profond qu'il semblait à peine l'entrée d'un ciel où l'on pourrait monter sans fin. J'embrassai ma mère. Jamais je n'ai retrouvé la douceur de ce baiser. Elle repartit le lendemain et ce départ-là fut plus cruel que tous ceux qui avaient précédé. En même temps que la joie il me semblait que c'était maintenant que j'avais une fois péché, la force, le soutien nécessaires qui m'abandonnaient.

Toutes ces séparations m'apprenaient malgré moi ce que serait l'irréparable qui viendrait un jour, bien que jamais à cette époque je n'aie sérieusement envisagé la possibilité de survivre à ma mère. J'étais décidée à me tuer dans la minute qui suivrait sa mort. Plus tard, l'absence porta d'autres enseignements plus amers encore, qu'on s'habitue à l'absence, que c'est la plus grande diminution de soi-même, la plus humiliante souffrance de sentir qu'on n'en souffre plus. Ces enseignements d'ailleurs devaient être démentis dans la suite. Je repense surtout maintenant au petit jardin où je prenais avec ma mère le déjeuner du matin et où il y avait d'innombrables pensées. Elles m'avaient toujours paru un peu tristes, graves comme des emblèmes, mais douces et veloutées, souvent mauves, parfois violettes, presque noires, avec de gracieuses et mystérieuses images jaunes, quelques-unes entièrement blanches et d'une frêle innocence. Je les cueille toutes maintenant dans mon souvenir, ces pensées, leur tristesse s'est accrue d'avoir *été* comprises, la douceur de leur velouté est à jamais disparue.

II

Comment toute cette eau fraîche de souvenirs a-t-elle pu jaillir encore une fois et couler dans mon âme impure d'aujourd'hui

a kindness that lightened the weight of my conscience. This weight became lighter and lighter; my crushed, humiliated soul was rising, ever more light and powerful, overflowing; I was all soul. A divine sweetness emanated from my mother and from the return of my innocence. I soon felt under my nostrils a smell as pure and as fresh. It was a lilac bush, one branch of which, hidden by my mother's parasol, was already blooming and, invisibly, fragrant. High up in the trees, the birds were singing with all their might. Even higher, between the green treetops, the sky was of such a deep blue that it almost seemed to be the entryway to a sky where one could ascend without end. I kissed my mother. Never again did I find the sweetness of that kiss. She left the next day, and that departure was more cruel than all those that had preceded it. Along with joy, it seemed to me that, now that I had sinned once, the necessary strength and support were abandoning me.

All these separations were teaching me, in spite of myself, what would be the irreparable separation that would come one day, even though at that time I had never seriously envisaged the possibility of surviving my mother. I had resolved to kill myself during the minute that followed her death. Later, absence brought still more bitter lessons—that one can grow accustomed to absence, that the worst form of diminishing oneself, the most humiliating form of suffering, is to feel that one no longer suffers from absence. As a matter of fact, these lessons would later be contradicted. I now especially think back to the little garden where I would have breakfast with my mother and where there were innumerable pansies.[5] They had always seemed a bit sad to me, as solemn as emblems, but soft and velvety, often mauve, sometimes violet, almost black, with gracious and mysterious yellow images, some of them entirely white and of a frail innocence. I now pick them all in my memory, those pansies; their sadness has increased because they were understood, their velvety softness has forever disappeared.

II

How did all this fresh water of memories spring forth once more and flow in my now impure soul without becoming

sans s'y souiller ? Quelle vertu possède cette matinale odeur de lilas pour traverser tant de vapeurs fétides sans s'y mêler et s'y affaiblir ? Hélas ! en même temps qu'en moi, c'est bien loin de moi, c'est hors de moi que mon âme de quatorze ans se réveille encore. Je sais bien qu'elle n'est plus mon âme et qu'il ne dépend plus de moi qu'elle la redevienne. Alors pourtant je ne croyais pas que j'en arriverais un jour à la regretter. Elle n'était que pure, j'avais à la rendre forte et capable dans l'avenir des plus hautes tâches. Souvent aux Oublis, après avoir été avec ma mère au bord de l'eau pleine des jeux du soleil et des poissons, pendant les chaudes heures du jour, — ou le matin et le soir me promenant avec elle dans les champs, je rêvais avec confiance cet avenir qui n'était jamais assez beau au gré de son amour, de mon désir de lui plaire, et des puissances sinon de volonté, au moins d'imagination et de sentiment qui s'agitaient en moi, appelaient tumultueusement la destinée où elles se réaliseraient et frappaient à coups répétés à la cloison de mon cœur comme pour l'ouvrir et se précipiter hors de moi, dans la vie. Si, alors, je sautais de toutes mes forces, si j'embrassais mille fois ma mère, courais au loin en avant comme un jeune chien, ou restée indéfiniment en arrière à cueillir des coquelicots et des bleuets, les rapportais en poussant des cris, c'était moins pour la joie de la promenade elle-même et de ces cueillettes que pour épancher mon bonheur de sentir en moi toute cette vie prête à jaillir, à s'étendre à l'infini, dans des perspectives plus vastes et plus enchanteresses que l'extrême horizon des forêts et du ciel que j'aurais voulu atteindre d'un seul bond. Bouquets de bleuets, de trèfles et de coquelicots, si je vous emportais avec tant d'ivresse, les yeux ardents, toute palpitante, si vous me faisiez rire et pleurer, c'est que je vous composais avec toutes mes espérances d'alors, qui maintenant, comme vous, ont séché, ont pourri, et sans avoir fleuri comme vous, sont retournées à la poussière.

Ce qui désolait ma mère, c'était mon manque de volonté. Je faisais tout par l'impulsion du moment. Tant qu'elle fut toujours donnée par l'esprit ou par le cœur, ma vie, sans être

soiled? What virtue does this morning scent of lilacs possess
that allows it to pass through so many fetid vapors without
weakening or mingling with them? Alas! At the same time
as within me, it is quite far from me, it is outside of me that
my soul of fourteen is again awakened. I well know that it is
no longer my soul and that it is no longer up to me to decide
whether or not it will once again become my soul. Yet at the
time I didn't think that I would one day come to miss it. My
soul was merely pure; I had to make it strong and capable
of performing the highest tasks in the future. Often, at Les
Oublis, after having gone with my mother to the edge of the
water, full of the play of the sunlight and of the fish, during
the warm hours of the day, or while strolling with her through
the fields, in the mornings or evenings, I dreamed confidently
of that future, which was never beautiful enough to satisfy
her love for me, nor my desire to please her; and the powerful
forces, if not of will, at least of imagination and sentiment,
that were stirring in me, calling out tumultuously for the ac-
complishment of their destiny and repeatedly knocking at the
wall of my heart, as if to open it and to rush outside of me,
into life. If, then, I jumped with all my strength, if I kissed my
mother a thousand times, ran far ahead of her like a young
dog, or, having endlessly stayed behind to pick red poppies
and cornflowers, brought them back to her while yelling out,
it was less for the joy of the stroll itself and of picking flowers than for pouring out my happiness at feeling inside me all
this life ready to burst out, to spread out into infinity, into
more vast and enchanting vistas than the extreme horizon of
the forests and the sky, which I would have liked to reach in
a single leap. Bouquets of cornflowers, of clover, and of red
poppies, if I carried you away with such exhilaration, my eyes
blazing, my body trembling, if you made me laugh or cry, it
is because I arranged you with all the hopes I then had, and
which now, like you, have dried, have decayed, and, without
having bloomed like you, have returned to dust.

What distressed my mother was my lack of will. I did everything on the impulse of the moment. As long as the impulse came from my mind or my heart, my life, without being

tout à fait bonne, ne fut pourtant pas vraiment mauvaise. La réalisation de tous mes beaux projets de travail, de calme, de raison, nous préoccupait par-dessus tout, ma mère et moi, parce que nous sentions, elle plus distinctement, moi confusément, mais avec beaucoup de force, qu'elle ne serait que l'image projetée dans ma vie de la création par moi-même et en moi-même de cette volonté qu'elle avait conçue et couvée. Mais toujours je l'ajournais au lendemain. Je me donnais du temps, je me désolais parfois de le voir passer, mais il y en avait encore tant devant moi ! Pourtant j'avais un peu peur, et sentais vaguement que l'habitude de me passer ainsi de vouloir commençait à peser sur moi de plus en plus fortement à mesure qu'elle prenait plus d'années, me doutant tristement que les choses ne changeraient pas tout d'un coup, et qu'il ne fallait guère compter, pour transformer ma vie et créer ma volonté, sur un miracle qui ne m'aurait coûté aucune peine. Désirer avoir de la volonté n'y suffisait pas. Il aurait fallu précisément ce que je ne pouvais sans volonté : le vouloir.

III

Et le vent furibond de la concupiscence
Fait claquer votre chair ainsi qu'un vieux
drapeau.
BAUDELAIRE

Pendant ma seizième année, je traversai une crise qui me rendit souffrante. Pour me distraire, on me fit débuter dans le monde. Des jeunes gens prirent l'habitude de venir me voir. Un d'entre eux était pervers et méchant. Il avait des manières à la fois douces et hardies. C'est de lui que je devins amoureuse. Mes parents l'apprirent et ne brusquèrent rien pour ne pas me faire trop de peine. Passant tout le temps où je ne le voyais pas à penser à lui, je finis par m'abaisser en lui ressemblant autant que cela m'était possible. Il m'induisit à mal faire presque par surprise, puis m'habitua à laisser s'éveiller en moi de mauvaises pensées auxquelles je n'eus pas une volonté à opposer,

completely good, was not, however, truly bad. The achievement of all my fine projects—of work, of calm, of reason—preoccupied us, my mother and myself, above all, because we felt, she more distinctly, I confusedly, but very strongly, that this achievement would only be the image, projected into my life, of the creation, by myself and of myself, of this will she had conceived and nurtured. But I always postponed it to the next day. I gave myself time, I was sometimes distressed to see it go by, but there was still so much of it ahead of me! And yet I was a bit scared, and I vaguely felt that my habit of doing without willpower was starting to weigh upon me more and more strongly as it took away more years; I sadly suspected that things would not change all of a sudden, and that I could hardly count, in order to transform my life and create my willpower, on a miracle that would not have cost me any effort. Wishing to have willpower was insufficient. I needed precisely what I could not do without willpower: to want it.

III

And the furious wind of lust
Makes your flesh flap like an old flag.
(Charles Baudelaire)[6]

During my sixteenth year, I went through a crisis that made me unwell. To entertain me, I was asked to make my debut in society.[7] Young men got into the habit of coming to see me. One of them was perverted and mean. His manners were at once gentle and harsh. He was the one I fell in love with. My parents found out, but did not intervene, in order to avoid causing me too much sorrow. Spending all my time thinking about him when I did not see him, I finally lowered myself by resembling him as much as I possibly could. He led me to behave badly almost by surprise, then he got me accustomed to letting evil thoughts awaken within me, thoughts I could not resist,

seule puissance capable de les faire rentrer dans l'ombre infernale d'où elles sortaient. Quand l'amour finit, l'habitude avait pris sa place et il ne manquait pas de jeunes gens immoraux pour l'exploiter. Complices de mes fautes, ils s'en faisaient aussi les apologistes en face de ma conscience. J'eus d'abord des remords atroces, je fis des aveux qui ne furent pas compris. Mes camarades me détournèrent d'insister auprès de mon père. Ils me persuadaient lentement que toutes les jeunes filles faisaient de même et que les parents feignaient seulement de l'ignorer. Les mensonges que j'étais sans cesse obligée de faire, mon imagination les colora bientôt des semblants d'un silence qu'il convenait de garder sur une nécessité inéluctable. À ce moment je ne vivais plus bien ; je rêvais, je pensais, je sentais encore.

Pour distraire et chasser tous ces mauvais désirs, je commençai à aller beaucoup dans le monde. Ses plaisirs desséchants m'habituèrent à vivre dans une compagnie perpétuelle, et je perdis avec le goût de la solitude le secret des joies que m'avaient données jusque-là la nature et l'art. Jamais je n'ai été si souvent au concert que dans ces années-là. Jamais, tout occupée au désir d'être admirée dans une loge élégante, je n'ai senti moins profondément la musique. J'écoutais et je n'entendais rien. Si par hasard j'entendais, j'avais cessé de voir tout ce que la musique sait dévoiler. Mes promenades aussi avaient été comme frappées de stérilité. Les choses qui autrefois suffisaient à me rendre heureuse pour toute la journée, un peu de soleil jaunissant l'herbe, le parfum que les feuilles mouillées laissent s'échapper avec les dernières gouttes de pluie, avaient perdu comme moi leur douceur et leur gaieté. Les bois, le ciel, les eaux semblaient se détourner de moi, et si, restée seule avec eux face à face, je les interrogeais anxieusement, ils ne murmuraient plus ces réponses vagues qui me ravissaient autrefois. Les hôtes divins qu'annoncent les voix des eaux, des feuillages et du ciel daignent visiter seulement les cœurs qui, en habitant en eux-mêmes, se sont purifiés.

C'est alors qu'à la recherche d'un remède inverse et parce que je n'avais pas le courage de vouloir le véritable qui était si près, et hélas ! si loin de moi, en moi-même, je me laissai de

since I lacked willpower, the only force capable of making them return to the infernal darkness they came from. When love was over, habit had taken its place and there was no lack of immoral young men to exploit it. Accomplices to my sinning, they also became its apologists when I faced my conscience. At first, I was horribly remorseful; I made confessions that were not understood. My friends turned me away from insisting on this to my father. They gradually persuaded me that all young girls did the same and that parents merely feigned ignorance. As for the lies I was incessantly forced to tell, my imagination soon embellished them with the semblance of the silence that it seemed appropriate to keep about such an unavoidable necessity. At that time, I was not really living anymore; I still dreamed, thought, and felt.

To divert and drive out all these evil desires, I began to go often to high society events. These pleasures dried me up, got me accustomed to living in perpetual company, and I lost, along with my taste for solitude, the secret of the joys that nature and art had given me until then. Never have I attended so many concerts as during those years. Never, so concerned was I with the desire to be admired in an elegant box, did I feel the music less deeply. I listened but heard nothing. If by chance I heard, I had ceased to see what music can reveal. My strolling also seemed to have been stricken with sterility. The things that in the past were sufficient to make me happy all day, a bit of sunlight tinting the grass, the scent that wet leaves emit with the last drops of rain, seemed to have lost their sweetness and cheerfulness, as had I. The woods, the sky, the water seemed to turn away from me, and if, remaining alone in front of them, I questioned them anxiously, they no longer murmured those vague replies that delighted me in the past. The divine guests announced by the voices of water, foliage, and sky deign to visit only the hearts that, by living within themselves, have become purified.

It was then that, seeking an opposite remedy, and because I did not have the courage to want the real remedy that was so close and, alas, so far from me, within myself, I once again

nouveau aller aux plaisirs coupables, croyant ranimer par là la flamme éteinte par le monde. Ce fut en vain. Retenue par le plaisir de plaire, je remettais de jour en jour la décision définitive, le choix, l'acte vraiment libre, l'option pour la solitude. Je ne renonçai pas à l'un de ces deux vices pour l'autre. Je les mêlai. Que dis-je ? chacun se chargeant de briser tous les obstacles de pensée, de sentiment, qui auraient arrêté l'autre, semblait aussi l'appeler. J'allais dans le monde pour me calmer après une faute, et j'en commettais une autre dès que j'étais calme. C'est à ce moment terrible, après l'innocence perdue, et avant le remords d'aujourd'hui, à ce moment où de tous les moments de ma vie j'ai le moins valu, que je fus le plus appréciée de tous. On m'avait jugée une petite fille prétentieuse et folle ; maintenant, au contraire, les cendres de mon imagination étaient au goût du monde qui s'y délectait. Alors que je commettais envers ma mère le plus grand des crimes, on me trouvait à cause de mes façons tendrement respectueuses avec elle, le modèle des filles. Après le suicide de ma pensée, on admirait mon intelligence, on raffolait de mon esprit. Mon imagination desséchée, ma sensibilité tarie, suffisaient à la soif des plus altérés de vie spirituelle, tant cette soif était factice, et mensongère comme la source où ils croyaient l'étancher ! Personne d'ailleurs ne soupçonnait le crime secret de ma vie, et je semblais à tous la jeune fille idéale. Combien de parents dirent alors à ma mère que si ma situation eût été moindre et s'ils avaient pu songer à moi, ils n'auraient pas voulu d'autre femme pour leur fils ! Au fond de ma conscience oblitérée, j'éprouvais pourtant de ces louanges indues une honte désespérée ; elle n'arrivait pas jusqu'à la surface, et j'étais tombée si bas que j'eus l'indignité de les rapporter en riant aux complices de mes crimes.

indulged in guilty pleasures, thinking I could thus rekindle the flame put out by high society. It was in vain. Held back by the pleasure of pleasing, I kept putting off, day after day, the definitive decision, the choice, the truly free action: opting for solitude. I did not give up one of the two vices for the other. I mixed them together. What am I saying? Each vice, taking up the task of breaking all the obstacles of thought, of feeling, that would have stopped the other, also seemed to summon it. I would attend high society events to calm myself after sinning, and I would sin again as soon as I was calm. It was during this terrible period, after the loss of my innocence, and before the remorse of today, during the period when I was the least worthy of all the periods of my life, that I was the most appreciated by all. I had been dismissed as a pretentious and foolish little girl; now, on the contrary, the ashes of my imagination were to the taste of high society, which reveled in them. While I was committing the greatest crimes against my mother, I was seen, due to my tenderly respectful demeanor with her, as a model daughter. After the suicide of my thought, my intelligence was admired, my wit was adulated. My parched imagination, my dried-up sensitivity were sufficient for the thirst of those who yearned the most for spiritual life, so fake was their thirst, and as mendacious as the source where they thought they could quench it! Besides, no one suspected the secret crime of my life, and I seemed to all to be the ideal young girl. How many parents then told my mother that if my standing had been lower, and if they had been able to consider me, they would not have wanted another wife for their son! At the bottom of my obliterated conscience, I nevertheless felt desperately ashamed due to the undeserved praise; but my shame did not reach the surface, and I had fallen so low that I was despicable enough to repeat them, while laughing, to the accomplices of my crimes.

IV

« À quiconque a perdu ce qui ne se retrouve
Jamais . . . jamais ! »
BAUDELAIRE

L'hiver de ma vingtième année, la santé de ma mère, qui n'avait
jamais été vigoureuse, fut très ébranlée. J'appris qu'elle avait
le cœur malade, sans gravité d'ailleurs, mais qu'il fallait lui
éviter tout ennui. Un de mes oncles me dit que ma mère dési-
rait me voir me marier. Un devoir précis, important se pré-
sentait à moi. J'allais pouvoir prouver à ma mère combien
je l'aimais. J'acceptai la première demande qu'elle me trans-
mit en l'approuvant, chargeant ainsi, à défaut de volonté, la
nécessité de me contraindre à changer de vie. Mon fiancé était
précisément le jeune homme qui, par son extrême intelligence,
sa douceur et son énergie, pouvait avoir sur moi la plus heureuse influence. Il était, de plus, décidé à habiter avec nous. Je
ne serais pas séparée de ma mère, ce qui eût été pour moi la
peine la plus cruelle.

Alors j'eus le courage de dire toutes mes fautes à mon confesseur. Je lui demandai si je devais le même aveu à mon fiancé.
Il eut la pitié de m'en détourner, mais me fit prêter le serment
de ne jamais retomber dans mes erreurs et me donna l'absolution. Les fleurs tardives que la joie fit éclore dans mon cœur
que je croyais à jamais stérile portèrent des fruits. La grâce de
Dieu, la grâce de la jeunesse, — où l'on voit tant de plaies se
refermer d'elles-mêmes par la vitalité de cet âge — m'avaient
guérie. Si, comme l'a dit saint Augustin, il est plus difficile
de redevenir chaste que de l'avoir été, je connus alors une
vertu difficile. Personne ne se doutait que je valais infiniment
mieux qu'avant et ma mère baisait chaque jour mon front
qu'elle n'avait jamais cessé de croire pur sans savoir qu'il était
régénéré. Bien plus, on me fit à ce moment, sur mon attitude
distraite, mon silence et ma mélancolie dans le monde, des
reproches injustes. Mais je ne m'en fâchais pas : le secret qui

IV

*To anyone who has lost what cannot be
   regained
Never, never!*
(Charles Baudelaire)[8]

The winter of my twentieth year, my mother's health, which
had never been vigorous, was strongly undermined. I learned
she had a weak heart, and while it was not serious, we needed
to avoid causing her any trouble. One of my uncles told me
that my mother wished to see me married. I was presented with
a precise, important duty. I was going to be able to show my
mother how much I loved her. I accepted the first proposal she
approvingly conveyed to me, thus assigning necessity, rather
than willpower, with the task of forcing me to change my life.
My fiancé was precisely the young man who, through his extreme intelligence, his gentleness, and his energy, could have
the most fortunate influence on me. Furthermore, he had decided to live with us. I would not be separated from my mother,
which would have been the cruelest of punishments for me.

  I then had the courage to tell my priest about all my sins. I
asked him if I owed my fiancé the same confession. He took
enough pity on me to dissuade me, but he made me swear to
never fall back down into sin, and he gave me absolution. The
late-blooming flowers that joy opened in my heart, which I
thought forever sterile, bore fruit. The grace of God, the grace
of youth—due to its vitality, so many wounds have been ob-
served to heal on their own—had cured me. If as Saint Au-
gustine put it, it is more difficult to regain chastity than to
have been chaste, I then knew how difficult virtue was. No
one suspected that I was now infinitely worthier than before,
and each day my mother kissed my forehead, which she had
never ceased to consider pure, without knowing it had been
regenerated. Moreover, during this period I received unjust
reproaches for my distracted attitude, my silence, and my
melancholy within high society. But they did not anger me:

était entre moi et ma conscience satisfaite me procurait assez de volupté. La convalescence de mon âme — qui me souriait maintenant sans cesse avec un visage semblable à celui de ma mère et me regardait avec un air de tendre reproche à travers ses larmes qui séchaient — était d'un charme et d'une langueur infinis. Oui, mon âme renaissait à la vie. Je ne comprenais pas moi-même comment j'avais pu la maltraiter, la faire souffrir, la tuer presque. Et je remerciais Dieu avec effusion de l'avoir sauvée à temps.

C'est l'accord de cette joie profonde et pure avec la fraîche sérénité du ciel que je goûtais le soir *où tout s'est accompli*. L'absence de mon fiancé, qui était allé passer deux jours chez sa sœur, la présence à dîner du jeune homme qui avait la plus grande responsabilité dans mes fautes passées, ne projetaient pas sur cette limpide soirée de mai la plus légère tristesse. Il n'y avait pas un nuage au ciel qui se reflétait exactement dans mon cœur. Ma mère, d'ailleurs, comme s'il y avait eu entre elle et mon âme, malgré qu'elle fût dans une ignorance absolue de mes fautes, une solidarité mystérieuse, était à peu près guérie. « Il faut la ménager quinze jours, avait dit le médecin, et après cela il n'y aura plus de rechute possible ! » Ces seuls mots étaient pour moi la promesse d'un avenir de bonheur dont la douceur me faisait fondre en larmes. Ma mère avait ce soir-là une robe plus élégante que de coutume, et, pour la première fois depuis la mort de mon père, déjà ancienne pourtant de dix ans, elle avait ajouté un peu de mauve à son habituelle robe noire. Elle était toute confuse d'être ainsi habillée comme quand elle était plus jeune, et triste et heureuse d'avoir fait violence à sa peine et à son deuil pour me faire plaisir et fêter ma joie. J'approchai de son corsage un œillet rose qu'elle repoussa d'abord, puis qu'elle attacha, parce qu'il venait de moi, d'une main un peu hésitante, honteuse. Au moment où on allait se mettre à table, j'attirai près de moi vers la fenêtre son visage délicatement reposé de ses souffrances passées, et je l'embrassai avec passion. Je m'étais trompée en disant que je n'avais jamais retrouvé la douceur du baiser aux Oublis. Le baiser de ce soir-là fut aussi doux qu'aucun autre.

the secret that was between me and my satisfied conscience brought me enough bliss. The convalescence of my soul—which now continuously smiled at me with a face similar to my mother's, and which contemplated me with an air of tender reproach, through its drying tears—was infinitely charming and languorous. Yes, my soul was being born to life again. I myself did not understand how I could have mistreated it, made it suffer, almost killed it. And I effusively thanked God for having saved it in time.

It was the harmony of that deep and pure joy with the fresh serenity of the sky that I savored on the evening when everything came to pass. The absence of my fiancé, who had left to spend two days at his sister's home, the presence at dinner of the young man who had the greatest responsibility for my past sins, did not project the slightest sadness onto that clear May evening. There was not a cloud in the sky that was exactly reflected in my heart. My mother, moreover, was almost cured, as if there were a mysterious solidarity between her and my soul, even though she was absolutely ignorant of my sins. "She must be treated with care for two weeks," the doctor had said, "and afterward, there will be no risk of a relapse!" These words alone were for me the promise of a happy future, whose sweetness made me burst into tears. That evening, my mother wore a more elegant dress than was customary for her, and for the first time since the death of my father, which had nonetheless occurred ten years earlier, she had added a touch of mauve to her usual black dress. She was quite embarrassed to be dressed in that way, as when she was younger, and both sad and happy to have forced herself, in spite of her pain and her mourning, in order to please me and to celebrate my joy. I brought near her bodice a pink carnation, which she pushed away at first, but which she then pinned on, because it came from me, with a slightly hesitant and embarrassed hand. When we were about to sit down for dinner, I drew her toward the window, close to me, and I passionately kissed her face, which had delicately recovered from its past suffering. I was mistaken when I said that I had never again found the sweetness of the kiss at Les Oublis. That evening's kiss was as sweet as any other.

Ou plutôt ce fut le baiser même des Oublis qui, évoqué par
l'attrait d'une minute pareille, glissa doucement du fond du
passé et vint se poser entre les joues de ma mère encore un peu
pâles et mes lèvres.

On but à mon prochain mariage. Je ne buvais jamais que de
l'eau à cause de l'excitation trop vive que le vin causait à mes
nerfs. Mon oncle déclara qu'à un moment comme celui-là,
je pouvais faire une exception. Je revois très bien sa figure
gaie en prononçant ces paroles stupides . . . Mon Dieu ! mon
Dieu ! j'ai tout confessé avec tant de calme, vais-je être obligée
de m'arrêter ici ? Je ne vois plus rien ! Si . . . mon oncle dit
que je pouvais bien à un moment comme celui-là faire une
exception. Il me regarda en riant en disant cela, je bus vite
avant d'avoir regardé ma mère dans la crainte qu'elle ne me
le défendît. Elle dit doucement : « On ne doit jamais faire une
place au mal, si petite qu'elle soit. » Mais le vin de Champagne était si frais que j'en bus encore deux autres verres. Ma
tête était devenue très lourde, j'avais à la fois besoin de me reposer et de dépenser mes nerfs. On se levait de table : Jacques
s'approcha de moi et me dit en me regardant fixement :

« Voulez-vous venir avec moi ; je voudrais vous montrer des
vers que j'ai faits. »

Ses beaux yeux brillaient doucement dans ses joues fraîches,
il releva lentement ses moustaches avec sa main. Je compris
que je me perdais et je fus sans force pour résister. Je dis toute
tremblante :

« Oui, cela me fera plaisir. »

Ce fut en disant ces paroles, avant même peut-être, en
buvant le second verre de vin de Champagne que je commis
l'acte vraiment responsable, l'acte abominable. Après cela,
je ne fis plus que me laisser faire. Nous avions fermé à clef les
deux portes, et lui, son haleine sur mes joues, m'étreignait,
ses mains furetant le long de mon corps. Alors tandis que le
plaisir me tenait de plus en plus, je sentais s'éveiller, au fond
de mon cœur, une tristesse et une désolation infinies ; il me
semblait que je faisais pleurer l'âme de ma mère, l'âme de
mon ange gardien, l'âme de Dieu. Je n'avais jamais pu lire
sans des frémissements d'horreur le récit des tortures que
des scélérats font subir à des animaux, à leur propre femme,

Or rather it was that same kiss from Les Oublis that, brought back by the attraction of a similar moment, softly slid from the depth of the past and came to rest between my mother's still slightly pale cheeks and my lips.

We raised a toast to my forthcoming marriage. I never drank anything but water due to the excessively strong excitement the wine brought to my nerves. My uncle declared that for such an occasion, I could make an exception. I can still see his cheerful face quite well as he uttered those stupid words . . . My God! My God! I've confessed everything with such calm; will I be forced to stop here? I can no longer see anything! Yes, I can . . . My uncle saying that for such an occasion, I could make an exception. He looked at me, laughing as he said that; I drank quickly, before looking at my mother, out of fear she might forbid it. She said softly: "One must never allow in evil, no matter how little space it takes up." But the champagne was so cool that I drank two more glasses. My head had become very heavy; I needed both to rest and to release my nervous tension. We left the table; Jacques came near me and said, while staring at me:

"Please come with me; I would like to show you a poem I wrote."

His beautiful eyes were shining softly above his fresh cheeks; he slowly outlined his mustache with his hand. I realized that I was disgracing myself and I had no strength to resist. I said, trembling:

"Yes, I'll enjoy that."

It was while saying these words, or perhaps even earlier, while drinking my second glass of champagne, that I committed the truly responsible act, the abominable act. After that, I merely let myself go. We had locked the two doors, and he embraced me, his breath on my cheeks, his hands groping my whole body. Then, while pleasure held me tighter and tighter, I felt an infinite sadness and desolation awaken in the depth of my heart; it seemed to me that I was making the soul of my mother—of my guardian angel, of God—cry. I had never been able to read without shivering in horror the accounts of the tortures that fiends inflict on animals, on their own wives,

à leurs enfants ; il m'apparaissait confusément maintenant que dans tout acte voluptueux et coupable il y a autant de férocité de la part du corps qui jouit, et qu'en nous autant de bonnes intentions, autant d'anges purs sont martyrisés et pleurent. Bientôt mes oncles auraient fini leur partie de cartes et allaient revenir. Nous allions les devancer, je ne faillirais plus, c'était la dernière fois . . . Alors, au-dessus de la cheminée, je me vis dans la glace. Toute cette vague angoisse de mon âme n'était pas peinte sur ma figure, mais toute elle respirait, des yeux brillants aux joues enflammées et à la bouche offerte, une joie sensuelle, stupide et brutale. Je pensais alors à l'horreur de quiconque m'ayant vue tout à l'heure embrasser ma mère avec une mélancolique tendresse, me verrait ainsi transfigurée en bête. Mais aussitôt se dressa dans la glace, contre ma figure, la bouche de Jacques, avide sous ses moustaches. Troublée jusqu'au plus profond de moi-même, je rapprochai ma tête de la sienne, quand en face de moi je vis, oui, je le dis comme cela était, écoutez-moi puisque je peux vous le dire, sur le balcon, devant la fenêtre, je vis ma mère qui me regardait hébétée. Je ne sais si elle a crié, je n'ai rien entendu, mais elle est tombée en arrière et est restée la tête prise entre les deux barreaux du balcon . . .

Ce n'est pas la dernière fois que je vous le raconte ; je vous l'ai dit, je me suis presque manquée, je m'étais pourtant bien visée, mais j'ai mal tiré. Pourtant on n'a pas pu extraire la balle et les accidents au cœur ont commencé. Seulement je peux rester encore huit jours comme cela et je ne pourrai cesser jusque-là de raisonner sur les commencements et de *voir* la fin. J'aimerais mieux que ma mère m'ait vue commettre d'autres crimes encore et celui-là même, mais qu'elle n'ait pas vu cette expression joyeuse qu'avait ma figure dans la glace. Non, elle n'a pu la voir . . . C'est une coïncidence . . . elle a été frappée d'apoplexie une minute avant de me voir . . . Elle ne l'a pas vue . . . Cela ne se peut pas ! Dieu qui savait tout ne l'aurait pas voulu.

on their children. It now confusedly appeared to me that in every lustful and guilty act there is as much ferocity from the body that is in ecstasy, and that inside us, as many good intentions, as many pure angels are martyred and weeping.

Soon my uncles would finish their card game and would return. We were going to arrive before them; I would never transgress again; it was the last time . . . Then, above the fireplace, I saw myself in the mirror. All that vague anguish of my soul was not painted on it, but my whole face radiated, from my shining eyes to my burning cheeks and my yielding lips, a sensual, stupid, and brutal joy. I then thought of the horror felt by anyone who, having previously seen me kiss my mother with melancholy tenderness, would now see me transfigured into a beast. But immediately there arose in the mirror, against my face, Jacques's mouth, ardent under his mustache. Troubled to the depths of my being, I brought my head near his, when in front of me I saw, yes, I tell it as it was, listen to me since I can tell you, on the balcony, in front of the window, I saw my mother who was watching me, in a daze. I don't know if she cried out, I heard nothing, but she fell backward and her head was caught between two bars of the railing . . .

This is not the last time I tell you the story; I told you, I almost missed myself, and yet I had aimed well at myself, but I shot badly. And yet the bullet could not be extracted, and the complications with my heart began. Only I can still last this way for a week, and all that time I won't be able to stop examining the beginning and *seeing* the end. I would have preferred it if my mother had seen me commit still other crimes, and even that one, so long as she didn't see that joyful expression of my face in the mirror. No, she couldn't have seen it . . . It was a coincidence . . . She had an apoplectic fit one minute before she saw me . . . She didn't see it . . . It can't be! God, who knew all, would not have wanted it.

UN DÎNER EN VILLE

« Mais, Fundanius, qui partageait avec vous
le bonheur de ce repas ? je suis en peine de le
savoir. »

HORACE

I

Honoré était en retard ; il dit bonjour aux maîtres de la maison, aux invités qu'il connaissait, fut présenté aux autres et on
passa à table. Au bout de quelques instants, son voisin, un tout
jeune homme, lui demanda de lui nommer et de lui raconter les invités. Honoré ne l'avait encore jamais rencontré dans
le monde. Il était très beau. La maîtresse de la maison jetait
à chaque instant sur lui des regards brûlants qui signifiaient
assez pourquoi elle l'avait invité et qu'il ferait bientôt partie de
sa société. Honoré sentit en lui une puissance future, mais sans
envie, par bienveillance polie, se mit en devoir de lui répondre. Il
regarda autour de lui. En face deux voisins ne se parlaient pas :
on les avait, par maladroite bonne intention, invités ensemble
et placés l'un près de l'autre parce qu'ils s'occupaient tous les
deux de littérature. Mais à cette première raison de se haïr,
ils en ajoutaient une plus particulière. Le plus âgé, parent —
doublement hypnotisé — de M. Paul Desjardins et de M. de
Vogüé, affectait un silence méprisant à l'endroit du plus jeune,

180

A HIGH SOCIETY DINNER

But Fundanius, I'm eager to know who
enjoyed the meal with you.
(Horace, *Satires*, II, 8)[1]

I

Honoré was late; he said hello to the host and hostess, to the
guests he knew; he was introduced to the others, and everyone
sat down for dinner. A few moments later, Honoré's neighbor, a
very young man, asked him to name and to describe the guests
for him. Honoré had never met him before in high society. He
was very handsome. The hostess was constantly darting ardent glances at him, which were sufficient to indicate why she
had invited him and that he would soon be a part of her social circle. Honoré perceived a future power in him, but even
though he had no desire to do so, he prepared to answer him,
out of polite benevolence. He looked around. Across the table,
two neighbors were not speaking to each other: they had been,
out of awkward good intentions, invited together and seated
next to each other because they were both involved in literature. But to this first reason to hate each other, they added a
more particular one. The oldest, a relative—doubly hypno-
tized—of Monsieur Paul Desjardins and of Monsieur de Vogüé,
affected a contemptuous silence toward the younger, who,

disciple favori de M. Maurice Barrès, qui le considérait à son tour avec ironie. La malveillance de chacun d'eux exagérait d'ailleurs bien contre son gré l'importance de l'autre, comme si l'on eût affronté le chef des scélérats au roi des imbéciles. Plus loin, une superbe Espagnole mangeait rageusement. Elle avait sans hésiter et en personne sérieuse sacrifié ce soir-là un rendezvous à la probabilité d'avancer, en allant dîner dans une maison élégante, sa carrière mondaine. Et certes, elle avait beaucoup de chances d'avoir bien calculé. Le snobisme de Mme Fremer était pour ses amies et celui de ses amies était pour elle comme une assurance mutuelle contre l'embourgeoisement. Mais le hasard avait voulu que Mme Fremer écoulât précisément ce soir-là un stock de gens qu'elle n'avait pu inviter à ses dîners, à qui, pour des raisons différentes, elle tenait à faire des politesses, et qu'elle avait réunis presque pêle-mêle. Le tout était bien surmonté d'une duchesse, mais que l'Espagnole connaissait déjà et dont elle n'avait plus rien à tirer. Aussi échangeait-elle des regards irrités avec son mari dont on entendait toujours, dans les soirées, la voix gutturale dire successivement, en laissant entre chaque demande un intervalle de cinq minutes bien remplies par d'autres besognes : « Voudriez-vous me présenter au duc ? — Monsieur le duc, voudriez-vous me présenter à la duchesse ? Madame la duchesse, puis-je vous présenter ma femme ? » Exaspéré de perdre son temps, il s'était pourtant résigné à entamer la conversation avec son voisin, l'associé du maître de la maison. Depuis plus d'un an Fremer suppliait sa femme de l'inviter. Elle avait enfin cédé et l'avait dissimulé entre le mari de l'Espagnole et un humaniste. L'humaniste, qui lisait trop, mangeait trop. Il avait des citations et des renvois et ces deux incommodités répugnaient également à sa voisine, une noble roturière, Mme Lenoir. Elle avait vite amené la conversation sur les victoires du prince de Buivres au Dahomey et disait d'une voix attendrie : « Cher enfant, comme cela me réjouit qu'il honore la famille ! » En effet, elle était cousine des Buivres, qui, tous plus jeunes qu'elle, la traitaient

as a favorite disciple of Monsieur Maurice Barrès,[2] in turn considered him with irony. The malevolence of each of them tended to exaggerate—quite involuntarily, moreover—the importance of the other, as if the chieftain of fiends were confronted with the king of imbeciles. Further away, a superb Spanish woman was eating furiously. That evening she had, with no hesitation and as a serious person, sacrificed an assignation to the probability of furthering her social career, by dining in an elegant house. And of course, her odds of having well calculated were high. Madame Fremer's snobbery was for her friends, as her friends' snobbery was for her, a sort of mutual insurance against the risk of becoming bourgeois. But as chance would have it, Madame Fremer was clearing, precisely that evening, her stock of people she had been unable to invite to her dinners, people to whom, for various reasons, she insisted on being polite, and whom she had gathered almost haphazardly. The whole event was topped with a duchess, but the Spanish woman already knew her and could get nothing more out of her. Therefore, she was exchanging irritated glances with her husband, whose guttural voice could always be heard, at evening parties, successively saying, while allowing between each request a five-minute-interval that was quite filled with other chores: "Would you introduce me to the duke?—Monsieur le duc, would you introduce me to the duchess?—Madame la duchesse, may I introduce my wife?" Exasperated at wasting his time, he had nevertheless resigned himself to starting a conversation with his neighbor, the host's business partner. For over a year, Fremer had been begging his wife to invite him. She had finally yielded and hidden him away between the Spanish woman's husband and a humanist. This humanist, who read too much, ate too much. He quoted and belched, and these two inconveniences were equally repugnant to his neighbor, a noble commoner, Madame Lenoir. Having quickly steered the conversation toward the victories of the Prince de Buivres in Dahomey,[3] she said, her voice filled with emotion: "The dear boy, how delighted I am that he is honoring our family!" She was indeed a cousin of the Buivres, all of whom, being younger than her, treated

avec la déférence que lui valaient son âge, son attachement
à la famille royale, sa grande fortune et la constante stérilité
de ses trois mariages. Elle avait reporté sur tous les Buivres
ce qu'elle pouvait éprouver de sentiments de famille. Elle res-
sentait une honte personnelle des vilenies de celui qui avait
un conseil judiciaire, et, autour de son front bien-pensant, sur
ses bandeaux orléanistes, portait naturellement les lauriers
de celui qui était général. Intruse dans cette famille jusque-là
si fermée, elle en était devenue le chef et comme la douairière.
Elle se sentait réellement exilée dans la société moderne, parlait toujours avec attendrissement des « vieux gentilshommes
d'autrefois ». Son snobisme n'était qu'imagination et était
d'ailleurs toute son imagination. Les noms riches de passé et
de gloire ayant sur son esprit sensible un pouvoir singulier, elle
trouvait des jouissances aussi désintéressées à dîner avec des
princes qu'à lire des mémoires de l'Ancien Régime. Portant
toujours les mêmes raisins, sa coiffure était invariable comme
ses principes. Ses yeux pétillaient de bêtise. Sa figure souriante était noble, sa mimique excessive et insignifiante. Elle
avait, par confiance en Dieu, une même agitation optimiste la
veille d'une garden party ou d'une révolution, avec des gestes
rapides qui semblaient conjurer le radicalisme ou le mauvais
temps. Son voisin l'humaniste lui parlait avec une élégance
fatigante et avec une terrible facilité à formuler ; il faisait
des citations d'Horace pour excuser aux yeux des autres et
poétiser aux siens sa gourmandise et son ivrognerie. D'invisibles roses antiques et pourtant fraîches ceignaient son front
étroit. Mais d'une politesse égale et qui lui était facile, parce
qu'elle y voyait l'exercice de sa puissance et le respect, rare
aujourd'hui, des vieilles traditions, Mme Lenoir parlait toutes
les cinq minutes à l'associé de M. Fremer. Celui-ci d'ailleurs
n'avait pas à se plaindre. De l'autre bout de la table, Mme
Fremer lui adressait les plus charmantes flatteries. Elle voulait que ce dîner comptât pour plusieurs années, et, décidée à
ne pas évoquer d'ici longtemps ce trouble-fête, elle l'enterrait
sous les fleurs. Quant à M. Fremer, travaillant le jour à sa
banque, et, le soir, traîné par sa femme dans le monde ou

her with a deference befitting her age, her attachment to the
royal family, her large fortune, and the constant childlessness
of her three marriages. She had transferred to all the Buivres
whatever familial sentiments she could have. She felt personal
shame for the vileness of the family member who had a legal
guardian, and, over her self-righteous forehead and her mon-
archist headband,[4] naturally wore the laurels of the one who
was a general. An intruder in this previously tightly closed
family, she had become its head and something like its dowager. She really felt exiled in modern society, and always spoke
with emotion of the "old noblemen of yesteryear." Her snobbery was nothing but imagination; it was, moreover, the entirety of her imagination. Since names that were rich in history
and glory had a singular power over her sensitive soul, she
found as much unselfish pleasure in dining with princes as in
reading aristocratic memoirs. Always adorned with the same
grapevines, her hairstyle was as invariable as her principles.
Her eyes sparkled with idiocy. Her smiling face was noble, her
expressions and gestures excessive and insignificant. She had,
out of trust in God, the same level of optimistic anticipation
on the day before a garden party or a revolution, with quick
gestures that seemed to ward off radicalism or bad weather.
Her neighbor, the humanist, spoke to her with tiresome elegance and with dreadful ease of expression; he quoted Horace
to excuse his gluttony and drunkenness in the eyes of others
and to poeticize them in his own eyes. Invisibles roses from
antiquity, which were nonetheless fresh, encircled his narrow
forehead. However, with equal politeness that came easily to
her, because she saw it as exercising her power and showing
respect for old traditions (a rare thing these days), Madame
Lenoir spoke every five minutes to Monsieur Fremer's business partner. He, moreover, had nothing to complain about.
From the other end of the table, Madame Fremer sent him the
most charming flattery. She wanted this dinner to be remembered for several years, and, determined to avoid mention-
ing the killjoy for a long time thereafter, she buried him with
flowery praise. As for Monsieur Fremer, working at his bank
during the day, and in the evening, dragged by his wife to high

retenu chez lui quand on recevait, toujours prêt à tout dévorer, toujours muselé, il avait fini par garder dans les circonstances les plus indifférentes une expression mêlée d'irritation sourde, de résignation boudeuse, d'exaspération contenue et d'abrutissement profond. Pourtant, ce soir, elle faisait place sur la figure du financier à une satisfaction cordiale toutes les fois que ses regards rencontraient ceux de son associé. Bien qu'il ne pût le souffrir dans l'habitude de la vie, il se sentait pour lui des tendresses fugitives, mais sincères, non parce qu'il l'éblouissait facilement de son luxe, mais par cette même fraternité vague qui nous émeut à l'étranger à la vue d'un Français, même odieux. Lui, si violemment arraché chaque soir à ses habitudes, si injustement privé du repos qu'il avait mérité, si cruellement déraciné, il sentait un lien, habituellement détesté, mais fort, qui le rattachait enfin à quelqu'un et le prolongeait, pour l'en faire sortir, au-delà de son isolement farouche et désespéré. En face de lui, Mme Fremer mirait dans les yeux charmés des convives sa blonde beauté. La double réputation dont elle était environnée était un prisme trompeur au travers duquel chacun essayait de distinguer ses traits véritables. Ambitieuse, intrigante, presque aventurière, au dire de la finance qu'elle avait abandonnée pour des destinées plus brillantes, elle apparaissait au contraire aux yeux du Faubourg et de la famille royale qu'elle avait conquis comme un esprit supérieur, un ange de douceur et de vertu. Du reste, elle n'avait pas oublié ses anciens amis plus humbles, se souvenait d'eux surtout quand ils étaient malades ou en deuil, circonstances touchantes, où d'ailleurs, comme on ne va pas dans le monde, on ne peut se plaindre de n'être pas invité. Par là elle donnait leur portée aux élans de sa charité, et dans les entretiens avec les parents ou les prêtres aux chevets des mourants, elle versait des larmes sincères, tuant un à un les remords qu'inspirait sa vie trop facile à son cœur scrupuleux.

Mais la plus aimable convive était la jeune duchesse de D . . . , dont l'esprit alerte et clair, jamais inquiet ni troublé,

society events or confined at home when they entertained, always ready to devour everything, always muzzled, he ended up maintaining, even in the most ordinary circumstances, an expression that blended subdued irritation, sulking resignation, suppressed exasperation, and profound mindlessness. And yet, that evening, that expression was replaced on the financier's face by a cordial satisfaction every time his gaze met that of his business partner. Even though he could not put up with him in everyday life, he felt momentary but sincere fondness for him, not because he could easily dazzle him with the luxury of his home, but out of that same vague sense of brotherhood that stirs us when we are abroad and meet a Frenchman, even an unbearable one. Monsieur Fremer, so violently torn each evening from his habits, so unjustly deprived of the rest he deserved, so cruelly uprooted, felt a link, usually despised, but strong, which finally connected him to someone, and which extended him, thus drawing him out, beyond his fierce and desperate isolation. In front of him, Madame Fremer gazed at her blond beauty, reflected in the charmed eyes of the guests. The double reputation surrounding her was a deceptive prism through which everyone tried to discern her real features. Ambitious, scheming, almost an adventuress, according to the world of finance, which she had abandoned for a more brilliant destiny, she seemed on the contrary to be, in the eyes of the aristocracy and the royal family, whose conquest she had made, a superior soul, an angel of sweetness and virtue. Furthermore, she had not forgotten her older, humbler friends; she remembered them especially when they were sick or in mourning, touching circumstances, in which, moreover, since we don't go to high society events, we can't complain about not being invited. She thus gave her charitable impulse all its significance, and during her conversations with relatives or priests at the bedsides of the sick and dying, she shed sincere tears, thus killing one by one the feelings of remorse that her excessively easy life inspired in her scrupulous heart.

But the most pleasant guest was the young Duchess de D., whose alert and clear mind, never worried nor troubled,

contrastait si étrangement avec l'incurable mélancolie de ses
beaux yeux, le pessimisme de ses lèvres, l'infinie et noble lassitude de ses mains. Cette puissante amante de la vie sous
toutes ses formes, bonté, littérature, théâtre, action, amitié,
mordait sans les flétrir, comme une fleur dédaignée, ses belles
lèvres rouges, dont un sourire désenchanté relevait faiblement
les coins. Ses yeux semblaient promettre un esprit à jamais
chaviré sur les eaux malades du regret. Combien de fois, dans
la rue, au théâtre, des passants songeurs avaient allumé leur
rêve à ces astres changeants ! Maintenant la duchesse, qui
se souvenait d'un vaudeville ou combinait une toilette, n'en
continuait pas moins à étirer tristement ses nobles phalanges
résignées et pensives, et promenait autour d'elle des regards
désespérés et profonds qui noyaient les convives impression-
nables sous les torrents de leur mélancolie. Sa conversation
exquise se parait négligemment des élégances fanées et si
charmantes d'un scepticisme déjà ancien. On venait d'avoir
une discussion, et cette personne si absolue dans la vie et qui
estimait qu'il n'y avait qu'une manière de s'habiller répétait à
chacun : « Mais, pourquoi est-ce qu'on ne peut pas tout dire,
tout penser ? Je peux avoir raison, vous aussi. Comme c'est
terrible et étroit d'avoir une opinion. » Son esprit n'était pas
comme son corps, habillé à la dernière mode, et elle plaisantait aisément les symbolistes et les croyants. Mais il en était
de son esprit comme de ces femmes charmantes qui sont assez
belles et vives pour plaire vêtues de vieilleries. C'était peut-
être d'ailleurs coquetterie voulue. Certaines idées trop crues
auraient éteint son esprit comme certaines couleurs qu'elle
s'interdisait son teint.

À son joli voisin, Honoré avait donné de ces différentes
figures une esquisse rapide et si bienveillante que, malgré
leurs différences profondes, elles semblaient toutes pareilles,
la brillante Mme de Torreno, la spirituelle duchesse de D . . .,
la belle Mme Lenoir. Il avait négligé leur seul trait commun,
ou plutôt la même folie collective, la même épidémie régn-
ante dont tous étaient atteints, le snobisme. Encore, selon
leurs natures, affectait-il des formes bien différentes et il y
avait loin du snobisme imaginatif et poétique de Mme Lenoir

contrasted so strangely with the incurable melancholy of her beautiful eyes, the pessimism of her lips, the infinite and noble lassitude of her hands. This powerful lover of life in all its forms—kindness, literature, theater, action, friendship—was biting without withering them, like a disdained flower, her beautiful red lips, the corners of which were raised by a disenchanted smile. Her eyes seemed to promise a mind forever capsized in the sickly waters of regret. How many times, in the street, at the theater, had the dreams of pensive passersby been brightened by those unpredictable stars! Now the Duchess, while remembering a vaudeville or picturing a dress, nevertheless continued to stretch sadly her noble, resigned, and pensive fingers and to cast in all directions desperate and profound glances that drowned the impressionable guests in torrents of melancholy. Her exquisite conversation was negligently adorned with the faded and so charming elegance of an already ancient skepticism. We had just had a discussion, and this person, who was so absolute in life and who felt there was only one way to dress, repeated to everyone: "But why can't we say everything, think everything? I can be right, as can you. How terrible and narrow it is to have one opinion." Her mind was not like her body, dressed according to the latest fashion; and she easily teased the symbolists and the believers. But her mind was much like those charming women who are sufficiently beautiful and vivacious to remain attractive, even while wearing old clothes. Besides, it was perhaps a deliberate form of flirtatiousness. Certain ideas that were too crude would have been deadening for her mind, like certain colors (which she prohibited for herself) for her complexion.

To his handsome neighbor, Honoré had provided an outline of these various figures that was so quick and benign that, in spite of their profound differences, they all seemed alike, the brilliant Madame de Torreno, the spiritual Duchess de D., the beautiful Madame Lenoir. He had neglected their only common feature, or rather the same collective madness, the same prevailing epidemic that afflicted them all, snobbery. Although it did take quite different forms, in accordance with each person's nature, and there was a wide distance between Madame Lenoir's imaginative and poetic snobbery and

au snobisme conquérant de Mme de Torreno, avide comme
un fonctionnaire qui veut arriver aux premières places. Et
pourtant, cette terrible femme était capable de se réhumani-
ser. Son voisin venait de lui dire qu'il avait admiré au parc
Monceau sa petite fille. Aussitôt elle avait rompu son silence
indigné. Elle avait éprouvé pour cet obscur comptable une
sympathie reconnaissante et pure qu'elle eût été peut-être
incapable d'éprouver pour un prince, et maintenant ils causaient comme de vieux amis.

Mme Fremer présidait aux conversations avec une satisfaction visible causée par le sentiment de la haute mission qu'elle
accomplissait. Habituée à présenter les grands écrivains aux
duchesses, elle semblait, à ses propres yeux, une sorte de mi-
nistre des Affaires étrangères tout-puissant et qui même dans
le protocole portait un esprit souverain. Ainsi un spectateur
qui digère au théâtre voit au-dessous de lui puisqu'il les juge,
artistes, public, auteur, règles de l'art dramatique, génie. La
conversation allait d'ailleurs d'une allure assez harmonieuse.
On en était arrivé à ce moment des dîners où les voisins touchent
le genou des voisines ou les interrogent sur leurs préférences
littéraires selon les tempéraments et l'éducation, selon la voisine surtout. Un instant, un accroc parut inévitable. Le beau
voisin d'Honoré ayant essayé avec l'imprudence de la jeunesse
d'insinuer que dans l'œuvre de Heredia il y avait peut-être
plus de pensée qu'on ne le disait généralement, les convives
troublés dans leurs habitudes d'esprit prirent un air morose.
Mais Mme Fremer s'étant aussitôt écriée : « Au contraire, ce
ne sont que d'admirables camées, des émaux somptueux', des
orfèvreries sans défaut », l'entrain et la satisfaction reparurent
sur tous les visages. Une discussion sur les anarchistes fut plus
grave. Mais Mme Fremer, comme s'inclinant avec résignation
devant la fatalité d'une loi naturelle, dit lentement : « À quoi
bon tout cela ? il y aura toujours des riches et des pauvres. »
Et tous ces gens dont le plus pauvre avait au moins cent mille
livres de rente, frappés de cette vérité, délivrés de leurs scrupules, vidèrent avec une allégresse cordiale leur dernière coupe
de vin de Champagne.

Madame de Torreno's conquering form of snobbery, as grasping as a civil servant who wants to reach the top ranks. And yet, this terrible woman was capable of re-humanizing herself. Her neighbor had just told her that he had admired her little daughter at the Parc Monceau. She instantly suspended her indignant silence. She felt for this obscure accountant a grateful and pure affection, which she would perhaps have been incapable of feeling for a prince, and now they were chatting like old friends.

Madame Fremer presided over the conversations with visible satisfaction, caused by her sense of the high mission she was accomplishing. Accustomed to introducing great writers to duchesses, she seemed, in her own eyes, to be a sort of all-powerful Minister of Foreign Affairs, who displayed a sovereign spirit even in ceremonial settings. Similarly, a spectator who is digesting at the theater perceives as beneath him, since he judges them, the actors, the audience, the author, the rules of dramatic art, and genius. The conversation was, moreover, going at a rather harmonious pace. The dinner had reached the point the men touch the women's knees or ask them about their literary preferences, depending on the temperament and education, especially depending on the woman. For one moment, a snag seemed inevitable. Since Honoré's handsome neighbor had attempted, with the imprudence of youth, to insinuate that in the works of Heredia[5] there was perhaps more thought than was generally acknowledged, the guests, disturbed in their habits of thinking, displayed a morose attitude. But since Madame Fremer immediately exclaimed, "On the contrary, they are nothing but admirable cameos, sumptuous enamel, flawless works of silver and gold," liveliness and satisfaction reappeared on all the faces. A discussion about anarchists took a more serious turn. But Madame Fremer, as if she were resignedly accepting the inevitability of a law of nature, said slowly: "What's the point of all this? There will always be the rich and the poor." And all these people, the poorest of whom had a private income of at least one hundred thousand pounds, having been struck by this truth and freed from their scruples, emptied with cordial cheerfulness their last glass of champagne.

II

Après dîner

Honoré, sentant que le mélange des vins lui avait un peu tourné la tête, partit sans dire adieu, prit en bas son pardessus et commença à descendre à pied les Champs-Élysées. Il se sentait une joie extrême. Les barrières d'impossibilité qui ferment à nos désirs et à nos rêves le champ de la réalité étaient rompues et sa pensée circulait joyeusement à travers l'irréalisable en s'exaltant de son propre mouvement.

Les mystérieuses avenues qu'il y a entre chaque être humain et au fond desquelles se couche peut-être chaque soir un soleil insoupçonné de joie ou de désolation l'attiraient. Chaque personne à qui il pensait lui devenait aussitôt irrésistiblement sympathique, il prit tour à tour les rues où il pouvait espérer de rencontrer chacune, et si ses prévisions s'étaient réalisées, il eût abordé l'inconnu ou l'indifférent sans peur, avec un tressaillement doux. Par la chute d'un décor planté trop près, la vie s'étendait au loin devant lui dans tout le charme de sa nouveauté et de son mystère, en paysages amis qui l'invitaient. Et le regret que ce fût le mirage ou la réalité d'un seul soir le désespérait, il ne ferait plus jamais rien d'autre que de dîner et de boire aussi bien, pour revoir d'aussi belles choses. Il souffrait seulement de ne pouvoir atteindre immédiatement tous les sites qui étaient disposés çà et là dans l'infini de sa perspective, loin de lui. Alors il fut frappé du bruit de sa voix un peu grossie et exagérée qui répétait depuis un quart d'heure : « La vie est triste, c'est idiot » (ce dernier mot était souligné d'un geste sec du bras droit et il remarqua le brusque mouvement de sa canne). Il se dit avec tristesse que ces paroles machinales étaient une bien banale traduction de pareilles visions qui, pensa-t-il, n'étaient peut-être pas exprimables.

« Hélas ! sans doute l'intensité de mon plaisir ou de mon regret est seule centuplée, mais le contenu intellectuel en reste le même. Mon bonheur est nerveux, personnel, intraduisible à d'autres, et si j'écrivais en ce moment, mon style aurait les mêmes qualités, les mêmes défauts, hélas ! la même médiocrité

II

After Dinner

Honoré, feeling that the mixture of wines was making his head spin a little, left without saying goodbye, picked up his overcoat downstairs and started to walk down the Champs-Élysées. He felt extremely joyful. The barriers of impossibility, which close off the field of reality to our desires and dreams, were broken, and his thoughts were moving joyfully through the unachievable, exalted by their own impetus.

The mysterious avenues that exist between all human beings, and at the ends of which an unsuspected sun of joy or desolation might set every evening, attracted him. Each person he thought of instantly became irresistibly likeable; one after the other, he went down the streets where he could hope to meet each one of them, and if his expectations had come true, he would have approached the unknown or indifferent person with no fear and with a sweet thrill. Due to the collapse of theatrical scenery that had been set too close by, life was stretching out far ahead of him, in all the charm of its newness and mystery, as if friendly landscapes were inviting him. And the regret this was the mirage or the reality of only one evening drove him to despair; he would never again do anything other than eat and drink as well, to see such beautiful things. He suffered only because he was unable to reach immediately all the places that were arranged here and there in the infinity of his view, far from him. Then he was struck by the noise of his own voice, a bit loud and exaggerated, which had been repeating for fifteen minutes: "Life is sad, it's idiotic" (this last word was underlined by a sharp gesture of his right arm, and he noticed the abrupt movement of his cane). He sadly told himself that these mechanically spoken words were a quite ordinary translation of similar visions that, so he thought, could perhaps not be expressed.

"Alas! No doubt only the intensity of my pleasure or my regret is multiplied a hundredfold, but its intellectual content remains the same. My happiness is nervous, personal, untranslatable to others, and if I wrote at this very moment, my style would have the same qualities, the same defects, alas, the same mediocrity

que d'habitude. » Mais le bien-être physique qu'il éprouvait le garda d'y penser plus longtemps et lui donna immédiatement la consolation suprême, l'oubli. Il était arrivé sur les boulevards. Des gens passaient, à qui il donnait sa sympathie, certain de la réciprocité. Il se sentait leur glorieux point de mire ; il ouvrit son paletot pour qu'on vît la blancheur de son habit, qui lui seyait, et l'œillet rouge sombre de sa boutonnière. Tel il s'offrait à l'admiration des passants, à la tendresse dont il était avec eux en voluptueux commerce.

as usual." But the physical well-being he felt kept him from thinking in that way much longer and immediately gave him the supreme consolation, forgetfulness. He had reached the boulevards. People were going by, to whom he gave his amicability, being certain that it would be reciprocated. He felt he was the glorious center of attention; he unbuttoned his overcoat so that the whiteness of his formal attire could be seen; it was very becoming, as was the dark red carnation on his lapel. In this way he offered himself up to the admiration of passersby, and to the tenderness he so voluptuously exchanged with them.

LES REGRETS:
RÊVERIES COULEUR DU TEMPS

« La manière de vivre du poète devrait être si
simple que les influences les plus ordinaires le
réjouissent, sa gaieté devrait pouvoir être le
fruit d'un rayon de soleil, l'air devrait suffire
pour l'inspirer et l'eau devrait suffire pour
l'enivrer. »

EMERSON

I

Tuileries

Au jardin des Tuileries, ce matin, le soleil s'est endormi tour
à tour sur toutes les marches de pierre comme un adolescent
blond dont le passage d'une ombre interrompt aussitôt
le somme léger. Contre le vieux palais verdissent de jeunes
pousses. Le souffle du vent charmé mêle au parfum du passé
la fraîche odeur des lilas. Les statues qui sur nos places pu-
bliques effrayent comme des folles, rêvent ici dans les char-
milles comme des sages sous la verdure lumineuse qui protège
leur blancheur. Les bassins au fond desquels se prélasse le ciel
bleu luisent comme des regards. De la terrasse du bord de

REGRETS: DAYDREAMS
IN THE COLOR OF TIME

*So the poet's habit of living should be set on a
key so low that the common influences should
delight him. His cheerfulness should be the gift
of the sunlight; the air should suffice for his
inspiration, and he should be tipsy with water.*
(Ralph Waldo Emerson, *Essays: Second Series*, I.
"The Poet")

I

The Tuileries Gardens

At the Tuileries Gardens, this morning, the sun successively
fell asleep on each of the stone steps, like a blond teenager
whose light sleep is instantly interrupted by the passing of a
shadow. Against the old palace, young sprouts are greening.
The breath of the charmed wind blends into the fragrance of
the past the fresh scent of lilacs. The statues that, in our public
squares, are as frightening as madwomen, here dream in the
arbors, like sages under the luminous greenery that protects
their whiteness. The basins, in the depths of which the blue
sky is luxuriating, shine like gazes. From the terrace on the

l'eau, on aperçoit, sortant du vieux quartier du quai d'Orsay, sur l'autre rive et comme dans un autre siècle, un hussard qui passe. Les liserons débordent follement des vases couronnés de géraniums. Ardent de soleil, l'héliotrope brûle ses parfums. Devant le Louvre s'élancent des roses trémières, légères comme des mâts, nobles et gracieuses comme des colonnes, rougissantes comme des jeunes filles. Irisés de soleil et soupirant d'amour, les jets d'eau montent vers le ciel. Au bout de la Terrasse, un cavalier de pierre lancé sans changer de place dans un galop fou, les lèvres collées à une trompette joyeuse, incarne toute l'ardeur du Printemps.

Mais le ciel s'est assombri, il va pleuvoir. Les bassins, où nul azur ne brille plus, semblent des yeux vides de regards ou des vases pleins de larmes. L'absurde jet d'eau, fouetté par la brise, élève de plus en plus vite vers le ciel son hymne maintenant dérisoire. L'inutile douceur des lilas est d'une tristesse infinie. Et là-bas, la bride abattue, ses pieds de marbre excitant d'un mouvement immobile et furieux le galop vertigineux et fixé de son cheval, l'inconscient cavalier trompette sans fin sur le ciel noir.

II

Versailles

« Un canal qui fait rêver les plus grands
parleurs sitôt qu'ils s'en approchent et où je
suis toujours heureux, soit que je sois joyeux,
soit que je sois triste. »
Lettre de Balzac à M. de Lamothe-Aigron

L'automne épuisé, plus même réchauffé par le soleil rare, perd une à une ses dernières couleurs. L'extrême ardeur de ses feuillages, si enflammés que toute l'après-midi et la matinée elle-même donnaient la glorieuse illusion du couchant, s'est éteinte. Seuls, les dahlias, les œillets d'Inde et les

edge of the water, a hussar can be seen riding by,[1] coming out of the old neighborhood of the Quai d'Orsay, on the opposite bank and as if in another century. The morning glories overflow wildly from the vases, which are crowned with geraniums. Blazing with sunlight, the heliotrope burns its fragrances. In front of the Louvre, hollyhocks soar upward, as light as masts, as noble and gracious as columns, and blushing like young girls. Iridescent with sunlight and sighing with love, the water jets climb toward the sky. At the far end of the terrace, a stone horseman, galloping furiously without moving, his lips glued to a joyful trumpet, embodies all the ardor of Spring.

But the sky has darkened; it's going to rain. The basins, where no azure shines any more, seem to be eyes empty of gazes or vases filled with tears. The absurd water jet, whipped around by the wind, raises faster and faster toward the sky its now insignificant hymn. The useless sweetness of the lilacs is infinitely sad. And over there, riding at breakneck speed, his marble feet urging on, with an immobile and furious motion, the dizzying and stationary gallop of his horse, the unaware horseman endlessly blasts his trumpet against the black sky.

II

Versailles

A canal that makes the greatest conversation-alists dream as soon as they come near, and where I am always contented, whether I am joyful or sad.
(Guez de Balzac,[2] Letter to Monsieur de Lamothe-Aigron)

The exhausted autumn, no longer even warmed by the rare sunlight, is losing its last colors one by one. The extreme ardor of its foliage, so fiery that the whole afternoon and the morning itself provided the glorious illusion of sunset, has been extinguished. Only the dahlias, the French marigolds, and the

chrysanthèmes jaunes, violets, blancs et roses, brillent encore
sur la face sombre et désolée de l'automne. À six heures du soir,
quand on passe par les Tuileries uniformément grises et nues
sous le ciel aussi sombre, où les arbres noirs décrivent branche
par branche leur désespoir puissant et subtil, un massif soudain
aperçu de ces fleurs d'automne luit richement dans l'obscurité
et fait à nos yeux habitués à ces horizons en cendres une violence voluptueuse. Les heures du matin sont plus douces. Le
soleil brille encore parfois, et je peux voir encore en quittant la
terrasse du bord de l'eau, au long des grands escaliers de pierre,
mon ombre descendre une à une les marches devant moi. Je ne
voudrais pas vous prononcer ici après tant d'autres,* Versailles,
grand nom rouillé et doux, royal cimetière de feuillages, de vastes
eaux et de marbres, lieu véritablement aristocratique et démo-
ralisant, où ne nous trouble même pas le remords que la vie de
tant d'ouvriers n'y ait servi qu'à affiner et qu'à élargir moins les
joies d'un autre temps que la mélancolie du nôtre. Je ne voudrais
pas vous prononcer après tant d'autres, et pourtant que de fois,
à la coupe rougie de vos bassins de marbre rose, j'ai été boire
jusqu'à la lie et jusqu'à délirer l'enivrante et amère douceur de
ces suprêmes jours d'automne. La terre mêlée de feuilles fanées
et de feuilles pourries semblait au loin une jaune et violette mo-
saïque ternie. En passant près du hameau, en relevant le col de
mon paletot contre le vent, j'entendis roucouler des colombes.
Partout l'odeur du buis, comme au dimanche des Rameaux,
enivrait. Comment ai-je pu cueillir encore un mince bouquet de
printemps, dans ces jardins saccagés par l'automne. Sur l'eau, le
vent froissait les pétales d'une rose grelottante. Dans ce grand
effeuillement de Trianon, seule la voûte légère d'un petit pont de
géranium blanc soulevait au-dessus de l'eau glacée ses fleurs à
peine inclinées par le vent. Certes, depuis que j'ai respiré le vent
du large et le sel dans les chemins creux de Normandie, depuis
que j'ai vu briller la mer à travers les branches de rhododendrons
en fleurs, je sais tout ce que le voisinage des eaux peut ajouter
aux grâces végétales. Mais quelle pureté plus virginale en ce

---

* Et particulièrement après MM. Maurice Barrès, Henri de Régnier, Robert de Mon-
tesquiou-Fezensac.

yellow, violet, white, and pink chrysanthemums still shine on
the somber and desolate face of autumn. At six in the evening,
when one walks through the Tuileries Gardens, uniformly
gray and naked under an equally gloomy sky, where the black
trees describe, one branch at a time, their powerful and subtle
despair, a suddenly visible bed of these autumn flowers magnificently gleams in the dark and inflicts a voluptuous violence to our eyes, accustomed to ashen horizons. The morning hours are gentler. Sometimes the sun still shines, and I can
still see, when leaving the terrace at the edge of the water, all
along the vast stone stairways, my shadow going down the
steps, one by one, in front of me. I am reluctant to pronounce
your name here, after so many others,[3] Versailles, your re-
nowned name, rusty and sweet, a royal cemetery of foliage,
of vast water and marble, a truly aristocratic and depressing
place, where we are not even troubled by the remorse that the
lives of so many workers served only to refine and broaden,
not so much the joys of another era as the melancholy of our
own. I am reluctant to pronounce your name, after so many
others, and yet how many times, from the reddened cup of
your pink marble basins, have I drunk to the dregs and to
a point of delirium the intoxicating bittersweetness of these
supreme days of autumn. The earth, mixed with faded leaves
and rotting leaves, seemed in the distance to be a tarnished
yellow and violet mosaic. While walking near the *hameau*,[4]
as I pulled up the collar of my overcoat because of the wind,
I heard doves cooing. Everywhere the scent of blessed palms,
as on Palm Sunday, was intoxicating. How was I still able to
pick a slender spring bouquet, in these gardens devastated by
autumn? On the water, the wind was creasing the petals of
a shivering rose. In this great shedding of leaves at Trianon,
only the light arch of a small bridge of white geraniums lifted
above the freezing water its flowers, which were barely tilted
by the wind. Of course, since I breathed in the sea breeze and
the salt air of the sunken roads of Normandy, since I saw the
sea glistening through the branches of blooming rhododendrons, I know how much the closeness of water can add to the
beauty of vegetation. But there is such virginal purity in this

doux géranium blanc, penché avec une retenue gracieuse sur les eaux frileuses entre leurs quais de feuilles mortes. Ô vieillesse argentée des bois encore verts, ô branches éplorées, étangs et pièces d'eau qu'un geste pieux a posés çà et là, comme des urnes offertes à la mélancolie des arbres !

III

Promenade

Malgré le ciel si pur et le soleil déjà chaud, le vent soufflait encore aussi froid, les arbres restaient aussi nus qu'en hiver. Il me fallut, pour faire du feu, couper une de ces branches que je croyais mortes et la sève en jaillit, mouillant mon bras jusqu'au coude et dénonçant, sous l'écorce glacée de l'arbre, un cœur tumultueux. Entre les troncs, le sol nu de l'hiver s'emplissait d'anémones, de coucous et de violettes, et les rivières, hier encore sombres et vides, de ciel tendre, bleu et vivant qui s'y prélassait jusqu'au fond. Non ce ciel pâle et lassé des beaux soirs d'octobre qui, étendu au fond des eaux, semble y mourir d'amour et de mélancolie, mais un ciel intense et ardent sur l'azur tendre et riant duquel passaient à tous moments, grises, bleues et roses, — non les ombres des nuées pensives, — mais les nageoires brillantes, et glissantes d'une perche, d'une anguille ou d'un éperlan. Ivres de joie, ils couraient entre le ciel et les herbes, dans leurs prairies et sous leurs futaies qu'avait brillamment enchantées comme les nôtres le resplendissant génie du printemps. Et glissant fraîchement sur leur tête, entre leurs ouïes, sous leur ventre, les eaux se pressaient aussi en chantant et en faisant courir gaiement devant elles du soleil.

La basse-cour où il fallut aller chercher des œufs n'était pas moins agréable à voir. Le soleil comme un poète inspiré et fécond qui ne dédaigne pas de répandre de la beauté sur les lieux les plus humbles et qui jusque-là ne semblaient pas devoir faire partie du domaine de l'art, échauffait encore la bienfaisante énergie du fumier, de la cour inégalement pavée, et du poirier cassé comme une vieille servante.

sweet white geranium, leaning with graceful restraint over the chilly water, between its banks of dead leaves. Oh, silvery old age of woods still green, with weeping branches, ponds and pools that a pious gesture has scattered here and there, like urns offered to the melancholy of the trees!

III

Strolling

Despite the very pure sky and the already hot sunshine, the wind was still blowing just as cold, and the trees remained just as bare, as in winter. To light a fire, I had to cut one of the branches that I thought were dead, but its sap spurted out, making my arm wet up to my elbow and exposing, under the frozen bark of the tree, a tumultuous heart. Between the trunks, the bare winter ground was covered with anemones, wild daffodils, and violets; and the rivers, yesterday still dark and empty, were now filled with a soft, blue, and vivid sky, which was basking even in their depths. Not the pale and weary sky of beautiful October evenings, which, sprawled out at the bottom of the water, seems to be dying of love and melancholy, but an intense and ardent sky, over whose tender and amused azure constantly passed, gray, blue, and pink—not the shadows of pensive clouds—but the glistening and slippery fins of a perch, an eel, or a smelt. Drunk with joy, they scurried about between the sky and the grass, in their prairies and under their treetops,[5] which were brilliantly enchanted, like ours, by the resplendent genius of spring. And the waters, coolly sliding over their heads, between their gills, under their bellies, also hurried, while singing and merrily chasing the sunlight in front of them.

The barnyard where one had to go get eggs was no less pleasant to look at. Like an inspired and productive poet who does not disdain to spread beauty over the most humble places, which previously did not seem to belong to the domain of art, the sun still warmed the beneficial energy of the dung heap, of the unevenly paved yard, and of the pear tree, as bent as an old servant.

Mais quelle est cette personne royalement vêtue qui s'avance, parmi les choses rustiques et fermières, sur la pointe des pattes comme pour ne point se salir ? C'est l'oiseau de Junon brillant non de mortes pierreries, mais des yeux mêmes d'Argus, le paon dont le luxe fabuleux étonne ici. Telle au jour d'une fête, quelques instants avant l'arrivée des premiers invités, dans sa robe à queue changeante, un gorgerin d'azur déjà attaché à son cou royal, ses aigrettes sur la tête, la maîtresse de maison, étincelante, traverse sa cour aux yeux émerveillés des badauds rassemblés devant la grille, pour aller donner un dernier ordre ou attendre le prince du sang qu'elle doit recevoir au seuil même.

Mais non, c'est ici que le paon passe sa vie, véritable oiseau de paradis dans une basse-cour, entre les dindes et les poules, comme Andromaque captive filant la laine au milieu des esclaves, mais n'ayant point comme elle quitté la magnificence des insignes royaux et des joyaux héréditaires, Apollon qu'on reconnaît toujours, même quand il garde, rayonnant, les troupeaux d'Admète.

IV

Famille écoutant la musique

> « Car la musique est douce,
> Fait l'âme harmonieuse et comme un divin
>   chœur
> Éveille mille voix qui chantent dans le
>   cœur. »

Pour une famille vraiment vivante où chacun pense, aime et agit, avoir un jardin est une douce chose. Les soirs de printemps, d'été et d'automne, tous, la tâche du jour finie, y sont réunis ; et si petit que soit le jardin, si rapprochées que soient les haies, elles ne sont pas si hautes qu'elles ne laissent voir un grand morceau de ciel où chacun lève les yeux, sans parler, en

But who is this regally attired person who is stepping forward, within this rustic and agricultural environment, tiptoeing as if to avoid getting dirty? It is Juno's bird, brilliant not with dead precious stones, but with the very eyes of Argus;[6] it is the peacock, whose fabulous luxury is surprising in this setting. So on a day of celebration, a few moments before the first guests arrive, the glittering hostess, wearing a dress with a shimmering train, an azure gorgerin already attached to her royal throat, her aigrettes on her head,[7] crosses her courtyard, as the enthralled bystanders who are gathered at the gate look on, to go issue a final order or to wait for a prince of the blood, whom she must greet at the threshold itself.

Nevertheless, this is where the peacock spends its life, a veritable bird of paradise in a barnyard, between the turkeys and the chickens, like a captive Andromache spinning wool among the slaves, but unlike her, not having abandoned the magnificence of royal insignia and hereditary jewels, or like a radiant Apollo who can always be recognized, even when he is watching over the herds of Admetus.

IV

Family Listening to Music

> *For music is sweet,*
> *It makes the soul harmonious and, like a*
> *   divine choir*
> *It wakens a thousand voices that sing in the*
> *   heart.*
> (Victor Hugo, *Hernani*, V, 3)[8]

For a truly living family, where each member thinks, loves, and acts, having a garden is a sweet thing. On spring, summer, and autumn evenings, all of them gather there, once the day's tasks are over; and no matter how small the garden, no matter how close the hedges, these are not so tall that they do not allow for a view of a large patch of sky, toward which each family member raises his eyes, without speaking, while

rêvant. L'enfant rêve à ses projets d'avenir, à la maison qu'il habitera avec son camarade préféré pour ne le quitter jamais, à l'inconnu de la terre et de la vie ; le jeune homme rêve au charme mystérieux de celle qu'il aime, la jeune mère à l'avenir de son enfant, la femme autrefois troublée découvre, au fond de ces heures claires, sous les dehors froids de son mari, un regret douloureux qui lui fait pitié. Le père en suivant des yeux la fumée qui monte au-dessus d'un toit s'attarde aux scènes paisibles de son passé qu'enchante dans le lointain la lumière du soir ; il songe à sa mort prochaine, à la vie de ses enfants après sa mort ; et ainsi l'âme de la famille entière monte religieusement vers le couchant, pendant que le grand tilleul, le marronnier ou le sapin répand sur elle la bénédiction de son odeur exquise ou de son ombre vénérable.

Mais pour une famille vraiment vivante, où chacun pense, aime et agit, pour une famille qui a une âme, qu'il est plus doux encore que cette âme puisse, le soir, s'incarner dans une voix, dans la voix claire et intarissable d'une jeune fille ou d'un jeune homme qui a reçu le don de la musique et du chant. L'étranger passant devant la porte du jardin où la famille se tait, craindrait en approchant de rompre en tous comme un rêve religieux ; mais si l'étranger, sans entendre le chant, apercevait l'assemblée des parents et des amis qui l'écoutent, combien plus encore elle lui semblerait assister à une invisible messe, c'est-à-dire, malgré la diversité des attitudes, combien la ressemblance des expressions manifesterait l'unité véritable des âmes, momentanément réalisée par la sympathie pour un même drame idéal, par la communion à un même rêve. Par moments, comme le vent courbe les herbes et agite longuement les branches, un souffle incline les têtes ou les redresse brusquement. Tous alors, comme si un messager qu'on ne peut voir faisait un récit palpitant, semblent attendre avec anxiété, écouter avec transport ou avec terreur une même nouvelle qui pourtant éveille en chacun des échos divers. L'angoisse de la musique est à son comble, ses élans sont brisés par des chutes profondes, suivis d'élans plus désespérés. Son infini lumineux, ses mystérieuses ténèbres, pour le vieillard ce sont les vastes spectacles de la vie et de la mort, pour l'enfant les promesses pressantes de la mer et de la terre, pour l'amoureux,

dreaming. The child dreams of his future projects, of the house he will live in with his best friend, and never leave him, of all that is unknown about earth and life; the young man dreams of the mysterious charm of the girl he loves; the young mother dreams of the future of her child; the formerly troubled wife discovers, in the depth of these clear hours, under her husband's cold exterior, a painful regret that stirs her pity. The father, watching the smoke rising over a roof, lingers over the peaceful scenes of his past, which seem to be enchanted by the faraway evening light; he thinks about his impending death, about his children's lives after his death; and thus the soul of the entire family religiously rises toward the sunset, while the tall lime tree, the chestnut tree, or the fir tree spreads over it the benediction of its exquisite scent or of its venerable shadow.

But for a truly living family, where each member thinks, loves, and acts, for a family that has a soul, how much sweeter it is, if this soul can, in the evening, be embodied in a voice, in the clear and inexhaustible voice of a girl or a young man who has received the gift of music and song. A stranger, passing in front of the gate to a garden where the family is silent, would fear by coming near to interrupt them all during a sort of religious dream; but if the stranger, without hearing the singing, glimpsed the gathered parents and friends listening to it, how much more they would seem to be attending an invisible mass, that is, in spite of the diversity of postures, how the resemblance of expressions would manifest the true unity of souls, momentarily achieved through sympathy for a common ideal drama, through communion in a common dream. At times, as the wind bends the grass and shakes the branches at length, a breath bows the heads or raises them abruptly. Then all of them, as if a messenger who cannot be seen were telling a thrilling story, seem to wait with anxiety, listen in rapture or terror to the same news, which nevertheless awakens various echoes in each listener. The anguish of the music is at its peak, its surges are broken by deep plunges, followed by more desperate surges. Its luminous infinity, its mysterious darkness— for the old man, it is the vast spectacle of life and death; for the child, the urgent promise of sea and land; for the lover,

c'est l'infini mystérieux, ce sont les lumineuses ténèbres de l'amour. Le penseur voit sa vie morale se dérouler tout entière ; les chutes de la mélodie défaillante sont ses défaillances et ses chutes, et tout son cœur se relève et s'élance quand la mélodie reprend son vol. Le murmure puissant des harmonies fait tressaillir les profondeurs obscures et riches de son souvenir. L'homme d'action halète dans la mêlée des accords, au galop des vivaces ; il triomphe majestueusement dans les adagios. La femme infidèle elle-même sent sa faute pardonnée, infinisée, sa faute qui avait aussi sa céleste origine dans l'insatisfaction d'un cœur que les joies habituelles n'avaient pas apaisé, qui s'était égaré, mais en cherchant le mystère, et dont maintenant cette musique, pleine comme la voix des cloches, comble les plus vastes aspirations. Le musicien qui prétend pourtant ne goûter dans la musique qu'un plaisir technique y éprouve aussi ces émotions significatives, mais enveloppées dans son sentiment de la beauté musicale qui les dérobe à ses propres yeux. Et moi-même enfin, écoutant dans la musique la plus vaste et la plus universelle beauté de la vie et de la mort, de la mer et du ciel, j'y ressens aussi ce que ton charme a de plus particulier et d'unique, ô chère bien-aimée.

V

Les paradoxes d'aujourd'hui sont les préjugés de demain, puisque les plus épais et les plus déplaisants préjugés d'aujourd'hui eurent un instant de nouveauté où la mode leur prêta sa grâce fragile. Beaucoup de femmes d'aujourd'hui veulent se délivrer de tous les préjugés et entendent par préjugés les principes. C'est là leur préjugé qui est lourd, bien qu'elles s'en parent comme d'une fleur délicate et un peu étrange. Elles croient que rien n'a d'arrière-plan et mettent toutes choses sur le même plan. Elles goûtent un livre ou la vie elle-même comme une belle journée ou comme une orange. Elles disent l'« art » d'une couturière et la « philosophie » de la « vie parisienne ». Elles rougiraient de rien classer, de rien juger, de dire : ceci est bien, ceci est mal. Autrefois, quand une femme agissait bien, c'était comme par une revanche de sa

it is the mysterious infinity, the luminous darkness of love. The thinker sees his entire mental life unfold; the plunges of the feeble melody are his feebleness and his plunges, and all his heart rises up and soars when the melody resumes its flight. The powerful murmur of harmonies thrills the rich and obscure depths of his memory. The man of action pants in the melee of chords, in the gallop of vivaces; he triumphs majestically in the adagios. Even the unfaithful wife feels her sin forgiven, infinitized, her sin that also had its celestial origin in the dissatisfaction of a heart which the usual joys had not appeased, which had lost its way, but only while seeking the mystery, and whose greatest aspirations are now fulfilled by this music, as full as the voice of bells. The musician who claims to take only technical pleasure in music nevertheless also feels significant emotions, but enveloped in his conception of musical beauty that conceals them from his own eyes. And finally myself, hearing in the music the most immense and universal beauty of life and death, of sea and sky, I also feel what is more particular and unique in your charm, dearest beloved.

V

Today's paradoxes are tomorrow's prejudices, since today's coarsest and most disagreeable prejudices were new for a moment, when fashion lent them its fragile grace. Many women today want to free themselves from all prejudices, and by prejudices they mean principles. It is their prejudice that is heavy, even though they adorn themselves with it, as if it were a delicate and somewhat strange flower. They think there is no background to anything, and therefore put all things at the same level. They enjoy a book, or life itself, like a beautiful day or an orange. They talk about the "art" of a dressmaker and about the "philosophy" of "Parisian life." It would make them blush to classify anything, to judge anything, to say: this is good, this is bad. In the past, when a woman behaved appropriately, it was as if by a revenge of her morality, that is,

morale, c'est-à-dire de sa pensée, sur sa nature instinctive. Aujourd'hui quand une femme agit bien, c'est par une revanche de sa nature instinctive sur sa morale, c'est-à-dire sur son immoralité théorique (voyez le théâtre de MM. Halévy et Meilhac). En un relâchement extrême de tous les liens moraux et sociaux, les femmes flottent de cette immoralité théorique à cette bonté instinctive. Elles ne cherchent que la volupté et la trouvent seulement quand elles ne la cherchent pas, quand elles pâtissent volontairement. Ce scepticisme et ce dilettantisme choqueraient dans les livres comme une parure démodée. Mais les femmes, loin d'être les oracles des modes de l'esprit, en sont plutôt les perroquets attardés. Aujourd'hui encore, le dilettantisme leur plaît et leur sied. S'il fausse leur jugement et énerve leur conduite, on ne peut nier qu'il leur prête une grâce déjà flétrie mais encore aimable. Elles nous font sentir, jusqu'aux délices, ce que l'existence peut avoir, dans des civilisations très raffinées, de facile et de doux. Leur perpétuel embarquement pour une Cythère spirituelle où la fête serait moins pour leurs sens émoussés que pour l'imagination, le cœur, l'esprit, les yeux, les narines, les oreilles, met quelques voluptés dans leurs attitudes. Les plus justes portraitistes de ce temps ne les montreront, je suppose, avec rien de bien tendu ni de bien raide. Leur vie répand le parfum doux des chevelures dénouées.

VI

L'ambition enivre plus que la gloire ; le désir fleurit, la possession flétrit toutes choses ; il vaut mieux rêver sa vie que la vivre, encore que la vivre ce soit encore la rêver, mais moins mystérieusement et moins clairement à la fois, d'un rêve obscur et lourd, semblable au rêve épars dans la faible conscience des bêtes qui ruminent. Les pièces de Shakespeare sont plus belles, vues dans la chambre de travail que représentées au théâtre. Les poètes qui ont créé les impérissables amoureuses n'ont souvent connu que de médiocres servantes d'auberges, tandis que les voluptueux les plus enviés ne savent point concevoir la vie qu'ils mènent, ou plutôt qui les mène. — J'ai connu un petit garçon

her mind, over her instinctive nature. Today, when a woman behaves appropriately, it is as if by a revenge of her instinctive nature over her morality, that is, over her theoretical immorality (see the plays of Messieurs Halévy and Meilhac).[9] In an extreme loosening of all moral and social links, women float from this theoretical immorality to that instinctive goodness. They seek nothing but bliss, and find it only when they do not seek it, when they voluntarily suffer. This skepticism and this dilettantism would even be shocking in books, like an old-fashioned adornment. But women, far from being the oracles of intellectual trends, are rather its belated parrots. To this day, dilettantism pleases them and suits them. While it distorts their judgment and aggravates their behavior, it cannot be denied that dilettantism lends them an already faded but still appealing grace. They make us feel, and to a point of bliss, how easy and sweet existence can be in very refined civilizations. Their perpetual embarkation for a spiritual Cythera,[10] where the celebration would be less for their dulled senses than for their imagination, heart, mind, eyes, nostrils, and ears, puts some delights in their attitudes. The most faithful portraitists of our time will not depict them, I suppose, as very tense or rigid. Their life spreads the sweet fragrance of unbound hair.

VI

Ambition is more intoxicating than glory; desire makes all things blossom, possession makes them wither; it is preferable to dream one's life than to live it, although to live it is still to dream it, but at once less mysteriously and less clearly, in a dark and heavy dream, similar to the scattered dream in the feeble consciousness of ruminant animals. Shakespeare's plays are more beautiful when seen in one's study than as visible onstage. The poets who created imperishably loving women have often known only mediocre housemaids, while the most envied hedonists have no understanding of the life that they lead, or rather that leads them. I knew a ten-year-old little boy, in frail health and with a precocious imagination, who had

de dix ans, de santé chétive et d'imagination précoce, qui avait voué à une enfant plus âgée que lui un amour purement céré- bral. Il restait pendant des heures à sa fenêtre pour la voir passer, pleurait s'il ne la voyait pas, pleurait plus encore s'il l'avait vue. Il passait de très rares, de très brefs instants auprès d'elle. Il cessa de dormir, de manger. Un jour, il se jeta de sa fe- nêtre. On crut d'abord que le désespoir de n'approcher jamais son amie l'avait décidé à mourir. On apprit qu'au contraire il venait de causer très longuement avec elle : elle avait été extrêmement gentille pour lui. Alors on supposa qu'il avait renoncé aux jours insipides qui lui restaient à vivre, après cette ivresse qu'il n'aurait peut-être plus l'occasion de renouveler. De fréquentes confidences, faites autrefois à un de ses amis, firent induire enfin qu'il éprouvait une déception chaque fois qu'il voyait la souveraine de ses rêves ; mais dès qu'elle était partie, son imagination féconde rendait tout son pouvoir à la petite fille absente, et il recommençait à désirer la voir. Chaque fois, il essayait de trouver dans l'imperfection des circonstances la raison accidentelle de sa déception. Après cette entrevue suprême où il avait, à sa fantaisie déjà habile, conduit son amie jusqu'à la haute perfection dont sa nature était susceptible, comparant avec désespoir cette perfection imparfaite à l'absolue perfection dont il vivait, dont il mou- rait, il se jeta par la fenêtre. Depuis, devenu idiot, il vécut fort longtemps, ayant gardé de sa chute l'oubli de son âme, de sa pensée, de la parole de son amie qu'il rencontrait sans la voir. Elle, malgré les supplications, les menaces, l'épousa et mourut plusieurs années après sans être parvenue à se faire reconnaître. — La vie est comme la petite amie. Nous la son- geons, et nous l'aimons de la songer. Il ne faut pas essayer de la vivre : on se jette, comme le petit garçon, dans la stupi- dité, pas tout d'un coup, car tout, dans la vie, se dégrade par nuances insensibles. Au bout de dix ans, on ne reconnaît plus ses songes, on les renie, on vit, comme un bœuf, pour l'herbe à paître dans le moment. Et de nos noces avec la mort qui sait si pourra naître notre consciente immortalité ?

devoted a purely cerebral love to a girl who was older than he. He remained at his window for hours to watch her go by, cried if he didn't see her, cried even more if he had seen her. He spent very rare, very brief moments with her. He stopped sleeping or eating. One day, he jumped out of his window. At first, it was believed that his despair over never being close to his friend had driven him to his death. It then became known that, on the contrary, he had just spoken at length with her: she had been extremely kind to him. Then it was supposed that, after that moment of exhilaration, which he might never have an opportunity to experience again, he had given up on the empty days he had yet to live. Finally, based on past secrets he had frequently confided to one of his friends, it was inferred that he felt disappointed each time he saw the girl who ruled over his dreams; but as soon as she was gone, his fertile imagination returned all her power to the absent girl, and he wanted to see her again. Each time, he tried to find in the imperfection of circumstances the accidental reason for his disappointment. After that ultimate meeting, during which he had, in accordance with his already skillful impulse, led his friend to the highest perfection her nature would allow, and having compared, to his despair, this imperfect perfection to the absolute perfection that had sustained and destroyed his life, he jumped out the window. Later, having become an idiot, he lived a long life, having lost due to his fall the memory of his soul, of his mind, of the words of his friend, whom he would meet, without seeing her. She, in spite of pleas and threats, married him and died a few years later, without having managed to make him recognize her. Life is like that girlfriend. We dream it, and we love it from dreaming it. We should not try to live it: we jump, like the little boy, into stupidity, though not all at once, for everything, in life, degenerates by imperceptible nuances. When ten years have elapsed, we no longer recognize our dreams, we renounce them, we live, like cattle, for the grass we now graze on. And from our wedding with death, who knows if our conscious immortality might not be born?

VII

« Mon capitaine, dit son ordonnance, quelques jours après
que fut installée la petite maison où il devait vivre, maintenant qu'il était en retraite, jusqu'à sa mort (sa maladie de
cœur ne pouvait plus la faire longtemps attendre), mon capitaine, peut-être que des livres, maintenant que vous ne pouvez
plus faire l'amour, ni vous battre, vous distrairaient un peu ;
qu'est-ce qu'il faut aller vous acheter ?

— Ne m'achète rien ; pas de livres ; ils ne peuvent rien me
dire d'aussi intéressant que ce que j'ai fait, et puisque je n'ai
pas longtemps pour cela, je ne veux plus que rien me distraie
de m'en souvenir. Donne la clef de ma grande caisse, c'est ce
qu'il y a dedans que je lirai tous les jours. »

Et il en sortit des lettres, une mer blanchâtre, parfois teintée,
de lettres, des très longues, des lettres d'une ligne seulement,
sur des cartes, avec des fleurs fanées, des objets, des petits
mots de lui-même pour se rappeler les entours du moment
où il les avait reçues et des photographies abîmées malgré les
précautions, comme ces reliques qu'a usées la piété même des
fidèles : ils les embrassent trop souvent. Et toutes ces choses-là
étaient très anciennes, et il y en avait de femmes mortes, et
d'autres qu'il n'avait plus vues depuis plus de dix ans.

Il y avait dans tout cela des petites choses précises de sensualité ou de tendresse sur presque rien des circonstances de
sa vie, et c'était comme une fresque très vaste qui dépeignait
sa vie sans la raconter, dans sa couleur passionnée seulement,
d'une manière très vague et très particulière en même temps,
avec une grande puissance touchante. Il y avait des évocations
de baisers dans la bouche — dans une bouche fraîche où il eût
sans hésiter laissé son âme, et qui depuis s'était détournée de
lui, — qui le faisaient pleurer longtemps. Et malgré qu'il fût
bien faible et désabusé, quand il vidait d'un trait un peu de ces
souvenirs encore vivants, comme un verre de vin chaleureux et
mûri au soleil qui avait dévoré sa vie, il sentait un bon frisson
tiède, comme le printemps en donne à nos convalescences et
l'âtre d'hiver à nos faiblesses. Le sentiment que son vieux corps
usé avait tout de même brûlé de pareilles flammes, lui donnait

VII

"Captain," said his orderly, a few days after moving into the little house where he was to live, now that he was retired, until his death (his heart condition would not keep him waiting long). "Captain, perhaps books, now that you can no longer make love or fight, would entertain you a little; what should I go buy for you?"

"Don't buy me anything; no books; they cannot tell me anything as interesting as what I've done, and since I don't have much time left for that, I don't want anything to distract me from remembering it. Give me the key to my large chest; what's inside is what I'll read every day."

And from the chest he took out letters, a whitish, sometimes tinted, sea of letters; some were very long, some had only a single line, on a card, with dried flowers, objects, brief notes he had written to remind himself of what surrounded the moments when he had received them, and photographs, damaged in spite of precautions, like those relics worn down by the very piety of the faithful, who kiss them too often. And all these things were very old, some written by women now dead, and some by others he had not seen for over ten years.

In all this there were little things, precise with sensuality or tenderness over almost nothing, of the circumstances of his life, and it was like an immense fresco that depicted his life without telling it, only in its passionate color, at once in a very vague and very particular way, with a great and touching power. There were evocations of kisses on the mouth—a fresh mouth where he would unhesitatingly have left his soul and which had since turned away from him—that made him cry for a long time. And even though he was quite weak and disillusioned, when he gulped down some of these still living memories, like a glass of wine, warm and ripened in the sun that had consumed his life, he felt a good lukewarm shiver, like those that spring gives to our convalescences and the winter hearth to our weaknesses. The feeling that his old, worn-out body had nevertheless blazed with such flames gave him

un regain de vie, — brûlé de pareilles flammes dévorantes. Puis, songeant que ce qui s'en couchait ainsi tout de son long sur lui, c'en étaient seulement les ombres démesurées et mouvantes, insaisissables, hélas ! et qui bientôt se confondraient toutes ensemble dans l'éternelle nuit, il se remettait à pleurer. Alors tout en sachant que ce n'étaient que des ombres, des ombres de flammes qui s'en étaient couru brûler ailleurs, que jamais il ne reverrait plus, il se prit pourtant à adorer ces ombres et à leur prêter comme une chère existence par contraste avec l'oubli absolu de bientôt. Et tous ces baisers et tous ces cheveux baisés et toutes ces choses de larmes et de lèvres, de caresses versées comme du vin pour griser, et de désespérances accrues comme la musique ou comme le soir pour le bonheur de se sentir s'élargir jusqu'à l'infini du mystère et des destinées ; telle adorée qui le tint si fort que rien ne lui était plus que ce qu'il pouvait faire servir à son adoration pour elle, qui le tint si fort, et qui maintenant s'en allait si vague qu'il ne la retenait plus, ne retenait même plus l'odeur disséminée des pans fuyants de son manteau, il se crispait pour le revivre, le ressusciter et le clouer devant lui comme des papillons. Et chaque fois, c'était plus difficile. Et il n'avait toujours attrapé aucun des papillons, mais chaque fois il leur avait ôté avec ses doigts un peu du mirage de leurs ailes ; ou plutôt il les voyait dans le miroir, se heurtait vainement au miroir pour les toucher, mais le ternissait un peu chaque fois et ne les voyait plus qu'indistincts et moins charmants. Et ce miroir terni de son cœur, rien ne pouvait plus le laver, maintenant que les souffles purifiants de la jeunesse ou du génie ne passeraient plus sur lui, par quelle loi inconnue de nos saisons, quel mystérieux équinoxe de notre automne ? . . .

Et chaque fois il avait moins de peine de les avoir perdus, ces baisers dans cette bouche, et ces heures infinies, et ces parfums qui le faisaient, avant, délirer.

Et il eut de la peine d'en avoir moins de peine, puis cette peine-là même disparut. Puis toutes les peines partirent, toutes, il n'y avait pas à faire partir les plaisirs ; ils avaient fui depuis

renewed life—blazing with similar devouring flames. Then, realizing that it was only shadows that were entirely covering him—immense and moving shadows, insubstantial, alas, which would all soon blend into the eternal night—he started crying again.

Then, knowing all the while that they were only shadows, shadows of flames that had rushed off to blaze elsewhere, that he would never again see, he nevertheless started to worship these shadows and to lend them some kind of cherished existence, which contrasted with the absolute forgetfulness that was coming soon. And all those kisses and all that kissed hair and all those things of tears and lips, of caresses poured like wine in order to intoxicate, and of despairs accumulated like music or like the evening for the happiness of feeling oneself expand to the infinity of mystery and destinies; a woman he adored, who held him so strongly that nothing existed for him anymore, unless it contributed to his adoration of her, who held him so strongly, and who was now going away, so vague that he could no longer hold on to her, could no longer even hold on to the disseminated scent in the fleeing folds of her overcoat; he strained to relive it, to resurrect it, and to pin it in front of him, like butterflies. And each time, it was more difficult. And he still had not caught any of the butterflies, but each time he removed, with his fingers, some of the mirage of their wings; or rather he saw them in the mirror, bumped vainly against the mirror, trying to touch them, but each time he tarnished the mirror a little, and now saw the butterflies only as indistinct and less charming. And this tarnished mirror of his heart, nothing could ever clean it again, now that the purifying breath of youth or genius would no longer pass over it—by what unknown law of our seasons, what mysterious equinox of our autumn? . . .

And each time he felt less sorrow at having lost them, these kisses on that mouth, and those endless hours, and these fragrances that, in the past, made him delirious.

And he felt sorrow about feeling less sorrow, and then even that sorrow disappeared. Then all sorrows left, all; there was no need to drive pleasures away; they had fled much earlier

longtemps sur leurs talons ailés sans détourner la tête, leurs
rameaux en fleurs à la main, fui cette demeure qui n'était plus
assez jeune pour eux. Puis, comme tous les hommes, il mourut.

VIII

Reliques

J'ai acheté tout ce qu'on a vendu de celle dont j'aurais voulu
être l'ami, et qui n'a pas consenti même à causer avec moi un
instant. J'ai le petit jeu de cartes qui l'amusait tous les soirs,
ses deux ouistitis, trois romans qui portent sur les plats ses
armes, sa chienne. Ô vous, délices, chers loisirs de sa vie, vous
avez eu, sans en jouir comme j'aurais fait, sans les avoir même
désirées, toutes ses heures les plus libres, les plus inviolables,
les plus secrètes ; vous n'avez pas senti votre bonheur et vous
ne pouvez pas le raconter.

Cartes qu'elle maniait de ses doigts chaque soir avec ses
amis préférés, qui la virent s'ennuyer ou rire, qui assistèrent
au début de sa liaison, et qu'elle posa pour embrasser celui
qui vint depuis jouer tous les soirs avec elle ; romans qu'elle
ouvrait et fermait dans son lit au gré de sa fantaisie ou de sa
fatigue, qu'elle choisissait selon son caprice du moment ou ses
rêves, à qui elle les confia, qui y mêlèrent ceux qu'ils exprimaient et l'aidèrent à mieux rêver les siens, n'avez-vous rien
retenu d'elle, et ne m'en direz-vous rien ?

Romans, parce qu'elle a songé à son tour la vie de vos personnages et de votre poète ; cartes, parce qu'à sa manière elle
ressentit avec vous le calme et parfois les fièvres des vives
intimités, n'avez-vous rien gardé de sa pensée que vous avez
distraite ou remplie, de son cœur que vous avez ouvert ou
consolé ?

Cartes, romans, pour avoir tenu si souvent dans sa main,
être restés si longtemps sur sa table ; dames, rois ou valets, qui
furent les immobiles convives de ses fêtes les plus folles ; héros
de romans et héroïnes qui songiez auprès de son lit sous les
feux croisés de sa lampe et de ses yeux votre songe silencieux
et plein de voix pourtant, vous n'avez pu laisser évaporer tout

on their winged heels, without looking back, holding their flowering branches, they had fled this dwelling that was no longer young enough for them. Then, like all men, he died.

VIII

Relics

I bought everything of hers that was for sale; I would have wanted to be her friend, but she did not assent to even chat with me for an instant. I have the little deck of cards that amused her every evening, her two marmosets, three novels bearing her coat-of-arms on their boards, and her dog. Oh, you delights, dear amusements of her life, you had, without enjoying them as I would have done, without even having desired them, all her freest, most inviolable, most secret hours; you did not feel your happiness and you cannot tell it.

Cards, which she manipulated with her fingers, every evening with her favorite friends, which saw her bored or laughing, which witnessed the beginning of her love affair, and which she put down to kiss the man who then came to play with her every evening; novels, which she opened and closed in bed, depending on her impulse or her weariness, which she chose according to her whim of the moment or to her dreams, to which she entrusted them, which blended those they expressed and helped her to better dream her own; have you retained nothing about her, and won't you tell me anything?

Novels, because she too contemplated the lives of your characters and of your poet; cards, because in her own way she felt, along with you, the calm and sometimes the fever of vivid intimacy; have you kept nothing of her mind, which you entertained or filled up, of her heart, which you opened or consoled?

Cards, novels, for having been held so often in her hand, for having stayed so long on her table; queens, kings, or jacks, who were the motionless guests of her wildest parties; heroes of novels and heroines, who, near her bed and under the cross-lights of her lamp and her eyes, dreamed your dream, silent yet full of voices; you could not have let evaporate all the

le parfum dont l'air de sa chambre, le tissu de ses robes, le toucher de ses mains ou de ses genoux vous imprégna.

Vous avez conservé les plis dont sa main joyeuse ou nerveuse vous froissa ; les larmes qu'un chagrin de livre ou de vie lui firent couler, vous les gardez peut-être encore prisonnières ; le jour qui fit briller ou blessa ses yeux vous a donné cette chaude couleur. Je vous touche en frémissant, anxieux de vos révélations, inquiet de votre silence. Hélas ! peut-être, comme vous, êtres charmants et fragiles, elle fut l'insensible, l'inconscient témoin de sa propre grâce. Sa plus réelle beauté fut peut-être dans mon désir. Elle a vécu sa vie, mais peut-être seul, je l'ai rêvée.

IX

Sonate Clair de lune

I

Plus que les fatigues du chemin, le souvenir et l'appréhension des exigences de mon père, de l'indifférence de Pia, de l'acharnement de mes ennemis, m'avaient épuisé. Pendant le jour, la compagnie d'Assunta, son chant, sa douceur avec moi qu'elle connaissait si peu, sa beauté blanche, brune et rose, son parfum persistant dans les rafales du vent de mer, la plume de son chapeau, les perles à son cou, m'avaient distrait. Mais, vers neuf heures du soir, me sentant accablé, je lui demandai de rentrer avec la voiture et de me laisser là me reposer un peu à l'air. Nous étions presque arrivés à Honfleur ; l'endroit était bien choisi, contre un mur, à l'entrée d'une double avenue de grands arbres qui protégeaient du vent, l'air était doux ; elle consentit et me quitta. Je me couchai sur le gazon, la figure tournée vers le ciel sombre ; bercé par le bruit de la mer, que j'entendais derrière moi, sans bien la distinguer dans l'obscurité, je ne tardai pas à m'assoupir.

Bientôt je rêvai que devant moi, le coucher du soleil éclairait au loin le sable et la mer. Le crépuscule tombait, et il me semblait que c'était un coucher de soleil et un crépuscule comme tous les crépuscules et tous les couchers de soleil. Mais on vint

fragrance—from the air of her room, the fabric of her dresses, the touch of her hands or of her knees—that permeated you. You have conserved the creases made by her joyous or nervous hand; the tears that grief from a book or from life made her shed, perhaps you still imprison them; the daylight that made her eyes shine, or hurt them, gave you that warm color. I shiver as I touch you, anxious about your revelations, worried about your silence. Alas! Perhaps, like you, charming and fragile beings, she was the insensitive, unconscious witness of her own grace. Her most genuine beauty was perhaps in my desire. She lived her life, but perhaps I alone dreamed it.

IX

Moonlight Sonata

1

More than the tiring trip, the memory and the fear of my father's demands, of Pia's indifference, of my enemies' relentlessness, had exhausted me. During the day, the company of Assunta, her singing, her sweetness toward me, whom she knew so little, her white, brown, and pink beauty, her fragrance that persisted despite the gusts of the sea wind, the feather in her hat, the pearls around her neck, had entertained me. But around nine in the evening, feeling overwhelmed, I asked her to go back home in the carriage and to let me rest a little in the open air. We had almost reached Honfleur; the place was well chosen, against a wall, at the entryway to a double avenue lined with tall trees that shielded from the wind, the air was mild; she accepted and left. I lay down on the grass, my face turned toward the dark sky; lulled by the sounds of the sea, which I could hear behind me, without being able to distinguish it in the darkness, it did not take me long to doze off.

Soon I dreamed that, in front of me, the sunset was illuminating the sand and the sea in the distance. Twilight was falling, and it seemed to me that it was a sunset and twilight like all twilights and all sunsets. But I was

m'apporter une lettre, je voulus la lire et je ne pus rien distinguer. Alors seulement je m'aperçus que malgré cette impression de lumière intense et épandue, il faisait très obscur. Ce coucher de soleil était extraordinairement pâle, lumineux sans clarté, et sur le sable magiquement éclairé s'amassaient tant de ténèbres qu'un effort pénible m'était nécessaire pour reconnaître un coquillage. Dans ce crépuscule spécial aux rêves, c'était comme le coucher d'un soleil malade et décoloré, sur une grève polaire. Mes chagrins s'étaient soudain dissipés ; les décisions de mon père, les sentiments de Pia, la mauvaise foi de mes ennemis me dominaient encore, mais sans plus m'écraser, comme une nécessité naturelle et devenue indifférente. La contradiction de ce resplendissement obscur, le miracle de cette trêve enchantée à mes maux ne m'inspirait aucune défiance, aucune peur, mais j'étais enveloppé, baigné, noyé d'une douceur croissante dont l'intensité délicieuse finit par me réveiller. J'ouvris les yeux. Splendide et blême, mon rêve s'étendait autour de moi. Le mur auquel je m'étais adossé pour dormir était en pleine lumière, et l'ombre de son lierre s'y allongeait aussi vive qu'à quatre heures de l'après-midi. Le feuillage d'un peuplier de Hollande retourné par un souffle insensible étincelait. On voyait des vagues et des voiles blanches sur la mer, le ciel était clair, la lune s'était levée. Par moments, de légers nuages passaient sur elle, mais ils se coloraient alors de nuances bleues dont la pâleur était profonde comme la gelée d'une méduse ou le cœur d'une opale. La clarté pourtant qui brillait partout, mes yeux ne la pouvaient saisir nulle part. Sur l'herbe même, qui resplendissait jusqu'au mirage, persistait l'obscurité. Les bois, un fossé, étaient absolument noirs. Tout d'un coup, un bruit léger s'éveilla longuement comme une inquiétude, rapidement grandit, sembla rouler sur le bois. C'était le frisson des feuilles froissées par la brise. Une à une je les entendais déferler comme des vagues sur le vaste silence de la nuit tout entière. Puis ce bruit même décrut et s'éteignit. Dans l'étroite prairie allongée devant moi entre les deux épaisses avenues de chênes, semblait couler un fleuve de clarté, contenu par ces deux quais d'ombre. La lumière de la lune, en évoquant la maison du garde, les feuillages, une voile, de la nuit où ils

brought a letter; I wanted to read it, but I was unable to distinguish anything. Only then did I notice that in spite of this impression of intense and diffuse light, it was quite dark. This sunset was extraordinarily pale, luminous without brightness, and so much darkness was amassed on the magically illuminated sand that I had to make a painful effort to recognize a seashell. In this twilight that was specific to dreams, it was like the setting of a sick and discolored sun on a polar beach. My grief had suddenly dissipated; my father's decisions, Pia's feelings, my enemies' bad faith still dominated me, but without crushing me any longer, like a natural necessity that had become indifferent. The contradiction of this dark resplendence, the miracle enchanted respite to my woes, inspired no distrust in me, no fear, but I was enveloped, bathed, drowned in an increasing sweetness whose delicious intensity finally woke me up. I opened my eyes. Splendid and pallid, my dream was spread out around me. The wall I had been leaning against to sleep was fully illuminated, and the shadow of its ivy was stretched out upon it, as sharply as at four in the afternoon. The leaves of a silver poplar sparkled as they were turned over by an imperceptible breeze. Waves and white sails were visible on the sea, the sky was clear, the moon had risen. At times, light clouds passed over it, but they were then tinted with blue nuances whose paleness was as deep as the jelly of a jellyfish or the heart of an opal. As for the brightness that nevertheless shone everywhere, my eyes could not catch it. On the grass itself, which was so resplendent that it seemed to be a mirage, darkness persisted. The woods and a ditch were absolutely black. All of a sudden, a light noise awakened at length like an apprehension, quickly increased, and seemed to roll over the woods. It was the rustling of leaves crumpled by the breeze. One by one, I heard them surge like waves over the vast silence of the entire night. Then even this sound decreased and was extinguished. In the narrow prairie spread out in front of me, between the two thick avenues of oaks, a river of brightness seemed to be flowing, contained by these two shadowy banks. The moonlight, by conjuring up the gatekeeper's house, the foliage, a sail, from the night where they

étaient anéantis, ne les avait pas réveillés. Dans ce silence de
sommeil, elle n'éclairait que le vague fantôme de leur forme,
sans qu'on pût distinguer les contours qui me les rendaient pendant le jour si réels, qui m'opprimaient de la certitude de leur
présence, et de la perpétuité de leur voisinage banal. La maison
sans porte, le feuillage sans tronc, presque sans feuilles, la voile
sans barque, semblaient, au lieu d'une réalité cruellement indé-
niable et monotonement habituelle, le rêve étrange, inconsistant
et lumineux des arbres endormis qui plongeaient dans l'obscurité. Jamais, en effet, les bois n'avaient dormi si profondément,
on sentait que la lune en avait profité pour mener sans bruit
dans le ciel et dans la mer cette grande fête pâle et douce. Ma
tristesse avait disparu. J'entendais mon père me gronder, Pia se
moquer de moi, mes ennemis tramer des complots et rien de
tout cela ne me paraissait réel. La seule réalité était dans cette
irréelle lumière, et je l'invoquais en souriant. Je ne comprenais
pas quelle mystérieuse ressemblance unissait mes peines aux
solennels mystères qui se célébraient dans les bois, au ciel et
sur la mer, mais je sentais que leur explication, leur consolation, leur pardon était proféré, et qu'il était sans importance
que mon intelligence ne fût pas dans le secret, puisque mon
cœur l'entendait si bien. J'appelai par son nom ma sainte mère
la nuit, ma tristesse avait reconnu dans la lune sa sœur immor-
telle, la lune brillait sur les douleurs transfigurées de la nuit et
dans mon cœur, où s'étaient dissipés les nuages, s'était levée la
mélancolie.

II

Alors j'entendis des pas. Assunta venait vers moi, sa tête
blanche levée sur un vaste manteau sombre. Elle me dit un
peu bas : « J'avais peur que vous n'ayez froid, mon frère était
couché, je suis revenue. » Je m'approchai d'elle ; je frissonnais,
elle me prit sous son manteau et pour en retenir le pan, passa
sa main autour de mon cou. Nous fîmes quelques pas sous
les arbres, dans l'obscurité profonde. Quelque chose brilla
devant nous, je n'eus pas le temps de reculer et fis un écart,
croyant que nous butions contre un tronc, mais l'obstacle se
déroba sous nos pieds, nous avions marché dans de la lune.

had been annihilated, had not awakened them. In this silence of sleep, the moon illuminated only the vague ghosts of their shapes, without it being possible to distinguish their contours, which made them so real to me during the day, which oppressed me with the certainty of their presence, and with the perpetuity of their trivial proximity. The house without a door, the foliage without a trunk, almost without leaves, the sail without a boat, seemed to be, instead of a cruelly undeniable and monotonously habitual reality, the strange, inconsistent, and luminous dream of sleeping trees, plunged into darkness. Never, indeed, had the woods slept so deeply; one could sense that the moon had seized upon the opportunity to carry out noiselessly, in the sky and in the sea, this great, pale, and gentle celebration. My sadness had disappeared. I could hear my father scolding me, Pia making fun of me, my enemies hatching plots, and none of that seemed real to me. The only reality was in this unreal light, and I invoked it while smiling. I did not understand what mysterious resemblance united my grief with the solemn mysteries that were being celebrated in the woods, in the sky, and on the sea, but I sensed that their explanation, their consolation, their forgiveness was being offered, and that it was of no importance that my intelligence was not privy to the secret, since my heart understood it so well. I called my holy mother night by her name, my sadness had recognized in the moon its immortal sister, the moon was shining over the transfigured pains of the night, and in my heart, where the clouds had dissipated, melancholy had arisen.

2

Then I heard footsteps. Assunta was coming toward me, her white head raised over a vast dark overcoat. She said softly: "I was afraid you would be cold, my brother had gone to bed, I came back." I came near her; I was shivering, she pulled me inside her coat and, to keep its folds around me, put her arm around my neck. We walked a little under the trees, in the deep darkness. Something shone in front of us, I did not have the time to step back and instead stepped aside, thinking we were bumping against a trunk, but the obstacle slid away from under our feet, we had walked into moonbeams.

Je rapprochai sa tête de la mienne. Elle sourit, je me mis à pleurer, je vis qu'elle pleurait aussi. Alors nous comprîmes que la lune pleurait et que sa tristesse était à l'unisson de la nôtre. Les accents poignants et doux de sa lumière nous allaient au cœur. Comme nous, elle pleurait, et comme nous faisons presque toujours, elle pleurait sans savoir pourquoi, mais en le sentant si profondément qu'elle entraînait dans son doux désespoir irrésistible les bois, les champs, le ciel, qui de nouveau se mirait dans la mer, et mon cœur qui voyait enfin clair dans son cœur.

X

Source des larmes qui sont
dans les amours passées

Le retour des romanciers ou de leurs héros sur leurs amours défuntes, si touchant pour le lecteur, est malheureusement bien artificiel. Ce contraste entre l'immensité de notre amour passé et l'absolu de notre indifférence présente, dont mille détails matériels, — un nom rappelé dans la conversation, une lettre retrouvée dans un tiroir, la rencontre même de la personne, ou, plus encore, sa possession après coup pour ainsi dire, — nous font prendre conscience, ce contraste, si affligeant, si plein de larmes contenues, dans une œuvre d'art, nous le constatons froidement dans la vie, précisément parce que notre état présent est l'indifférence et l'oubli, que notre aimée et notre amour ne nous plaisent plus qu'esthétiquement tout au plus, et qu'avec l'amour, le trouble, la faculté de souffrir ont disparu. La mélancolie poignante de ce contraste n'est donc qu'une vérité morale. Elle deviendrait aussi une réalité psychologique si un écrivain la plaçait au commencement de la passion qu'il décrit et non après sa fin.

Souvent, en effet, quand nous commençons d'aimer, avertis par notre expérience et notre sagacité, — malgré la protestation de notre cœur qui a le sentiment ou plutôt l'illusion de l'éternité de son amour, — nous savons qu'un jour celle de la pensée de qui nous vivons nous sera aussi indifférente que nous le sont maintenant toutes les autres qu'elle . . . Nous entendrons son nom sans une volupté douloureuse, nous verrons son écriture

I drew her head close to mine. She smiled, I started to cry, I saw she was crying too. Then we understood that the moon was crying and that its sadness was in unison with ours. The poignant and sweet flashes of its light went straight to our hearts. Like us, it was crying, and as we almost always do, it was crying without knowing why, but while feeling so deeply that it attracted into its sweet, irresistible despair the woods, the fields, the sky, which was once again reflected in the sea, and my heart, which finally saw clearly into hers.

X

Source of Tears That Are in Past Loves

The recollection, by novelists or their heroes, of their lost loves, so touching for the reader, is unfortunately quite artificial. This contrast between the immensity of our past love and the absoluteness of our current indifference, which a thousand material details—a name remembered in a conversation, a letter found in a drawer, meeting the person involved, or, better yet, possessing her after the fact, so to speak—bring to our awareness; this contrast, so distressing and so full of contained tears in a work of art, we coldly notice it in life, precisely because our current state is one of indifference and forgetfulness, because our beloved and our love only please us esthetically at the very most, and because along with love, the turmoil and the capacity to suffer have disappeared. The poignant melancholy of this contrast is thus merely a moral truth. It would also become a psychological reality if a writer placed it at the beginning of the passion he is describing, and not after its end.

Often, indeed, when we begin to love, warned by our experience and sagacity—despite the protests of our heart, which has the feeling or rather the illusion of the eternity of its love—we know that one day we will feel as indifferent toward the woman we think is essential to our life as we now feel toward all other women . . . We will hear her name with no painful bliss, we will see her handwriting

sans trembler, nous ne changerons pas notre chemin pour
l'apercevoir dans la rue, nous la rencontrerons sans trouble,
nous la posséderons sans délire. Alors cette prescience certaine, malgré le pressentiment absurde et si fort que nous l'ai-
merons toujours, nous fera pleurer ; et l'amour, l'amour qui
sera encore levé sur nous comme un divin matin infiniment
mystérieux et triste mettra devant notre douleur un peu de ses
grands horizons étranges, si profonds, un peu de sa désolation
enchanteresse . . .

XI

Amitié

Il est doux quand on a du chagrin de se coucher dans la chaleur
de son lit, et là tout effort et toute résistance supprimés, la tête
même sous les couvertures, de s'abandonner tout entier, en gémissant, comme les branches au vent d'automne. Mais il est un
lit meilleur encore, plein d'odeurs divines. C'est notre douce,
notre profonde, notre impénétrable amitié. Quand il est triste
et glacé, j'y couche frileusement mon cœur. Ensevelissant même
ma pensée dans notre chaude tendresse, ne percevant plus rien
du dehors et ne voulant plus me défendre, désarmé, mais par le
miracle de notre tendresse aussitôt fortifié, invincible, je pleure
de ma peine, et de ma joie d'avoir une confiance où l'enfermer.

XII

Éphémère efficacité du chagrin

Soyons reconnaissants aux personnes qui nous donnent du
bonheur, elles sont les charmants jardiniers par qui nos âmes
sont fleuries. Mais soyons plus reconnaissants aux femmes méchantes ou seulement indifférentes, aux amis cruels qui nous
ont causé du chagrin. Ils ont dévasté notre cœur, aujourd'hui
jonché de débris méconnaissables, ils ont déraciné les troncs et
mutilé les plus délicates branches, comme un vent désolé, mais
qui sema quelques bons grains pour une moisson incertaine.

without trembling, we will not go in a different direction to catch sight of her in the street, we will meet her with no inner turmoil, and we will possess her without exhilaration. Then that certain foreknowledge, in spite of the absurd and powerful intuition that we will always love her, will make us cry; and love, the love that will once again have risen over us like a divine, an infinitely mysterious and sad morning, will put in front of our pain a little of its grand, strange, and so profound horizons, a little of its enchanting desolation . . .

XI

Friendship

When we are grief-stricken, it is sweet to lie down in the warmth of our bed, with all effort and all resistance suppressed, with even our head under the covers, and to surrender entirely, moaning, like branches in the autumn wind. But there is an even better bed, full of divine scents. It is our sweet, our deep, our impenetrable friendship. That is where I cautiously rest my heart, when all is sad and icy. Burying my mind itself in our warm affection, no longer perceiving anything from outside, and no longer wanting to defend myself, disarmed, but through the miracle of our affection immediately strengthened, invincible, I cry for my grief, and for my joy at having a safe place to hide it away.

XII

Ephemeral Effectiveness of Grief

Let us be thankful to people who give us happiness, they are the charming gardeners who make our souls bloom. But let us be even more thankful to wicked or simply indifferent women, to cruel friends who caused us grief. They devastated our hearts, today strewn with unrecognizable debris; they uprooted the trunks and mutilated the most delicate branches, like a bleak wind, that nevertheless sowed a few good seeds toward an uncertain harvest.

En brisant tous les petits bonheurs qui nous cachaient notre grande misère, en faisant de notre cœur un nu préau mélancolique, ils nous ont permis de le contempler enfin et de le juger. Les pièces tristes nous font un bien semblable ; aussi faut-il les tenir pour bien supérieures aux gaies, qui trompent notre faim au lieu de l'assouvir : le pain qui doit nous nourrir est amer. Dans la vie heureuse, les destinées de nos semblables ne nous apparaissent pas dans leur réalité, que l'intérêt les masque ou que le désir les transfigure. Mais dans le détachement que donne la souffrance, dans la vie, et le sentiment de la beauté douloureuse, au théâtre, les destinées des autres hommes et la nôtre même font entendre enfin à notre âme attentive l'éternelle parole inentendue de devoir et de vérité. L'œuvre triste d'un artiste véritable nous parle avec cet accent de ceux qui ont souffert, qui forcent tout homme qui a souffert à laisser là tout le reste et à écouter.

Hélas ! ce que le sentiment apporta, ce capricieux le remporte et la tristesse plus haute que la gaieté n'est pas durable comme la vertu. Nous avons oublié ce matin la tragédie qui hier soir nous éleva si haut que nous considérions notre vie dans son ensemble et dans sa réalité avec une pitié clairvoyante et sincère. Dans un an peut-être, nous serons consolés de la trahison d'une femme, de la mort d'un ami. Le vent, au milieu de ce bris de rêves, de cette jonchée de bonheurs flétris a semé le bon grain sous une ondée de larmes, mais elles sécheront trop vite pour qu'il puisse germer.

*Après l'*Invitée *de M. de Curel.*

XIII

Éloge de la mauvaise musique

Détestez la mauvaise musique, ne la méprisez pas. Comme on la joue, la chante bien plus, bien plus passionnément que la bonne, bien plus qu'elle elle s'est peu à peu remplie du rêve et des larmes des hommes. Qu'elle vous soit par là

By shattering all the little pleasures that were hiding our great misery from ourselves, by turning our hearts into bare, melancholy courtyards, they allowed us to finally contemplate our hearts and to judge them. Sad plays are similarly good for us; they must therefore be considered as far superior to cheerful plays, which trick our hunger instead of satisfying it: the bread that must nourish us is bitter. In a happy life, the destinies of our fellow men do not appear to us in their reality, whether they are concealed by self-interest or transfigured by desire. But in the detachment provided by suffering, in life, and the feeling of painful beauty, at the theater, the destinies of other men and even our own finally make our attentive soul hear the eternal, unheard words of duty and truth. The sad work of a true artist speaks to us with that emphasis of those who have suffered, and who in turn force each man who has suffered to drop everything else and to listen.

Alas! What the feeling brought, it capriciously takes back, and sadness, while higher than cheerfulness, is not as durable as virtue. This morning, we have forgotten last night's tragedy, which raised us so high that we considered our lives in their entirety and in their reality, with clear-sighted and sincere pity. Perhaps a year from now, we will be consoled about a woman's betrayal, about a friend's death. The wind, amid these shattered dreams, these withered pleasures strewn about, has sown good seed under a shower of tears, but they will dry too quickly for the seed to germinate.

After a performance of L'Invitée *(1893) by François de Curel.*

XIII

In Praise of Bad Music

Despise bad music, but have no contempt for it. Since it is played and sung far more often, far more passionately than good music, bad music, far more so than the good, has gradually become filled with the dreams and the tears of men. Let it thus be

vénérable. Sa place, nulle dans l'histoire de l'Art, est immense dans l'histoire sentimentale des sociétés. Le respect, je ne dis pas l'amour, de la mauvaise musique n'est pas seulement une forme de ce qu'on pourrait appeler la charité du bon goût ou son scepticisme, c'est encore la conscience de l'importance du rôle social de la musique. Combien de mélodies, de nul prix aux yeux d'un artiste, sont au nombre des confidents élus par la foule des jeunes gens romanesques et des amoureuses. Que de « bagues d'or », de « Ah ! reste longtemps endormie », dont les feuillets sont tournés chaque soir en tremblant par des mains justement célèbres, trempés par les plus beaux yeux du monde de larmes dont le maître le plus pur envierait le mélancolique et voluptueux tribut, — confidentes ingénieuses et inspirées qui ennoblissent le chagrin et exaltent le rêve, et en échange du secret ardent qu'on leur confie donnent l'enivrante illusion de la beauté. Le peuple, la bourgeoisie, l'armée, la noblesse, comme ils ont les mêmes facteurs, porteurs du deuil qui les frappe ou du bonheur qui les comble, ont les mêmes invisibles messagers d'amour, les mêmes confesseurs bien-aimés. Ce sont les mauvais musiciens. Telle fâcheuse ritournelle, que toute oreille bien née et bien élevée refuse à l'instant d'écouter, a reçu le trésor de milliers d'âmes, garde le secret de milliers de vies, dont elle fut l'inspiration vivante, la consolation toujours prête, toujours entrouverte sur le pupitre du piano, la grâce rêveuse et l'idéal. Tels arpèges, telle « rentrée » ont fait résonner dans l'âme de plus d'un amoureux ou d'un rêveur les harmonies du paradis ou la voix même de la bien-aimée. Un cahier de mauvaises romances, usé pour avoir trop servi, doit nous toucher comme un cimetière ou comme un village. Qu'importe que les maisons n'aient pas de style, que les tombes disparaissent sous les inscriptions et les ornements de mauvais goût. De cette poussière peut s'envoler, devant une imagination assez sympathique et respectueuse pour taire un moment ses dédains esthétiques, la nuée des âmes tenant au bec le rêve encore vert qui leur faisait pressentir l'autre monde, et jouir ou pleurer dans celui-ci.

venerable for you. Its place, inexistent in art history, is immense in the sentimental history of societies. Respect—I did not say love—for bad music is not only a form of what one could call the charity of good taste, or its skepticism; it is also the awareness of the importance of the social role of music. How many melodies, while worthless in the eyes of an artist, are among the confidants chosen by the crowd of romantic young men and of women in love? How many songs like "Gold Rings" or "Stay Asleep Long," whose pages are turned every evening by trembling and justly famous hands, are soaked with tears from the most beautiful eyes in the world? The purest maestro would envy such a melancholic and voluptuous tribute—these ingenious and inspired confidants ennoble grief and exalt dreams, and, in exchange for the ardent secret that is confided in them, provide the intoxicating illusion of beauty. The working class, the bourgeoisie, the army, the aristocracy, since they have the same mailmen—bearers of the grief that strikes them or of the happiness that fulfills them—they also have the same invisible messengers of love, the same beloved confessors. These are the bad musicians. An irritating jingle, to which every well-born and well-bred ear instantly refuses to listen, has received the treasure of thousands of souls, keeps the secret of thousands of lives, of which it was the living inspiration, the ever-ready consolation (always half open on the music stand of the piano), the dreamy grace, and the ideal. An arpeggio or a recurrent motif has made the soul of more than one lover or dreamer resonate with the harmonies of paradise or the very voice of a beloved woman. A bound collection of bad love songs, threadbare from having been overused, should be as touching to us as a cemetery or a village. What does it matter if the houses have no style, if the tombstones are disappearing under tasteless inscriptions and ornaments? From that dust can fly up, before an imagination that is sympathetic and respectful enough to momentarily silence its aesthetic disdain, a multitude of souls, their beaks holding the still verdant dream that allowed them to foresee the other world, and to delight or weep in this world.

XIV

Rencontre au bord du lac

Hier, avant d'aller dîner au Bois, je reçus une lettre d'Elle, qui répondait assez froidement après huit jours à une lettre désespérée, qu'elle craignait de ne pouvoir me dire adieu avant de partir. Et moi, assez froidement, oui, je lui répondis que cela valait mieux ainsi et que je lui souhaitais un bel été. Puis, je me suis habillé et j'ai traversé le Bois en voiture découverte. J'étais extrêmement triste, mais calme. J'étais résolu à oublier, j'avais pris mon parti : c'était une affaire de temps.

Comme la voiture prenait l'allée du lac, j'aperçus au fond même du petit sentier qui contourne le lac à cinquante mètres de l'allée, une femme seule qui marchait lentement. Je ne la distinguai pas bien d'abord. Elle me fit un petit bonjour de la main, et alors je la reconnus malgré la distance qui nous séparait. C'était elle ! Je la saluai longuement. Et elle continua à me regarder comme si elle avait voulu me voir m'arrêter et la prendre avec moi. Je n'en fis rien, mais je sentis bientôt une émotion presque extérieure s'abattre sur moi, m'étreindre fortement. « Je l'avais bien deviné, m'écriai-je. Il y a une raison que j'ignore et pour laquelle elle a toujours joué l'indifférence. Elle m'aime, chère âme. » Un bonheur infini, une invincible certitude m'envahirent, je me sentis défaillir et j'éclatai en sanglots. La voiture approchait d'Armenonville, j'essuyai mes yeux et devant eux passait, comme pour sécher aussi leurs larmes, le doux salut de sa main, et sur eux se fixaient ses yeux doucement interrogateurs, demandant à monter avec moi.

J'arrivai au dîner radieux. Mon bonheur se répandait sur chacun en amabilité joyeuse, reconnaissante et cordiale, et le sentiment que personne ne savait quelle main inconnue d'eux, la petite main qui m'avait salué, avait allumé en moi ce grand feu de joie dont tous voyaient le rayonnement, ajoutait à mon bonheur le charme des voluptés secrètes. On n'attendait plus que Mme de T . . . et elle arriva bientôt. C'est la plus insignifiante personne que je connaisse, et malgré qu'elle soit plutôt

XIV

Meeting at the Edge of the Lake

Yesterday, before going out to dine at the Bois de Boulogne, I received a letter from Her, who was responding rather coldly, after a week, to my desperate letter; she feared she would not be able to say farewell to me before leaving. And I, rather coldly, yes, I sent her a reply, saying that it was best this way, and that I wished her a pleasant summer. Then I dressed and I crossed the Bois in an open carriage. I was extremely sad, but calm. I had resolved to forget, I had made up my mind; it was a matter of time.

As my carriage turned into the lakeside drive, I noticed, at the very far end of the narrow path that bypasses the lake at fifty meters from the drive, a woman who was slowly walking by herself. At first, I could not distinguish her. She waved hello to me, and then I recognized her in spite of the distance that separated us. It was her! I waved back at length. And she continued to look at me as if she had wanted me to stop and take her with me. I didn't do anything about it, but I soon felt an almost external emotion fall upon me and grasp me firmly. "I guessed right," I exclaimed. "For some reason that escapes me, she has always pretended to be indifferent. She loves me, the dear soul." An infinite happiness, an invincible certainty overcame me, I felt faint and I burst into tears. The carriage was approaching Armenonville, I wiped my eyes, and in front of them passed over, as if to also dry their tears, the gentle wave of her hand, and on my eyes were fixed her own, gently questioning, asking to climb into the carriage with me.

I was radiant when I arrived at the dinner. My happiness spread out to each person in joyful, grateful, cordial amiability; and the feeling that no one knew which hand—unknown to them, the little hand that had waved at me—had lit in me this great fire of joy whose radiance was visible to all, added to my happiness the charm of secret bliss. We were waiting only for Madame de T., and she soon arrived. She is the most insignificant person I know, and, even though she is rather

bien faite, la plus déplaisante. Mais j'étais trop heureux pour ne pas pardonner à chacun ses défauts, ses laideurs, et j'allai à elle en souriant d'un air affectueux.

« Vous avez été moins aimable tout à l'heure, dit-elle.

— Tout à l'heure ! dis-je étonné, tout à l'heure, mais je ne vous ai pas vue.

— Comment ! Vous ne m'avez pas reconnue ? Il est vrai que vous étiez loin ; je longeais le lac, vous êtes passé fièrement en voiture, je vous ai fait bonjour de la main et j'avais bien envie de monter avec vous pour ne pas être en retard.

— Comment, c'était vous ! m'écriai-je, et j'ajoutai plusieurs fois avec désolation : Oh ! je vous demande bien pardon, bien pardon !

— Comme il a l'air malheureux ! Je vous fais mon compliment, Charlotte, dit la maîtresse de la maison. Mais consolez-vous donc puisque vous êtes avec elle maintenant ! »

J'étais terrassé, tout mon bonheur était détruit.

Eh bien ! le plus horrible est que cela ne fut pas comme si cela n'avait pas été. Cette image aimante de celle qui ne m'aimait pas, même après que j'eus reconnu mon erreur, changea pour longtemps encore l'idée que je me faisais d'elle. Je tentai un raccommodement, je l'oubliai moins vite et souvent dans ma peine, pour me consoler en m'efforçant de croire que c'étaient les siennes comme je l'avais *senti* tout d'abord, je fermais les yeux pour revoir ses petites mains qui me disaient bonjour, qui auraient si bien essuyé mes yeux, si bien rafraîchi mon front, ses petites mains gantées qu'elle tendait doucement au bord du lac comme de frêles symboles de paix, d'amour et de réconciliation pendant que ses yeux tristes et interrogateurs semblaient demander que je la prisse avec moi.

XV

Comme un ciel sanglant avertit le passant : là il y a un incendie ; certes, souvent certains regards embrasés dénoncent des passions qu'ils servent seulement à réfléchir. Ce sont les flammes sur le miroir. Mais parfois aussi des personnes indifférentes et gaies ont des yeux vastes et sombres ainsi que des chagrins, comme si un filtre était tendu entre leur âme et leurs yeux et si

attractive, the most unpleasant. But I was too happy not to forgive each person for his faults, his ugliness, and I went toward her, smiling, with an affectionate air.

"You were less friendly earlier," she said.

"Earlier!" I said, surprised, "but I didn't see you."

"What? You didn't recognize me? It's true that you were far away; I was walking along the lake, you proudly passed by in your carriage, I waved hello to you and I would have liked to climb into the carriage with you to avoid being late."

"What? That was you!" I exclaimed, and I added several times in despair: "Oh! I beg your pardon, I beg your pardon!"

"How unhappy he looks! My compliments, Charlotte," said the hostess, "but you should be consoled, since you're with her now!" I was crushed; all my happiness was destroyed.

Well! The most horrible thing is that it was not as if it had not been. This loving image of the woman who did not love me, even after I had realized my mistake, durably changed the idea I had of her. I attempted a reconciliation, I forgot her less quickly and less often in my grief, to console myself by attempting to believe that it was her grief, as I had felt at first; I closed my eyes to visualize her little hands that were waving at me, that would have wiped my eyes so well, cooled my brow so well; her little gloved hands that she was gently holding out at the edge of the lake, like frail symbols of peace, love, and reconciliation, while her sad and questioning eyes seemed to ask that I take her with me.

XV

Like the blood-red sky warns the passerby: over there is a fire; of course, certain blazing looks often expose passions that they only serve to reflect. They are the flames in the mirror. But also, sometimes indifferent and cheerful people have eyes that are vast and somber like grief, as if a filter were stretched between their soul and their eyes, and if they

elles avaient pour ainsi dire « passé » tout le contenu vivant
de leur âme dans leurs yeux. Désormais, échauffée seulement
par la ferveur de leur égoïsme, — cette sympathique ferveur de
l'égoïsme qui attire autant les autres que l'incendiaire passion
les éloigne, — leur âme desséchée ne sera plus que le palais
factice des intrigues. Mais leurs yeux sans cesse enflammés
d'amour et qu'une rosée de langueur arrosera, lustrera, fera
flotter, noiera sans pouvoir les éteindre, étonneront l'univers
par leur tragique flamboiement. Sphères jumelles désormais
indépendantes de leur âme, sphères d'amour, ardents satellites
d'un monde à jamais refroidi, elles continueront jusqu'à leur
mort de jeter un éclat insolite et décevant, faux prophètes,
parjures aussi qui promettent un amour que leur cœur ne
tiendra pas.

XVI

L'Étranger

Dominique s'était assis près du feu éteint en attendant ses
convives. Chaque soir, il invitait quelque grand seigneur à
venir souper chez lui avec des gens d'esprit, et comme il était
bien né, riche et charmant, on ne le laissait jamais seul. Les
flambeaux n'étaient pas encore allumés et le jour mourait tristement dans la chambre. Tout à coup, il entendit une voix
lui dire, une voix lointaine et intime lui dire : « Dominique »
— et rien qu'en l'entendant prononcer, prononcer si loin et si
près : « Dominique », il fut glacé par la peur. Jamais il n'avait
entendu cette voix, et pourtant la reconnaissait si bien, ses
remords reconnaissaient si bien la voix d'une victime, d'une
noble victime immolée. Il chercha quel crime ancien il avait
commis, et ne se souvint pas. Pourtant l'accent de cette voix
lui reprochait bien un crime, un crime qu'il avait sans doute
commis sans en avoir conscience, mais dont il était responsable, — attestaient sa tristesse et sa peur. — Il leva les yeux
et vit, debout devant lui, grave et familier, un étranger d'une
allure vague et saisissante. Dominique salua de quelques paroles respectueuses son autorité mélancolique et certaine.

had, so to speak, "passed" all the living content of their soul
into their eyes. Henceforth, warmed only by the fervor of
their selfishness—that likeable fervor of selfishness that at-
tracts others as much as fiery passion drives them away—
their dried-out soul will be nothing more than an artificial
palace of intrigues. But their eyes—ceaselessly inflamed with
love, and which a languorous dew will water, shine, set afloat,
and drown without being able to extinguish them—will as-
tonish the universe through their tragic blaze. Twin spheres
henceforth independent of their soul, spheres of love, ardent
satellites of a world forever gone cold, their eyes will continue
until their death to cast an unusual and disappointing sparkle,
as false prophets who also break their oath, promising a love
that their heart will not keep.

XVI

The Stranger

Dominique had sat down next to the extinguished fire, waiting for his guests. Each evening, he invited some great lord to
come have supper at his home, along with men of wit; and
since he was well-born, rich, and charming, he was never left
alone. The candles were not yet lit and the day was sadly dying
in the room. All of a sudden, he heard a voice saying to him, a
distant and intimate voice saying to him: "Dominique"—and
just from hearing it pronouncing his name, pronouncing from
so far and so close: "Dominique," he froze in fear. Never had
he heard that voice, and yet he could recognize it so well; his remorse recognized so well the voice of a victim, of a noble victim
who had been immolated. He tried to recollect which ancient
crime he could have committed, but he could not remember.
Nevertheless, the tone of that voice was truly reproaching him
for a crime, a crime he had no doubt committed without being aware of it, but for which he was responsible—as attested
by his sadness and fear. He raised his eyes and saw, standing
before him, grave and familiar, a stranger with a vague and
gripping appearance. Dominique saluted with some respectful
words the stranger's melancholic and certain authority.

« Dominique, serais-je le seul que tu n'inviteras pas à souper ? Tu as des torts à réparer avec moi, des torts anciens. Puis, je t'apprendrai à te passer des autres qui, quand tu seras vieux, ne viendront plus.

— Je t'invite à souper, répondit Dominique avec une gravité affectueuse qu'il ne se connaissait pas.

— Merci », dit l'étranger.

Nulle couronne n'était inscrite au chaton de sa bague, et sur sa parole l'esprit n'avait pas givré ses brillantes aiguilles. Mais la reconnaissance de son regard fraternel et fort enivra Dominique d'un bonheur inconnu.

« Mais si tu veux me garder auprès de toi, il faut congédier tes autres convives.

Dominique les entendit qui frappaient à la porte. Les flambeaux n'étaient pas allumés, il faisait tout à fait nuit.

« Je ne peux pas les congédier, répondit Dominique, *je ne peux pas être seul.*

— En effet, avec moi, tu serais seul, dit tristement l'étranger. Pourtant tu devrais bien me garder. Tu as des torts anciens envers moi et que tu devrais réparer. Je t'aime plus qu'eux tous et t'apprendrais à te passer d'eux, qui, quand tu seras vieux, ne viendront plus.

— Je ne peux pas », dit Dominique.

Et il sentit qu'il venait de sacrifier un noble bonheur, sur l'ordre d'une habitude impérieuse et vulgaire, qui n'avait plus même de plaisirs à dispenser comme prix à son obéissance.

« Choisis vite », reprit l'étranger suppliant et hautain.

Dominique alla ouvrir la porte aux convives, et en même temps il demandait a l'étranger sans oser détourner la tête :

« Qui donc es-tu ? »

Et l'étranger, l'étranger qui déjà disparaissait, lui dit

« L'habitude a qui tu me sacrifies encore ce soir sera plus forte demain du sang de la blessure que tu me fais pour la nourrir. Plus impérieuse d'avoir été obéie une fois de plus,

"Dominique, am I the only person you won't invite to supper? You have wrongs to right with me, ancient wrongs. Then, I will teach you how to do without those others, who, when you are old, will no longer come."

"I invite you to supper," Dominique answered with an affectionate gravity he had not suspected in himself.

"Thank you," said the stranger.

No crest was inscribed on his signet ring, and wit had not iced over his words with its shining needles. But the gratefulness in his brotherly and strong gaze intoxicated Dominique with an unknown happiness.

"But if you want to keep me with you, you must send away the other guests."

Dominique heard them knocking at the door. The candles were not lit, it was completely dark.

"I can't send them away," replied Dominique. "*I can't be alone.*"

"Indeed, with me, you would be alone," said the stranger sadly. "And yet you would do well to keep me. You have ancient wrongs that you should right with me. I love you more than all of them and I will teach you how to do without them, who, when you are old, will no longer come."

"I can't," said Dominique.

And he felt that he had just sacrificed a noble happiness, at the command of an imperious and vulgar habit, which no longer even had pleasures to dispense as the price for obedience.

"Choose quickly," repeated the stranger, pleading and haughty.

Dominique went to open the door to let his guests in, and at the same time he asked the stranger, without daring to turn his head:

"Just who are you?"

And the stranger, the stranger who was already disappearing, told him: "You are sacrificing me again this evening to a habit that will be stronger tomorrow from the blood of the wound that you are inflicting on me in order to nourish it. All the more imperious for having been obeyed one more time,

chaque jour elle te détournera de moi, te forcera à me faire
souffrir davantage. Bientôt tu m'auras tué. Tu ne me verras
plus jamais. Et pourtant tu me devais plus qu'aux autres, qui,
dans des temps prochains, te délaisseront. Je suis en toi et
pourtant je suis à jamais loin de toi, déjà je ne suis presque
plus. Je suis ton âme, je suis toi-même. »
Les convives étaient entrés. On passa dans la salle à manger
et Dominique voulut raconter son entretien avec le visiteur
disparu, mais devant l'ennui général et la visible fatigue du
maître de la maison à se rappeler un rêve presque effacé, Girolamo l'interrompit à la satisfaction de tous et de Dominique
lui-même en tirant cette conclusion :
« Il ne faut jamais rester seul, la solitude engendre la mélancolie. »
Puis on se remit à boire ; Dominique causait gaiement mais
sans joie, flatté pourtant de la brillante assistance.

XVII

Rêve

« Tes pleurs coulaient pour moi, ma lèvre a
bu tes pleurs. »
ANATOLE FRANCE

Je n'ai aucun effort à faire pour me rappeler quelle était samedi (il y a quatre jours) mon opinion sur Mme Dorothy B . . .
Le hasard a fait que précisément ce jour-là on avait parlé d'elle
et je fus sincère en disant que je la trouvais sans charme et
sans esprit. Je crois qu'elle a vingt-deux ou vingt-trois ans. Je
la connais du reste très peu, et quand je pensais à elle, aucun
souvenir vif ne revenant affleurer à mon attention, j'avais seulement devant les yeux les lettres de son nom.
Je me couchai samedi d'assez bonne heure. Mais vers deux
heures le vent devint si fort que je dus me relever pour fermer

each day it will turn you away from me, force you to make me suffer more. Soon you will have killed me. You will never see me again. And yet you owed more to me than to the others, who, in a short while, will neglect you. I am within you and yet I am forever far from you; I almost no longer exist already. I am your soul, I am yourself."

The guests had come in. Everyone stepped into the dining room, and Dominique wanted to tell of his conversation with the vanished visitor, but due to the general boredom and to the host's obvious effort at recalling an almost faded dream, Girolamo interrupted him—to the satisfaction of all, and even to Dominique's—by reaching this conclusion:

"One should never remain alone, solitude engenders melancholy."

Then everyone started drinking again; Dominique was chatting cheerfully, but with no joy, nevertheless flattered by the brilliant company.

XVII

Dream

Your tears were flowing for me, my lip drank your weeping.
(Anatole France)[11]

I need make no effort whatsoever to recall what was—on Saturday, four days ago—my opinion of Madame Dorothy B. As chance would have it, we talked about her precisely on that day, and I was sincere in saying that I thought she had no charm or wit. I believe she is twenty-two or twenty-three years old. In any case, I hardly know her, and when I thought of her, since no vivid memory came to the surface of my consciousness, all that I had in front of my eyes were the letters of her name.

On Saturday I went to bed rather early. But around two o'clock the wind became so strong that I had to get up to close

un volet mal attaché qui m'avait réveillé. Je jetai, sur le court sommeil que je venais de dormir, un regard rétrospectif et me réjouis qu'il eût été réparateur, sans malaise, sans rêves. À peine recouché, je me rendormis. Mais au bout d'un temps difficile à apprécier, je me réveillai peu à peu, ou plutôt je m'éveillai peu à peu au monde des rêves, confus d'abord comme l'est le monde réel à un réveil ordinaire, mais qui se précisa. Je me reposais sur la grève de Trouville qui était en même temps un hamac dans un jardin que je ne connaissais pas, et une femme me regardait avec une fixe douceur. C'était Mme Dorothy B . . . Je n'étais pas plus surpris que je ne le suis le matin au réveil en reconnaissant ma chambre. Mais je ne l'étais pas davantage du charme surnaturel de ma compagne et des transports d'adoration voluptueuse et spirituelle à la fois que sa présence me causait. Nous nous regardions d'un air entendu, et il était en train de s'accomplir un grand miracle de bonheur et de gloire dont nous étions conscients, dont elle était complice et dont je lui avais une reconnaissance infinie. Mais elle me disait :

« Tu es fou de me remercier, n'aurais-tu pas fait la même chose pour moi ? »

Et le sentiment (c'était d'ailleurs une parfaite certitude) que j'aurais fait la même chose pour elle exaltait ma joie jusqu'au délire comme le symbole manifeste de la plus étroite union. Elle fit, du doigt, un signe mystérieux et sourit. Et je savais, comme si j'avais été à la fois en elle et en moi, que cela signifiait : « Tous tes ennemis, tous tes maux, tous tes regrets, toutes tes faiblesses, n'est-ce plus rien ? » Et sans que j'aie dit un mot elle m'entendait lui répondre qu'elle avait de tout aisément été victorieuse, tout détruit, voluptueusement magnétisé ma souffrance. Et elle se rapprocha, de ses mains me caressait le cou, lentement relevait mes moustaches. Puis elle me dit : « Maintenant allons vers les autres, entrons dans la vie. » Une joie surhumaine m'emplissait et je me sentais la force de réaliser tout ce bonheur virtuel. Elle voulut me donner une fleur, d'entre ses seins tira une rose encore close, jaune et rosée, l'attacha à ma boutonnière. Tout à coup je sentis mon ivresse accrue par une volupté nouvelle. C'était la rose qui,

a badly fastened shutter that had awakened me. I threw a retrospective look over the brief period of sleep I had just had, and I was delighted that it had been restorative, without unease, without dreams. Almost as soon as I was back in bed, I fell back asleep. But after a brief timespan that was difficult to evaluate, I woke up little by little, or rather I woke up little by little to the world of dreams, which was foggy at first, as is the real world when we usually wake up, but which became clear. I was lying on the beach of Trouville, which was at the same time a hammock in an unfamiliar garden, and a woman was looking at me with steady gentleness. It was Madame Dorothy B. I was no more surprised than when I wake up in the morning and recognize my room. Nor was I any more surprised by my companion's supernatural charm or by the surges of both sensual and spiritual adoration that her presence inspired in me. We looked at each other knowingly, and a great miracle of happiness and glory was being accomplished, a miracle of which we were conscious, in which she was a participant, and for which I was infinitely grateful to her. But she was telling me:

"You're crazy to thank me; wouldn't you have done the same thing for me?"

And the feeling (it was, moreover, a perfect certainty) that I would have done the same thing for her exalted my joy to a point of rapture, like the manifest symbol of the closest union. She made a mysterious sign with her finger and smiled. And I knew, as if I had been both within her and within me, what it meant: "All your enemies, all your tribulations, all your regrets, all your weaknesses, don't they all now count for nothing?" And without my having said a word, she could hear me reply that she had easily been victorious over all, had destroyed all, had voluptuously cast a spell over my suffering. And she came nearer, caressed my neck, slowly outlined my mustache. Then she told me: "Now let's go toward others, let's enter life." I was filled with a superhuman joy, and I felt enough strength in me to achieve this virtual happiness. She wanted to give me a flower; from between her breasts she drew an unopened rosebud, yellow and pink, and attached it to my buttonhole. All of a sudden, I felt my intoxication increase with a new delight. It was the rose

fixée à ma boutonnière, avait commencé d'exhaler jusqu'à mes narines son odeur d'amour. Je vis que ma joie troublait Dorothy d'une émotion que je ne pouvais comprendre. Au moment précis où ses yeux (par la mystérieuse conscience que j'avais de son individualité à elle, j'en fus certain) éprouvèrent le léger spasme qui précède d'une seconde le moment où l'on pleure, ce furent mes yeux qui s'emplirent de larmes, de ses larmes, pourrais-je dire. Elle s'approcha, mit à la hauteur de ma joue sa tête renversée dont je pouvais contempler la grâce mystérieuse, la captivante vivacité, et dardant sa langue hors de sa bouche fraîche, souriante, cueillait toutes mes larmes au bord de mes yeux. Puis elle les avalait avec un léger bruit des lèvres, que je ressentais comme un baiser inconnu, plus intimement troublant que s'il m'avait directement touché. Je me réveillai brusquement, reconnus ma chambre et comme, dans un orage voisin, un coup de tonnerre suit immédiatement l'éclair, un vertigineux souvenir de bonheur s'identifia plutôt qu'il ne la précéda avec la foudroyante certitude de son mensonge et de son impossibilité. Mais, en dépit de tous les raisonnements, Dorothy B . . . avait cessé d'être pour moi la femme qu'elle était encore la veille. Le petit sillon laissé dans mon souvenir par les quelques relations que j'avais eues avec elle était presque effacé, comme après une marée puissante qui avait laissé derrière elle, en se retirant, des vestiges inconnus. J'avais un immense désir, désenchanté d'avance, de la revoir, le besoin instinctif et la sage défiance de lui écrire. Son nom prononcé dans une conversation me fit tressaillir, évoqua pourtant l'image insignifiante qui l'eût seule accompagné avant cette nuit, et pendant qu'elle m'était indifférente comme n'importe quelle banale femme du monde, elle m'attirait plus irrésistiblement que les maîtresses les plus chères, ou la plus enivrante destinée. Je n'aurais pas fait un pas pour la voir, et pour l'autre « elle », j'aurais donné ma vie. Chaque heure efface un peu le souvenir du rêve déjà bien défiguré dans ce récit. Je le distingue de moins en moins, comme un livre qu'on veut continuer à lire à sa table quand le jour baissant ne l'éclaire plus assez, quand la nuit vient. Pour l'apercevoir encore un peu, je suis obligé de cesser d'y penser par instants, comme on est obligé de fermer

in my buttonhole that had begun to exhale its scent of love up to my nostrils. I saw that my joy was stirring in Dorothy an emotion that I could not understand. At the precise moment when her eyes (through the mysterious consciousness I had of her own individuality, I was certain of it) felt the slight spasm that precedes by a second the moment of weeping, it was my eyes that filled with tears, with her tears, might I say. She came nearer, bent her head (whose mysterious grace and captivating vivaciousness I could contemplate) toward my cheek, and, darting her tongue from her fresh, smiling mouth, plucked all my tears from the edges of my eyes. Then she swallowed them with a light smacking sound of her lips, which I experienced as an unknown kiss, more intimately stirring than if it had directly touched me. I woke up abruptly, recognized my room, and, much like thunder immediately follows lightning during a nearby storm, a dizzying memory of happiness coincided with, rather than preceded, the devastating certainty that this happiness was false and impossible. However, in spite of all reasoning, Dorothy B. had ceased to be for me the woman she still had been the day before. The short furrow left in my memory by the few interactions I had had with her was almost erased, like after a powerful tide that left behind, after subsiding, unknown vestiges. I had an immense desire, disenchanted in advance, to see her again, an instinctive need and a sage wariness to write her. Her name, mentioned in a conversation, made me quiver; yet it evoked the insignificant image that alone would have accompanied it before that night, and while I was as indifferent to her as to any banal socialite, she attracted me more irresistibly than the most beloved mistresses, or the most exhilarating destiny. I would not have made the least effort to see her, but for the other "her," I would have given my life. Each hour erases a little the memory of the dream that is already quite distorted in this narrative. I can distinguish less and less of my dream, like a book one wants to continue to read at one's table when the declining day no longer provides enough light, when night falls. In order to glimpse it a little longer, I am forced to stop thinking about it momentarily, just as one is forced to close

d'abord les yeux pour lire encore quelques caractères dans le livre plein d'ombre. Tout effacé qu'il est, il laisse encore un grand trouble en moi, l'écume de son sillage ou la volupté de son parfum. Mais ce trouble lui-même s'évanouira, et je verrai Mme B . . . sans émotion. À quoi bon d'ailleurs lui parler de ces choses auxquelles elle est restée étrangère.

Hélas ! l'amour a passé sur moi comme ce rêve, avec une puissance de transfiguration aussi mystérieuse. Aussi vous qui connaissez celle que j'aime, et qui n'étiez pas dans mon rêve, vous ne pouvez pas me comprendre, n'essayez pas de me conseiller.

XVIII

Tableaux de genre du souvenir

Nous avons certains souvenirs qui sont comme la peinture hollandaise de notre mémoire, tableaux de genre où les personnages sont souvent de condition médiocre, pris à un moment bien simple de leur existence, sans événements solennels, parfois sans événements du tout, dans un cadre nullement extraordinaire et sans grandeur. Le naturel des caractères et l'innocence de la scène en font l'agrément, l'éloignement met entre elle et nous une lumière douce qui la baigne de beauté.

Ma vie de régiment est pleine de scènes de ce genre que je vécus naturellement, sans joie bien vive et sans grand chagrin, et dont je me souviens avec beaucoup de douceur. Le caractère agreste des lieux, la simplicité de quelques-uns de mes camarades paysans, dont le corps était resté plus beau, plus agile, l'esprit plus original, le cœur plus spontané, le caractère plus naturel que chez les jeunes gens que j'avais fréquentés auparavant et que je fréquentai dans la suite, le calme d'une vie où les occupations sont plus réglées et l'imagination moins asservie que dans toute autre, où le plaisir nous accompagne d'autant plus continuellement que nous n'avons jamais le temps de le fuir en courant à sa recherche, tout concourt à faire aujourd'hui de cette époque de ma vie comme une suite,

one's eyes first, in order to read a few more words in the shadowy book. As erased as my dream may be, it still leaves in me a great turmoil, the foam of its wake or the voluptuousness of its fragrance. But even this turmoil will fade, and I will see Madame B. with no emotion. Besides, what good would it do to speak to her of these things, which remain foreign to her?

Alas! Love has passed over me like that dream, with an equally mysterious power of transfiguration. So you who know the one I love, and who were not in my dream, you cannot understand me; don't try to give me advice.

XVIII

Memory's Genre Paintings

We have certain recollections that are like the Dutch paintings of our memory, genre paintings in which the characters, often of mediocre social status, are captured during a very simple moment of their existence, with no solemn events, sometimes with no events at all, in a setting that is in no way extraordinary and that lacks grandeur. Its charm lies in the naturalness of the personalities and the innocence of the scene; distance puts between the painting and us a soft light that bathes it in beauty.

My army life[12] was full of such scenes, which I lived through naturally, with no particularly lively joy or great grief, and which I remember with much sweetness. The rustic character of the place, the simplicity of some of my fellow soldiers of peasant origin, whose bodies had remained more beautiful, more agile, their minds more original, their hearts more spontaneous, their personalities more natural than those of the young men with whom I had formerly associated and with whom I would associate later on; the calmness of a life in which activities are more regulated and the imagination less subjugated than in any other, in which pleasure accompanies us all the more continuously because we never have the time to flee it by rushing to find it; today all such things are combined to make of this period of my life a series of small paintings—

coupée de lacunes, il est vrai, de petits tableaux pleins de vérité heureuse et de charme sur lesquels le temps a répandu sa tristesse douce et sa poésie.

XIX

Vent de mer à la campagne

« Je t'apporterai un jeune pavot, aux pétales de pourpre. »

THÉOCRITE, « Le Cyclope »

Au jardin, dans le petit bois, à travers la campagne, le vent met une ardeur folle et inutile à disperser les rafales du soleil, à les pourchasser en agitant furieusement les branches du taillis où elles s'étaient d'abord abattues, jusqu'au fourré étincelant où elles frémissent maintenant, toutes palpitantes. Les arbres, les linges qui sèchent, la queue du paon qui roue découpent dans l'air transparent des ombres bleues extraordinairement nettes qui volent à tous les vents sans quitter le sol comme un cerf-volant mal lancé. Ce pêle-mêle de vent et de lumière fait ressembler ce coin de la Champagne à un paysage du bord de la mer. Arrivés en haut de ce chemin qui, brûlé de lumière et essoufflé de vent, monte en plein soleil, vers un ciel nu, n'est-ce pas la mer que nous allons apercevoir blanche de soleil et d'écume ? Comme chaque matin vous étiez venue, les mains pleines de fleurs et des douces plumes que le vol d'un ramier, d'une hirondelle ou d'un geai, avait laissé choir dans l'allée. Les plumes tremblent à mon chapeau, le pavot s'effeuille à ma boutonnière, rentrons promptement.

La maison crie sous le vent comme un bateau, on entend d'invisibles voiles s'enfler, d'invisibles drapeaux claquer dehors. Gardez sur vos genoux cette touffe de roses fraîches et laissez pleurer mon cœur entre vos mains fermées.

interspersed with gaps, it is true—that are full of happy truth and of charm, over which time has spread its sweet sadness and its poetry.

XIX

Sea Breeze in the Countryside

I will bring you a young poppy, with purple petals.
(Theocritus, *Cyclops*)

In the garden, in the grove, throughout the countryside, the wind attempts with wild and useless ardor to disperse the bursts of sunlight, to pursue them by furiously shaking the branches of the copse where they had first crashed down, all the way to the gleaming thicket where they now tremble, completely quivering. The trees, the drying laundry, the peacock's spread tail stand out in the transparent air as extraordinarily sharp blue shadows that fly off with every wind gust, without leaving the ground, like a badly launched kite. This hodgepodge of wind and light makes this part of the Champagne region resemble a seashore landscape. Having reached the top of this path that, burned by light and breathless with wind, rises in full sunshine toward a naked sky, isn't it the sea that we are going to glimpse, white from sun and foam? You had come, as you did each morning, with your hands full of flowers and of the soft feathers that a flying wood pigeon, swallow, or jaybird had dropped on the path. The feathers on my hat are trembling, the poppy in my buttonhole is losing its petals, let's go home right away.

The house shouts in the wind like a boat, invisible sails can be heard swelling, invisible flags flapping outside. Keep that bunch of fresh roses on your lap and let my heart weep between your closed hands.

XX

Les Perles

Je suis rentré au matin et je me suis frileusement couché, frissonnant d'un délire mélancolique et glacé. Tout à l'heure, dans ta chambre, tes amis de la veille, tes projets du lendemain, — autant d'ennemis, autant de complots tramés contre moi, — tes pensées de l'heure, — autant de lieues vagues et infranchissables, — me séparaient de toi. Maintenant que je suis loin de toi, cette présence imparfaite, masque fugitif de l'éternelle absence que les baisers soulèvent bien vite, suffirait, il me semble, à me montrer ton vrai visage et à combler les aspirations de mon amour. Il a fallu partir ; que triste et glacé je reste loin de toi ! Mais, par quel enchantement soudain les rêves familiers de notre bonheur recommencent-ils à monter, épaisse fumée sur une flamme claire et brûlante, à monter joyeusement et sans interruption dans ma tête ? Dans ma main, réchauffée sous les couvertures, s'est réveillée l'odeur des cigarettes de roses que tu m'avais fait fumer. J'aspire longuement la bouche collée à ma main le parfum qui, dans la chaleur du souvenir, exhale d'épaisses bouffées de tendresse, de bonheur et de « toi ». Ah ! ma petite bien-aimée, au moment où je peux si bien me passer de toi, où je nage joyeusement dans ton souvenir — qui maintenant emplit la chambre — sans avoir à lutter contre ton corps insurmontable, je te le dis absurdement, je te le dis irrésistiblement, je ne peux pas me passer de toi. C'est ta présence qui donne à ma vie cette couleur fine, mélancolique et chaude comme aux perles qui passent la nuit sur ton corps. Comme elles, je vis et tristement me nuance à ta chaleur, et comme elles, si tu ne me gardais pas sur toi je mourrais.

XXI

Les Rivages de l'oubli

« On dit que la Mort embellit ceux qu'elle frappe et exagère leurs vertus, mais c'est bien plutôt en général la vie qui leur

XX

The Pearls

I came home in the morning and I went to bed, cold and shivering with a melancholic and icy delirium. Earlier, in your room, your friends from the day before, your plans for the day after (just so many enemies, so many plots hatched against me), your thoughts of the hour (so many vague and unreachable expanses), were separating me from you. Now that I am far from you, this imperfect presence, the fleeting mask of the eternal absence that kisses very quickly remove, would be sufficient, it seems to me, to show me your true face and to fulfill the yearnings of my love. I had to leave; how sad and freezing I remain far from you! But by what sudden enchantment are the familiar dreams of our happiness starting to rise again, thick smoke over a clear and burning flame, to rise joyfully and without interruption in my head? In my hand, warmed under the covers, the smell of the rose-scented cigarettes you had me smoke has reawakened. My mouth pressed against my hand, I inhale at length the fragrance that, in the warmth of memory, exhales thick puffs of tenderness, of happiness, and of "you". Ah! My darling beloved, at the very moment when I can so well do without you, when I swim joyfully in my memory of you—which now fills the room—without having to struggle against your unconquerable body, I tell you absurdly, I tell you irresistibly: I can't do without you. It is your presence that gives my life this subtle, melancholic, and warm color, like the pearls that spend the night on your body. Like them, I live and sadly nuance my hue according to your warmth, and like them, if you didn't keep me on you, I would die.

XXI

The Shores of Forgetfulness

"It is said that Death embellishes those it strikes and exaggerates their virtues, but in general it was really life instead that

faisait tort. La mort, ce pieux et irréprochable témoin, nous apprend, selon la vérité, selon la charité, qu'en chaque homme il y a ordinairement plus de bien que de mal.» Ce que Michelet dit ici de la mort est peut-être encore plus vrai de cette mort qui suit un grand amour malheureux. L'être qui après nous avoir tant fait souffrir ne nous est plus rien, est-ce assez de dire, suivant l'expression populaire, qu'il est « mort pour nous». Les morts, nous les pleurons, nous les aimons encore, nous subissons longtemps l'irrésistible attrait du charme qui leur survit et qui nous ramène souvent près des tombes. L'être au contraire qui nous a fait tout éprouver et de l'essence de qui nous sommes saturés ne peut plus maintenant faire passer sur nous l'ombre même d'une peine ou d'une joie. Il est plus que mort pour nous. Après l'avoir tenu pour la seule chose précieuse de ce monde, après l'avoir maudit, après l'avoir méprisé, il nous est impossible de le juger, à peine les traits de sa figure se précisent-ils encore devant les yeux de notre souvenir, épuisés d'avoir été trop longtemps fixés sur eux. Mais ce jugement sur l'être aimé, jugement qui a tant varié, tantôt torturant de ses clairvoyances notre cœur aveugle, tantôt s'aveuglant aussi pour mettre fin à ce désaccord cruel, doit accomplir une oscillation dernière. Comme ces paysages qu'on découvre seulement des sommets, des hauteurs du pardon apparaît dans sa valeur véritable celle qui était plus que morte pour nous après avoir été notre vie elle-même. Nous savions seulement qu'elle ne nous rendait pas notre amour, nous comprenons maintenant qu'elle avait pour nous une véritable amitié. Ce n'est pas le souvenir qui l'embellit, c'est l'amour qui lui faisait tort. Pour celui qui veut tout, et à qui tout, s'il l'obtenait, ne suffirait pas, recevoir un peu ne semble qu'une cruauté absurde. Maintenant nous comprenons que c'était un don généreux de celle que notre désespoir, notre ironie, notre tyrannie perpétuelle n'avaient pas découragée. Elle fut toujours douce. Plusieurs propos aujourd'hui rapportés nous semblent d'une justesse indulgente et pleine de charme, plusieurs propos d'elle que nous croyions incapable de nous comprendre parce qu'elle ne nous aimait pas. Nous, au contraire,

wronged them. Death, that pious and irreproachable witness, teaches us, in accordance with truth, in accordance with charity, that in each man there is ordinarily more good than evil." What Michelet[13] says here about death is perhaps even more true for the death that follows a great, unhappy love. The person who, after having made us suffer so much, no longer means anything to us— is it sufficient to say, according to the popular expression, that person is "dead to us"? The dead, we cry over them, we still love them, we long endure the irresistible attraction of the charm that survives them and that often brings us back to their tombs. By contrast, the person who made us feel everything, and with whose essence we are saturated, can no longer spread over us even a shadow of pain or joy. He is more than dead to us. After having considered him to be the only precious thing in this world, after having cursed him, after having felt contempt for him, it is impossible for us to judge him, since his features are now barely discernible to our memory's eyes, which are exhausted from having been too long fixated on his face. But this judgment on the beloved person—a judgment that has varied so greatly, at times torturing through its clear-sightedness our blind heart, at times itself becoming blind to put an end to this cruel disagreement—must undergo one last fluctuation. Like those landscapes that we discover only from peaks, it is from the heights of forgiveness that the woman, who was more than dead to us after having been our life itself, appears in her true worth. We knew only that she did not return our love; we now understand that she felt genuine friendship for us. It is not memory that embellishes her; it was love that wronged her. For the man who wants everything, and to whom everything, if he obtained it, would be insufficient, receiving a little only appears to be absurd cruelty. Now we understand that it was a generous gift from the woman who had not been discouraged by our despair, our irony, our perpetual tyranny. She was always gentle. Several remarks, which are now retold to us, seem to be indulgently and charmingly precise, several remarks made by her, whom we thought incapable of understanding us because she did not love us. We, on the contrary,

avons parlé d'elle avec tant d'égoïsme injuste et de sévérité. Ne lui devons-nous pas beaucoup d'ailleurs ? Si cette grande marée de l'amour s'est retirée à jamais, pourtant, quand nous nous promenons en nous-mêmes nous pouvons ramasser des coquillages étranges et charmants et, en les portant à l'oreille, entendre avec un plaisir mélancolique et sans plus en souffrir la vaste rumeur d'autrefois. Alors nous songeons avec attendrissement à celle dont notre malheur voulut qu'elle fût plus aimée qu'elle n'aimait. Elle n'est plus « plus que morte » pour nous. Elle est une morte dont on se souvient affectueusement. La justice veut que nous redressions l'idée que nous avions d'elle. Et par la toute-puissante vertu de la justice, elle ressuscite en esprit dans notre cœur pour paraître à ce jugement dernier que nous rendons loin d'elle, avec calme, les yeux en pleurs.

XXII

Présence réelle

Nous nous sommes aimés dans un village perdu d'Engadine au nom deux fois doux : le rêve des sonorités allemandes s'y mourait dans la volupté des syllabes italiennes. À l'entour, trois lacs d'un vert inconnu baignaient des forêts de sapins. Des glaciers et des pics fermaient l'horizon. Le soir, la diversité des plans multipliait la douceur des éclairages. Oublierons-nous jamais les promenades au bord du lac de Sils-Maria, quand l'après-midi finissait, à six heures ? Les mélèzes d'une si noire sérénité quand ils avoisinent la neige éblouissante tendaient vers l'eau bleu pâle, presque mauve, leurs branches d'un vert suave et brillant. Un soir l'heure nous fut particulièrement propice ; en quelques instants, le soleil baissant, fit passer l'eau par toutes les nuances et notre âme par toutes les voluptés. Tout à coup nous fîmes un mouvement, nous venions de voir un petit papillon rose, puis deux, puis cinq, quitter les fleurs de notre rive et voltiger au-dessus du lac. Bientôt ils semblaient une impalpable poussière de rose emportée, puis ils abordaient aux fleurs de

have spoken of her with such unjust selfishness and severity. Moreover, do we not owe her a great deal? If this great
tide of love has forever subsided, nevertheless, when we stroll
within ourselves, we can pick up strange and charming sea-
shells, and, by holding them to our ear, we can hear, with melancholic pleasure and without suffering any more, the vast
murmur of the past. Then we think back affectionately to the
woman who, as our misfortune decreed it, was more loved
than she loved. She is no longer "more than dead" to us. She
is a dead woman whom we remember affectionately. Justice
requires that we raise the opinion we had of her. And by the
all-powerful virtue of justice, her spirit resurrects in our heart,
in order to appear at this last judgment that we calmly render
far away from her, with tears in our eyes.

XXII

Real Presence

We loved each other in the Engadine region,[14] in a remote village with a doubly sweet name: the dreaminess of Germanic
sonorities died away in the voluptuousness of Italian syllables.
In the surroundings, the reflections of pine forests seemed to
bathe in three lakes of an unknown green hue. Glaciers and
peaks closed off the horizon. In the evening, the diversity of
perspectives multiplied the gentleness of the lighting. Will we
ever forget our walks along the edge of the Sils-Maria lake,
when the afternoon was coming to an end, at six o'clock?
The larches, so darkly serene when they are near the dazzling
snow, extended toward the pale blue, almost mauve water
their branches of a suave and brilliant green. One evening, the
hour was particularly propitious to us; over a few instants,
the setting sun made the water go through every nuance of
color, and our souls through every form of bliss. All of a sudden, we were jolted: we had just seen a little pink butterfly,
then two, then five of them, leaving the flowers on our shore
and fluttering over the lake. Soon they seemed to be an impalpable pink dust, blown away; then they reached the flowers

l'autre rive, revenaient et doucement recommençaient l'aventu-
reuse traversée, s'arrêtant parfois comme tentés au-dessus de ce
lac précieusement nuancé alors comme une grande fleur qui se
fane. C'en était trop et nos yeux s'emplissaient de larmes. Ces
petits papillons, en traversant le lac, passaient et repassaient sur
notre âme, sur notre âme toute tendue d'émotion devant tant
de beautés, prête à vibrer, — passaient et repassaient comme un
archet voluptueux. Le mouvement léger de leur vol n'effleurait
pas les eaux, mais caressait nos yeux, nos cœurs, et à chaque
coup de leurs petites ailes roses nous manquions de défaillir.
Quand nous les aperçûmes qui revenaient de l'autre rive, déce-
lant ainsi qu'ils jouaient et librement se promenaient sur les
eaux, une harmonie délicieuse résonna pour nous ; eux cependant revenaient doucement avec mille détours capricieux qui
varièrent l'harmonie primitive et dessinaient une mélodie d'une
fantaisie enchanteresse. Notre âme devenue sonore écoutait en
leur vol silencieux une musique de charme et de liberté et toutes
les douces harmonies intenses du lac, des bois, du ciel et de
notre propre vie l'accompagnaient avec une douceur magique
qui nous fit fondre en larmes.

Je ne t'avais jamais parlé et tu étais même loin de mes yeux
cette année-là. Mais que nous nous sommes aimés alors en Engadine ! Jamais je n'avais assez de toi, jamais je ne te laissais à la
maison. Tu m'accompagnais dans mes promenades, mangeais
à ma table, couchais dans mon lit, rêvais dans mon âme. Un
jour — se peut-il qu'un sûr instinct, mystérieux messager, ne
t'ait pas avertie de ces enfantillages où tu fus si étroitement mêlée, que tu vécus, oui, vraiment vécus, tant tu avais en moi une
« présence réelle » ? — un jour (nous n'avions ni l'un ni l'autre
jamais vu l'Italie), nous restâmes comme éblouis de ce mot
qu'on nous dit de l'Alpgrun : « De là on voit jusqu'en Italie. »
Nous partîmes pour l'Alpgrun, imaginant que, dans le spectacle
étendu devant le pic, là où commencerait l'Italie, le paysage réel
et dur cesserait brusquement et que s'ouvrirait dans un fond de
rêve une vallée toute bleue. En route, nous nous rappelâmes
qu'une frontière ne change pas le sol et que si même il changeait

on the other shore, came back and gently repeated their adventurous crossing, sometimes stopping, as if tempted when hovering over the lake, then preciously nuanced in colors, like a large wilting flower. It was too much, and our eyes were filled with tears. These little butterflies, when crossing over the lake, came and went over our souls—our souls so tense with emotion, ready to vibrate, in front of such beauty—came and went like the voluptuous bow of a violin. The light movement of their flight did not graze the surface of the water, but it caressed our eyes, our hearts, and with each beat of their little pink wings we nearly fainted. When we caught sight of them as they came back from the other shore, thus revealing that they were playing and freely strolling over the water, a delicious harmony resonated for us; they, however, gently returned, with a thousand unpredictable detours that brought variety to the original harmony and seemed to draw a melody of enchanting whimsicality. Our souls, which had become sonorous, heard in their silent flight a music of charm and freedom, and all the sweet, intense harmonies of the lake, the woods, the sky, and our own lives accompanied it with a magical gentleness that made us burst into tears.

I had never spoken to you, and you were even far from my sight that year. But how we loved each other then, in the Engadine! Never did I have enough of you, never did I leave you at home. You accompanied me during my strolls, ate at my table, slept in my bed, dreamed in my soul. One day—is it not possible that a sure instinct, acting as a mysterious messenger, informed you of this childishness, in which you were so closely involved, which you lived out, yes, really lived, since you had within me such a "real presence"?—one day (neither one of us had ever seen Italy), we were left as if dazzled by what we were told about Alp Grüm: "From there, one can see all the way to Italy." We left for Alp Grüm, imagining that, in the spectacle spread out in front of the peak, there where Italy would start, the real and hard landscape would abruptly end, and from a dreamy depth would emerge an entirely blue valley. On the way, we remembered that a border does not change the ground, and that even if it did, the change

ce serait trop insensiblement pour que nous puissions le remarquer ainsi, tout d'un coup. Un peu déçus nous riions pourtant
d'avoir été si petits enfants tout à l'heure.
Mais en arrivant au sommet, nous restâmes éblouis. Notre
enfantine imagination était devant nos yeux réalisée. À côté
de nous, des glaciers étincelaient. À nos pieds des torrents sil-
lonnaient un sauvage pays d'Engadine d'un vert sombre. Puis
une colline un peu mystérieuse ; et après des pentes mauves
entrouvraient et fermaient tour à tour une vraie contrée bleue,
une étincelante avenue vers l'Italie. Les noms n'étaient plus les
mêmes, aussitôt s'harmonisaient avec cette suavité nouvelle.
On nous montrait le lac de Poschiavo, le pizzo di Verone, le val
de Viola. Après nous allâmes a un endroit extraordinairement
sauvage et solitaire, où la désolation de la nature et la certitude
qu'on y était inaccessible à tous, et aussi invisible, invincible,
aurait accru jusqu'au délire la volupté de s'aimer la. Je sentis
alors vraiment à fond la tristesse de ne t'avoir pas avec moi
sous tes matérielles espèces, autrement que sous la robe de mon
regret, en la réalité de mon désir. Je descendis un peu jusqu'à
l'endroit encore très élevé où les voyageurs venaient regarder. On a dans une auberge isolée un livre où ils écrivent leurs
noms. J'écrivis le mien et à côté une combinaison de lettres
qui était une allusion au tien, parce qu'il m'était impossible
alors de ne pas me donner une preuve matérielle de la réalité de
ton voisinage spirituel. En mettant un peu de toi sur ce livre il
me semblait que je me soulageais d'autant du poids obsédant
dont tu étouffais mon âme. Et puis, j'avais l'immense espoir
de te mener un jour là, lire cette ligne ; ensuite tu monterais
avec moi plus haut encore me venger de toute cette tristesse.
Sans que j'aie rien eu à t'en dire, tu aurais tout compris, ou
plutôt de tout tu te serais souvenue ; et tu t'abandonnerais en
montant, pèserais un peu sur moi pour mieux me faire sentir que cette fois tu étais bien là ; et moi entre tes lèvres qui
gardent un léger parfum de tes cigarettes d'Orient, je trouverais
tout l'oubli. Nous dirions très haut des paroles insensées pour

would be too imperceptible for us to notice it, all at once. Somewhat disappointed, we nevertheless laughed about having been so childish earlier.

But when we reached the summit, we were left dazzled. Our childhood yearnings had been fulfilled, in front of our eyes. Next to us, glaciers were sparkling. At our feet, dark green torrents were crisscrossing an untouched Engadine landscape. Then a slightly mysterious hill, and beyond it mauve slopes were partly opening up and closing off, in turns, the view of a truly blue land, a sparkling avenue toward Italy. The names were no longer the same; they immediately harmonized with this new sweetness. We were shown the Lago di Poschiavo, the Pizzo di Verona, the Val Viola. Afterward we went to an extraordinarily untouched and solitary place, where the desolation of nature and the certainty that we were inaccessible to all, and also invisible, invincible, would have increased to a point of rapture the voluptuousness of our loving each other there. I then truly felt the depth of my sadness at not having you with me in your material form, not merely clothed in my regret, but in the reality of my desire. I descended a little, to the still elevated spot where travelers came for the view. There is, in an isolated inn, a book where they write their names. I wrote mine, and next to it, a combination of letters that alluded to yours, because it was then impossible for me not to provide material proof of the reality of your spiritual nearness. But leaving a little trace of you in that book, it seemed to me that I was correspondingly relieved of the obsessive weight with which you were smothering my soul. Furthermore, I had the immense hope of taking you there one day to read that line; and then you would climb higher still with me, to avenge me of all this sadness. Without my having to tell you anything about it, you would have understood everything, or rather you would have remembered everything; and while climbing you would unburden yourself, lean somewhat heavily upon me to make me feel more effectively that this time you were really present; and I, between your lips that keep a light fragrance from your Oriental cigarettes, I would find complete forgetfulness. We would say senseless words very loudly for

la gloire de crier sans que personne au plus loin puisse nous entendre ; des herbes courtes, au souffle léger des hauteurs, frémiraient seules. La montée te ferait ralentir tes pas, un peu souffler et ma figure s'approcherait pour sentir ton souffle : nous serions fous. Nous irions aussi là où un lac blanc est à côté d'un lac noir doux comme une perle blanche à côté d'une perle noire. Que nous nous serions aimés dans un village perdu d'Engadine ! Nous n'aurions laissé approcher de nous que des guides de montagne, ces hommes si grands dont les yeux reflètent autre chose que les yeux des autres hommes, sont aussi comme d'une autre « eau ». Mais je ne me soucie plus de toi. La satiété est venue avant la possession. L'amour platonique lui-même a ses saturations. Je ne voudrais plus t'emmener dans ce pays que, sans le comprendre et même le connaître, tu m'évoques avec une fidélité si touchante. Ta vue ne garde pour moi qu'un charme, celui de me rappeler tout à coup ces noms d'une douceur étrange, allemande et italienne : Sils-Maria, Silva Plana, Crestalta, Samaden, Celerina, Juliers, val de Viola.

XXIII

Coucher de soleil intérieur

Comme la nature, l'intelligence a ses spectacles. Jamais les levers de soleil, jamais les clairs de lune qui si souvent m'ont fait délirer jusqu'aux larmes, n'ont surpassé pour moi en attendrissement passionné ce vaste embrasement mélancolique qui, durant les promenades à la fin du jour, nuance alors autant de flots dans notre âme que le soleil quand il se couche en fait briller sur la mer. Alors nous précipitons nos pas dans la nuit. Plus qu'un cavalier que la vitesse croissante d'une bête adorée étourdit et enivre, nous nous livrons en tremblant de confiance et de joie aux pensées tumultueuses auxquelles, mieux nous les possédons et les dirigeons, nous nous sentons appartenir de plus en plus irrésistiblement. C'est avec une émotion affectueuse que nous parcourons la campagne obscure et saluons les chênes pleins de nuit, comme le champ solennel, comme les

the glory of shouting without anyone, no matter how far away, being able to hear us; only the short grass would quiver in the light breeze of the heights. The climb would make you slow your stride, would make you breathe more heavily, and I would bring my face closer to feel your breath: we would be delirious. We would also go where there is a white lake next to a sweet black lake, like a white pearl next to a black pearl. How we would have loved each other in a remote village of Engadine! We would have allowed only mountain guides to approach us; those men, who are so tall, whose eyes reflect something other than the eyes of other men, are also of some other sort of "water". But I am no longer concerned with you. Satiation occurred before possession. Even platonic love has its level of saturation. I no longer want to take you to this region, which, without understanding it or even knowing it, you evoke for me with such touching faithfulness. The sight of you only retains one charm for me, that of suddenly reminding me of those strangely sweet German and Italian names: Sils-Maria, Silva Plana, Crestalta, Samaden, Celerina, Juliers, Val Viola.

XXIII

Inner Sunset

Like nature, intelligence has its spectacles. Never have the sunsets, never has the moonlight, which so often made me feel overjoyed to the point of tears, inspired more passionate tenderness in me than that vast melancholic blaze, which, during our strolls at the close of the day, nuances the hues of as many waves in our soul as the setting sun, when it makes the waves of the sea glisten. Then we hasten our footsteps in the night. More so than a rider who is elated, exhilarated by the increasing speed of a beloved horse, we give ourselves over, trembling with trust and joy, to our tumultuous thoughts— the better we possess and direct them, the more irresistibly we feel we belong to them. It is with affectionate emotion that we roam the dark countryside and salute the oaks that are filled with night, like the solemn field, like the

témoins épiques de l'élan qui nous entraîne et qui nous grise. En levant les yeux au ciel, nous ne pouvons reconnaître sans exaltation, dans l'intervalle des nuages encore émus de l'adieu du soleil, le reflet mystérieux de nos pensées : nous nous enfonçons de plus en plus vite dans la campagne, et le chien qui nous suit, le cheval qui nous porte ou l'ami qui s'est tu, moins encore parfois quand nul être vivant n'est auprès de nous, la fleur à notre boutonnière ou la canne qui tourne joyeusement dans nos mains fébriles, reçoit en regards et en larmes le tribut mélancolique de notre délire.

XXIV

Comme à la lumière de la lune

La nuit était venue, je suis allé à ma chambre, anxieux de rester maintenant dans l'obscurité sans plus voir le ciel, les champs et la mer rayonner sous le soleil. Mais quand j'ai ouvert la porte, j'ai trouvé la chambre illuminée comme au soleil couchant. Par la fenêtre je voyais la maison, les champs, le ciel et la mer, ou plutôt il me semblait les « revoir » en rêve ; la douce lune me les rappelait plutôt qu'elle ne me les montrait, répandant sur leur silhouette une splendeur pâle qui ne dissipait pas l'obscurité, épaissie comme un oubli sur leur forme. Et j'ai passé des heures à regarder dans la cour le souvenir muet, vague, enchanté et pâli des choses qui, pendant le jour, m'avaient fait plaisir ou m'avaient fait mal, avec leurs cris, leurs voix ou leur bourdonnement.

L'amour s'est éteint, j'ai peur au seuil de l'oubli ; mais apaisés, un peu pâles, tout près de moi et pourtant lointains et déjà vagues, voici, comme à la lumière de la lune, tous mes bonheurs passés et tous mes chagrins guéris qui me regardent et qui se taisent. Leur silence m'attendrit cependant que leur éloignement et leur pâleur indécise m'enivrent de tristesse et de poésie. Et je ne puis cesser de regarder ce clair de lune intérieur.

epic witnesses of the impulse that leads us on and exhilarates us. When we raise our eyes toward the sky, we cannot recognize without exaltation, in the intervals between the clouds, which are still filled with emotion after the sun's farewell, the mysterious reflection of our thoughts: we push on, faster and faster, into the countryside, and the dog that follows us, the horse that carries us, or the friend who is now quiet, sometimes even less so when no living being is near us, the flower at our buttonhole, or the cane that twirls joyfully in our restless hands, receives, in the form of looks and tears, the melancholic tribute of our rapture.

XXIV

As in the Moonlight

Night had fallen; I went to my room, anxious about now having to remain in the darkness and no longer see the sky, the fields, and the sea, radiant in the sunlight. But when I opened the door, I found my room illuminated as by the setting sun. Through the window I could see the house, the fields, the sky, and the sea, or rather it seemed to me that I was "reseeing" them in a dream; the gentle moon made me remember them more so than it showed them to me, spreading over their outlines a pale splendor that was not dispelling the darkness, which had thickened over their shapes like forgetfulness. And I spent hours looking into the courtyard, at the silent, vague, enchanted, and faded memories of the things that, during the day, had brought me pleasure or pain, with their shouts, their voices, or their murmurs.

Love has been extinguished; I am scared on the threshold of forgetfulness; but, appeased, somewhat pale, very close to me and yet faraway and already vague, here are, as in the moonlight, all my past joys and all my healed heartaches, watching me wordlessly. Their silence moves me while their distance and their indecisive paleness intoxicate me with sadness and poetry. And I cannot stop looking at this inner moonlight.

XXV

Critique de l'Espérance à la lumière de l'amour

À peine une heure à venir nous devient-elle le présent qu'elle se dépouille de ses charmes, pour les retrouver, il est vrai, si notre âme est un peu vaste et en perspectives bien ménagées, quand nous l'aurons laissée loin derrière nous, sur les routes de la mémoire. Ainsi le village poétique vers lequel nous hâtions le trot de nos espoirs impatients et de nos juments fatiguées exhale de nouveau, quand on a dépassé la colline, ces harmonies voilées, dont la vulgarité de ses rues, le disparate de ses maisons, si rapprochées et fondues à l'horizon, l'évanouissement du brouillard bleu qui semblait le pénétrer, ont si mal tenu les vagues promesses. Mais comme l'alchimiste, qui attribue chacun de ses insuccès à une cause accidentelle et chaque fois différente, loin de soupçonner dans l'essence même du présent une imperfection incurable, nous accusons la malignité des circonstances particulières, les charges de telle situation enviée, le mauvais caractère de telle maîtresse désirée, les mauvaises dispositions de notre santé un jour qui aurait dû être un jour de plaisir, le mauvais temps ou les mauvaises hôtelleries pendant un voyage, d'avoir empoisonné notre bonheur. Aussi certains d'arriver à éliminer ces causes destructives de toute jouissance, nous en appelons sans cesse avec une confiance parfois boudeuse mais jamais désillusionnée d'un rêve réalisé, c'est-à-dire déçu, à un avenir rêvé.

Mais certains hommes réfléchis et chagrins qui rayonnent plus ardemment encore que les autres à la lumière de l'espérance découvrent assez vite qu'hélas ! elle n'émane pas des heures attendues, mais de nos cœurs débordants de rayons que la nature ne connaît pas et qui les versent à torrents sur elle sans y allumer un foyer. Ils ne se sentent plus la force de désirer ce qu'ils savent n'être pas désirable, de vouloir atteindre des rêves qui se flétriront dans leur cœur quand ils voudront les cueillir hors d'eux-mêmes. Cette disposition mélancolique est singulièrement accrue et justifiée dans l'amour. L'imagination

XXV

Critique of Hope in the Light of Love

As soon as an hour yet to come turns into the present for us, it is stripped of its charms, only to find them again, it is true, if our soul is somewhat vast and has well-prepared *perspectives*, when we will have left that hour far behind us, on the roads of memory. Thus the poetic village, toward which we hastened the trot of our impatient hopes and of our tired mares, once again exhales, when we have gone past the hill, these veiled harmonies, whose vague promises have been kept so badly by the vulgarity of its streets, by the contrasts between its houses, built so close together and blending into the horizon, and by the disappearance of the blue fog that seemed to seep into the village. But like the alchemist who attributes each of his failures to an accidental and always different cause, far from suspecting an incurable imperfection in the very essence of the present, we accuse the ill will of particular circumstances—the burdens of an envied social status, the bad temper of a desired mistress, the bad state of health on a day that should have been one of pleasure, the bad weather or the bad hotels during a trip—of having poisoned our happiness. Therefore, certain that we will be able to eliminate the things that destroy all happiness, we ceaselessly appeal to our dreamed future, with the sometimes sullen but never disillusioned confidence of a fulfilled—that is, disappointed—dream.

However, some thoughtful and despondent men, who radiate even more ardently than others in the light of hope, discover rather quickly, alas, that it does emanate from the awaited hours, but from our hearts, which are overflowing with rays unknown by nature, and which pour torrents of these rays onto our hope, without managing to light a fire. These men no longer feel they have the strength to desire what they know to be undesirable, to want to reach dreams that will wither in their hearts when they wish to collect them outside of themselves. This melancholic disposition is singularly intensified and justified when it comes to love. Imagination,

en passant et repassant sans cesse sur ses espérances, aiguise admirablement ses déceptions. L'amour malheureux nous rendant impossible l'expérience du bonheur nous empêche encore d'en découvrir le néant. Mais quelle leçon de philosophie, quel conseil de la vieillesse, quel déboire de l'ambition passe en mélancolie les joies de l'amour heureux ! Vous m'aimez, ma chère petite ; comment avez-vous été assez cruelle pour le dire ? Le voilà donc ce bonheur ardent de l'amour partagé dont la pensée seule me donnait le vertige et me faisait claquer des dents !

Je défais vos fleurs, je soulève vos cheveux, j'arrache vos bijoux, j'atteins votre chair, mes baisers recouvrent et battent votre corps comme la mer qui monte sur le sable ; mais vous-même m'échappez et avec vous le bonheur. Il faut vous quitter, je rentre seul et plus triste. Accusant cette calamité dernière, je retourne à jamais auprès de vous ; c'est ma dernière illusion que j'ai arrachée, je suis à jamais malheureux.

Je ne sais pas comment j'ai eu le courage de vous dire cela, c'est le bonheur de toute ma vie que je viens de rejeter impitoyablement, ou du moins la consolation, car vos yeux dont la confiance heureuse m'enivrait encore parfois, ne refléteront plus que le triste désenchantement dont votre sagacité et vos déceptions vous avaient déjà avertie. Puisque ce secret que l'un de nous cachait à l'autre, nous l'avons proféré tout haut, il n'est plus de bonheur pour nous. Il ne nous reste même plus les joies désintéressées de l'espérance. L'espérance est un acte de foi. Nous avons désabusé sa crédulité : elle est morte. Après avoir renoncé à jouir, nous ne pouvons plus nous enchanter à espérer. Espérer sans espoir, qui serait si sage, est impossible.

Mais rapprochez-vous de moi, ma chère petite amie. Essuyez vos yeux, pour voir, je ne sais pas si ce sont les larmes qui me brouillent la vue, mais je crois distinguer là-bas, derrière nous, de grands feux qui s'allument. Oh ! ma chère petite amie que je vous aime ! donnez-moi la main, allons sans trop approcher vers ces beaux feux . . . Je pense que c'est l'indulgent et puissant Souvenir qui nous veut du bien et qui est en train de faire beaucoup pour nous, ma chère.

by ceaselessly coming and going over its hopes, admirably sharpens its disappointments. Unhappy love, which makes the experience of happiness impossible, still prevents us from discovering its emptiness. But what lesson in philosophy, what advice provided by old age, what setback in our ambitions could surpass in melancholy the joys of happy love! You love me, my little darling; how could you have been cruel enough to tell me so? Here then is that ardent happiness of mutual love, the mere thought of which made me dizzy and made my teeth chatter!

I remove your flowers, I lift up your hair, I tear off your jewels, I reach your flesh, my kisses cover and beat your body like the sea rising over the sand; but you yourself escape me, and happiness along with you. I must leave you, I go back home alone and sadder. Blaming this final calamity, I return to you forever; I have torn away my last illusion; I am forever unhappy.

I don't know how I had the courage to tell you that; I have just pitilessly rejected the happiness of my entire life, or at least its consolation, for your eyes, whose happy confidence still intoxicated me at times, will no longer reflect anything but sad disenchantment, about which your sagacity and your disappointments had already forewarned you. Since this secret, which one of us was concealing from the other, since we have now loudly proclaimed it, there is no more happiness for us. We are not even left with the unselfish joys of hope. Hope is an act of faith. We have disillusioned its credulity: it is dead. After having renounced pleasure, we can no longer mesmerize ourselves in order to hope. Hoping without hope, which would be so wise, is impossible.

But come closer to me, my dear little darling. Dry your eyes, so you can see; I don't know if it is the tears that blur my vision, but I think I can make out, over there, behind us, great fires that are starting up. Oh, my dear little darling, how I love you! Give me your hand; let's go, without getting too close, toward those beautiful fires . . . I think it is indulgent and powerful Memory, which is well-intentioned toward us, and which is doing a lot for us, my dear.

XXVI,

Sous-bois

Nous n'avons rien à craindre mais beaucoup à apprendre de la tribu vigoureuse et pacifique des arbres qui produit sans cesse pour nous des essences fortifiantes, des baumes calmants, et dans la gracieuse compagnie desquels nous passons tant d'heures fraîches, silencieuses et closes. Par ces après-midi brûlants où la lumière, par son excès même, échappe à notre regard, descendons dans un de ces « fonds » normands d'où montent avec souplesse des hêtres élevés et épais dont les feuillages écartent comme une berge mince mais résistante cet océan de lumière, et n'en retiennent que quelques gouttes qui tintent mélodieusement dans le noir silence du sous-bois. Notre esprit n'a pas, comme au bord de la mer, dans les plaines, sur les montagnes, la joie de s'étendre sur le monde, mais le bonheur d'en être séparé ; et, borné de toutes parts par les troncs indéracinables, il s'élance en hauteur à la façon des arbres. Couchés sur le dos, la tête renversée dans les feuilles sèches, nous pouvons suivre du sein d'un repos profond la joyeuse agilité de notre esprit qui monte, sans faire trembler le feuillage, jusqu'aux plus hautes branches où il se pose au bord du ciel doux, près d'un oiseau qui chante. Çà et là un peu de soleil stagne au pied des arbres qui, parfois, y laissent rêveusement tremper et dorer les feuilles extrêmes de leurs branches. Tout le reste, détendu et fixé, se tait, dans un sombre bonheur. Élancés et debout, dans la vaste offrande de leurs branches, et pourtant reposés et calmes, les arbres, par cette attitude étrange et naturelle, nous invitent avec des murmures gracieux à sympathiser avec une vie si antique et si jeune, si différente de la nôtre et dont elle semble l'obscure réserve inépuisable.

Un vent léger trouble un instant leur étincelante et sombre immobilité, et les arbres tremblent faiblement, balançant la lumière sur leurs cimes et remuant l'ombre à leurs pieds.

Petit-Abbeville (Dieppe), août 1895.

XXVI

Undergrowth

We have nothing to fear but much to learn from the vigorous and peaceful tribe of trees that ceaselessly produces restorative essences and soothing balms for us, and in whose gracious company we spend so many fresh, silent, and enclosed hours. In these blazing afternoons, when the light, through its very excess, escapes from our gaze, let's go down into one of those Normand "grounds"; from there, tall and thick beech trees rise up with flexibility, their foliage moving aside, like a narrow but resistant embankment, this ocean of light, keeping only a few drops that melodiously tinkle in the dark silence of the undergrowth. As at the seashore, on the plains, in the mountains, our mind does not have the joy of spreading over the world; but here it does have the happiness of being separated from the world; and, fenced in on all sides by trees that cannot be uprooted, our mind soars upward, as do the trees. Lying on our back, with our head tilted upward in the dry leaves, from within deep restfulness we can follow the joyful agility of our mind as it rises, without making the foliage tremble, up to the tallest branches, where it settles at the edge of the soft sky, near a singing bird. Here and there, some sunlight stagnates at the foot of the trees, which sometimes dreamily let the outermost leaves of their branches dip into the sunlight and turn golden. Everything else, relaxed and attached, remains quiet, in a somber happiness. Sleek and standing, in the vast offering of their branches, and yet rested and calm, the trees, through that strange and natural posture, invite us with graceful murmuring to identify with a life that is so ancient and so young, so different from our own, and seemingly its obscure and inexhaustible reserve.

A light wind disturbs for a moment their sparkling and somber immobility, and the trees tremble slightly, balancing the light on their crowns and stirring the shade at their feet.

Petit-Abbeville (Dieppe), August 1895

XXVII

Les Marronniers

J'aimais surtout à m'arrêter sous les marronniers immenses quand ils étaient jaunis par l'automne. Que d'heures j'ai passées dans ces grottes mystérieuses et verdâtres à regarder au-dessus de ma tête les murmurantes cascades d'or pâle qui y versaient la fraîcheur et l'obscurité ! J'enviais les rouges-gorges et les écureuils d'habiter ces frêles et profonds pavillons de verdure dans les branches, ces antiques jardins suspendus que chaque printemps, depuis deux siècles, couvre de fleurs blanches et parfumées. Les branches, insensiblement courbées, descendaient noblement de l'arbre vers la terre, comme d'autres arbres qui auraient été plantés sur le tronc, la tête en bas. La pâleur des feuilles qui restaient faisait ressortir encore les branchages qui déjà paraissaient plus solides et plus noirs d'être dépouillés, et qui ainsi réunis au tronc semblaient retenir comme un peigne magnifique la douce chevelure blonde répandue.

Réveillon, octobre 1895.

XXVIII

La Mer

La mer fascinera toujours ceux chez qui le dégoût de la vie et l'attrait du mystère ont devancé les premiers chagrins, comme un pressentiment de l'insuffisance de la réalité à les satisfaire. Ceux-là qui ont besoin de repos avant d'avoir éprouvé encore aucune fatigue, la mer les consolera, les exaltera vaguement. Elle ne porte pas comme la terre les traces des travaux des hommes et de la vie humaine. Rien n'y demeure, rien n'y passe qu'en fuyant, et des barques qui la traversent, combien le sillage est vite évanoui ! De là cette grande pureté de la mer que n'ont pas les choses terrestres. Et cette eau vierge est bien plus délicate que la terre endurcie qu'il faut une pioche pour entamer. Le pas d'un enfant sur l'eau y creuse un sillon profond

XXVII

The Chestnut Trees

I especially liked to stop under the immense chestnut trees when they were yellowed by the autumn. How many hours did I spend in those mysterious and greenish caverns, looking overhead at the murmuring cascades of pale gold that were pouring down coolness and darkness! I envied the robins and the squirrels for living in those frail and deep dwellings of greenery in the branches, those ancient hanging gardens that each spring, for the past two centuries, covers with white, fragrant flowers. The branches, imperceptibly bent, nobly came down from the tree toward the earth, as if they were other trees that had been planted in the trunk, upside down. The paleness of the remaining leaves further accentuated the contrast with the branches, which already seemed sturdier and darker for having been stripped bare, and which, thus reunited with the trunk, seemed to hold back, like a magnificent comb, the soft, blond, flowing hair.

Réveillon,[15] *October 1895*

XXVIII

The Sea

The sea will always fascinate those in whom the disgust with life and the allure of mystery have preceded the first heartbreaks, like a foreshadowing of reality's inability to satisfy them. For those who need rest before having experienced any tiredness, the sea will bring consolation and vague exaltation. Unlike the earth, it bears no trace of the labor of men or of human life. Nothing remains on the sea, nothing passes over it, except in flight; as for the ships that cross it, how quickly their wake vanishes! Hence the sea's great purity, which earthly things lack. And this virginal water is far more delicate than the hardened earth, which must be dug into, with a pickaxe. A child's footstep on the water digs a deep furrow into it,[16]

avec un bruit clair, et les nuances unies de l'eau en sont un moment brisées ; puis tout vestige s'efface, et la mer est redevenue calme comme aux premiers jours du monde. Celui qui est las des chemins de la terre ou qui devine, avant de les avoir tentés, combien ils sont âpres et vulgaires, sera séduit par les pâles routes de la mer, plus dangereuses et plus douces, incertaines et désertes. Tout y est plus mystérieux, jusqu'à ces grandes ombres qui flottent parfois paisiblement sur les champs nus de la mer, sans maisons et sans ombrages, et qu'y étendent les nuages, ces hameaux célestes, ces vagues ramures.

La mer a le charme des choses qui ne se taisent pas la nuit, qui sont pour notre vie inquiète une permission de dormir, une promesse que tout ne va pas s'anéantir, comme la veilleuse des petits enfants qui se sentent moins seuls quand elle brille. Elle n'est pas séparée du ciel comme la terre, est toujours en harmonie avec ses couleurs, s'émeut de ses nuances les plus délicates. Elle rayonne sous le soleil et chaque soir semble mourir avec lui. Et quand il a disparu, elle continue à le regretter, à conserver un peu de son lumineux souvenir, en face de la terre uniformément sombre. C'est le moment de ses reflets mélancoliques et si doux qu'on sent son cœur se fondre en les regardant. Quand la nuit est presque venue et que le ciel est sombre sur la terre noircie, elle luit encore faiblement, on ne sait par quel mystère, par quelle brillante relique du jour enfouie sous les flots.

Elle rafraîchit notre imagination parce qu'elle ne fait pas penser à la vie des hommes, mais elle réjouit notre âme, parce qu'elle est, comme elle, aspiration infinie et impuissante, élan sans cesse brisé de chutes, plainte éternelle et douce. Elle nous enchante ainsi comme la musique, qui ne porte pas comme le langage la trace des choses, qui ne nous dit rien des hommes, mais qui imite les mouvements de notre âme. Notre cœur en s'élançant avec leurs vagues, en retombant avec elles, oublie ainsi ses propres défaillances, et se console dans une harmonie intime entre sa tristesse et celle de la mer, qui confond sa destinée et celle des choses.

Septembre 1892.

with a clear sound, and the uniform nuances of the water are for a moment shattered; then all vestiges fade away, and the sea is once again calm, as during the earth's first days. He who is weary of the earth's paths, or who guesses, before having ventured on them, how rough and vulgar they are, will be seduced by the pale passageways of the sea, which are riskier and gentler, uncertain and deserted. There, everything is more mysterious, even those great shadows that sometimes float leisurely over the naked fields—with no houses and no shade—of the sea, the shadows stretched out by the clouds, those celestial dwellings, those tenuous branches.

The sea has the charm of things that are not quiet at night, that give our uneasy lives permission to sleep, as well as a promise that all will not vanish, much like the night light of little children, who feel less lonely when it is lit. Unlike the earth, the sea is not separated from the sky; always in harmony with the colors of the sky, the sea is moved by its most delicate nuances. The sea radiates under the sun and seems to die with it each evening. And when the sun has disappeared, the sea still misses it, still conserves some of its luminous traces, in front of the uniformly somber earth. It is the moment of the sea's melancholic and sweet reflections, so sweet that one feels one's heart melting when watching them. When the night has almost arrived and the sky is dark over the blackened earth, the sea still glistens faintly, through some unknown mystery, through some shining remnant of the day, buried beneath the waves.

The sea refreshes our imagination because it does not make us think of human life, but it rejoices our soul, because it is, like our soul, infinite and powerless yearnings, impulses ceaselessly broken by falls, eternal and sweet laments. The sea thus enchants us like music, which, unlike language, does not bear the trace of things, which tells us nothing about people, but which imitates the movements of our soul. Our heart, by soaring up with our soul's waves, by falling back down with them, thus forgets its own weaknesses, and is consoled by the intimate harmony between its sadness and that of the sea, which unites its destiny with that of all things.

September 1892

XXIX

Marine

Les paroles dont j'ai perdu le sens, peut-être faudrait-il me les faire redire d'abord par toutes ces choses qui ont depuis si longtemps un chemin conduisant en moi, depuis bien des années délaissé, mais qu'on peut reprendre et qui, j'en ai la foi, n'est pas à jamais fermé. Il faudrait revenir en Normandie, ne pas s'efforcer, aller simplement près de la mer. Ou plutôt je prendrais les chemins boisés d'où on l'aperçoit de temps en temps et où la brise mêle l'odeur du sel, des feuilles humides et du lait. Je ne demanderais rien à toutes ces choses natales. Elles sont généreuses à l'enfant qu'elles virent naître, d'elles-mêmes lui rapprendraient les choses oubliées. Tout et son parfum d'abord m'annoncerait la mer, mais je ne l'aurais pas encore vue. Je l'entendrais faiblement. Je suivrais un chemin d'aubépines, bien connu jadis, avec attendrissement, avec l'anxiété aussi, par une brusque déchirure de la haie, d'apercevoir tout à coup l'invisible et présente amie, la folle qui se plaint toujours, la vieille reine mélancolique, la mer. Tout à coup je la verrais ; ce serait par un de ces jours de somnolence sous le soleil éclatant où elle réfléchit le ciel bleu comme elle, seulement plus pâle. Des voiles blanches comme des papillons seraient posées sur l'eau immobile, sans plus vouloir bouger, comme pâmées de chaleur. Ou bien la mer serait au contraire agitée, jaune sous le soleil comme un grand champ de boue, avec des soulèvements, qui de si loin paraîtraient fixés, couronnés d'une neige éblouissante.

XXX

Voiles au port

Dans le port étroit et long comme une chaussée d'eau entre ses quais peu élevés où brillent les lumières du soir, les passants

XXIX

Seascape

The words whose meaning I have lost, perhaps I should have them repeated to me, first by all those things that for so long have had a path leading into me, a path that has been deserted for many years, but that could be followed again, and that, so I trust, is not closed forever. I would have to return to Normandy, not forcing myself, simply going near the sea. Or rather I would take the wooded paths from where the sea can be glimpsed from time to time, and where the breeze mixes the scents of salt, wet leaves, and milk. I would ask nothing of all those native things. They are generous to the child whose birth they witnessed, and would willingly teach him again the things he has forgotten. Everything, and first its fragrance, would inform me of the sea's presence, but I still would not have seen it. I would faintly hear it. Along a hedgerow of hawthorn, I would follow a formerly well-known path, with tenderness, also with the anxiousness of glimpsing all of a sudden, through an unexpected gash in the hedge, the invisible and present friend, the madwoman who always complains, the old, melancholic queen, the sea. All of a sudden, I would see it; it would be on one of those days of drowsiness, under the glaring sun, when the sea reflects the sky, as blue as itself, only paler. White sails, like butterflies, would be resting on the motionless water, not wanting to move any more, as if swooning in the heat. Or, on the contrary, the sea would be turbulent, yellow under the sun, like a vast muddy field, with swells that from so far away would appear to be frozen, crowned with dazzling snow.

XXX

Sails in the Harbor

In the harbor, narrow and long like a watery road between its docks (which were not very high) where the evening lights shine,

s'arrêtaient pour regarder, comme de nobles étrangers arrivés de la veille et prêts à repartir, les navires qui y étaient assemblés. Indifférents à la curiosité qu'ils excitaient chez une foule dont ils paraissaient dédaigner la bassesse ou seulement ne pas parler la langue, ils gardaient dans l'auberge humide où ils s'étaient arrêtés une nuit, leur élan silencieux et immobile. La solidité de l'étrave ne parlait pas moins des longs voyages qui leur restaient à faire que ses avaries des fatigues qu'ils avaient déjà supportées sur ces routes glissantes, antiques comme le monde et nouvelles comme le passage qui les creuse et auquel elles ne survivent pas. Frêles et résistants, ils étaient tournés avec une fierté triste vers l'Océan qu'ils dominent et où ils sont comme perdus. La complication merveilleuse et savante des cordages se reflétait dans l'eau comme une intelligence précise et prévoyante plonge dans la destinée incertaine qui tôt ou tard la brisera. Si récemment retirés de la vie terrible et belle dans laquelle ils allaient se retremper demain, leurs voiles étaient molles encore du vent qui les avait gonflées, leur beaupré s'inclinait obliquement sur l'eau comme hier encore leur démarche, et, de la proue à la poupe, la courbure de leur coque semblait garder la grâce mystérieuse et flexible de leur sillage.

the passersby stopped to look at the boats that were assembled there, like noble strangers who had arrived the day before and were ready to leave again. Indifferent to the curiosity they aroused among the crowd, and appearing to disdain its unworthiness or simply not to speak its language, the ships kept their silent and stationary momentum in the watery inn where they had stopped for the night. The sturdiness of each stem spoke no less of the long voyages they still had to make than did its damages of the exhaustion they had already endured on those slippery roads, as ancient as the world and as new as the passage that plows them and that they do not survive. Fragile and resistant, they were turned with sad pride toward the Ocean they overlook and where they are as if lost. The marvelous and skillful complexity of the cordage was reflected in the water, like a precise and far-sighted intelligence plunges into the uncertain destiny that sooner or later will break it. So recently removed from the terrible and beautiful life into which they were going to be reimmersed tomorrow, their sails were still slack from the wind that had filled them, their bowsprits leaned obliquely over the water as the ships had done as recently as yesterday, and, from bow to stern, the curve of their hulls seemed to keep the mysterious and flexible grace of their wake.

LA FIN DE LA JALOUSIE

I

« Donne-nous les biens, soit que nous les
demandions, soit que nous ne les demandions pas, et éloigne de nous les maux quand
même nous te les demanderions. » — « Cette
prière me paraît belle et sûre. Si tu y trouves
quelque chose à reprendre, ne le cache pas. »
PLATON

« Mon petit arbre, mon petit âne, ma mère, mon frère, mon
pays, mon petit Dieu, mon petit étranger, mon petit lotus,
mon petit coquillage, mon chéri, ma petite plante, va-t'en,
laisse-moi m'habiller et je te retrouverai rue de la Baume
à huit heures. Je t'en prie, n'arrive pas après huit heures et
quart, parce que j'ai très faim. »

Elle voulut fermer la porte de sa chambre sur Honoré, mais
il lui dit encore : « Cou ! » et elle tendit aussitôt son cou avec
une docilité, un empressement exagérés qui le firent éclater
de rire :

« Quand même tu ne voudrais pas, lui dit-il, il y a entre ton
cou et ma bouche, entre tes oreilles et mes moustaches, entre
tes mains et mes mains des petites amitiés particulières. Je suis
sûr qu'elles ne finiraient pas si nous ne nous aimions plus, pas
plus que, depuis que je suis brouillé avec ma cousine Paule,
je ne peux empêcher mon valet de pied d'aller tous les soirs

THE END OF JEALOUSY

I

*"Give us good things, whether or not we ask
for them, and keep evil away from us, even if
we ask you for it." This prayer seems beautiful and certain to me. If you find anything to
correct, don't hide it.*

(Plato)[1]

"My little tree, my little donkey, my mother, my brother, my
country, my little God, my little stranger, my little lotus, my
little seashell, my darling, my little plant, go away, let me
get dressed and I'll meet you on Rue de la Baume at eight
o'clock. Please do not arrive after eight fifteen, because I'm
very hungry."

She wanted to close her bedroom door on Honoré, but he
told her again: "Neck!" and she promptly held out her neck
with an exaggerated docility and eagerness that made him
burst out laughing:

"Even if you didn't want to," he told her, "there are, between your neck and my mouth, between your ears and my
mustache, between your hands and my hands, little particular
friendships. I'm sure they would not end if we no longer loved
each other, no more so than, since I quarreled with my cousin
Paule, I can prevent my footman from going every evening

causer avec sa femme de chambre. C'est d'elle-même et sans mon assentiment que ma bouche va vers ton cou. »

Ils étaient maintenant à un pas l'un de l'autre. Tout à coup leurs regards s'aperçurent et chacun essaya de fixer dans les yeux de l'autre la pensée qu'ils s'aimaient ; elle resta une seconde ainsi, debout, puis tomba sur une chaise en étouffant, comme si elle avait couru. Et ils se dirent presque en même temps avec une exaltation sérieuse, en prononçant fortement avec les lèvres, comme pour embrasser :

« Mon amour ! »

Elle répéta d'un ton maussade et triste, en secouant la tête :

« Oui, mon amour. »

Elle savait qu'il ne pouvait pas résister à ce petit mouvement de tête, il se jeta sur elle en l'embrassant et lui dit lentement : « Méchante ! » et si tendrement, que ses yeux à elle se mouillèrent.

Sept heures et demie sonnèrent. Il partit.

En rentrant chez lui, Honoré se répétait à lui-même : « Ma mère, mon frère, mon pays, — il s'arrêta, — oui, mon pays ! . . . mon petit coquillage, mon petit arbre », et il ne put s'empêcher de rire en prononçant ces mots qu'ils s'étaient si vite faits à leur usage, ces petits mots qui peuvent sembler vides et qu'ils emplissaient d'un sens infini. Se confiant sans y penser au génie inventif et fécond de leur amour, ils s'étaient vu peu à peu doter par lui d'une langue à eux, comme pour un peuple, d'armes, de jeux et de lois.

Tout en s'habillant pour aller dîner, sa pensée était suspendue sans effort au moment où il allait la revoir comme un gymnaste touche déjà le trapèze encore éloigné vers lequel il vole, ou comme une phrase musicale semble atteindre l'accord qui la résoudra et la rapproche de lui, de toute la distance qui l'en sépare, par la force même du désir qui la promet et l'appelle. C'est ainsi qu'Honoré traversait rapidement la vie depuis un an, se hâtant dès le matin vers l'heure de l'après-midi où il la verrait. Et ses journées en réalité n'étaient pas composées de douze ou quatorze heures différentes, mais de quatre ou cinq demi-heures, de leur attente et de leur souvenir.

to chat with her chambermaid. It is of its own volition and without my consent that my mouth goes toward your neck." They were now one step apart. All of a sudden, their gazes met and each tried to fasten in the eyes of the other the thought that they loved each other; she remained that way for a second, standing, then fell back into a chair, panting, as if she had been running. And they told each other, almost at the same time, with a serious exaltation, pronouncing strongly with their lips, as if to kiss:

"My love!"

She repeated in a sullen and sad tone, shaking her head: "Yes, my love."

She knew he couldn't resist that little movement of her head; he flung himself at her, kissed her, and slowly told her: "Wicked girl!" but so tenderly that her eyes moistened.

The clock sounded seven thirty. He left.

Returning home, Honoré was repeating to himself: "My mother, my brother, my country—he stopped—yes, my country! . . . my little seashell, my little tree." And he could not stop laughing while pronouncing these words that they had so quickly adapted to their usage, these little words that can seem empty and that they filled up with infinite meaning. Entrusting themselves, without thinking, to the inventive and fertile genius of their love, they had gradually become endowed by it with their own language, just as a country has weapons, games, and laws.

As he was dressing for dinner, his mind was effortlessly suspended on the moment when he would see her again, the way an acrobat can already touch the still distant trapeze toward which he is flying, or the way a musical phrase seems to reach the chord that will resolve it and that brings the phrase closer, across the entire distance that separates them, through the very force of desire that promises and calls out to it. This was how Honoré had been quickly crossing through life for a year, hurrying from early in the morning toward the hour of the afternoon when he would see her again. And his days were in reality not made up of twelve or fourteen different hours, but of four or five half-hours, of anticipating and remembering them.

Honoré était arrivé depuis quelques minutes chez la princesse d'Alériouvre, quand Mme Seaune entra. Elle dit bonjour à la maîtresse de la maison et aux différents invités et parut moins dire bonsoir à Honoré que lui prendre la main comme elle aurait pu le faire au milieu d'une conversation. Si leur liaison eût été connue, on aurait pu croire qu'ils étaient venus ensemble, et qu'elle avait attendu quelques instants à la porte pour ne pas entrer en même temps que lui. Mais ils auraient pu ne pas se voir pendant deux jours (ce qui depuis un an ne leur était pas encore arrivé une fois) et ne pas éprouver cette joyeuse surprise de se retrouver qui est au fond de tout bonjour amical, car, ne pouvant rester cinq minutes sans penser l'un à l'autre, ils ne pouvaient jamais se rencontrer, ne se quittant jamais.

Pendant le dîner, chaque fois qu'ils se parlaient, leurs manières passaient en vivacité et en douceur celles d'une amie et d'un ami, mais étaient empreintes d'un respect majestueux et naturel que ne connaissent pas les amants. Ils apparaissaient ainsi semblables à ces dieux que la fable rapporte avoir habité sous des déguisements parmi les hommes, ou comme deux anges dont la familiarité fraternelle exalte la joie, mais ne diminue pas le respect que leur inspire la noblesse commune de leur origine et de leur sang mystérieux. En même temps qu'il éprouvait la puissance des iris et des roses qui régnaient languissamment sur la table, l'air se pénétrait peu à peu du parfum de cette tendresse qu'Honoré et Françoise exhalaient naturellement. À certains moments, il paraissait embaumer avec une violence plus délicieuse encore que son habituelle douceur, violence que la nature ne leur avait pas permis de modérer plus qu'à l'héliotrope au soleil, ou, sous la pluie, aux lilas en fleurs.

C'est ainsi que leur tendresse n'étant pas secrète était d'autant plus mystérieuse. Chacun pouvait en approcher comme de ces bracelets impénétrables et sans défense aux poignets d'une amoureuse, qui portent écrits en caractères inconnus et visibles le nom qui la fait vivre ou qui la fait mourir, et qui semblent en offrir sans cesse le sens aux yeux curieux et déçus qui ne peuvent pas le saisir.

Honoré had been in Princess d'Alériouvre's home for a few minutes when Madame Seaune came in. She said hello to the hostess and to the various guests, and she seemed less to greet Honoré than to take his hand as she might have done in the middle of a conversation. If their love affair had been known, it might have been thought that they had arrived together, and that she had waited a few minutes at the door to avoid entering at the same time as him. However, they could have gone for two days without seeing each other (which had not yet happened to them for the past year) and not feel this joyful surprise at meeting again, which is at the heart of every friendly greeting; for, unable to remain for five minutes without thinking of each other, they could never meet, since they never left each other.

During the dinner, each time they spoke to each other, their attitudes surpassed in vivaciousness and gentleness those of two friends, but were marked by a majestic and natural respect unknown to lovers. They thus appeared to be similar to the gods who, as the fable tells it, lived in disguise among humans, or to two angels whose brotherly familiarity exalts joy, but does not diminish the respect inspired in them by the shared nobility of their origins and of their mysterious blood. At the same time as one felt the power of the irises and roses that languidly reigned over the table, the air was gradually becoming saturated with the fragrance of the affection that Honoré and Françoise naturally exuded. At certain moments, the fragrance appeared to fill the room with a pungency that was even more delicious than its usual gentleness, a pungency that nature had no more given them permission to moderate than it had to heliotropes in the sunlight, or to blooming lilacs in the rain.

Therefore their affection, not being secret, was all the more mysterious. Anyone could come near it, as to those inscrutable and defenseless bracelets on the wrists of a woman in love, bracelets on which are written in unknown and visible letters the name that makes her live or die, and which constantly seem to offer their meaning to curious and disappointed eyes that are unable to grasp it.

« Combien de temps l'aimerai-je encore ? » se disait Honoré en se levant de table. Il se rappelait combien de passions qu'à leur naissance il avait crues immortelles avaient peu duré et la certitude que celle-ci finirait un jour assombrissait sa tendresse.

Alors il se rappela que, le matin même, pendant qu'il était à la messe, au moment où le prêtre lisant l'Évangile disait : « Jésus étendant la main leur dit : Cette créature-là est mon frère, elle est aussi ma mère et tous ceux de ma famille », il avait un instant tendu à Dieu toute son âme, en tremblant, mais bien haut, comme une palme, et avait prié : « Mon Dieu ! mon Dieu ! faites-moi la grâce de l'aimer toujours. Mon Dieu, c'est la seule grâce que je vous demande, faites, mon Dieu, qui le pouvez, que je l'aime toujours ! »

Maintenant, dans une de ces heures toutes physiques où l'âme s'efface en nous derrière l'estomac qui digère, la peau qui jouit d'une ablution récente et d'un linge fin, la bouche qui fume, l'œil qui se repaît d'épaules nues et de lumières, il répétait plus mollement sa prière, doutant d'un miracle qui viendrait déranger la loi psychologique de son inconstance aussi impossible à rompre que les lois physiques de la pesanteur ou de la mort.

Elle vit ses yeux préoccupés, se leva, et, passant près de lui qui ne l'avait pas vue, comme ils étaient assez loin des autres, elle lui dit avec ce ton traînard, pleurard, ce ton de petit enfant qui le faisait toujours rire, et comme s'il venait de lui parler :

« Quoi ? »

Il se mit à rire et lui dit :

« Ne dis pas un mot de plus, ou je t'embrasse, tu entends, je t'embrasse devant tout le monde ! »

Elle rit d'abord, puis reprenant son petit air triste et mécontent pour l'amuser, elle dit :

« Oui, oui, c'est très bien, tu ne pensais pas du tout à moi ! »

Et lui, la regardant en riant, répondit :

« Comme tu sais très bien mentir ! » et, avec douceur, il ajouta : « Méchante ! méchante ! »

Elle le quitta et alla causer avec les autres. Honoré songeait : « Je tâcherai, quand je sentirai mon cœur se détacher

"How much longer will I love her?" Honoré wondered as he rose from the table. He remembered all the passions, which at their births he had thought to be immortal, but which had not lasted long; and the certainty that this one would end someday cast a gloom over his affection.

Then he recalled that, while he was at Mass that very morning, the priest reading the Gospel had said: "Jesus, stretching out his hand, told them: This is my brother, and also my mother, and all my brethren."[2] At that moment, trembling, he had lifted up his entire soul toward God, very high, like a palm branch, and he had prayed: "Dear God! Dear God! Grant me the grace to love her forever. Dear God, it is the only grace I ask of you. Dear God, you who can do it, make me love her forever!"

Now, during one of those entirely physical hours when the soul takes a back seat to the stomach that is digesting, the skin that is enjoying a recent cleansing and fine linen, the mouth that is smoking, the eyes that are reveling in bare shoulders and lights, he half-heartedly repeated his prayer, doubting that a miracle would come to disturb the psychological law of his fickleness, which was as impossible to break as the physical laws of gravity or death.

She saw the concern in his eyes, stood up, and came near him; he had not yet seen her; since they were far enough from the others, she said—in that drawn-out, crybaby tone, that little child's tone that always made him laugh—as if he had just spoken to her:

"What?"

He started laughing and told her:

"Don't say another word, or I'll kiss you. You hear me? I'll kiss you in front of everyone!"

At first she laughed; then, resuming her little sad look in order to amuse him, she said:

"Yes, yes, that's very good, you weren't thinking of me at all!"

And he, laughing as he looked at her, replied:

"You know how to lie very well!" And, gently, he added: "Wicked girl! Wicked!"

She left him and went to chat with the others. Honoré mused: "I will try, when I feel my heart moving away from

d'elle, de le retenir si doucement, qu'elle ne le sentira même pas. Je serai toujours aussi tendre, aussi respectueux. Je lui cacherai le nouvel amour qui aura remplacé dans mon cœur mon amour pour elle aussi soigneusement que je lui cache aujourd'hui les plaisirs que, seul, mon corps goûte çà et là en dehors d'elle. » (Il jeta les yeux du côté de la princesse d'Alériouvre.) Et de son côté, il la laisserait peu à peu fixer sa vie ailleurs, par d'autres attachements. Il ne serait pas jaloux, désignerait lui-même ceux qui lui paraîtraient pouvoir lui offrir un hommage plus décent ou plus glorieux. Plus il imaginait en Françoise une autre femme qu'il n'aimerait pas, mais dont il goûterait savamment tous les charmes spirituels, plus le partage lui paraissait noble et facile. Les mots d'amitié tolérante et douce, de belle charité à faire aux plus dignes avec ce qu'on possède de meilleur, venaient affluer mollement à ses lèvres détendues.

À cet instant, Françoise ayant vu qu'il était dix heures, dit bonsoir et partit. Honoré l'accompagna jusqu'à sa voiture, l'embrassa imprudemment dans la nuit et rentra.

Trois heures plus tard, Honoré rentrait à pied avec M. de Buivres, dont on avait fêté ce soir-là le retour du Tonkin. Honoré l'interrogeait sur la princesse d'Alériouvre qui, restée veuve à peu près à la même époque, était bien plus belle que Françoise. Honoré, sans en être amoureux, aurait eu grand plaisir à la posséder s'il avait été certain de le pouvoir sans que Françoise le sût et en éprouvât du chagrin.

« On ne sait trop rien sur elle, dit M. de Buivres, ou du moins on ne savait trop rien quand je suis parti, car depuis que je suis revenu, je n'ai revu personne.

— En somme, il n'y avait rien de très facile ce soir, conclut Honoré.

— Non, pas grand-chose », répondit M. de Buivres ; et comme Honoré était arrivé à sa porte, la conversation allait se terminer là, quand M. de Buivres ajouta :

« Excepté Mme Seaune à qui vous avez dû être présenté, puisque vous étiez du dîner. Si vous en avez envie, c'est très facile. Mais à moi, elle ne me dirait pas ça !

her, to hold it back, so gently that she won't even feel it. I will always be as tender, as respectful. I will hide from her the new love that will have taken her place in my heart as carefully as I now hide the pleasures that only my body occasionally enjoys away from her." (He glanced in the direction of Princess d'Alériouvre.) And as for Françoise, he would gradually allow her to establish her life elsewhere, through other attachments. He would not be jealous; he himself would point out the men who appeared to be capable of offering her a more decent or more glorious homage. The more he imagined Françoise as a different woman, whom he would not love, but all of whose spiritual charms he would skillfully savor, the more noble and easy the division appeared to him. Words, such as tolerant and sweet friendship, such as a beautiful act of charity to be done toward the most worthy, using our finest possession, such words nonchalantly flocked to his relaxed lips.

At that instant, Françoise, noticing that it was ten o'clock, said goodnight and left. Honoré accompanied her to her carriage, imprudently kissed her in the night, and went back inside.

Three hours later, Honoré was walking back home, accompanied by Monsieur de Buivres, whose return from Tonkin had been celebrated that evening. Honoré was asking him about Princess d'Alériouvre, who, widowed at about the same time, was far more beautiful than Françoise. Honoré, while he was not in love with her, would have taken great pleasure in possessing her if he had been certain of being able to do so without Françoise knowing about it and feeling sorrowful over it.

"Not much is known about her," said Monsieur de Buivres, "or at least not much was known when I left, for I haven't seen anyone since my return."

"In short, there were no easy prospects tonight," Honoré concluded.

"No, not many," Monsieur de Buivres replied; and since Honoré had arrived at his door, the conversation was about to end there, when Monsieur de Buivres added:

"With the exception of Madame Seaune, to whom you must have been introduced, since you attended the dinner. If you feel like it, it's very easy. But she wouldn't say that to me!"

— Mais je n'ai jamais entendu dire ce que vous dites, dit Honoré.

— Vous êtes jeune, répondit Buivres, et tenez, il y avait ce soir quelqu'un qui se l'est fortement payée, je crois que c'est incontestable, c'est ce petit François de Gouvres. Il dit qu'elle a un tempérament ! Mais il paraît qu'elle n'est pas bien faite. Il n'a pas voulu continuer. Je parie que pas plus tard qu'en ce moment elle fait la noce quelque part. Avez-vous remarqué comme elle quitte toujours le monde de bonne heure ?

— Elle habite pourtant, depuis qu'elle est veuve, dans la même maison que son frère, et elle ne se risquerait pas à ce que le concierge raconte qu'elle rentre dans la nuit.

— Mais, mon petit, de dix heures à une heure du matin on a le temps de faire bien des choses ! Et puis est-ce qu'on sait ? Mais une heure, il les est bientôt, il faut vous laisser vous coucher. »

Il tira lui-même la sonnette ; au bout d'un instant, la porte s'ouvrit ; Buivres tendit la main à Honoré, qui lui dit adieu machinalement, entra, se sentit en même temps pris du besoin fou de ressortir, mais la porte s'était lourdement refermée sur lui, et excepté son bougeoir qui l'attendait en brûlant avec impatience au pied de l'escalier, il n'y avait plus aucune lumière. Il n'osa pas réveiller le concierge pour se faire ouvrir et monta chez lui.

II

« Nos actes sont nos bons et nos mauvais
    anges,
les ombres fatales qui marchent à nos côtés. »
BEAUMONT ET FLETCHER

La vie avait bien changé pour Honoré depuis le jour où M. de Buivres lui avait tenu, entre tant d'autres, des propos — semblables à ceux qu'Honoré lui-même avait écoutés ou prononcés tant de fois avec indifférence, — mais qu'il ne cessait plus le jour quand il était seul, et toute la nuit, d'entendre. Il avait

"But I've never heard anyone say what you're saying," said Honoré.

"You're young," Buivres replied; "as a matter of fact, this evening there was someone who had quite a good time with her; I think there's no doubt about it; it's that little François de Gouvres. He says she's ardent! But it seems she doesn't have a nice body. He didn't want to continue. I'll bet she's living it up somewhere at this very moment. Have you noticed how early she always leaves a social event?"

"And yet, since she's been a widow, she's been living in the same house as her brother, and she wouldn't risk having the concierge gossip about her coming home in the middle of the night."

"My dear friend, from ten o'clock to one in the morning, that's enough time to do quite a few things! In any case, who knows? But it's almost one o'clock, I ought to let you go to bed."

Buivres rang the bell himself; a moment later, the door opened; Buivres held out his hand to Honoré, who said goodbye mechanically, went inside, feeling at the same time seized with a wild need to go back out; but the door had closed heavily behind him, and except for his candle that was waiting for him, burning with impatience at the foot of the stairs, there was no more light. He didn't dare wake up the concierge in order to have the door opened again, and he went up to his apartment.

II

Our acts our angels are, or good or ill,
Our fatal shadows that walk by us still.
(Beaumont and Fletcher)[3]

Life had considerably changed for Honoré since the day when Monsieur de Buivres had made some remarks (among so many others), which were similar to those that Honoré himself had heard or stated so many times with indifference, but which he no longer ceased to hear when he was alone during

tout de suite posé quelques questions à Françoise, qui l'aimait trop et souffrait trop de son chagrin pour songer à s'offenser ; elle lui avait juré qu'elle ne l'avait jamais trompé et qu'elle ne le tromperait jamais.

Quand il était près d'elle, quand il tenait ses petites mains à qui il disait, répétant les vers de Verlaine :

Belles petites mains qui fermerez mes yeux,

quand il l'entendait lui dire : « Mon frère, mon pays, mon bien-aimé », et que sa voix se prolongeait indéfiniment dans son cœur avec la douceur natale des cloches, il la croyait ; et s'il ne se sentait plus heureux comme autrefois, au moins il ne lui semblait pas impossible que son cœur convalescent retrouvât un jour le bonheur. Mais quand il était loin de Françoise, quelquefois aussi quand, étant près d'elle, il voyait ses yeux briller de feux qu'il s'imaginait aussitôt allumés autrefois, — qui sait, peut-être hier comme ils le seraient demain, — allumés par un autre ; quand, venant de céder au désir tout physique d'une autre femme, et se rappelant combien de fois il y avait cédé et avait pu mentir à Françoise sans cesser de l'aimer, il ne trouvait plus absurde de supposer qu'elle aussi lui mentait, qu'il n'était même pas nécessaire pour lui mentir de ne pas l'aimer, et qu'avant de le connaître elle s'était jetée sur d'autres avec cette ardeur qui le brûlait maintenant, — et lui paraissait plus terrible que l'ardeur qu'il lui inspirait, à elle, ne lui paraissait douce, parce qu'il la voyait avec l'imagination qui grandit tout.

Alors, il essaya de lui dire qu'il l'avait trompée ; il l'essaya non par vengeance ou besoin de la faire souffrir comme lui, mais pour qu'en retour elle lui dît aussi la vérité, surtout pour ne plus sentir le mensonge habiter en lui, pour expier les fautes de sa sensualité, puisque, pour créer un objet à sa jalousie, il lui semblait par moments que c'était son propre mensonge et sa propre sensualité qu'il projetait en Françoise.

the day, and all night. He had immediately asked Françoise a few questions; she loved him too much and suffered too much from his grief to dream of taking offense; she swore to him that she had never cheated on him and that she never would. When he was near her, when he held her little hands to which he said, repeating Verlaine's verse:

Belles petites mains qui fermerez mes yeux.[4] Pretty little hands which will close my eyes.

When he heard her say: "My brother, my country, my beloved," her voice lingering endlessly in his heart with the native sweetness of church bells, he believed her; and if he did not feel as happy as in the past, at least it did not seem impossible that his convalescent heart might one day find happiness again. But when he was far from Françoise, sometimes also when, as he was near her, he saw her eyes shining with fires that he immediately imagined were lit long ago—who knows, perhaps yesterday, as they would be tomorrow—by another man; when, having just succumbed to the entirely physical desire for another woman, and recalling how many times he had succumbed and been able to lie to Françoise without ceasing to love her, he no longer found it absurd to suppose that she too was lying to him, that it was not even necessary to stop loving him in order to lie to him, and that before knowing him she had flung herself at others with this ardor that was now burning him—and that appeared more terrible to him than the apparent sweetness of the ardor he inspired in her, because he saw her through the power of imagination, which magnifies everything.

Then he tried to tell her that he had cheated on her; he tried not out of vengeance or a need to make her suffer like him, but so that she too would tell him the truth in return, and especially so that he would no longer feel inhabited by mendacity, thus atoning for the sins of his sensuality, since, in order to create an object for his jealousy, it sometimes seemed to him that he was projecting his own mendacity and his own sensuality onto Françoise.

C'était un soir, en se promenant avenue des Champs-Élysées, qu'il essaya de lui dire qu'il l'avait trompée. Il fut effrayé en la voyant pâlir, tomber sans forces sur un banc, mais bien plus quand elle repoussa sans colère, mais avec douceur, dans un abattement sincère et désolé, la main qu'il approchait d'elle. Pendant deux jours, il crut qu'il l'avait perdue ou plutôt qu'il l'avait retrouvée. Mais cette preuve involontaire, éclatante et triste qu'elle venait de lui donner de son amour, ne suffisait pas à Honoré. Eût-il acquis la certitude impossible qu'elle n'avait jamais été qu'à lui, la souffrance inconnue que son cœur avait apprise le soir où M. de Buivres l'avait reconduit jusqu'à sa porte, non pas une souffrance pareille, ou le souvenir de cette souffrance, mais cette souffrance même n'aurait pas cessé de lui faire mal quand même on lui eût démontré qu'elle était sans raison. Ainsi nous tremblons encore à notre réveil au souvenir de l'assassin que nous avons déjà reconnu pour l'illusion d'un rêve ; ainsi les amputés souffrent toute leur vie dans la jambe qu'ils n'ont plus.

En vain, le jour il avait marché, s'était fatigué à cheval, en bicyclette, aux armes, en vain il avait rencontré Françoise, l'avait ramenée chez elle, et, le soir, avait recueilli dans ses mains, à son front, sur ses yeux, la confiance, la paix, une douceur de miel, pour revenir chez lui encore calmé et riche de l'odorante provision, à peine était-il rentré qu'il commençait à s'inquiéter, se mettait vite dans son lit pour s'endormir avant que fût altéré son bonheur qui, couché avec précaution dans tout le baume de cette tendresse récente et fraîche encore d'à peine une heure, parviendrait à travers la nuit, jusqu'au lendemain, intact et glorieux comme un prince d'Égypte ; mais il sentait que les paroles de Buivres, ou telle des innombrables images qu'il s'était formées depuis, allait apparaître à sa pensée et qu'alors ce serait fini de dormir. Elle n'était pas encore apparue, cette image, mais il la sentait là toute prête et se raidissant contre elle, il rallumait sa bougie, lisait, s'efforçait,

It was on an evening, while strolling on the Avenue des Champs-Élysées, that he tried to tell her he had cheated on her. He was frightened when he saw her turn pale and, her strength sapped, collapse onto a bench, but even more frightened when she pushed away, with no anger, but with gentleness, the hand he drew near her. For two days, he thought he had lost her, or rather that he had found her again. However, this involuntary, resounding, and sad proof of her love that she had just given him was insufficient for Honoré. Even if he had obtained the impossible certainty that she had only ever belonged to him, the previously unknown suffering that his heart had discovered on the evening that Monsieur de Buivres had accompanied him to his door—not a similar suffering, nor the memory of that suffering, but the suffering itself—would not have ceased to hurt him, even if it had been demonstrated to him that there was no cause for him to suffer. In the same way, we still tremble upon awakening at the memory of the assassin whom we have already recognized as an illusion from a dream; in the same way, amputees feel pain throughout their lives in a leg they no longer have.

Vainly, during the day, he had walked, had tired himself, on horseback, on a bicycle, in fencing, vainly he had met Françoise, had accompanied her to her home, and in the evening had gathered confidence, peace, and honeyed sweetness from her hands, her forehead, her eyes, in order to return to his home, still appeased and enriched with the fragrant bounty; no sooner had he returned than he started to worry; he quickly went to bed in order to fall asleep before his happiness could be spoiled; cautiously lying in the plentiful balm of this recent and fresh tenderness, which had started barely an hour earlier, his happiness was supposed to last throughout the night, until the following day, as intact and glorious as an Egyptian prince; but he felt that Buivres's words, or one of the innumerable images he had since formed, was going to appear in his mind, and that would put an end to his wish to sleep. This image had not yet appeared, but he could feel it near him, entirely ready; and, stiffening himself against it, he would relight his candle, would read, and would endeavor

avec le sens des phrases qu'il lisait, d'emplir sans trêve et sans y laisser de vide son cerveau pour que l'affreuse image n'ait pas un moment ou un rien de place pour s'y glisser.

Mais tout à coup, il la trouvait là qui était entrée, et il ne pouvait plus la faire sortir maintenant ; la porte de son attention qu'il maintenait de toutes ses forces à s'épuiser avait été ouverte par surprise ; elle s'était refermée, et il allait passer toute la nuit avec cette horrible compagne. Alors c'était sûr, c'était fini, cette nuit-ci comme les autres il ne pourrait pas dormir une minute ; eh bien, il allait à la bouteille de bromidia, en buvait trois cuillerées, et certain maintenant qu'il allait dormir, effrayé même de penser qu'il ne pourrait plus faire autrement que de dormir, quoi qu'il advînt, il se remettait à penser à Françoise avec effroi, avec désespoir, avec haine. Il voulait, profitant de ce qu'on ignorait sa liaison avec elle, faire des paris sur sa vertu avec des hommes, les lancer sur elle, voir si elle céderait, tâcher de découvrir quelque chose, de savoir tout, se cacher dans une chambre (il se rappelait l'avoir fait pour s'amuser étant plus jeune) et tout voir. Il ne broncherait pas d'abord pour les autres, puisqu'il l'aurait demandé avec l'air de plaisanter, — sans cela quel scandale ! quelle colère ! — mais surtout à cause d'elle, pour voir si le lendemain quand il lui demanderait : « Tu ne m'as jamais trompé ? » elle lui répondrait : « Jamais », avec ce même air aimant. Peut-être elle avouerait tout, et de fait n'aurait succombé que sous ses artifices. Et alors ç'aurait été l'opération salutaire après laquelle son amour serait guéri de la maladie qui le tuait, lui, comme la maladie d'un parasite tue l'arbre (il n'avait qu'à se regarder dans la glace éclairée faiblement par sa bougie nocturne pour en être sûr). Mais, non, car l'image reviendrait toujours, combien plus forte que celles de son imagination et avec quelle puissance d'assènement incalculable sur sa pauvre tête, il n'essayait même pas de le concevoir.

Alors, tout à coup, il songeait à elle, à sa douceur, à sa tendresse, à sa pureté et voulait pleurer de l'outrage qu'une

to fill up his brain with the meaning of the sentences he was reading, with no rest and without allowing any empty space, so that the dreadful image would not have a moment or the smallest amount of space to squeeze into.

But all of sudden, he found it there, the image had entered, and now he could no longer make it leave; the door of his attention, which he kept shut with all his strength, to the point of exhaustion, had been opened by surprise; it had closed again, and he was going to spend the whole night with that horrible companion. Then there was no doubt; it was over; that night, as during the others, he would be unable to get a moment's sleep; well then, he would go to the bottle of bromidia,[5] would drink three spoonfuls of it, and, now certain that he was going to sleep, even frightened to think that he would be unable to do anything but sleep, no matter what might happen, he started thinking about Françoise again, with dread, with despair, with hate. Taking advantage of the fact that people were unaware of his love affair with her, he wanted to make bets on her virtue with men, to throw them upon her and see if she would succumb, to try to discover something, to know everything, to hide in a room (he recalled having done it to amuse himself when he was younger) and see everything. He would not flinch, first because of the others, since he would ask in a jesting tone—otherwise, what a scandal! what anger!—but especially because of her, to see if, when he would ask her the next day, "Did you ever cheat on me?" she would answer, "Never," with that same loving look. Perhaps she would confess everything, and in fact would have succumbed only due to his trick. And then it would have been the salutary operation after which his love would be cured of the illness that was killing him, the way the disease of a parasite kills the tree (he had only to look in the mirror, weakly illuminated by his night candle, to be sure of it). But it was not to be, for the image would always come back; how much stronger than those of his imagination and with what incalculable power of hammering on his poor head? That was something he did not even try to envision.

Then, all of a sudden, he thought of her, of her sweetness, of her tenderness, of her purity, and he wanted to cry over the affront

seconde il avait songé à lui faire subir. Rien que l'idée de proposer cela à des camarades de fête !

Bientôt il sentait le frisson général, la défaillance qui précède de quelques minutes le sommeil par le bromidia. Tout d'un coup n'apercevant rien, aucun rêve, aucune sensation, entre sa dernière pensée et celle-ci, il se disait : « Comment, je n'ai pas encore dormi ? » Mais en voyant qu'il faisait grand jour, il comprenait que pendant plus de six heures, le sommeil du bromidia l'avait possédé sans qu'il le goûtât.

Il attendait que ses élancements à la tête fussent un peu calmés, puis se levait et essayait en vain par l'eau froide et la marche de ramener quelques couleurs, pour que Françoise ne le trouvât pas trop laid, sur sa figure pâle, sous ses yeux tirés. En sortant de chez lui, il allait à l'église, et là, courbé et las, de toutes les dernières forces désespérées de son corps fléchi qui voulait se relever et rajeunir, de son cœur malade et vieillissant qui voulait guérir, de son esprit, sans trêve harcelé et haletant et qui voulait la paix, il priait Dieu, Dieu à qui, il y a deux mois à peine, il demandait de lui faire la grâce d'aimer toujours Françoise, il priait Dieu maintenant avec la même force, toujours avec la force de cet amour qui jadis, sûr de mourir, demandait à vivre, et qui maintenant, effrayé de vivre, implorait de mourir, le priait de lui faire la grâce de ne plus aimer Françoise, de ne plus l'aimer trop longtemps, de ne pas l'aimer toujours, de faire qu'il puisse enfin l'imaginer dans les bras d'un autre sans souffrir, puisqu'il ne pouvait plus se l'imaginer que dans les bras d'un autre. Et peut-être il ne se l'imaginerait plus ainsi quand il pourrait l'imaginer sans souffrance.

Alors il se rappelait combien il avait craint de ne pas l'aimer toujours, combien il gravait alors dans son souvenir pour que rien ne pût les effacer, ses joues toujours tendues à ses lèvres, son front, ses petites mains, ses yeux graves, ses traits adorés. Et soudain, les apercevant réveillés de leur calme si doux par le désir d'un autre, il voulait n'y plus penser et ne revoyait que plus obstinément ses joues tendues, son front, ses petites mains — oh ! ses petites mains, elles aussi ! — ses yeux graves, ses traits détestés.

that for one second he had thought of making her endure. Just the idea of suggesting such a thing to friends at a party! Soon he felt the general shudder, the faintness that precedes by a few minutes the sleep brought on by the bromidia. All at once, noticing nothing, no dream, no sensation, between his last thought and his current one, he asked himself: "What? I haven't slept yet?" But when he saw that it was broad daylight, he understood that for more than six hours, the sleep from the bromidia had possessed him without his enjoying it.

He waited for the shooting pain in his head to subside a little, then got up and vainly tried, through cold water and walking, to bring back some color, so that Françoise wouldn't find him too ugly, to his pale face, under his drawn eyes. He stepped outside and went to church; and there, hunched over and weary, with all the last desperate strength of his bent body that wanted to straighten up and become young again, of his sick and aging heart that wanted to heal, of his mind, relentlessly harassed and panting and seeking peace, he prayed to God—God, whom, only two months ago, he had asked for the grace of always loving Françoise; he now prayed to God with the same strength, still with the strength of this love that in the past, sure of dying, asked to live, and that now, frightened of living, implored for death; he prayed to God to grant him the grace of not loving Françoise any more, not loving her too much longer, not loving her forever, to allow him finally to imagine her in the arms of another man without suffering, since he could now only imagine her in the arms of another. And perhaps he would no longer imagine her in that way when he would be able to imagine her without suffering.

Then he recalled how deeply he had feared that he would not love her forever, how deeply he then etched into his memory, so that nothing could erase them, her cheeks always offered to his lips, her forehead, her little hands, her serious eyes, her adored features. And suddenly, seeing them awakened from their very sweet calmness by another man's desire, he wanted to stop thinking of them, only to see all the more obstinately her tender cheeks, her forehead, her little hands—oh, her little hands, them too!—her serious eyes, her despised features.

À partir de ce jour, s'effrayant d'abord lui-même d'entrer dans une telle voie, il ne quitta plus Françoise, épiant sa vie, l'accompagnant dans ses visites, la suivant dans ses courses, attendant une heure à la porte des magasins. S'il avait pu penser qu'il l'empêchait ainsi matériellement de le tromper, il y aurait sans doute renoncé, craignant qu'elle ne le prît en horreur ; mais elle le laissait faire avec tant de joie de le sentir toujours près d'elle, que cette joie le gagna peu à peu, et lentement le remplissait d'une confiance, d'une certitude qu'aucune preuve matérielle n'aurait pu lui donner, comme ces hallucinés que l'on parvient quelquefois à guérir en leur faisant toucher de la main le fauteuil, la personne vivante qui occupent la place où ils croyaient voir un fantôme et en faisant ainsi chasser le fantôme du monde réel par la réalité même qui ne lui laisse plus de place.

Honoré s'efforçait ainsi, en éclairant et en remplissant dans son esprit d'occupations certaines toutes les journées de Françoise, de supprimer ces vides et ces ombres où venaient s'embusquer les mauvais esprits de la jalousie et du doute qui l'assaillaient tous les soirs. Il recommença à dormir, ses souffrances étaient plus rares, plus courtes, et si alors il l'appelait, quelques instants de sa présence le calmaient pour toute une nuit.

III

« Nous devons nous confier à l'âme jusqu'à
la fin ; car des choses aussi belles et aussi
magnétiques que les relations de l'amour ne
peuvent être supplantées et remplacées que par
des choses plus belles et d'un degré plus élevé.
EMERSON

Le salon de Mme Seaune, née princesse de Galaise-Orlandes, dont nous avons parlé dans la première partie de ce récit sous son prénom de Françoise, est encore aujourd'hui un des salons les plus recherchés de Paris. Dans une société où un titre de duchesse l'aurait confondue avec tant d'autres, son nom

As of that day, frightening himself at first for choosing such a path, he never let Françoise out of his sight, spying on her life, accompanying her during her visits, following her during her errands, waiting for hours at shop doors. If he could have thought that he was thus actually preventing her from cheating on him, he would no doubt have given up, fearing that she might be horrified by him; but she allowed him to do this with such joy at always feeling him near her, that this joy gradually spread to him, and slowly filled him with confidence, with a certainty that no material proof could have given him, like those victims of hallucinations who can sometimes be cured by being made to touch the armchair and the living person that occupy the space where they thought they were seeing a ghost, which is thus chased away from the real world by the very reality that leaves no room for the ghost.

Honoré was thus endeavoring, by mentally illuminating and filling all of Françoise's days with verifiable activities, to eliminate those gaps and those shadows in which could lurk the evil spirits of jealousy and doubt that assailed him every evening. He started to sleep again, his periods of suffering were rarer, shorter, and if he then called for her presence, a few moments of it would calm him for an entire night.

III

The soul may be trusted to the end. That which is so beautiful and attractive as these relations must be succeeded and supplanted only by what is more beautiful, and so on forever.
(Ralph Waldo Emerson, *Essays*, V. "Love")

The salon of Madame Seaune, née Princess de Galaise-Orlandes, about whom we spoke in the first part of this story under her first name, Françoise, is still today one of the most sought-after salons of Paris. In a society in which a title of Duchess would have made her similar to so many others, her bourgeois

bourgeois se distingue comme une mouche dans un visage, et en échange du titre perdu par son mariage avec M. Seaune, elle a acquis ce prestige d'avoir volontairement renoncé à une gloire qui élève si haut, pour une imagination bien née, les paons blancs, les cygnes noirs, les violettes blanches et les reines en captivité.

Mme Seaune a beaucoup reçu cette année et l'année dernière, mais son salon a été fermé pendant les trois années précédentes, c'est-à-dire celles qui ont suivi la mort d'Honoré de Tenvres.

Les amis d'Honoré qui se réjouissaient de le voir peu à peu retrouver sa belle mine et sa gaieté d'autrefois, le rencontraient maintenant à toute heure avec Mme Seaune et attribuaient son relèvement à cette liaison qu'ils croyaient toute récente.

C'est deux mois à peine après le rétablissement complet d'Honoré que survint l'accident de l'avenue du Bois-de-Boulogne, dans lequel il eut les deux jambes cassées sous un cheval emporté.

L'accident eut lieu le premier mardi de mai ; la péritonite se déclara le dimanche. Honoré reçut les sacrements le lundi et fut emporté ce même lundi à six heures du soir. Mais du mardi, jour de l'accident, au dimanche soir, il fut le seul à croire qu'il était perdu.

Le mardi, vers six heures, après les premiers pansements faits, il demanda à rester seul, mais qu'on lui montât les cartes des personnes qui étaient déjà venues savoir de ses nouvelles.

Le matin même, il y avait au plus huit heures de cela, il avait descendu à pied l'avenue du Bois-de-Boulogne. Il avait respiré tour à tour et exhalé dans l'air mêlé de brise et de soleil, il avait reconnu au fond des yeux des femmes qui suivaient avec admiration sa beauté rapide, un instant perdu au détour même de sa capricieuse gaieté, puis rattrapé sans effort et dépassé bien vite entre les chevaux au galop et fumants, goûté dans la fraîcheur de sa bouche affamée et arrosée par l'air doux, la même joie profonde qui embellissait ce matin-là la vie, du soleil, de l'ombre, du ciel, des pierres, du vent d'est et des arbres, des arbres aussi majestueux que des hommes

name is as distinguishable as a beauty mark on a face; and in exchange for the title lost through her marriage to Monsieur Seaune, she acquired the prestige of having voluntarily renounced a glory that, to a well-born imagination, so highly elevates white peacocks, black swans, white violets, and captive queens.

Madame Seaune has received many visitors this year and last year, but her salon was closed during the three preceding years, that is, the years that followed the death of Honoré de Tenvres.

Honoré's friends, who rejoiced to see him gradually recovering the healthy appearance and the cheerfulness of his earlier days, now met him at all hours in the company of Madame Seaune and attributed his revitalization to this love affair, which they thought to be quite recent.

It was barely two months after Honoré's complete recovery that the accident occurred on the Avenue du Bois-de-Boulogne, in which both his legs were broken under a runaway horse.

The accident took place on the first Tuesday in May; peritonitis set in on Sunday. Honoré received the sacraments on Monday and passed away that same Monday at six in the evening. But from Tuesday, the day of the accident, to Sunday evening, he was the only one who believed he was dying.

On Tuesday, around six o'clock, after the first dressing of the injuries was done, he asked to be left alone, but that he be brought the calling cards of those who had already come to inquire about his health.

That very morning, eight hours earlier at most, he had walked down the Avenue du Bois-de-Boulogne. He had in turn inhaled and exhaled, in the air that was mixed with breeze and sunshine; he had recognized, in the depths of the eyes of women who were following and admiring his swift beauty— the sight of which was for an instant lost in the very course of his capricious cheerfulness, then effortlessly caught up with and quickly overtaken between the galloping, steaming horses— he had tasted in the coolness of his mouth, famished and drenched by the sweet air, the same deep joy that embellished life, that morning, with sunshine, with shade, with the sky, with stones, with the east wind, and with trees—trees as majestic as

debout, aussi reposés que des femmes endormies dans leur étincelante immobilité.

À un moment, il avait regardé l'heure, était revenu sur ses pas et alors . . . alors cela était arrivé. En une seconde, le cheval qu'il n'avait pas vu lui avait cassé les deux jambes. Cette seconde-là ne lui apparaissait pas du tout comme ayant dû être nécessairement telle. A cette même seconde il aurait pu être un peu plus loin, ou un peu moins loin, ou le cheval aurait pu être détourné, ou, s'il y avait eu de la pluie, il serait rentré plus tôt chez lui, ou, s'il n'avait pas regardé l'heure, il ne serait pas revenu sur ses pas et aurait poursuivi jusqu'à la cascade. Mais pourtant cela qui aurait si bien pu ne pas être qu'il pouvait feindre un instant que cela n'était qu'un rêve, cela était une chose réelle, cela faisait maintenant partie de sa vie, sans que toute sa volonté y pût rien changer. Il avait les deux jambes cassées et le ventre meurtri. Oh ! l'accident en lui-même n'était pas si extraordinaire; il se rappelait qu'il n'y avait pas huit jours, pendant un dîner chez le docteur S . . . , on avait parlé de C . . . , qui avait été blessé de la même manière par un cheval emporté. Le docteur, comme on demandait de ses nouvelles, avait dit : « Son affaire est mauvaise. » Honoré avait insisté, questionné sur la blessure, et le docteur avait répondu d'un air important, pédantesque et mélancolique : « Mais ce n'est pas seulement la blessure ; c'est tout un ensemble ; ses fils lui donnent de l'ennui ; il n'a plus la situation qu'il avait autrefois ; les attaques des journaux lui ont porté un coup. Je voudrais me tromper, mais il est dans un fichu état. » Cela dit, comme le docteur se sentait au contraire, lui, dans un excellent état, mieux portant, plus intelligent et plus considéré que jamais, comme Honoré savait que Françoise l'aimait de plus en plus, que le monde avait accepté leur liaison et s'inclinait non moins devant leur bonheur que devant la grandeur du caractère de Françoise ; comme enfin, la femme du docteur S . . . , émue en se représentant la fin misérable et l'abandon de C . . . , défendait par hygiène à elle-même et à ses enfants aussi bien de penser à des événements tristes que d'assister à des enterrements, chacun répéta une dernière fois : « Ce pauvre C . . . , son affaire est

upright men, as restful as sleeping women in their gleaming immobility.

At one moment, he checked the time, turned back, and then . . . then it happened. In an instant, the horse he had not seen had broken both his legs. That instant did not at all appear to him to have been necessarily so. At that same instant, he could have been slightly farther away, or slightly less far, or the horse could have been diverted from its course, or, if it had rained, he would have returned home earlier, or, if he had not checked the time, he would not have turned back and would have continued walking to the cascade. And yet, that which might so easily not have been—he could even pretend for a moment that it was only a dream—was real; it was now a part of his life, and all of his willpower could not change any of it. He had both legs broken and a bruised abdomen. Oh, the accident itself was not so extraordinary; he recalled that only a week earlier, during a dinner at the home of Dr. S., the conversation had turned to C., who had been injured in the same way by a runaway horse. The doctor, when asked about his condition, had said: "His case is a bad one." Honoré had insisted, had asked about the injury, and the doctor had replied in a portentous, pedantic, and melancholic tone: "But it's not only the injury; it's a whole set of things; he's concerned about his sons; his circumstances are not what they were in the past; the criticisms of the newspapers have worn him down. I hope I'm mistaken, but he's in a sorry state." That having been said, since the doctor felt that he himself, by contrast, was in an excellent state, in better health, more intelligent, and more highly regarded than ever, since Honoré knew that Françoise loved him more and more, that high society had accepted their love affair and bowed down before their happiness no less than before Françoise's greatness of character; since, finally, Dr. S.'s wife, who was moved when she imagined C.'s miserable end and abandonment, prohibited herself and her children, for reasons of hygiene, from thinking about sad events or attending funerals, each of the dinner guests repeated one last time, "Poor C., his case is a

mauvaise » en avalant une dernière coupe de vin de Champagne, et en sentant au plaisir qu'il éprouvait à la boire que
« leur affaire » à eux était excellente. Mais ce n'était plus du tout la même chose. Honoré maintenant se sentant submergé par la pensée de son malheur,
comme il l'avait souvent été par la pensée du malheur des
autres, ne pouvait plus comme alors reprendre pied en lui-
même. Il sentait se dérober sous ses pas ce sol de la bonne
santé sur lequel croissent nos plus hautes résolutions et nos
joies les plus gracieuses, comme ont leurs racines dans la
terre noire et mouillée les chênes et les violettes ; et il butait
à chaque pas en lui-même. En parlant de C ... à ce dîner
auquel il repensait, le docteur avait dit : « Déjà avant l'accident et depuis les attaques des journaux, j'avais rencontré
C ..., je lui avais trouvé la mine jaune, les yeux creux, une
sale tête !» Et le docteur avait passé sa main d'une adresse
et d'une beauté célèbres sur sa figure rose et pleine, au long
de sa barbe fine et bien soignée et chacun avait imaginé avec
plaisir sa propre bonne mine comme un propriétaire s'arrête à
regarder avec satisfaction son locataire, jeune encore, paisible
et riche. Maintenant Honoré se regardant dans la glace était
effrayé de « sa mine jaune », de sa « sale tête ». Et aussitôt la
pensée que le docteur dirait pour lui les mêmes mots que pour
C ..., avec la même indifférence, l'effraya. Ceux mêmes qui
viendraient à lui pleins de pitié s'en détourneraient assez vite
comme d'un objet dangereux pour eux ; ils finiraient par obéir
aux protestations de leur bonne santé, de leur désir d'être
heureux et de vivre. Alors sa pensée se reporta sur Françoise,
et, courbant les épaules, baissant la tête malgré soi, comme si
le commandement de Dieu avait été là, levé sur lui, il comprit
avec une tristesse infinie et soumise qu'il fallait renoncer à
elle. Il eut la sensation de l'humilité de son corps incliné dans
sa faiblesse d'enfant, avec sa résignation de malade, sous ce
chagrin immense, et il eut pitié de lui comme souvent, à toute
la distance de sa vie entière, il s'était aperçu avec attendrissement tout petit enfant, et il eut envie de pleurer.

bad one," while drinking one last glass of champagne, and while feeling, from the pleasure obtained by drinking it, that "their own case" was excellent. But this was no longer the same thing at all. Honoré, who now felt overwhelmed by the thought of his misfortune, as he had often been by the thought of the misfortune of others, could no longer even mentally get back on his feet.[6] He could feel the ground give in under him, that ground of good health upon which arise our highest resolutions and our most graceful joys, as oaks and violets are rooted in black, wet earth; and he stumbled with each step within himself. While speaking about C. during that dinner Honoré was thinking back to, the doctor had said: "When I met C., even before the accident and after the newspapers' criticisms, I noticed he had sunken eyes and a sallow complexion; he simply looked terrible!" And the doctor had passed his hand, famous for its skill and beauty, over his pink and full face, along his thin and well-groomed beard, and each of the dinner guests had imagined with pleasure his own healthy appearance, much like a landlord pauses to observe with satisfaction his tenant, still young, tranquil, and rich. Now, Honoré, looking at himself in the mirror, was frightened of his "sallow complexion," of "simply looking terrible." And immediately, the thought that the doctor would say the same things about him as he had about C., with the same indifference, frightened him. Even those people who would come to him full of pity would turn away from him fairly quickly, as if he were a dangerous object to them; they would end up obeying the protests of their good health, of their desire to be happy and to live. Then his thoughts turned back to Françoise, and, hunching his shoulders, bowing his head in spite of himself, as if God's commandment had been there, raised over him, he understood with infinite and submissive sadness that he would have to give her up. He experienced the sensation of the humility of his bowed body in its childlike weakness, as a resigned sick man, under this immense grief, and he pitied himself as he had often done, throughout the entire span of his life, when he had affectionately perceived himself as a small child, and he felt like crying.

Il entendit frapper à la porte. On apportait les cartes qu'il avait demandées. Il savait bien qu'on viendrait chercher de ses nouvelles, car il n'ignorait pas que son accident était grave, mais tout de même, il n'avait pas cru qu'il y aurait tant de cartes, et il fut effrayé de voir que tant de gens étaient venus, qui le connaissaient si peu et ne se seraient dérangés que pour son mariage ou son enterrement. C'était un monceau de cartes et le concierge le portait avec précaution pour qu'il ne tombât pas du grand plateau, d'où elles débordaient. Mais tout d'un coup, quand il les eut toutes près de lui, ces cartes, le monceau lui apparut une toute petite chose, ridiculement petite vraiment, bien plus petite que la chaise ou la cheminée. Et il fut plus effrayé encore que ce fût si peu, et se sentit si seul, que pour se distraire il se mit fiévreusement à lire les noms ; une carte, deux cartes, trois cartes, ah ! il tressaillit et de nouveau regarda : « Comte François de Gouvres ». Il devait bien pourtant s'attendre à ce que M. de Gouvres vînt prendre de ses nouvelles, mais il y avait longtemps qu'il n'avait pensé à lui, et tout de suite la phrase de Buivres : « *Il y avait ce soir quelqu'un qui a dû rudement se la payer, c'est François de Gouvres ; — il dit qu'elle a un tempérament ! mais il paraît qu'elle est affreusement faite, et il n'a pas voulu continuer* », lui revint, et sentant toute la souffrance ancienne qui du fond de sa conscience remontait en un instant à la surface, il se dit : « Maintenant je me réjouis si je suis perdu. Ne pas mourir, rester cloué là, et, pendant des années, tout le temps qu'elle ne sera pas auprès de moi, une partie du jour, toute la nuit, la voir chez un autre ! Et maintenant ce ne serait plus par maladie que je la verrais ainsi, ce serait sûr. Comment pourrait-elle m'aimer encore ? un amputé ! » Tout d'un coup il s'arrêta. « Et si je meurs, après moi ? »

Elle avait trente ans, il franchit d'un saut le temps plus ou moins long où elle se souviendrait, lui serait fidèle. Mais il viendrait un moment . . . « Il dit « *qu'elle a un tempérament . . .* « Je veux vivre, je veux vivre et je veux marcher, je veux la suivre partout, je veux être beau, je veux qu'elle m'aime ! »

He heard a knock at the door. The calling cards he had asked for were brought to him. He well knew that people would come to inquire about his health, for he was not unaware that his accident was serious; nevertheless, he had not thought that there would be so many cards, and he was frightened to see that so many people had come, people who barely knew him and who would only have troubled themselves for his wedding or his funeral. It was a heap of cards and the concierge was carrying it cautiously so that it would not fall off the large tray, from which the cards were overflowing. But all of a sudden, when he had all those cards near him, the heap appeared to him to be quite small, even ridiculously small, much smaller than the chair, or the fireplace. And he was still more frightened that there was so little, and felt so alone that, in order to distract himself, he feverishly started to read the names; one card, two cards, three cards . . . Ah! He shuddered and looked again: "Comte François de Gouvres." He should of course have expected that Monsieur de Gouvres would come to ask about his health, but Honoré had not thought of him for quite some time, and immediately Buivres's words came back to him: *"This evening, there was someone who must have had quite a good time with her; it's François de Gouvres. He says she's ardent! But it seems she doesn't have a nice body at all. He didn't want to continue."* And feeling all the old torment that instantly rose from the depths of his consciousness back to the surface, he told himself: "Now I can rejoice if I'm dying. Not to die, to remain confined here, and for years, all the time she won't be near me, part of the day, all night, to see her with another! And now it would no longer be due to illness that I would see her thus, it would be certain. How could she still love me? An amputee!" All of a sudden, he stopped. "And if I die, what happens after me?"

She was thirty years old; in one mental leap, he crossed over the more or less long period during which she would remember, would be faithful to him. But there would come a time . . . "He said that *'she's ardent . . .'* I want to live, I want to live and I want to walk, I want to follow her everywhere, I want to be handsome, I want her to love me!"

À ce moment, il eut peur en entendant sa respiration qui sifflait, il avait mal au côté, sa poitrine semblait s'être rapprochée de son dos, il ne respirait pas comme il voulait, il essayait de reprendre haleine et ne pouvait pas. À chaque seconde il se sentait respirer et ne pas respirer assez. Le médecin vint. Honoré n'avait qu'une légère attaque d'asthme nerveux. Le médecin parti, il fut plus triste ; il aurait préféré que ce fût plus grave et être plaint. Car il sentait bien que si cela n'était pas grave, autre chose l'était et qu'il s'en allait. Maintenant il se rappelait toutes les souffrances physiques de sa vie, il se désolait ; jamais ceux qui l'aimaient le plus ne l'avaient plaint sous prétexte qu'il était nerveux. Dans les mois terribles qu'il avait passés après son retour avec Buivres, quand à sept heures il s'habillait après avoir marché toute la nuit, son frère qui se réveillait un quart d'heure les nuits qui suivent des dîners trop copieux lui disait :

« Tu t'écoutes trop ; moi aussi, il y a des nuits où je ne dors pas. Et puis, on croit qu'on ne dort pas, on dort toujours un peu. »

C'est vrai qu'il s'écoutait trop ; au fond de sa vie, il écoutait toujours la mort qui jamais ne l'avait laissé tout à fait et qui, sans détruire entièrement sa vie, la minait, tantôt ici, tantôt là. Maintenant son asthme augmentait, il ne pouvait pas reprendre haleine, toute sa poitrine faisait un effort douloureux pour respirer. Et il sentait le voile qui nous cache la vie, la mort qui est en nous, s'écarter et il apercevait l'effrayante chose que c'est de respirer, de vivre.

Puis, il se trouva reporté au moment où elle serait consolée, et alors, qui ce serait-il ? Et sa jalousie s'affola de l'incertitude de l'événement et de sa nécessité. Il aurait pu l'empêcher en vivant, il ne pouvait pas vivre et alors ? Elle dirait qu'elle entrerait au couvent, puis quand il serait mort se raviserait. Non ! il aimait mieux ne pas être deux fois trompé, savoir. — Qui ? — Gouvres, Alériouvre, Buivres, Breyves ? Il les aperçut tous et, en serrant ses dents contre ses dents, il sentit la révolte furieuse qui devait à ce moment indigner sa figure.

At that moment, he was scared at hearing his breathing that whistled, his side hurt, his chest seemed to have moved closer to his back, he could not breathe the way he wanted, he tried to catch his breath but could not. At each second, he felt himself breathing and not breathing enough. The doctor came. Honoré only had a light attack of nervous asthma.[7] Once the doctor was gone, he was sadder; he would have wanted it to be more serious, so that people would feel sorry for him. For he could easily sense that if that wasn't serious, something else was, and that he was departing this world. Now he remembered all the physical sufferings of his life; he was distressed; never had those who loved him the most felt sorry for him on the pretext that he was nervous. During the terrible months he had spent after his walk home with Buivres, when he would get dressed at seven after having walked all night, his brother, who only stayed awake for fifteen minutes on the nights that followed overly copious dinners, told him:

"You listen to yourself too much; me too, there are nights when I don't sleep. Besides, we think we don't sleep, but we always sleep a little."

It was true that he listened to himself too much; in the depths of his life, he always listened to death, which had never completely left him, and which, without entirely destroying his life, undermined it, sometimes here, sometimes there. Now his asthma grew worse; he could not catch his breath; his entire chest was making a painful effort to breathe. And he felt the veil that conceals life from us, the death that is inside us, moving away, and he could see how frightening it is to breathe, to live.

Then he found himself returned to the moment when she would be consoled—and then, who would it be? And his jealousy panicked over the uncertainty of the event and of its necessity. He could have prevented it by living; he could not live, and then what? She would say that she would join a convent; then, after his death, she would think better of it. No! He would rather not be deceived twice, would rather know—who?—Gouvres, Alériouvre, Buivres, Breyves? He saw them all and, by clenching his teeth against his teeth, he felt the furious revolt that must have brought indignation to his face at that moment.

Il se calma lui-même. Non, ce ne sera pas cela, pas un homme de plaisir, il faut que cela soit un homme qui l'aime vraiment. Pourquoi est-ce que je ne veux pas que ce soit un homme de plaisir ? Je suis fou de me le demander, c'est si naturel. Parce que je l'aime pour elle-même, que je veux qu'elle soit heureuse. — Non, ce n'est pas cela, c'est que je ne veux pas qu'on excite ses sens, qu'on lui donne plus de plaisir que je ne lui en ai donné, qu'on lui en donne du tout. Je veux bien qu'on lui donne du bonheur, je veux bien qu'on lui donne de l'amour, mais je ne veux pas qu'on lui donne du plaisir. Je suis jaloux du plaisir de l'autre, de son plaisir à elle. Je ne serai pas jaloux de leur amour. Il faut qu'elle se marie, qu'elle choisisse bien . . . Ce sera triste tout de même.

Alors un de ses désirs de petit enfant lui revint, du petit enfant qu'il était quand il avait sept ans et se couchait tous les soirs à huit heures. Quand sa mère, au lieu de rester jusqu'à minuit dans sa chambre qui était à côté de celle d'Honoré, puis de s'y coucher, devait sortir vers onze heures et jusque-là s'habiller, il la suppliait de s'habiller avant dîner et de partir n'importe où, ne pouvant supporter l'idée, pendant qu'il essayait de s'endormir, qu'on se préparait dans la maison pour une soirée, pour partir. Et pour lui faire plaisir et le calmer, sa mère tout habillée et décolletée à huit heures venait lui dire bonsoir, et partait chez une amie attendre l'heure du bal. Ainsi seulement, dans ces jours si tristes pour lui où sa mère allait au bal, il pouvait, chagrin, mais tranquille, s'endormir.

Maintenant la même prière qu'il faisait à sa mère, la même prière à Françoise lui montait aux lèvres. Il aurait voulu lui demander de se marier tout de suite, qu'elle fût prête, pour qu'il pût enfin s'endormir pour toujours, désolé, mais calme, et point inquiet de ce qui se passerait après qu'il se serait endormi.

Les jours qui suivirent, il essaya de parler à Françoise qui, comme le médecin lui-même, ne le croyait pas perdu et repoussa avec une énergie douce mais inflexible la proposition d'Honoré.

Ils avaient tellement l'habitude de se dire la vérité, que chacun disait même la vérité qui pouvait faire de la peine à l'autre, comme si tout au fond de chacun d'eux, de leur être nerveux et sensible dont il fallait ménager les susceptibilités, ils avaient

He calmed himself down. No, it won't be that, not a man of pleasure; it must be a man who truly loves her. Why don't I want it to be a man of pleasure? I'm crazy to ask myself that; it's so natural. Because I love her for herself, because I want her to be happy—no, it's not that, it's that I don't want anyone to arouse her senses, to give her more pleasure than I did, to give her any pleasure. It's all right with me[8] if someone gives her happiness, if someone gives her love, but I don't want anyone to give her pleasure. I'm jealous of the other man's pleasure, of her pleasure. I will not be jealous of their love. She must get married, must choose well . . . It will nevertheless be sad.

Then one of his childhood desires came back to him, a desire of the seven-year-old child he once was, when he went to bed every evening at eight. When his mother—instead of staying until midnight in her room, which was next to Honoré's, and then going to bed—was supposed to go out around eleven and get dressed by then, he would beg her to dress before dinner and to go out anywhere, since he could not stand the thought that, while he was trying to fall asleep, someone in the house was getting ready to go out for a social event. An in order to please him and calm him, his mother, dressed in full evening attire at eight o'clock, came to say goodnight to him, and left for a friend's house to wait for the beginning of the ball. Only thus, during those very sad days when his mother went to the ball, could he fall asleep, distressed, but tranquil.

Now the same plea that he had made to his mother, the same plea to Françoise rose to his lips. He would have wanted to ask her to get married right away, ask her to be ready; so that he would finally be able to fall asleep forever, despondent, but calm, and not worried about what would happen after he fell asleep.

During the days that followed, he tried to speak to Françoise, who, like the doctor himself, did not believe he was dying and who rejected Honoré's offer with gentle but inflexible strength.

They were so accustomed to telling each other the truth that each even told the truth that might hurt the other, as if in the depths of each of them, of their nervous and sensitive being whose susceptibilities had to be spared, they had

senti la présence d'un Dieu, supérieur et indifférent à toutes
ces précautions bonnes pour des enfants, et qui exigeait et
devait la vérité. Et envers ce Dieu qui était au fond de Françoise, Honoré, et envers ce Dieu qui était au fond d'Honoré,
Françoise, s'étaient toujours senti des devoirs devant qui cédaient le désir de ne pas se chagriner, de ne pas s'offenser, les
mensonges les plus sincères de la tendresse et de la pitié.

Aussi quand Françoise dit à Honoré qu'il vivrait, il sentit
bien qu'elle le croyait et se persuada peu à peu de le croire :
« Si je dois mourir, je ne serai plus jaloux quand je serai
mort ; mais jusqu'à ce que je sois mort ? Tant que mon corps
vivra, oui ! Mais puisque je ne suis jaloux que du plaisir,
puisque c'est mon corps qui est jaloux, puisque ce dont je cuis
jaloux, ce n'est pas de son cœur, ce n'est pas de son bonheur,
que je veux, par qui sera le plus capable de le faire ; quand
mon corps s'effacera, quand l'âme l'emportera sur lui, quand
je serai détaché peu à peu des choses matérielles comme un
soir déjà quand j'ai été très malade, alors que je ne désirerai
plus follement le corps et que j'aimerai d'autant plus l'âme, je
ne serai plus jaloux. Alors véritablement j'aimerai. Je ne peux
pas bien concevoir ce que ce sera, maintenant que mon corps
est encore tout vivant et révolté, mais je peux l'imaginer un
peu, par ces heures où ma main dans la main de Françoise,
je trouvais dans une tendresse infinie et sans désirs l'apaisement de mes souffrances et de ma jalousie. J'aurai bien du
chagrin en la quittant, mais de ce chagrin qui autrefois me
rapprochait encore de moi-même, qu'un ange venait consoler en moi, ce chagrin qui m'a révélé l'ami mystérieux des
jours de malheur, mon âme, ce chagrin calme, grâce auquel
je me sentirai plus beau pour paraître devant Dieu, et non la
maladie horrible qui m'a fait mal pendant si longtemps sans
élever mon cœur, comme un mal physique qui lancine, qui
dégrade et qui diminue. C'est avec mon corps, avec le désir
de son corps que j'en serai délivré. — Oui, mais jusque-là,
que deviendrai-je ? plus faible, plus incapable d'y résister que
jamais, abattu sur mes deux jambes cassées, quand, voulant
courir à elle pour voir qu'elle n'est pas où j'aurai rêvé, je reste-
rai là, sans pouvoir bouger, berné par tous ceux qui pourront

felt the presence of a God, who was superior and indifferent to all these precautions that were good for children only, and who demanded and owed the truth. And toward this God who was in the depths of Françoise, Honoré, and toward this God who was in the depths of Honoré, Françoise, each had always felt duties that superseded the desire not to distress or offend the other as well as the sincerest lies of tenderness and pity.

Thus, when Françoise told Honoré that he would live, he strongly felt that she believed it, and he gradually persuaded himself to believe it:

"If I must die, I will no longer be jealous when I am dead; but until I die? As long as my body lives, yes! However, since I am only jealous of pleasure, since it is my body that is jealous, since what I am jealous of is not her heart, not her happiness, which I want, with whoever will be the most capable of making her happy; when my body disappears, when my soul overcomes it, when I am gradually detached from material things, as already happened one evening when I was very sick, when I no longer wildly desire the body and when I love the soul all the more, then I will no longer be jealous. Then I will truly love. I cannot clearly perceive what that will be, now that my body is still fully alive and in revolt, but I can imagine it a little through those hours when, my hand in Françoise's hand, I found relief from my suffering and my jealousy in an infinite tenderness, with no desire. I will have much sorrow when I leave her, but it will be the sorrow that formerly brought me still closer to myself, the sorrow for which an angel would come to console me, the sorrow that revealed to me that mysterious friend of the days of unhappiness, my soul, that calm sorrow, thanks to which I will feel more worthy of appearing before God, and not the horrible sickness that hurt me for so long without elevating my heart, like a physical illness that torments, that degrades, and that diminishes. It is with my body, with the desire for her body that I will be freed from that—yes, but until then, what will I become? Weaker, more incapable of resisting than ever, despondent on my two broken legs, when, while wanting to run to her to see if she is where I will dream her to be, I will remain here, unable to move, deceived by all those who will be able to

" *se la payer* " tant qu'ils voudront à ma face d'infirme qu'ils ne craindront plus. »

La nuit du dimanche au lundi, il rêva qu'il étouffait, sentait un poids énorme sur sa poitrine. Il demandait grâce, n'avait plus la force de déplacer tout ce poids, le sentiment que tout cela était ainsi sur lui depuis très longtemps lui était inexplicable, il ne pouvait pas le tolérer une seconde de plus, il suffoquait. Tout d'un coup, il se sentit miraculeusement allégé de tout ce fardeau qui s'éloignait, s'éloignait, l'ayant à jamais délivré. Et il se dit : « Je suis mort ! »

Et, au-dessus de lui, il apercevait monter tout ce qui avait si longtemps pesé ainsi sur lui à l'étouffer ; il crut d'abord que c'était l'image de Gouvres, puis seulement ses soupçons, puis ses désirs, puis cette attente d'autrefois dès le matin, criant vers le moment où il verrait Françoise, puis la pensée de Françoise. Cela prenait à toute minute une autre forme, comme un nuage, cela grandissait, grandissait sans cesse, et maintenant il ne s'expliquait plus comment cette chose qu'il comprenait être immense comme le monde avait pu être sur lui, sur son petit corps d'homme faible, sur son pauvre cœur d'homme sans énergie et comment il n'en avait pas été écrasé. Et il comprit aussi qu'il en avait été écrasé et que c'était une vie d'écrasé qu'il avait menée. Et cette immense chose qui avait pesé sur sa poitrine de toute la force du monde, il comprit que c'était son amour.

Puis il se redit : « Vie d'écrasé ! » et il se rappela qu'au moment où le cheval l'avait renversé, il s'était dit : « Je vais être écrasé », il se rappela sa promenade, qu'il devait ce matin-là aller déjeuner avec Françoise, et alors, par ce détour, la pensée de son amour lui revint. Et il se dit : « Est-ce mon amour qui pesait sur moi ? Qu'est-ce que ce serait si ce n'était mon amour ? Mon caractère, peut-être ? Moi ? ou encore la vie ? » Puis il pensa : « Non, quand je mourrai, je ne serai pas délivré de mon amour, mais de mes désirs charnels, de mon envie charnelle, de ma jalousie. » Alors il dit : « Mon Dieu, faites venir cette heure, faites-la venir vite, mon Dieu, que je connaisse le parfait amour. »

'have a good time with her' as much as they want, in front of a cripple whom they will no longer fear."

From Sunday night until the morning, he dreamed he was suffocating and felt an enormous weight on his chest. He begged for mercy, did not have enough strength to remove all this weight; the feeling that all of it had been on top of him for quite some time was inexplicable to him; he could not tolerate it a moment longer, he was suffocating. Suddenly, he felt miraculously relieved of all this burden that was moving away, farther, farther, having finally released him. And he said to himself: "I am dead."

And he could see, rising above him, everything that had for so long weighed upon him, to the point of suffocating him; at first he thought it was Gouvres's face, then only his suspicions, then his desires, then that past period of waiting and calling out, from the morning to the moment when he would see Françoise, then the thought of Françoise. At every moment, the rising burden was changing its shape, like a cloud; it was expanding, expanding continuously, and now he could no longer understand how this thing, which he understood to be as immense as the world, could have been on top of him, on his puny, weak human body, on his poor, lethargic human heart, nor could he understand how he had not been crushed by it. And he also understood that he *had* been crushed by it, that he had led the life of a crushed man. And that immense thing that had weighed on his chest with all the strength in the world, he understood that it was his love.

Then he repeated to himself: "The life of a crushed man!"; and he remembered that, at the moment the horse had knocked him down, he had told himself: "I'm going to be crushed"; he remembered his stroll, remembered that he was supposed to go have lunch that day with Françoise, and then, through that detour, the thought of his love came back to him. And he told himself: "Was it my love that was weighing on me? What could it be if it wasn't my love? My personality, perhaps? Me? Or could it be life?" Then he thought: "No, when I die, I will not be freed from my love, but from my carnal desires, from my carnal envy, from my jealousy." Then he said: "Dear God, make that moment arrive, make it arrive quickly, Dear God, that I may know perfect love."

Le dimanche soir, la péritonite s'était déclarée; le lundi matin vers dix heures, il fut pris de fièvre, voulait Françoise, l'appelait, les yeux ardents : « Je veux que tes yeux brillent aussi, je veux te faire plaisir comme je ne t'ai jamais fait . . . je veux te faire . . . je t'en ferai mal. » Puis soudain, il pâlissait de fureur. « Je vois bien pourquoi tu ne veux pas, je sais bien ce que tu t'es fait faire ce matin, et où et par qui, et je sais qu'il voulait me faire chercher, me mettre derrière la porte pour que je vous voie, sans pouvoir me jeter sur vous, puisque je n'ai plus mes jambes, sans pouvoir vous empêcher, parce que vous auriez eu encore plus de plaisir en me voyant là pendant; il sait si bien tout ce qu'il faut pour te faire plaisir, mais je le tuerai avant, avant je te tuerai, et encore avant je me tuerai. Vois ! je me suis tué ! » Et il retombait sans force sur l'oreiller.

Il se calma peu à peu et toujours cherchant avec qui elle pourrait se marier après sa mort, mais c'étaient toujours les images qu'il écartait, celle de François de Gouvres, celle de Buivres, celles qui le torturaient, qui revenaient toujours.

À midi, il avait reçu les sacrements. Le médecin avait dit qu'il ne passerait pas l'après-midi. Il perdait extrêmement vite ses forces, ne pouvait plus absorber de nourriture, n'entendait presque plus. Sa tête restait libre et sans rien dire, pour ne pas faire de peine à Françoise qu'il voyait accablée, il pensait à elle après qu'il ne serait plus rien, qu'il ne saurait plus rien d'elle, qu'elle ne pourrait plus l'aimer.

Les noms qu'il avait dits machinalement, le matin encore, de ceux qui la posséderaient peut-être, se remirent à défiler dans sa tête pendant que ses yeux suivaient une mouche qui s'approchait de son doigt comme si elle voulait le toucher, puis s'envolait et revenait sans le toucher pourtant ; et comme, ranimant son attention un moment endormie, revenait le nom de François de Gouvres, et il se dit qu'en effet peut-être il la posséderait et en même temps il pensait : « Peut-être la mouche va-t-elle

Sunday evening, peritonitis had set in; Monday morning around ten o'clock, he was taken with a fever; he wanted Françoise, called out to her, his eyes were ardent: "I want your eyes to shine too, I want to give you pleasure like I've never given you . . . I want to give it to you . . . I want you to hurt from it." Then suddenly, he grew pale with fury. "I can see why you don't want it, I know very well what you had done to yourself this morning, and where and by whom, and I know he wanted to have me brought there, to put me behind the door so I could see you, without being able to throw myself at you, since I no longer have my legs, without being able to prevent you, because you would have had even more pleasure from seeing me there during; he is so familiar with everything you need to give you pleasure, but I'll kill him before, before that I'll kill you, and even before that I'll kill myself. Look! I've killed myself!" And he fell back, out of strength, on the pillow.

He calmed down little by little, still looking for someone with whom she could get married after his death, but it was always the images he pushed aside, of François de Gouvres, of de Buivres, the images that were torturing him, which always came back.

At noon, he received the sacraments. The doctor said he would not last the afternoon. He was losing his strength extremely quickly, could no longer absorb food, and could hardly hear any more. His head remained free and without saying anything, so as not to hurt Françoise, who he could see was overwhelmed; he thought about her after he would be no more, after he would know nothing about her anymore, after she would not be able to love him anymore.

The words he had mechanically said, that very morning, about those men who would perhaps possess her, started to parade through his mind again while his eyes were following a fly that was coming near his finger, as if it wanted to touch him, then it would fly off and come back, still without touching him; and since the name of François de Gouvres kept coming back, thus reviving his momentarily slumbering attention, he told himself that Gouvres might indeed possess her; at the same time, Honoré thought: "Maybe the fly will

toucher le drap ? non, pas encore », alors se tirant brusquement de sa rêverie : « Comment ? l'une des deux choses ne me
paraît pas plus importante que l'autre ! Gouvres possédera-t-il
Françoise, la mouche touchera-t-elle le drap ? oh ! la possession
de Françoise est un peu plus importante. » Mais l'exactitude
avec laquelle il voyait la différence qui séparait ces deux événements lui montra qu'ils ne le touchaient pas beaucoup plus
l'un que l'autre. Et il se dit : « Comment, cela m'est si égal !
Comme c'est triste. » Puis il s'aperçut qu'il ne disait : « comme
c'est triste » que par habitude et qu'ayant changé tout à fait,
il n'était plus triste d'avoir changé. Un vague sourire desserra
ses lèvres. « Voilà, se dit-il, mon pur amour pour Françoise. Je
ne suis plus jaloux, c'est que je suis bien près de la mort ; mais
qu'importe, puisque cela était nécessaire pour que j'éprouve
enfin pour Françoise le véritable amour. »

Mais alors, levant les yeux, il aperçut Françoise, au milieu
des domestiques, du docteur, de deux vieilles parentes, qui tous
priaient là près de lui. Et il s'aperçut que l'amour, pur de tout
égoïsme, de toute sensualité, qu'il voulait si doux, si vaste et
si divin en lui, chérissait les vieilles parentes, les domestiques,
le médecin lui-même, autant que Françoise, et qu'ayant déjà
pour elle l'amour de toutes les créatures à qui son âme semblable à la leur l'unissait maintenant, il n'avait plus d'autre
amour pour elle. Il ne pouvait même pas en concevoir de la
peine tant tout amour exclusif d'elle, l'idée même d'une préfé-
rence pour elle, était maintenant abolie.

En pleurs, au pied du lit, elle murmurait les plus beaux mots
d'autrefois : « Mon pays, mon frère. » Mais lui, n'ayant ni le
vouloir, ni la force de la détromper, souriait et pensait que son
« pays » n'était plus en elle, mais dans le ciel et sur toute la
terre. Il répétait dans son cœur : « Mes frères », et s'il la regardait plus que les autres, c'était par pitié seulement, pour le
torrent de larmes qu'il voyait s'écouler sous ses yeux, ses yeux
qui se fermeraient bientôt et déjà ne pleuraient plus. Mais il
ne l'aimait pas plus et pas autrement que le médecin, que les
vieilles parentes, que les domestiques. Et c'était là la fin de sa
jalousie.

touch the sheet? No, not yet"; then, abruptly emerging from his daydream: "What? One of those two things does not appear to me to be more important than the other! Will Gouvres possess Françoise, will the fly touch the sheet? Oh! Possessing Françoise is a little more important." But the preciseness with which he saw the difference that separated the two events showed him that neither one of them touched him much more than the other. And he told himself: "What? It's all the same to me! That's so sad." Then he noticed he was only saying "That's so sad" out of habit and that, having completely changed, he was no longer sad to have changed. A vague smile loosened his lips. "Here is," he told himself, "my pure love for Françoise. I am no longer jealous; I must therefore be quite close to death; but it doesn't matter, since that was necessary in order for me to finally feel true love for Françoise."

But then, as he raised his eyes, he saw Françoise, amid the servants, the doctor, and two old relatives, all of whom were there, praying near him. And he realized that love, purified of all selfishness, all sensuality, the love he wanted within himself, so sweet, so vast, and so divine, that love cherished old relatives, servants, the doctor himself, as much as Françoise; and since he already had for her the love of all creatures to whom his soul, which was similar to theirs, now united him, he no longer had any other love for her. He could not even feel any sorrow, since all exclusive love for her, the very idea of a preference for her, was now completely abolished.

Weeping at the foot of the bed, she murmured the most beautiful words from the past: "My country, my brother." But he, having neither the will nor the strength to correct her, smiled and thought that his "country" was no longer within her, but in heaven and over the entire earth. He repeated in his heart, "Mes frères," and if he looked at her more than at the others, it was only out of pity for the torrent of tears he saw flowing in front of his eyes, his eyes that would soon close and that already had stopped crying. But he loved her no more and no differently than the doctor, the old relatives, or the servants. And that was the end of his jealousy.

SOUVENIR

Un domestique en livrée brune à boutons d'or vint m'ouvrir et m'introduisit presque aussitôt dans un petit salon tendu de cretonne, à lambris de sapin, et prenant vue sur la mer. Lorsque j'entrai, un jeune homme, assez beau garçon, ma foi, se leva, me salua froidement, puis se rassit dans son fauteuil et continua la lecture de son journal, tout en fumant sa pipe. Je restai debout, quelque peu embarrassé, je dirais même quelque peu préoccupé de l'accueil qui me serait fait ici. Avais-je raison, après tant d'années écoulées, de venir dans cette maison, où l'on m'avait peut-être depuis longtemps oublié ? dans cette maison jadis si hospitalière, où j'avais vécu des heures profondément douces, les plus heureuses de ma vie ?

Le jardin entourant la maison et formant terrasse à l'une de ses extrémités ; la maison elle-même, avec ses deux tourelles en brique rouge incrustée de faïences diversement colorées ; le long vestibule rectangulaire, où nous nous tenions les jours de pluie ; et jusqu'aux meubles du petit salon, où l'on venait de me faire entrer, rien n'avait changé.

Au bout de quelques instants, un vieillard à barbe blanche entra ; il était court de taille et très voûté. Son regard indécis donnait à son expression beaucoup d'indifférence. Je reconnus aussitôt Monsieur de N. Mais lui ne me remit point. Je me nommai à plusieurs reprises : mon nom n'évoquait en lui aucun souvenir. Mon embarras allait croissant. Nous nous regardions tous deux dans le blanc des yeux, sans trop savoir que nous dire. En vain je m'efforçai de le mettre sur la voie :

MEMORY[1]

A servant in brown livery with gold buttons came to open the door and almost immediately showed me to a small drawing room whose walls were covered with cotton cloth and fir paneling, and which provided a view of the sea. When I entered, a young man, fairly handsome, I would say, stood up, greeted me coldly, then sat back down in his armchair and continued reading his newspaper, while smoking a pipe. I remained standing, somewhat embarrassed, I would even say preoccupied, by way I would be received here. Was I right, after so many years had passed, to come to this house, where I had perhaps long been forgotten? This house that had once been so welcoming, where I had spent profoundly sweet hours, the happiest of my life?

The garden surrounding the house and forming a terrace at one of its ends; the house itself, with its two turrets made out of red bricks inlaid with earthenware of various colors; the long rectangular entrance hall, where we would spend our time on rainy days; and even the furniture of the small drawing room I had just entered, nothing had changed.

A few moments later, a white-bearded old man came in; he was of short stature and very hunched over. His indecisive gaze lent much indifference to his expression. I immediately recognized Monsieur de N. But he could not place me. I repeated my name several times, but it evoked no memory to him. My embarrassment was increasing. We were both looking into each other's eyes, without really knowing what to say. I made a fruitless effort to put him on the right path,

il m'avait tout à fait oublié. J'étais un étranger pour lui. Nous allions prendre congé l'un de l'autre, quand la porte s'ouvrit brusquement : « Ma sœur Odette, me dit, d'une petite voix flûtée, une jolie fillette de dix à douze ans, ma sœur vient d'apprendre votre arrivée. Voulez-vous venir la voir ? Cela lui ferait tant de plaisir ! » Je la suivis, et nous descendîmes au jardin. Ici, en effet, je trouvai Odette étendue sur une chaise longue, enveloppée dans une grande couverture écossaise. Je ne l'aurais, pour ainsi dire, pas reconnue, tant elle avait changé. Ses traits s'étaient allongés, et ses yeux cerclés de noir semblaient perforer son visage blême. Elle qui avait été si jolie, elle ne l'était plus du tout. D'un air quelque peu contraint, elle me pria de m'asseoir auprès d'elle. Nous étions seuls. « Vous devez être bien surpris de me trouver en pareil état, me dit-elle après quelques instants. C'est que, depuis ma terrible maladie, je suis condamnée, comme vous voyez, à rester étendue sans bouger. Je vis de sentiments et de douleurs. Je plonge mes regards dans cette mer bleue, dont la grandeur, en apparence infinie, a pour moi tant de charme. Les vagues, venant se briser sur la grève, sont autant de pensées tristes qui me parcourent l'esprit, autant d'espérances dont il faut me départir. Je lis, je lis même beaucoup. La musique des vers évoque en moi les plus doux souvenirs et fait vibrer tout mon être. Comme c'est gentil à vous de ne m'avoir pas oubliée après tant d'années, et d'être venu me voir ! Cela me fait du bien. Je vais déjà beaucoup mieux. Je puis bien le dire, n'est-ce pas ? puisque nous avons été si bons amis ensemble. Vous souvenez-vous des parties de tennis que nous faisions ici, sur cet emplacement même ? J'étais alerte, alors ; j'étais gaie. Aujourd'hui, je ne peux plus être alerte ; je ne peux plus être gaie. Quand je vois la mer se retirer loin, bien loin, je pense souvent à nos promenades solitaires à marée basse. J'en garde un souvenir charmant qui pourrait suffire à me rendre heureuse, si je n'étais pas aussi égoïste, aussi méchante. Mais, voyez-vous, j'ai de la peine à me résigner, et, de temps en temps, malgré moi, je me révolte contre mon sort. Je m'ennuie ainsi toute seule, car je suis seule depuis que maman est morte. Papa, lui, est trop malade et trop vieux pour s'occuper de moi. Mon frère a eu un grand chagrin avec une femme qui l'a

but he had completely forgotten me. I was a stranger to him. We were about to take leave of each other when the door abruptly opened: "My sister Odette,"[2] said a pretty girl of ten or twelve in a little fluting voice, "has just heard you were here. Would you like to come and see her? She would enjoy that very much!" I followed her, and we went down to the garden. There, I did indeed find Odette, reclining on a chaise longue and wrapped in a large plaid blanket. I would not, so to speak, have recognized her, since she had changed to such an extent. Her features had lengthened; her black-circled eyes seemed to be perforating her livid face. She had once been very pretty, but she no longer was, not at all. In a somewhat constrained manner, she asked me to sit down next to her. We were alone. "You must be quite surprised to find me in such a state," she said after a few moments. "It's because, since my terrible illness, I am condemned, as you can see, to remain stretched out, without moving. I live on feelings and pain. I plunge my gaze into that blue sea, whose grandeur, which is apparently infinite, holds so much charm for me. The waves that come to break ashore are so many sad thoughts that cross my mind, so many hopes I must abandon. I read, I even read a lot. The music of poetry evokes in me the sweetest memories and makes my whole being quiver. How nice of you not to have forgotten me after so many years and to have come to see me! That does me good. I already feel much better. I can say so, can't I? Since we were such good friends. Do you remember the tennis matches we played here, at this very spot? I was alert, then; I was cheerful. Today, I can no longer be alert; I can no longer be cheerful. When I see the sea pulling back, far, far away, I often think of our solitary strolls at low tide. I have kept a charming memory of them, which would be sufficient to make me happy, if I weren't so selfish, so mean. But you see, it hurts me to resign myself, and from time to time, in spite of myself, I rebel against my fate. I'm bored all alone, for I've been alone since Mom died. As for Dad, he's too sick and too old to take care of me. My brother was heartbroken when a woman

affreusement trompé. Depuis ce temps, il vit pour lui seul ; rien ne peut le consoler ou même le distraire. Ma petite sœur, elle, est si jeune, et d'ailleurs il faut la laisser vivre heureuse, tant qu'elle le peut. »

Pendant qu'elle me parlait, son regard s'était animé ; la couleur cadavérique de son teint avait disparu. Elle avait repris sa douce expression d'autrefois. Elle était de nouveau jolie. Mon Dieu, qu'elle était belle ! J'aurais voulu la serrer dans mes bras : j'aurais voulu lui dire que je l'aimais . . . Nous restâmes encore longtemps ensemble. Puis on la transporta dans la maison, la soirée devenant fraîche. Puis il me fallut prendre congé d'elle. Les larmes m'étranglaient. Je parcourus ce long vestibule, ce jardin délicieux dont le gravier des allées ne devait, hélas ! plus jamais grincer sous mes pas. Je descendis sur la plage ; elle était déserte. Je me promenai pensif, en songeant à Odette, le long de la mer qui se retirait indifférente et calme. Le soleil avait disparu derrière l'horizon ; mais il éclaboussait encore le ciel de ses rayons pourprés.

PIERRE DE TOUCHE

horridly cheated on him. Since then, he lives only for himself; nothing can console him or even distract him. As for my little sister, she is so young; besides, she must be allowed to live happily, as long as she can."

While she was talking to me, her gaze had become animated; the cadaverous color of her complexion had disappeared. She had recovered her formerly gentle expression. She was once again pretty. My God, she was beautiful! I would have liked to take her in my arms; I would have liked to tell her I loved her . . . We remained together for a long time. Then she was moved back inside the house, since the evening was becoming cool. Then I had to take my leave of her. I was suffocating with tears. I crossed the long entrance hall, the delightful garden on whose paths the gravel would, alas, never again grate under my footsteps. I went down to the beach; it was deserted. I strolled pensively, thinking of Odette, along the sea that was pulling out, indifferent and calm. The sun had disappeared behind the horizon; but it was still splashing the sky with its purple rays.

Pierre de Touche[3]

NOTES

Introduction

1. "Le monde," as a mainly Parisian upper-class milieu at the end of the nineteenth century, is usually translated in this edition as "high society." Readers should note that the adjective "mondain(e)" translates not as "mundane" (a *faux ami*) but as "urbane," "worldly," or "sophisticated." Similarly, "la mondanité" refers to the norms and customs of social interaction in high society. As for "aller dans le monde," it means: to attend a formal social gathering.

2. In *Les Plaisirs et les Jours*, see chapter 4 of "Violante ou la mondanité" (la princesse de Misène) and the end of part I of "Mondanité et mélomanie de Bouvard et Pécuchet."

3. Alfred Dreyfus (1859–1935), a French military officer of Jewish origin, was wrongly convicted of passing military secrets to Germany. He was sentenced to life imprisonment at *L'île du Diable*, a penal colony off the coast of French Guiana. It took several years for Dreyfus's innocence to be officially recognized.

4. The term "les intellectuels" (which was originally used as an insult) took on its modern meaning during *l'Affaire*.

5. The title is adapted, no doubt with some irony, from *Les Travaux et les Jours (Works and Days)* written by the Greek poet Hesiod, around 700 BCE.

6. For instance: <http://www.litteratureaudio.com>.

To My Friend Willie Heath

1. Proust met William Heath only a few months before the young Englishman died.

2. Ernest Renan (1823–1892), who wrote the seven-volume *Histoire des origines du christianisme*, also wrote a biography, which was very controversial at the time, of what he considered to be the historical, rather than Biblical, Jesus. *La Vie de Jésus* was published in 1863. This truncated quote is from Renan's dedication of the book to his dead sister.

3. From Book X of Homer's *Odyssey*.

4. Madeleine Lemaire (1845–1928) painted flowers and portraits. Proust attended her Parisian literary salon and visited her Château de Réveillon (see Note 16 of "Regrets"). He also asked her to illustrate *Les Plaisirs et les Jours*.

5. Robert de Montesquiou-Fézensac (1855–1921)—Proust sometimes uses his full name—was a writer and a famous dandy. He is generally considered to be the inspiration for the character of the Baron de Charlus in Proust's *Recherche*.

6. Élisabeth Vigée Le Brun (1755–1842) was a famous French painter. She specialized in portraits. In Roman mythology, Flora was the goddess of flowers and of the season of Spring.

7. Of Flemish origin, Anthony van Dyck (1599–1641) became a court painter in England.

8. Leonardo da Vinci's painting of St. John the Baptist was completed from 1513 to 1516. It is now on display at the Louvre museum. Da Vinci portrayed John the Baptist as an androgynous figure with an enigmatic smile and with one finger of his right hand pointing upward toward heaven.

9. From *Genesis* 8:6–12.

10. From *Phèdre* I, 3. Proust is quoting one of his favorite authors, the seventeenth-century classical playwright Jean Racine (1639–1699).

11. Reynaldo Hahn (1874–1947), composer and conductor, was one of Proust's lovers; Anatole France (1844–1924), Nobel Prize winner in 1921, was one of the best-known French writers during Proust's lifetime.

12. Alphonse Darlu (1849–1921) was Proust's professor of philosophy at the Lycée Condorcet in Paris.

The Death of Baldassare Silvande, Viscount of Sylvania

1. As readers will notice, *Les Plaisirs et les Jours* is full of epigraphs. Emerson (1803–1882) was one of Proust's early literary influences.

2. In this late-nineteenth-century, upper-class context, a servant is speaking to a child, hence the mixture of the familiar (the first name) and formal (Monsieur; vous) registers.

3. In *Les Plaisirs et les Jours*, many of the names of characters and places, evocative of Italy, Eastern Europe, or Greek mythology, are chosen for their literary exoticism.

4. "Le plus grand" could also be translated as "the greatest" or "the grandest."

5. "Doux/douce" is one of the more polysemic adjectives in French. Depending on the context, it could be most often translated as "sweet," "gentle," "soft," or "mild." Similarly, the verb "adoucir" can have a variety of meanings.

6. The notion of a "lap" does not exist in French. A cat will sit on your "knees" (*genoux*).

7. The wooden horses of a merry-go-round ("un manège").

8. As a reminder, "Jean" is "John." "Jeanne" is "Joan" or "Jean."

9. The beginning of "Brise marine," Mallarmé's 1865 poem on the dream of travels to exotic lands.

10. Madame de Sévigné (1626–1696) is best known for her correspondence.

Violante, or High Society

1. Thomas à Kempis (1380–1471) is generally considered to be the author of this Christian devotional book, which was written in Latin.

2. "S'accouder" (literally: to rest one's elbows on something) could also be translated as "to lean" (over the railing or balustrade of the terrace).

Fragments of Italian Comedy

1. "Esprit" could be translated as "mind," "wit" or, in a different context, "spirit." In this context, "sans esprit" could also be translated as "lacking intelligence."

2. "Jardins" could, of course, be translated as "gardens."

3. A daily newspaper that in the late nineteenth century reported particularly on high society (the aristocracy and the *haute bourgeoisie*).

4. The first three were high society directories ("who's who"). Marie-Nicolas Bouillet, on the other hand, was a professor and author of several scholarly books.

5. William Bouguereau (1825–1905) was especially known for his idealized portraits of women.

6. Until 1797, the Doge was the chief magistrate of the Venetian Republic.

The Social and Musical Lives of Bouvard and Pécuchet

*[*Proust's note*] Of course, the opinions ascribed here to Flaubert's two famous characters are in no way those of the author.

1. *Bouvard et Pécuchet* was the last, and unfinished, novel of Gustave Flaubert (1821–1880). The two title characters are well-intentioned but benighted fools whose bumbling attempts at scientific and artistic projects lead only to disasters. Proust's pastiche of one of the great novelists of the nineteenth century was not an isolated example. See his *Pastiches et mélanges* (1919).

2. "Taquiner" could be translated as "to tease," or, in this case, "to handle playfully."

3. Proust uses both the singular/informal "tu" and the plural/formal "vous."

4. A (conservative) literary journal, first published in 1829.

5. In a palinode, a writer retracts an earlier statement (or contradicts himself).

6. The Faubourg Saint-Germain was (and remains) an exclusive neighborhood of Paris; during Proust's lifetime, it was where many aristocrats lived.

7. "Un rastaquouère" is an outdated term. In the nineteenth century, it referred to a vulgar *parvenu* of exotic origin (usually South American) and low taste who made a flashy showing of his wealth.

8. "L'Ancien Régime" refers to the monarchy and the aristocratic society of France before the 1789 Revolution.

9. "Monter en croupe" is to ride behind someone on a horse. But since "la croupe" is also a familiar term for the posterior or behind, Proust is indulging in bawdy humor.

10. The massacre of Protestants on August 24, 1572—"la Saint-Barthélemy"—was one of the worst episodes of the sixteenth-century Wars of Religion. In 1685, by revoking the Edict of Nantes, Louis XIV expelled all Protestants from France.

11. "Leur tenue" could also be translated as "their behavior" or "their bearing."

12. A comic opera, first staged in 1837.

13. The composer Charles Levadé (1869–1948) based one of his pieces on a poem by Delphine de Girardin (1804–1855), "Tu ne saurais m'oublier."

14. After the Franco-Prussian War (1870–1871), "la ligne bleue des Vosges" was a way to refer to the border with Germany—and to the goal of reconquering the Alsace-Lorraine region (this would be achieved, at the cost of millions of lives, during the First World War).

15. Montesquiou published a collection of poems, entitled *Les Chauves-souris*, in 1892.

The Melancholy Vacation of Madame de Breyves

1. *Phèdre*, Racine's most famous tragedy, was first performed in 1677.

2. "Le hasard" is a good example of a *faux ami*; it means "random chance" or "luck"—*not* "hazard."

3. During the Second Empire (1851–1870), Napoleon III built a summer palace in Biarritz, which became, especially during the *Belle Époque*, one of the most famous seaside resorts in Europe.

4. "The bird that sang today had a well-formed beak" (*Die Meistersinger* II, 3). Richard Wagner's opera was first performed in 1868.

5. "Se cabrer" is to rear up like a horse on its hind legs, ready to defend itself or to pounce.

6. Charles Baudelaire (1821–1867), *Petits Poèmes en prose* (published posthumously in 1869).

7. The Greek poet Theocritus, about whom little is known, lived in the third century BCE.

A Young Girl's Confession

1. This quote is actually from Ch. 20 of Book 1 of *The Imitation of Christ*.

2. Henri de Régnier (1864–1936) was a symbolist poet. This quote is from "Poem 8" of his 1887 collection *Sites*.

3. "One week from today" is commonly stated as "dans huit jours" (counting today). Similarly, a two-week period is referred to as "quinze jours" or "une quinzaine."

4. Based on the verb "oublier" (to forget); the irony of this place name is obvious.

5. Note the double meaning of "pensées": thoughts and flowers (pansies).

6. From "Femmes damnées: Delphine et Hippolyte," one of the poems that was censored when Baudelaire's collection, *Les Fleurs du mal*, was first published in 1857.

7. "On me fit débuter" could be translated as "[My family] had me make my debut" or "I was instructed to make my debut."

8. "Le cygne" (*Les Fleurs du mal*).

A High Society Dinner

1. The Roman poet Horace lived from 65 to 8 BCE.

2. Of these writers, the most notable is Maurice Barrès (1862–1923), who was one the best-known French novelists of his day, and who, during the Dreyfus Affair (1894–1906), was an ardent *antidreyfusard*, while Proust was a *dreyfusard*.

3. The African kingdom of Dahomey was invaded and became a French colony in 1894. It became independent in 1960 and changed its name to Benin in 1975.

4. The "Monarchie d'Orléans" lasted from 1830 to 1848. Its only king was Louis-Philippe, who represented the "Orléaniste" branch of the Bourbon royal family.

5. José-Maria de Heredia (1842–1905) was associated with the "Parnasse" poetic movement.

Regrets: Daydreams in the Color of Time

1. The *hussards* were an elite military corps of light cavalry that became famous during the Revolutionary (1789–1799) and Napoleonic (1799–1815) wars.

2. Jean-Louis Guez de Balzac (1597–1654) was a writer in the libertine tradition, known for the quality of his writing style.

3. [*Proust's note*] And particularly after Messieurs Maurice Barrès, Henri de Régnier, and Robert de Montesquiou-Fézensac.

4. "Le hameau de la Reine" was a rustic retreat built for Marie-Antoinette within the vast park of the Château de Versailles, near the "Petit Trianon."

5. "Une futaie" is a forest of older, taller trees, whose tops form a canopy.

6. In a Roman variant of the Greek legend, Hera (Juno in Rome) transferred the multiple eyes of her servant Argos (or Argus) to the tail of the peacock.

7. In this comparison of an elegantly dressed woman with the brilliance of a peacock, the train of her dress has shimmering, changing

reflections, and she is wearing a ceremonial gorgerin (originally a piece of armor worn around the neck) and aigrettes (feathers used to adorn a headdress).

8. Victor Hugo's play, first performed in 1830, created a famous scandal ("la bataille d'*Hernani*") and helped to establish Romanticism as a literary movement in France.

9. Henri Meilhac (1831–1897) and Ludovic Halévy (1834–1908) wrote mostly light plays and operettas. Today they are best known for the libretto of Georges Bizet's 1875 opera, *Carmen*.

10. "L'Embarquement pour Cythère" is a 1718 painting by Jean-Antoine Watteau.

11. Anatole France (1844–1924) was one of the best-known French writers during Proust's lifetime. He was the model for the character of Bergotte in *À la recherche du temps perdu*. This quote is from an 1876 collection of poems, *Les Noces corinthiennes* (première partie, scène III).

12. In November 1890, in spite of his chronic asthma, Proust completed his year-long military service, which was, at the time, compulsory.

13. Jules Michelet (1798–1874) was one of the most famous French historians of the nineteenth century.

14. The Engadine is a region in the south of Switzerland, near the Italian border. Its most famous town is St. Moritz, which Proust visited in 1893. Proust mentions several place names in the area that were particularly evocative of memories and dreams. The spelling of some of these names has been rectified.

15. The name of Madeleine Lemaire's château (Département de la Marne), where Proust stayed in the fall of 1895. See Note 4 of "To My Friend Willie Heath."

16. "Creuser (ou tracer) un sillon" is an agricultural expression: to plow a furrow. By extension, "les sillons" can represent the fields, as in the famous line from *La Marseillaise*: "Qu'un sang impur abreuve nos sillons!" In a more metaphorical sense, "laisser un sillon" is to leave a visible trace.

The End of Jealousy

1. From *The Second Alcibiades*, an apocryphal text.

2. From *Matthew* 12:49.

3. Francis Beaumont (1584–1616) and John Fletcher (1579–1625) were prolific playwrights who collaborated in their writing during the reign of James I (1603–1625). This quote is from *The Honest Man's*

Fortune (however, Beaumont did not participate in the writing of this play). Emerson (whom Proust read avidly) placed a fuller version of the quote at the beginning of his essay on self-reliance.

4. Paul Verlaine (1844–1896) was one of the best French poets of the second half of the nineteenth century. This slightly modified quote is from *Sagesse* (I, 18).

5. An early (liquid) version of a sleeping pill.

6. "Reprendre pied" is to touch bottom again (for instance, in a swimming pool).

7. Proust suffered from asthma throughout his life.

8. "Je veux bien" can also be translated as "I'm willing to" or "I can accept that." In many contexts, it does not indicate enthusiasm.

Memory

1. Published in *Le Mensuel* 12 (October 1891), this text was not included in *Les Plaisirs et les Jours*. Its title, "Souvenir," reflects a central theme in Proust's work.

2. Proust would later use the name Odette for one of the main characters of *À la recherche du temps perdu*.

3. The signature is a pun: "une pierre de touche" is a touchstone.